Sabina Naber

Die Debütantin

Krimi

Rotbuch Verlag

DANK

Neben meiner Familie, meinen Freunden und dem Verlag für die Unterstützung sowie für die vielen anregenden Diskussionen möchte ich mich speziell bei Susanne Gebhart-Siebert, Michaela Glanzer, Regina Harringer, Oliver Lehmann, Harald Naber, Susanne Schubarsky, Stefan Spath und Sylvia Unterrader bedanken, die mir als kritische Testleser immer eine große Hilfe sind. Besonderer Dank gilt auch meiner Lektorin Lisa Kuppler.

Bibliografische Information Der Deutschen Bibliothek

Die Deutsche Bibliothek verzeichnet diese Publikation in der Deutschen Nationalbibliografie; detaillierte bibliografische Daten sind im Internet über http://dnb.ddb.de abrufbar

Lektorat: Lisa Kuppler
Umschlagkonzept: Meta Design, Berlin
Umschlaggestaltung: projekt ® | Cathrin Günther
Foto: Mauritius
Gesetzt aus der Sabon
Herstellung: Das Herstellungsbüro, Hamburg
Druck: Freiburger Graphische Betriebe
Printed in Germany

ISBN 3-434-53135-1

Informationen zu unserem Verlagsprogramm finden Sie im Internet unter www.rotbuch.de

Eins

Der rote Fleck leuchtete inmitten der ineinander fließenden Grautöne des toten Wassers wie das Kleid des kleinen Mädchens in »Schindlers Liste«. Welch unpassender Vergleich! Der Film erzählte eine unerzählbare Geschichte, dieses Szenario hier einen prosaischen Todesfall. Unfall. Nullachtfünfzehn. Wahrscheinlich. Ziemlich sicher sogar. Oder auch nur einen banalen Mord aufgrund von Streit. Oder was auch immer. Jedenfalls nicht Weltgeschichte. Kommissarin Maria Kouba zwang sich in die Realität zurück. Trübes, viel zu warmes Februarwetter, das unwirtliche Nass der Alten Donau, eine Wasserleiche in einem roten Mantel. Aus. Punkt. Das war es.

Maria fröstelte, auch wenn das Thermometer laut Radio an die fünf Grad plus anzeigte. Seit Tagen schon hatte sie das Gefühl, dass die drohende Verkühlung mit jedem Nebeltropfen durch die Kleidung in ihren Körper kroch. Was gäbe sie jetzt für einen Glühwein! Aber nein, sie hatte sich ja Abstinenz verordnen müssen. So eine Schnapsidee, im wahrsten Sinne des Wortes, ausgerechnet in der Faschingszeit Fastenwochen einzulegen. Auf die Idee konnte wirklich nur sie kommen. In ihrer spontanen Emotionalität. Die musste sie in den Griff bekommen, nicht ihren Alkoholkonsum. Der war ja nur die Folge ihrer Unbeherrschtheit. Sechs Wochen Kamillentee, heißes Wasser und viel zu viel Kaffee. Sogar Suppe hatte sie als Lebensmittel bereits wieder entdeckt. Und sie konnte nicht aus, konnte nicht schummeln, konnte nicht leger die Grenzen ausdehnen, denn sie hatte ihren Vorsatz, bis zum Aschermittwoch keinen Schluck Alkohol zu trinken, vor allen Kollegen im Sicherheitsbüro hinausposaunt, worauf sofort Wetten abgeschlossen worden waren. Und Phillip hatte auf ihr Durchhalten gewettet. Unter der Beobachtung ihres Partners konnte sie es sich einfach nicht erlauben zu versagen. Aber da gab es unzählige Feste, ein Gschnas ums andere, Lokale mit special offers um jede Ecke. Eine von Exzessen miefende Feuchtfröhlichkeit über der Stadt. Und alle schwelgten in ihr. Nur sie nicht. Denn sie regenerierte sich brav von ihrem letzten Dreivierteljahr, in dem sie – ja, einfach nur ein paar Beruhigungsschlucke gebraucht hatte.

Andererseits – es war schon gut, dass sie sich jetzt in Abstinenz übte. Mit ihrer überschüssigen Energie hatte sie zwei liegen gebliebene Fälle lösen können, und auch diese Leiche da, die hämisch wie ein grundlos aufgestelltes Stoppschild leuchtete, würde in Windeseile von ihrem Tisch sein. Und ihren Urlaub nicht gefährden. Obwohl – heute war ihr Geburtstag. Vielleicht lieber doch so ein kleiner Umtrunk mit Phillip, Elsa und ein paar anderen Kollegen? Schließlich konnte man ja auch ohne Alkohol lustig sein – nein, sie kannte sich. Es würde ein Absacker werden, sie würde sich im ganzen Präsidium wegen der verlorenen Wette hänseln lassen müssen, und dann der schwere Kopf am nächsten Tag – nein. Es waren ohnehin nur mehr acht Tage. Und die bewiesene Selbstdisziplin mit einem Cocktail auf einem schwarzen Sandstrand zu feiern, war auch viel stilvoller.

Maria sah sich um. Gewohnte Betriebsamkeit. Geölte Maschine. Uniformierte arbeiteten im Einsatzwagen eine Schlange an bezeugenden Anrainern ab, die ihnen andere Uniformierte zutrieben. Eine junge Polizistin kümmerte sich um die Jugendliche, die die Leiche beim Gassigehen mit ihrem Hund gefunden hatte. Ihre anfängliche Lässigkeit war bald einem veritablen Schock gewichen. Die violetten Stirnfransen klebten schweißnass auf den Augen. Zum Glück hatte sie noch kein Frühstück intus, sonst würde sie jetzt permanent kotzen. Von allem unbeeindruckt die Tatortgruppe. Sie fotografierte und untersuchte und zeichnete auf. Und Phillip dirigierte den Apparat. Wie hatte er sich doch verändert in den sieben Monaten ihrer Zusammenarbeit. Der ewig attackierende Hektiker war jetzt völlig unaufgeregt und beinahe so etwas wie teamfähig. Und wenn die Menschen nicht mit seiner scharfen Zunge umgehen konnten, nun ja, dann war das ihr Problem. Maria liebte seinen schnellen Geist, er war ja auch der Arbeit zuträglich und – Maria spürte, wie sich das Grau ein wenig aufhellte. Nur weil sie die Gedanken um ihren Partner kreisen ließ. Sie zwang den Blick auf den Matsch zu ihren Füßen. Sie schloss die Augen und schob das Brennen weg vom Brustbereich hinauf ins Hirn. Maria! Freundschaftliche Gefühle sind gut, das hast du im letzten halben Jahr gemerkt. Das war eine weise Entscheidung, mit Monsieur Knackarsch Phillip genau diese Art von Verhältnis aufzubauen. Die sechs Monate waren, ja, sie waren sogar die schönsten der letzten Jahre, also zerstöre sie bitte nicht. – Eben, die schönsten, warum kann da nicht mehr drinnen sein? – Komm, reiß dich zusammen, du bist nur so weinerlich, weil du müde bist. Tagwache in der winterlichen Farblosigkeit geht einfach aufs Gemüt. Da will man eben kuscheln – eben! – Eben. – Feigling! – Zicke! – Maria atmete die angehaltene Luft konzentriert aus, so wie es ihr Sonja von der Pressestelle gezeigt hatte. Ihr einziger Weg, der Journaille manches Mal nicht durch das Telefon an die Gurgel zu springen, hatte Sonja gemeint. Ja, und der einzige Weg für Maria, ihre Gefühle für Phillip unter Kontrolle zu bekommen. Sie sah auf, und das Grau war wieder abstoßend fahl. Ein Testblick zu Phillip – ja, sie hatte alles wieder im Griff.

Ihr Partner allerdings anscheinend nicht. Da war es wieder, dieses sinnierende Starren ins Leere. Irgendetwas beschäftigte ihn in letzter Zeit, auch wenn er bei Marias Fragen hundertmal lässig mit der Hand abwinkte. Eine andere Frau gab es da, sein entrücktes Lächeln bei so manchem Telefonat war ein eindeutiges Indiz. Nur, warum prahlte er nicht damit? Und warum versank er so oft in Melancholie? War Phillip dieser Fremden schmerzhaft verfallen? Das hieß, dass ihre eigenen Chancen, die sie ohnehin nicht hatte ... Maria spürte wie jedes Mal bei diesem Gedanken Übelkeit. Es war wirklich an der Zeit, ein wenig Abstand zu bekommen. Zehn Tage noch bis zum Abflug, also volle Kraft voraus. Diese Leiche hier war sicher ein Unfallopfer. Die Frau hatte auf einem der vielen Faschingsfeste zu viel gesoffen, die Orientierung verloren, war ins Wasser gefallen und ertrunken. Das hieß, Maria konnte sich die restlichen Arbeitstage in Ruhe dem Protokoll- und Aktenchaos im Büro widmen, wodurch sie mit Phillip nicht mehr als nötig kommunizieren musste. Eine erleichternde Aussicht.

Oberspurensicherer Georg ruderte mit seinen überlangen Armen, sagte irgendetwas, Phillip erwachte aus seiner Erstarrung. Jetzt war es so weit, die Kollegen holten die Leiche ans Ufer. Maria presste geschwind die Augen zu und murmelte konzentriert wie damals als Schülerin, wenn sie wollte, dass der Lehrer sie nicht zur Prüfung aufrief. ›Unfall. Unfall. Unfall.‹

»He, Chefe, munter werden, jetzt geht die Chose los.«

Maria blinzelte und sah Phillip winken. Es funktionierte sicher nicht. Es hatte auch in der Schule nie funktioniert. Sie holte tief Luft und ging zu den Männern. Der reglose Körper wirkte wie Müll. Und er schwabbelte noch immer mit dem Gesicht im Wasser. Eine seltsame Stille begleitete das Geschehen. Obwohl am Rande der Absperrung eine Menge Leute starrten, wurde kaum ein Wort gesprochen. Lag es an der frühen Stunde? Am depressiven Wetter, das mehr zu einem klassischen Novembertag wie Allerheiligen gepasst hätte? Oder lag es daran, dass alle ein unwilliges Gefühl beschlich, weil nun mal eine Woche vor dem finalen Decrescendo des Faschings jeder neue Fall unerwünschte Mehrarbeit bedeutete? Auch Polizisten waren nur Menschen und wollten in Ruhe ihre Kasperliaden abziehen. Phillip stapfte mit seinen Gummistiefeln – wo hatte sie nur ihre eigenen verschlampt? – in den sandigen Uferbereich zu diesem roten Fetzen, der zwischen den Trauerweiden wie eine riesige Blutlache waberte. Josef machte es ihm nach. Sein Urteil als Gerichtsmediziner war nun gefragt. Der einzige Unbekümmerte war wie immer Gerry, der Fotograf.

»Also den Pulitzer gewinn ich damit nicht. So ein Schaß. Die Uno-City verschwind' ja förmlich im Nebel. Was haben wir jetzt – fast Ende Februar, da sollt der Schnee glitzern und blauer Himmel knallen. Na, echt.«

Maria war ihm dankbar für seine Meckerei. Da gab es nichts zu philosophieren. Da war nur eine Leiche in Transdanubien. In dem Teil von Wien jenseits der Donau, der durch Gemeindewohnbauten geprägt war, die sich rund um die Ausfallstraßen ins Weinviertel kuschelten. Von Dörfern, die diese Bezeichnung noch verdienten, weil rund um sie herum nur Felder waren. Und natürlich von der weltstädtischen Skyline rund um die Uno-City. Transdanubien. Ärgerten sich die Bewohner des zweiundzwanzigsten Bezirks eigentlich über diesen Ausdruck der Innenstädter?

Gerrys nicht vorhandener Hintern in den viel zu weiten Jeans drängte sich in ihr Blickfeld, als er eine besonders künstlerische Perspektive ausprobierte.

»Gerry, mein Schatz, den Pulitzer brauchst du auch nicht zu gewinnen, du bist bei der Polizei. Schon vergessen?«

»He, Mary, net so. Du weißt, dass ich der King bin. A bissel an Nebenverdienst werd ich mir doch no erlauben dürfen. Und des ist a Wahnsinn da. Der rote Fetzen, in dem Grau da. A Wahnsinn. Aber ein bissel zu viel Grau. Die Kontraste, die kommen net wirklich.«

Ja, dieser rote Mantel. Er war irritierend. Wer trug so etwas? Im Winter trugen Menschen kaum knallige Farben, höchstens bei Skibekleidung, kaum bei Mänteln. Josef drehte die Leiche um. Und Maria fühlte sich bemüßigt, trotz ihrer zwar dicken, dennoch ungenügenden Schuhe auch in das wadenhohe Wasser zu steigen, denn der nächste Aberwitz präsentierte sich. Phillip ließ einen pfeifenden Ton hören. Marias Blick schlug ihn, was er spürte. Sein Kopf zuckte in kleinen Verneinungen.

»Nicht, was du denkst. Wirklich nicht. Es ist nur – ach, vergiss es.«

Er wandte sich wieder der Leiche zu. Eine Frau in einem Playboy-Bunny-Kostüm. Aus deren Mieder Brüste von Größe D herausquollen. Oder E. So genau konnte man das aufgrund des um den Körper gewickelten Mantels nicht erkennen. Und weil das Wasser und die Algen und die Steine und die Fische bei ihrer Arbeit erst am Beginn waren, vermittelte die stark geschminkte Tote beim schnellen Hinsehen den Eindruck eines übermüdeten Partygastes, der sich in eine rote Decke kuschelte. Und sie war schön. Daran hatten die kleinen Wundmale der Zerstörung nichts geändert. Große, blaue Augen, hohe Wangenknochen, nicht zu volle und nicht zu schmale Lippen, eine etwas größere Nase, die den Zügen markante Attraktivität verlieh.

Auch die anderen der Truppe gafften. Selbst Oberspurensicherer Georg, sonst immer wie ein Algenbaum in Bewegung, verharrte in Andacht

»So schad.«

Maria schob Phillip auf die Seite und beugte sich über das Gesicht der Frau, das vom schwarzen, schwebenden Haar umrahmt war. Es war vertraut und stilisiert zugleich. Ein Modell? Die Schrammen, die durch das Treiben der Leiche gegen irgendwelche Steine verursacht worden waren, wirkten seltsam aufdringlich. Am Hals waren rote Verfärbungen, in den Augen Äderchen geplatzt. Verdammt. Das war eindeutig. Kein Unfall. Das Glück hatte sie verlassen. Unauffällig. Irgendwann. Brutal. Nix da mit Verschanzen hinter Papierbergen, stattdessen Ermittlungsarbeit mit unerträglicher Nähe zu ihrer Droge. Die ganze Strategie im Arsch. Durch Freundschaft Distanz schaffen und dann den Entzug im Urlaub mit ein paar netten Animateuren finalisieren. Und dann die Streiterei mit dem Reisebüro! Würde sie die Kanaren überhaupt noch stornieren können? Das würde teuer werden, verdammt, so viel rausgeschmissenes Geld.

»Super. Schaut nicht gerade nach Unfall aus.«

»Nicht wirklich.«

Maria warf einen Blick zu Phillip. Dessen Mimik drückte, wahrscheinlich ebenso wie ihre eigene, absolute Unlust aus. Dann nahm sie ihre Kollegen ins Visier.

»Burschen, ich habe mich überzeugt, das ist kein verfrühter Osterhase, sondern, so wie's ausschaut, ein klassischer Eifersuchtsmord. An die Arbeit.«

Maria kräuselte die Lippen, zog die Augenbrauen hoch, das holte auch den letzten Träumer in die Realität zurück. Das untersuchende Gewusel stotterte sich wieder in einen gleichmäßigen Takt. Maria machte Gerry Platz, der neuerlich Fotos machte.

Wieder am Ufer, kramte sie ihren transportablen Aschenbecher heraus und gönnte sich eine Zigarette, was ihr einen strafenden Blick von Georgs Kollegen Fabian eintrug. Sein durchscheinendes Gesicht bekam vor Ärger sogar fast so etwas wie Farbe. Paah, dieser blöde Gesundheitswahn! Rauchen war ohnehin das einzige ihr noch verbliebene Laster. Kein einziger Exzess in den letzten Wochen. Wie bei einer Omi mit Krückstock. Im Fernsehprogramm war sie schon besser daheim als in so mancher Akte. Und die Highlights der nächsten Tage hießen jetzt auch nicht Sonne, Cocktails und Animateure, sondern Opernballübertragung, Wetten dass? und Villacher Fasching. Verdammt, das Schicksal hatte es auf sie abgesehen. Ja, musste frau mit über – na, sagen wir – Mitte dreißig austrocknen wie ein unbenutzter Brunnen? Dieser Bunny mit Körbchengröße XXL war sicher nicht unbefummelt geblieben. Andererseits – ohne Sex keine Probleme. Die

Würgemale, das aufreizende Kostüm, das sah ganz danach aus, als hätte irgendein Typ das Häschen poppen wollen, eine Abfuhr bekommen und daraufhin Hase tot gespielt. Was war dagegen Wasser, das langsam durch die Schuhe in die Socken sickerte? Maria krümmte die Zehen zusammen, um das kalte Nass so wenig wie möglich zu spüren. Mist. An ihren Aschenbecher geklammert, wandte sich Maria wieder der Mannschaft zu.

Josef schlug den Mantel zurück.

»Oh.«

Alleine die Tatsache, dass Josef etwas für ihn so Emotionales wie ›Oh‹ gesagt hatte, erregte die Aufmerksamkeit der anderen Ermittler. Als sie den Grund für seinen Ausbruch erkannten, verharrten sie mit düster gefalteten Gesichtern. Auf dem nun offen gelegten, beinahe nackten Körper fanden sich dieselben Schrammen wie am Gesicht. Josef atmete tief ein und wandte sich ab, was Phillip nutzte, um sich über die Leiche zu beugen. Maria tat es ihm gleich.

»Das waren keine Steine.«

Phillip nickte und fuhr mit den Augen jede einzelne Wunde nach.

»Das sind Schnitte.«

An der erneuten Stille erkannte Maria, dass alle dieselben Gedanken hatten. Das waren keine Schnitte von einer Frau, die autoaggressiv gewesen war. Derlei Schnitte waren immer an Stellen, die die Gesellschaft bei normaler Kleidung nicht sehen konnte. Diese Schnitte hier waren systematisch. In einem beinahe geometrischen Muster über den ganzen Körper verteilt. Oberspurensicherer Georg klatschte dumpf mit seinen behandschuhten Händen.

»Des wird net leicht, des schaut nach Profi aus.«

Phillip sah Maria an, gleichzeitig machten sie dem wieder gesammelten Josef Platz und staksten zum Ufer. In Deckung der Menschen hinter der Absperrung bremste sich ein Motorrad ein. Maria erkannte es als jenes von Sascha Herzog, diesem ›Kronen-Zeitung‹-Jungstar-Chronik-Journalisten, der ihr seit dem Hartleben-Fall auf den Fersen klebte wie eine Schmeißfliege. Auch Phillip erkannte ihn.

»Wir sollten ihm das nicht sagen.«

»Da bin ich ganz deiner Meinung.«

»Wir sollten was von einer ertrunkenen Frau faseln.«

»Auch da bin ich ganz deiner Meinung.«

»Wenn es ein Profi war, was ganz danach ausschaut, dann soll er glauben, wir sind blöd.«

Maria öffnete den Mund für das erste Wort, holte Luft, wandte sich ab, sah Phillip wieder an.

»Sag, willst du mir jetzt meine Arbeit erklären?«

Phillip stutzte, schüttelte den Kopf und nahm sich eine Zigarette heraus.

»Ich wollt ja nur …«

»Du brauchst mir nicht die komplette Strategie erklären, lieber Roth. Ich kann vernetzt oder folgerichtig oder vorausschauend oder was immer du auch willst denken. Und das länger als du. Schon vergessen? Du hast noch nicht einmal dein Jahresjubiläum als Kieberer bei uns gehabt.«

Phillip stieß den Rauch aus und schloss die Augen. Mit einem bemühten Lächeln öffnete er sie wieder. Dieser Pseudo-Gentleman.

»Verzeihen Sie mir bitte meine unbedachte Äußerung, Maid Mary, mein arbeitstechnischer Enthusiasmus ist wohl mit mir durchgegangen. Ich wollte Sie nicht düpieren. Also, Chefe?«

Warum nur schaffte er es, jede Zurechtweisung in eine Spitze umzuwandeln? Und noch dazu in eine berechtigte. Maria zog Phillip am Ärmel hinter eine Gruppe von Uniformierten, weg aus dem Blickfeld von Herzog.

»Ich mein ja nur, dass es eh klar ist und ich einfach – wir jetzt – ach, vergiss es.«

Phillip brachte seinen Kopf ganz nah dem ihren, seine Augen waren lockender Mokka.

»Maria – bitte – tu uns beiden einen Gefallen, und gönn dir wieder einmal einen Absacker, okay? Wenigstens heute an deinem Geburtstag, ja?«

Mit einem langen Wimpernschlag wehrte er ihre Entgegnung ab.

»Vergiss die dämliche Wette. Ich wollt ja nur, dass du einmal eine Zeit lang auf dich schaust. Aber jetzt reicht's. Du bist angspannt wie ein Pfitschipfeil. Oder wie eine Kobra, bevor sie zuschlägt.«

Jetzt verwandelten sich die Mokkascheiben in süße Mandelovale.

»Na ja, eigentlich mehr wie eine Wildkatze, die man auf Breidiät gesetzt hat.«

»Und du kannst nur mit Kätzchen umgehen. Und deswegen willst du, dass ich mich im ganzen Haus lächerlich mach.«

»Jesus, bist du eingekrampft. Ich werd es niemandem erzählen. Wennst willst, ich schwör dir hier und jetzt ...«

»Dass du mich immer lieben und ehren wirst.«

Die Mandelovale bekamen eine ziehende Tiefe.

»Das tu ich sowieso.«

Maria registrierte, dass sie nichts registrierte. Sie waren alleine, weit weg in den unendlichen Weiten des Universums. Meinten die Menschen das, wenn sie berichteten, sie hätten ihren Körper verlassen?

»Captain, oh, mein Captain!«

Gut – also so brutal hätte die Rückholaktion nicht sein müssen. Und so brutal zum falschen Zeitpunkt auch nicht. ›Das tu ich sowieso.‹ War das jetzt ein Witz oder Ernst gewesen? Aaaah. Kaum jemand war so eine zielsichere Nervensäge wie Herzog. Und dann noch diese dämliche Anrede. Meinte er eigentlich sie oder Phillip? Egal.

Maria warf einen Blick über die Schulter. Herzog im Infight mit einem Polizisten, der ihn von der Leiche wegzerrte. Ihr Gerangel hatte so fließende Bewegungen, als würden sie Tai-Chi im Duett tanzen. Herzog hatte die Absperrung erstaunlich schnell und erstaunlich effektiv durchbrochen. Das musste man ihm lassen, er war wirklich ein Talent als Spürnase.

Phillip legte sein amüsiertes Lächeln auf die Lippen.

»Ich wusste gar nicht, dass du Whitman liest, lieber Herzog. Das lässt ja noch hoffen.«

Der Ton war gut. Den konnte sie auch. Sie zwinkerte Phillip zu.

»Geh, glaubst wirklich? Unser lieber Herzog weiß doch sicher nicht einmal mehr, aus welchem Film er das hat. Bei ihm bleiben solche Sachen bloß picken wie Fliegen auf der Autoscheibe.«

»Ja, ja, die Jugend von heute, hinterfragt nichts, studiert nichts, liest nichts.«

Phillip unterstrich seine Analyse mit einem leidenden Gesicht und kleinen, runden Handbewegungen, die jedem Marquis aus dem 17. Jahrhundert zur Ehre gereicht hätten. Es fehlte nur noch das spitzenbesetzte Schnupftuch, aus Ekel vor dem unwissenden Proletariat vor die Nase gehalten.

Maria übernahm den gelangweilten Gesichtsausdruck und schickte ihn volle Breitseite zu Herzog. Der sah sie an wie irre. Sein Lächeln wurde zur Grimasse, weil er in seiner Verwirrung vergaß, es abzusetzen.

Der Polizist nahm vor Maria Haltung an.

»Er sagt, er kennt Sie persönlich und hätte Ihre Erlaubnis, Sir.«

Sir? Diese lächerliche Anrede kam Maria von irgendwoher bekannt vor. Auch Phillip durchzuckte es. Doch ihm schien genauso wenig einzufallen, mit was sie den Ausdruck verbanden. Lässig nickte sie. Stramm machte der Polizist einen Abgang. Phillip wandte sich ab, schlenderte unauffällig hinter Herzogs Rücken und fuchtelte in Richtung der Tatortgruppe, um den Kollegen klar zu machen, dass bei Herzog absolutes und vollkommenes und überhaupt Schweigen angesagt war.

Herzog strich sich unterdessen seine zu einem Entenschnabel geformten Stirnfransen in Form. Als er Maria die Hand reichte, war er wieder von seinem Strahlen durchdrungen.

»Und, was haben wir?«

Maria strahlte mit all ihrer Persönlichkeit zurück, um ihn von Phillip abzulenken.

»Sascha, du bist wirklich einzigartig. So schnell vor Ort. Also wirklich.«

Er wurde rot. Wie süß. So jung.

»Aber du weißt doch, dass wir den Polizeifunk …«

»Ich fürchte nur, lieber Sascha, das ist höchstens eine Kurzmeldung. Eine Frau hat offensichtlich bei einem Fest zu viel erwischt und ist ertrunken. Und mehr kann ich dir schon gar nicht sagen, du weißt …«

»Ja, ich weiß, laufende Ermittlungen.«

Herzog tat einen Schritt zur Seite, um wieder freien Blick auf die Tatortgruppe zu haben. Maria folgte seinem Blick und sah gerade noch, wie sich Georg schnell abwandte. Mit einem leichten Nicken. Offensichtlich hatte er Phillip verstanden und würde die Order nun an alle anderen weitergeben. Herzog nickte seinerseits.

»Und wegen einem Unfall macht ihr so einen Aufwand?«

Phillip stellte sich genau vor den Journalisten, zerstörte dadurch dessen Sicht auf das Geschehen.

»Lieber Herzog, du solltest doch eigentlich wissen, dass wir das immer machen müssen. So kann uns kein noch so geschickter Mörder entwischen. – Was natürlich in diesem Fall völlig irrelevant ist.«

Maria lächelte Herzog an und drehte ihn weg.

»Ich fürchte, du musst die Geschichte mit irgendeinem Schmus aufpäppeln. Schwadronier doch was über den Fasching und Exzesse.«

Herzog musterte die Uniformierten, die noch immer mit einem Wust an Zeugen kämpften. Ohne Maria anzusehen, zückte er seinen Notizblock.

»He, ganz easy. Ihr wisst, dass ich kein Zeck bin. Und dass ich euch helfen kann. Manus manum lavat.«

Phillip legte den Arm um Herzog und tätschelte seine Schulter.

»Sehr schön. Diesen Sinnspruch hast du dir also gemerkt. Wirklich lernfähig.«

Herzog schnellte herum. Sein Gesicht spiegelte eine Mischung von Gekränktheit und Bewunderung. War Phillip sein Vorbild? Er drehte sich aus dessen Umarmung, wandte sich Maria zu und neigte leicht den Kopf. Sehr neckisch und flirtiv. Ja, tatsächlich, Phillip war sein Vorbild.

»Warum sagst du mir nicht wenigstens ihren Namen?«

»Weil ich ihn nicht weiß.«

»Komm, Maria, he, sei nicht so – so megahardcorekorrekt. He, ich würd nicht fragen, wenn er mir selber einfallen tät.«

»Wieso einfallen?«

Herzog sah sie überrascht an. Dann schlich Unsicherheit in seine Züge.

»He, warum blockst du so ab? Einer von den Zeugen wird sicher tratschen.«

»Von denen kennt sie auch keiner. Bis jetzt.«

»Echt?«

Seine Unsicherheit wurde Verwirrung, sein Blick richtete sich nach innen. Maria konnte richtiggehend das Bildregister sehen, das er vor sich abrattern ließ. Sie durchsuchte ihr eigenes. Doch ihr fiel partout keine Prominente ein, die auf die Leiche passen würde.

»Du kennst sie?«

»Ja, von irgendwo her. So – so ein Gesicht vergisst man nicht.«

»Das glaube ich, dass Mann so ein Gesicht nicht vergisst.«

Wieder kurze Verwirrung in Herzogs Blick, dann verstand er und lächelte.

Phillip streckte ihm die Hand zum Abschied hin – was Herzog geflissentlich übersah. Phillip lachte auf.

»Herzog, es wird halt eine deiner adorierten Betthäschen sein, du stehst doch auf alles jenseits der dreißig. Schau nur, dass du dich nicht übernimmst. Reife Frauen sind Wildkatzen.«

Maria gönnte Phillip ein lautloses, dreimaliges ›Ha‹, was mit einem spitzbübischen Schulterzucker beantwortet wurde. An Herzog ging ihr Geplänkel vorbei. Jetzt zuckte sein Spitzbart, der ihm wohl Außergewöhnlichkeit verleihen sollte.

»He, Mann, ich kenn sie. Maria, please, gib mir Bescheid, wenn du …«

»Klar. Wir hören uns.«

Er nickte und schlenderte zur Absperrung. Seine Ohren nahmen die Ausmaße von Hasenlöffeln an, als er sich unter die Menge mischte.

Maria legte ihre Socken auf die brennheiße Heizung und tapste barfüßig zum Untersuchungstisch, wo Josef gerade die Leiche mit der Behutsamkeit eines zärtlichen Liebhabers auszog. Begleitet vom Stakkato des Auslösers, den sein Assistent Winnie stoisch bediente. Was war das bloß wieder für ein Typ, den sich da Josef als Azubi auserkoren hatte? Klein, dick, als Haarpracht ein roter, gelockter Kranz, das Gesicht beinahe faltenlos – war er frei von Emotionen wie Lachen und Weinen? –, jedenfalls höchst intelligent, oder zumindest sehr strebsam, denn für seinen Doktortitel war er unüblich jung. Wie eine Maschine schoss er Foto um Foto von der Untersuchung der Leiche.

Maria sah in ihre Augen. Der Tod hatte nicht jede Faser dieser Frau entspannen können, die Iris und die Pupillen schienen die Panik und den Schmerz ihrer letzten Stunden noch immer widerzuspiegeln. Wer war sie, dass sie so sehr hatte leiden müssen? Hoffentlich fiel Herzog bald ein, wo er ihr begegnet war, denn es gab keine Handtasche oder sonstwo eingesteckte Papiere.

Josef musterte den Mantel.

»Das ist keine der üblichen Marken. Scheint mir der Schriftzug eines Maßschneiders zu sein. Eigenartiger Name.«

Maria besah sich die Etikette.

»›Parzival‹? Komisch. Klingt nach Theater. Vielleicht ein Kostüm?«

Phillip blickt von seinem Computer auf und zum Untersuchungstisch, streckte sich.

»Klingt nach Spur. Werd ich mir dann auch gleich anschauen.«

Er versank wieder in seinem Gerät. Das Bild auf dem Monitor wechselte, Phillip tippte den Begriff ein. Wie umständlich. Ob ein Notizbuch nicht doch besser war? Die beiden Pathologen befreiten die Leiche aus dem Häschenkostüm, Josef deutete auf den Halsausschnitt.

»Da war einmal eine Etikette, ist schon vor längerer Zeit entfernt worden.«

Maria nickte Phillip zu, was sinnlos war, weil er tippte und keinen Moment von seinem Laptop aufsah. Diesem supertollen Ding, das nicht größer war als ein massiver Kalender. Aber als sie über seine Schulter lugte, sah sie kurz einen entsprechenden Eintrag, bevor er wieder in die Polizeidatenbank wechselte. Na immerhin, Autist war er noch keiner. Maria schob sich einen Sessel zur Heizung und legte die Beine darauf.

»Sie kann das ganze Zeugs secondhand gekauft haben.«

Lediglich ein Brummen als Antwort.

»Hoffentlich liegt die Handtasche irgendwo in der Nähe, und die Burschen finden sie bald.«

Neuerliches Brummen.

»Oder vielleicht findet ja irgendwer die Handtasche und gibt sie ab. Phillip, kannst du den Wachzimmern Bescheid geben?«

»Onkidonki.«

Wow, eine Reaktion! – Und was war, wenn ein Sandler die Tasche fand, das Geld herausnahm und den Rest hinter irgendwelche Büsche warf? Dann war die Sache aussichtslos. Denn ohne Handynummer keine Peilung, ohne Peilung keine Identifizierung, ohne Identifizierung – keine verdammte Handynummer! Und dieser blöde Mantel verlief sich sicher im Sand. Mist. So ein verdammter Mist. Die schöne Unbekannte gefährdete wirklich ernsthaft ihren Urlaub. Ein Seufzer entrang sich Maria. Diese Profimorde waren einfach nur lästig. Erstens, weil schwer aufzuklären, und zweitens – ja, zweitens waren sie im Grunde sinnlose Arbeit. Es waren immer irgendwelche Kleinkriege zwischen Banden, die mit ein, zwei Morden erledigt waren. Dann kehrte wieder Ruhe ein. Internal affairs. Natürlich wäre es wünschenswert, die Mörder hinter Gitter zu bringen. Doch selbst die Verhaftung von Unterwelt-Kaisern zeitigte keine sonderliche Wirkung. Die Herren erledigten ihre Geschäfte weiterhin in Ruhe vom Knast aus und hatten tolle Anwälte, die sie wegen eines an den Haaren herbeigezogenen Verfahrensfehlers schneller freigeklopft hatten, als die Ermittler den Bericht niederschreiben konnten.

Maria rollte mit dem Stuhl die Heizung entlang zum Fenster, wo ein Aschenbecher stand. Doch sie ließ die Zigarettenpackung ungeöffnet. Dieser völlig konturlose Himmel! Ein belangloses Einerlei. Wie ihre Arbeit. Die einen scherten sich einen Dreck darum, ob sie hinter Gitter wanderten, die anderen ließen sich wie Lämmer zur Schlachtbank führen. Immer das Gleiche. Zu späte Anrufe der Nachbarn, Wohnung aufbrechen, ein verdatterter Typ mit blutigen Händen, Gelabere von wegen ›Sie war alles für mich‹. Oder zwei vernichtete Leben mit geschockten Kindern daneben. Oder drei oder vier. Und half es etwas, dass die Zeitungen Länge mal Breite darüber berichteten? Wenn man wirklich etwas verändern wollte, dann müsste man sich bei den Bezirksgerichten einnisten und sich alle eingereichten Scheidungsfälle ganz genau anschauen. Und dann alle Beteiligten zwangstherapieren. Ja, das wäre die Lösung. Nicht einfach nur den Dreck wegwischen.

»Weißt du, wir sind eigentlich nichts anderes als Straßenkehrer.«

Phillip tauchte aus dem Computer auf, legte die Stirn in Falten, seufzte, zückte sein Handy und suchte eine Nummer heraus, hielt es ihr hin. Dackelblick.

»Da. Ruf die Elsa an. Auf meine Kosten. Aber, bitte, tu es. Die muss sich um dich kümmern.«

»Das könntest du ja auch machen.«

Er riss die Augen in gespielter Panik auf.

»Sicher nicht, Tigress. Das ist mir viel zu gefährlich. Ich nehm dich erst wieder schmuseweich.«

Marias Mund verzog sich gegen ihren Willen zu einem Lächeln. Sie hatte gerade das Elend der Welt erkannt, und jetzt war es nur mehr ein Elendchen. Das war einfach nicht fair, welche Macht dieser Mann über sie hatte. Phillip grinste zurück, schob ihr das Handy hin und studierte wieder den Bildschirm.

»Da passt niemand auf unser Bunny. Aber es ist ja auch noch früh. Sie muss noch nicht unbedingt jemandem abgehen.«

Nun zündete sich Maria doch eine Zigarette an. Phillips schlanke Linke streckte sich ihr entgegen. Sie klemmte die Zigarette zwischen seine Finger und zündete sich selbst noch eine an. Phillip grunzte ein Danke. Wie ein altes Ehepaar. Maria durchflutete schmerzende Zärtlichkeit. Der Rest von Vernunft zwang ihren Kopf Richtung Leiche. Josef untersuchte jetzt die Wundmale.

»Weißt du, Phillip, ich glaube, das ist sinnlos. Wenn das ein Bandenkrieg ist, dann werden sie sich hüten, sie abgängig zu melden. Sie wird eine Tanzmaus sein. Auch wenn sie mir dafür ein bissel zu alt vorkommt. Die nehmen dafür doch immer nur halbe Kinder. Wobei sie ja sehr schön ist – na ja, egal.

Auf jeden Fall werden wir die ganzen Schuppen abklappern müssen und …«

»Und?«

Maria hatte schon Phillips Handy genommen und die Taste gedrückt.

»Hallo, Schatzl, hast du kurz Zeit? – Fein, der Roth schickt dir was rüber. Schau doch mal, ob du unsere Kundin kennst, ob sie irgendwo tanzt oder so. – Ja, die aus der Alten Donau. – Ja, ich weiß schon, dass die Besetzungen wechseln. Aber sie schaut mir nicht wie Frischfleisch aus. – Nur ein kurzer Blick. Okay. Danke. Und …«

Maria sah Phillip an. Es ging ja nicht um die Dutzende Flaschen Wodka, die sie den Kollegen würde zahlen müssen, sondern vielmehr um die Hänselei, nicht durchgehalten zu haben. Phillip nickte und hob die Rechte zum Schwur. Gut, auch Elsa würde die Klappe halten. Maria atmete durch.

»… Elsa-Schatz, hast du heute schon was vor? – Super. Ja, ich würde gern wieder mal ein bissel …«

Maria hielt den Hörer weg und kniff das Gesicht zusammen. Nach dem Verstummen des Gekreisches legte sie wieder vorsichtig das Ohr auf den Lautsprecher.

»He, beruhig dich wieder. Ich heirat ja nicht oder so was. – Komm, halt den Mund, ja? Also dann, bis um sieben, ja. Und schau dir das Bild an, bitte.«

Maria trennte die Verbindung. Sie sprang auf und tänzelte ein paar Schritte in den Raum.

»Das wäre ja gelacht. Internal affairs hin oder her.«

Sie drückte Phillip das Handy in die Hand.

»Schickst du der Elsa ein paar Bilder rüber in die Sitte? Und frag sie auch, ob sie von irgendeinem halb privaten Club weiß, wo solche Bunnys üblich sind. Und die Puffs natürlich. Vielleicht gibt's irgendeinen Kunden, der in den Siebzigern hängen geblieben ist.«

Phillip wandte sich mit einem Grinsen wieder dem Computer zu.

»Was so ein bissel Leine lockern alles bewirken kann.«

Maria warf lässig die Hand in die Luft und drehte sich mit einer großen Bewegung zu Josef. Der hatte einen der Schnitte im Visier.

»Ich muss die Substanz natürlich noch analysieren. Aber das schaut mir nicht nach gewöhnlichem Schmutz aus.«

Er ließ Maria durch das Vergrößerungsglas blicken. Eine dunkle Substanz.

»Und warum nicht?«

Josef verschmolz wieder mit seinem Untersuchungsauge.

»Die Wunde, die schaut nur so aus, wenn – ja, da sieht man es ganz eindeutig. Aber wie gesagt, ich muss erst eine Analyse ...«

Er verstummte, nahm ein schaberähnliches Ding in die Hand, kratzte an einem Schnitt herum.

»Was, Josef, was?«

»Ich vermute, nach der Struktur zu urteilen, ich kann mich natürlich irren ...«

»Josef?«

»Pfeffer.«

Das Stakkato des Auslösers setzte für einen Moment aus. Maria sah, wie sich Winnies Kehlkopf krampfartig bewegte. Also doch Emotionen. Sie hörte Phillip schnaufen. Sie fühlte Übelkeit. Das war ja – barbarisch. So was taten doch nur – doch nur ...

»Wer macht so was?«

Phillip zog mit einem trockenen Lachen ihre Aufmerksamkeit auf sich. Er dämpfte seine Zigarette nicht aus, er malträtierte sie zu Tode.

»Ich könnte mir vorstellen, ein Feigling.«

Maria schrie spitz auf und warf die Zigarette in den Aschenbecher. Die Glut hatte ihre Finger erreicht.

»Du spinnst wohl ein bissel. Das ist ein sadistisches Arschloch.«

»Das auch. Aber – schau – die kleinen Schnitte, die bluten

nicht stark. So ist das einfach nicht so – so grauslich, wie wenn er ihr die Augen rausgedrückt oder die Nägel gezogen hätte. Der Typ kann kein Blut sehen. Ich sage dir, der Typ kann kein Blut sehen.«

Maria besah sich die Leiche. Das klang nicht unlogisch. Andererseits –

»Es könnte auch sein, dass er wirklich absoluter Profi ist, nicht der übliche Schlägerheini, sondern so einer, den man für Spezialaufträge einfliegt.«

»Ich wollt immer schon mal James Bond spielen.«

»Ja – genau! Du sagst es. Oder so einer, der noch nie gefoltert hat. Und diese Methode hat er in irgendeinem Film gesehen.«

»Und außerdem könnten es auch mehrere sein.«

»Na super.«

Sie sahen einander an, pressten die Lippen aufeinander und nickten. Phillips Computer produzierte ein Geräusch wie Woody Woodpecker – der Ton für die Ankunft einer E-Mail. Maria lugte ihrem Partner über die Schulter. Elsas Abteilung. Zuerst ›Njet, kenn sie nicht‹, dann ›Ich reich es einmal herum, aber macht euch nicht zu viel Hoffnung. Tut mir Leid. Und so einen Kostümclub kenn ich auch nicht. So ein Bunny ist ja aus dem vorigen Jahrhundert. Und: Ich schlag das Roses vor.‹

Maria richtete sich auf und bedachte Phillip mit einem beiläufigen Nicken. Der tippte ›Okay‹, drückte die Return-Taste, drehte sich mit dem Stuhl zur Leiche und verharrte.

»Und was ist, wenn ...«

Er sprang auf und schnappte sein Wunderding.

»Ich muss mal ins Büro telefonieren.«

Die Tür klappte zu. War er jetzt schon ganz abgehoben?

»Okay, Josef. Erste Zusammenfassung?«

»Die Tote wurde gewürgt, gefesselt, systematisch gefoltert ...«

»Auf eine ausgesprochen seltene Art gefoltert ...«

»Ja, und nachdem es erstens wenige Menschen gibt, die Unterhaltendes daran finden, Tote zu foltern, und zweitens die Fesseln Scheuerspuren hinterlassen haben, gibt es zwei Optionen für den Ablauf. Würgen, Ohnmacht, Aufwachen, Foltern, Herzstillstand oder Fesseln, Foltern, Würgen bis zum Exitus. Zweimaliges Würgen kann ich ausschließen aufgrund der Klarheit der Male. Mehr in ein …«

»… in ein paar Stunden. Oder morgen. Bevor du was sagen kannst, großer Meister, ich weiß.«

Josef richtete sich auf und sah Maria gerade an.

»Du passt deine Persönlichkeit der seinen beunruhigend an.«

Maria stieß Luft durch die Nase und wandte sich ab. Josef zog sie an der Hand zurück. Sie schloss die Augen vor seinem analysierenden Blick.

»Maria, sein Zynismus entspricht dir nicht.«

»Okay, Onkel Doc.«

Maria drehte sich wieder weg, doch die Hand von Josef war eisern. Sie atmete durch, zog die Augenbraue in Richtung von Assistent Winnie, wandte sich wieder ab.

Josef ließ nicht los.

»Winnie weiß alles, auch – das von uns.«

Marias Blick schnellte zu diesem unauffälligen Roboter. Der sah sie auch an, doch war in seinem Ausdruck nichts als neutrale Beobachtung. Kein Werturteil, keine Neugierde, kein Kommentar. Hatte er keinerlei Bassena-Interesse an Lovestorys zwischen Kollegen? Was war das bloß für ein Typ?

Josef zwang ihren Blick mit dem Druck seiner Finger wieder zu sich.

»Maria, bitte, versuche nicht, dich seinetwegen zu ändern. Er muss dich nehmen, wie du bist. Und wenn er das nicht will, dann ist er dümmer, als ich ohnehin schon annehme, dass er ist. – Du bist wunderbar. Und irgendwann wird er das zugeben können.«

Maria riss sich von diesem eindringlichen Vaterblick los.

»Was ist das, Josef? Gibt's wieder troubles mit Margit? Willst du dich wieder von deinen Eheproblemen mit einem Date mit mir ablenken?«

Josef sah sie nur an. War da Belustigung? Oder gar Mitleid? Nein, das brauchte sie schon überhaupt nicht.

»He, und überhaupt, glaubts ihr wirklich alle, dass ich in den Roth verknallt bin, oder was? Irrtum. Großer Irrtum. Wir sind einfach nur gute Freunde.«

»Das hat auch Heidi Klum über Seal gesagt, Udo Jürgens über seine Corinna und Donald über Daisy.«

Maria fixierte Winnie, der ungerührt den Film wechselte.

»Wollts ihr mich jetzt im Duett nerven, oder was? Josef, ich hab geglaubt, dass wir Freunde« – oh, ganz schlechtes Wort –, »dass du, also, dass wir ... ich mein, wenn du nur irgendwie auf meiner Seite stehst, dann unterstütz die Gerüchte nicht auch noch.«

»Das mache ich nicht.«

»Das wär echt ganz, ganz knieweich von dir. Es braucht kein Mensch glauben, dass ich eine verliebte, fickrige Tusse bin.«

»Wieso bist du so empfindlich? Draußen, bei den bösen Menschen, gibst du dich so souverän, wie du es tatsächlich bist.«

»Ich bin nicht empfindlich. Mir reicht nur, dass alle glauben, als Single-Frau musst du jedem Knackarsch nachlaufen. Die sollen doch selber in den Spiegel schauen, lauter bigotte ...«

»Maria! Stopp!« – Josef nahm sie bei den Schultern. – »Erstens: Hast du schon überlegt, dass einige, nun ja, so ruppig sind, weil sie unter ihrer Chancenlosigkeit bei dir leiden, und ...«

»Wirklich, na, da versäum ich ja glatt was.«

» ... und dass sie, zweitens, aus ihrer Situation reflektierend annehmen, Phillip sei verliebt in dich?«

Maria streifte seine Hände ab.

»Das ist so ein Quatsch, den du da redest. Was soll das?«

»Nun, ich denke, dass sie in ihrer Interpretation der Gefühle von Phillip zu dir richtig liegen. Warum gehst du ihm nicht einen Schritt entgegen?«

»Du bist lieb, Josef, aber du hast keine Ahnung.«

Maria ging zur Heizung und zog ihre zwar noch immer feuchten, doch jetzt immerhin heißen Socken an, dann die Schuhe. Entgegengehen. Ha! Das hieß, den Schritt über die Kante zu machen. Nie im Leben! Sie knallte die Türe zu, was ihr sofort Leid tat.

Phillip bemerkte sie nicht einmal, als sie das Büro betrat. Josef hatte wirklich keine Ahnung. Maria fläzte sich auf den Sessel und besah sich ihren Sargnagel. Und sie musste sich eingestehen, dass Josefs Attacke ein Gutes hatte: Es war ihr plötzlich klar, dass sie die Situation zur Entscheidung bringen musste. Es war anzunehmen, dass Phillip sie mochte. So sehr würde er sich nicht verstellen. Und jetzt gab es zwei Möglichkeiten: Seine Flirtereien und herzerwärmenden Ausrutscher waren nichts als freundschaftliche Koketterie, seine Affairen sein Leben. Gut, sollte ihr recht sein, das brachte etwas Farbe in den Arbeitsalltag. Damit würde sie irgendwann leben können. Oder er hatte wirklich Gefühle für sie und wagte nicht, sie ihr zu offenbaren. Dann war es höchste Zeit, ihre Beziehung auf eine neue Ebene zu hieven. Nur das ewige Hin und Her machte sie krank. Vielleicht hatte Josef wirklich Recht, und sie musste dem Durcheinander mit einem Geständnis ein Ende bereiten. Am besten bei der Faschingsfeier vom Präsidium morgen, wenn sie alle besoffen waren, dann konnte man am nächsten Tag so tun, als wäre nichts gewesen.

Maria besah sich Phillip ganz genau, wie er da saß und über das Telefon seinen Charme verbreitete. Doch, ja, er war der Typ, mit dem man so was so bereinigen konnte. Er war nicht nur ein zynischer Macho, er war auch ein Gentleman, der sich nur leider allzu oft hinter der clooneyesken Lässigkeit versteckte. Phillip drehte den Kopf, sein Hemdkragen gab die drei kleinen Muttermale frei zur Speichelanregung. Erst als Maria mit dem Daumennagel zwischen ihren oberen Schneidezähnen stecken blieb, registrierte sie die Trance, die ihr ihre Phantasien beschert hatten. Nein, das konnte nicht gut gehen, so ein Geständnis. Wenn sie ihn einmal geküsst hatte, würde sie nie wieder klar denken können. Und ihre Freundschaft wäre zerstört. Nein, das Beste war, alles so zu belassen, wie es war, und sich einen netten Schwanzträger zu suchen, mit dem sie sich eine schöne Zeit machen konnte. Und wenn auch sicher nicht alle einen Stand auf sie hatten, wie Josef es so charmant gekräht hatte, im Einbruch gab es wirklich einen passenden Typen, diesen Neuen, der ihr immer diesen Schmachtblick zuwarf. Für eine schöne Zeit genau der Richtige. – Und das Thema Kinder war auch noch nicht wirklich virulent. Sie hatte noch gut und gerne sechs Jahre. Eben. Kim Basinger war auch erst mit weit über vierzig zum ersten Mal Mutter geworden. Eben. Und bis dahin – business as usual. Und mit der vollen Schnoddrigkeit, die sie sich angeblich abgeschaut hatte. Phillip legte auf. Grinste. Sie grinste zurück.

»Und? Simma jetzt gewillt, das Team wieder in die Ermittlung einzubinden, Herr Roth?«

Phillip erhob sich, streckte sich, sah sie liebevoll an. Er segelte auf ihrer giftigen Gischt wie ein Weltmeister. Unberührt und göttlich. Shit, Gehirnwäsche war vielleicht eine Option.

»'tschuldige, May.«

Jetzt auch noch ihr liebster Kosename. Nein, das war unfair. So hatte sie keine Chance gegen ihn. Wo waren nur die Formulare für einen Versetzungsantrag? Das war die wahrhaft einzige Lösung.

»Aber ich hab einfach nicht mehr können, mir war zum Speiben, voll peinlich. Beim supercoolen Meister des Skalpells. Das weißt du doch, dass ich nicht mit Leichen – please, forgive me, lalalalala …«

Nein, nicht jetzt auch noch seine Dean-Martin-Anmache. Maria spürte ihre Mundwinkel, die sich gefährlich nach oben zogen. Sie bezwang sie, indem sie ganz fest von innen in ihre Wangen biss. Etwas fühlen war eine Sache, etwas zeigen – eine andere.

Phillip schnappte sich einen der Besucherstühle, stellte ihn vor ihr auf und setzte sich rittlings darauf.

»Und simma jetzt wieder so weit hergestellt, dass wir arbeiten können, Herr Roth?«

»Ich war natürlich nicht untätig, Frau Kouba. Ich hab jetzt einmal eine Anfrage an alle Kostümverleihfirmen geschickt. Und die Gabi kümmert sich um ›Parzival‹.«

»Kostümverleihfirmen? Ich weiß nicht. Bei so einem Gschnas, da wäre sie von einem Besoffenen vielleicht gewürgt und dann vergewaltigt worden. Aber gefoltert? Das schaut doch eher nach was aus der Szene aus. Die Gute hat irgendetwas gewusst, von irgendeiner Lieferung oder so.«

»Ja, reden müssen wir mit den Kollegen auf jeden Fall. Aber was ist, wenn wir es hier wirklich mit einem Psychopathen zu tun haben? Ich weiß schon, erst die Wiederholung macht den Serienkiller zu dem, was er ist. Aber vielleicht ist sie sein erstes Opfer? Oder wir kennen die anderen noch nicht?«

Marias Blick fiel auf einen Blumenstock. Usambaraveilchen. Der Plastiktopf mit einer malvenfarbenen Manschette umwickelt, die von einer lila Masche zusammengehalten wurde. Sie zog die rechte Augenbraue hoch und fixierte Phillip, der sofort abwehrend die Hände hob.

»Nein, ich doch nicht! Da würd ich mir ja endgültig alle Chancen bei dir versauen!«

»Dampfplauderer. – Und Gabi?«

»Nein, die weiß doch auch, dass du nur gelbe Rosen magst. Wahrscheinlich ein heimlicher Verehrer. Da ist ein Karterl.«

Maria nahm es in Augenschein. Die Schrift war verwischt. Zerronnene Tinte? Bitte, wer verwendete heutzutage noch eine Füllfeder?

»Unleserlich. Egal. Damit hat er sich sowieso disqualifiziert.«

Sie gab dem Blumenstock einen Schubs, der dadurch genau in den Papierkorb fiel, mit dem unleserlichen Kärtchen anklagend nach oben.

»Ja, vielleicht ist der Mantel von so einem Verleih. Aber beim Bunny ist die Etikette draußen und …«

Phillip schnaufte wie ein Bub in der Trotzecke.

»Okay, okay, okay, gute Idee. Wir werden sehen.«

Sie stand auf, nahm die Darts-Pfeile, um bei ein paar Würfen gemütlich nachzudenken, ließ sie dann aber doch nur zwischen den Fingern rotieren.

»Also, wir haben eine kostümierte, gefolterte Schönheit, und der Fundort ist höchstwahrscheinlich nicht der Tatort. Die Frage ist, Leidenschaft oder Kaltblütigkeit? Wenn Kaltblütigkeit, frage ich mich, warum man sie nicht einfach verschwinden …«

Rhythmisches Klopfen mit Nägeln an der Tür. Dann eine Bugwelle von Moschus, hinter der Gabi in den Raum segelte. Die mächtige Gestalt der Sekretärin war heute in traumhaft leuchtende rote, orange, rosafarbene, gelbe und weiße Bahnen gehüllt, alles durch ein aufregendes Muster verbunden. Dazu passten der knallrote Nagellack auf den ellenlang verlängerten Nägeln und die ebenso roten Pumps. Ihre wellige Kurzhaarfrisur hatte von gestern auf heute von Knallorange auf Platinblond gewechselt. Gabi hielt eindeutig nichts davon, ihre hundertzehn Kilogramm Lebendgewicht mit düsterem Grau zu kaschieren.

Erst durch Gabis irritierten Blick wurde Maria bewusst, dass sie mit offenem Mund dastand. Phillip sprang auf und beugte sich galant mit einem exakt angedeuteten Handkuss über den riesigen Perlmuttring an Gabis rechtem Mittelfinger.

»Bienvenue, ma reine de la vogue!«

Gabi blickte sich irritiert zu Maria um. Die zuckte mit den Schultern.

»Ein Kompliment halt. Was schleppst du da an?«

Gabi entzog Phillip huldvoll ihre Hand, schickte ihm einen Luftkuss und wuchtete ein in passendem Orange gehaltenes Plastiksackerl auf Phillips Schreibtisch. Sie kramte.

»Der Gerry, der schickt euch die Fotos von dem Bunny-Fall. Na, wo sind die denn jetzt? – Wartets, gleich hab ich sie.«

Maria und Phillip nahmen die Flanken ein. Gabis Suche hatte etwas von dem, wie manche Frauen ihre schrankkoffergroßen Handtaschen durchsuchen. Ein vom Stapel rutschendes Kuvert öffnete sich, daraus entschlüpfte ein Foto – von Gabi, hingegossen auf eine Chaiselongue, bekleidet lediglich mit einem Zigarettenspitz und einer Federboa. Das klassische Motiv eben, nur nicht das klassische Modell. Unbewusst streckte Maria die Hand danach aus, was Gabi natürlich sofort bemerkte, denn ebenso reflexartig schnappte sie die Fotografie. Doch dann verharrte sie in der Bewegung. Stille. Maria und Phillip drehten sich im Gleichtakt weg. Das übliche gesellschaftliche Ballett in peinlichen Sekunden. Doch dann legte Gabi das Aktbild offen auf den Tisch zurück.

»Ich hab sie gleich, die Bunny-Bilder. Es kann ja nur mehr der Umschlag da unten sein …«

Als sie sich wieder dem Tisch zuwandten, wechselten Maria und Phillip kurz den Blick. Sie selbst war erheitert bis neugierig, auch in seinen Augen war bloß Erstaunen und keinerlei glatter Geifer zu lesen. Phillip nahm die Fotografie in die Hand.

»Das ist sehr schön. Sehr ästhetisch.«

Er reichte es Maria.

»Ja, und sehr erotisch.«

Gabi tauchte mit einem glücklichen Lächeln aus ihrem orangen Plastikungetüm auf. Sie presste die Lippen aufeinander, so wie es Menschen oft tun, die sich nicht selbst loben wollen, und nickte.

»Ja, ich glaub, der Gerry und ich haben da was gemacht, was ganz in Ordnung ist.«

Maria setzte sich auf den Tisch und sah nun Gabi frontal an.

»Was ist – ich meine, entschuldige, es geht mich natürlich nichts an, aber wofür – ich meine, hast du einen neuen Freund, der auf so was – auf solche Fotografien steht?«

»Aber geh, Maria, das weißt du doch eh, dass ich mich net auf einen festleg. Solang' ich sie mir noch aussuchen kann. Und der Richtige war immer no net dabei. Na, na, na. Das ist, wie soll ma sagen, wart, wie hat der Gerry gsogt – des is Aktionismus.«

Phillip schüttete die restlichen Fotos aus dem Kuvert. Gabi mit Federboa auf der Chaiselongue in allen Varianten und Stellungen. Auch sehr eindeutigen.

»Das ist – Aktionismus? Also, wenn du mich fragst …«

»Ja, natürlich san des, wie man so sagt, Schweinereien. Aber der Unterschied is, ich bin ziemlich dick. Blad. Verstehts ihr? Zumindestens blad im Gegensatz zu dem, was uns die Gesellschaft versucht einzureden.«

»Sagt der Gerry.«

»Ja, auch. I oba a. Ich mein, des is do wirklich a Wahnsinn, dass i mich verstecken soll, nur weil ein paar Trotteln sagn, Bohnenstangn sind geil. Und nix sonst. Immer sinds nur ein paar Trotteln, die sagn, was die anderen zum Denken zu haben. Ist euch des no net aufgfalln? Zum Beispiel haben irgendwelche Vollidioten irgendwann einmal gsagt, dass Neger nur Viecha sind. Des is doch Wahnsinn. Ich mein …«

Phillips Kopf schnellte hoch.

»Seit wann beschäftigt sich unsere Modegöttin mit der Geschichte der Sklaven?«

»Roth, net geh mi bled an, du bist net der Einzige, der den Kopf net nur dafür braucht, dass eahrm net eineregnet.«

Oh, wie nett. Phillip wurde tatsächlich rot. Maria ließ ein

unzensuriertes Grinsen über ihr Gesicht gleiten – nicht unbemerkt von Phillip, der daraufhin noch röter wurde.

»Gabi, entschuldige bitte, so war das nicht gemeint. Echt nicht. Aber es ist doch nicht – so selbstverständlich, dass man sich mit diesem Thema …«

»Passt scho, Roth, hör auf zum Stottern. Hast eh Recht, von allani wär ich da auch nicht draufkommen. Oba i hab da grad an Ami-Lover, ja, und ich sag euch, so a liaba und …«

Sie grinste und beugte sich zu Marias Ohr.

»So a Hengst. Ich sags dir.«

Es kostete Gabi große Mühe, ihre Hände nicht die korrekte Länge der Lust andeuten zu lassen. Maria versuchte, sich schwarze Finger auf Gabis weißem Pudding vorzustellen. Es gelang ihr nicht. Wie das wohl war? Sie hatte noch nie mit einem …

»Echt?«

Gabi presste wieder grinsend die Lippen aufeinander. Ihr Kinn verschwand vor lauter Freude im dicken Hals.

Phillip räusperte sich.

»Ähm, sorry, wenn ich eure Frauenphantasien störe, aber, liebe Gabi, es geht dir doch um Gleichberechtigung, was auch mit dem Hinterfragen von Klischees zu tun hat, oder?«

Gabi nickte leicht verunsichert.

»Ja, und das …« – nun zeigte Phillip eindeutige zwanzig Zentimeter Länge –, »und das ist kein Klischee, von wegen schwarzer Hengst und so?«

Gabi grinste erneut.

»Nein, das is a Glück.«

Maria grunzte unterdrückt. Phillip, ja, tatsächlich Phillip, schnappte nach Luft und stolzierte zu seinem Schreibtisch. Leider war da diese blöde Kante im Weg. Nach einem kurzen Aufschrei ließ sich Phillip gemessen in den Sessel gleiten.

»Ich werde zur Verbrennung der Frauenzeitschriften aufrufen. Jahrelang haben wir sie heimlich am Klo gelesen und jetzt das! Revolution der Schwänze!«

Phillip hob die geballte Faust. Gabi kicherte.

»Nur kan Neid, Roth, ich könnt ma vorstelln, du kannst ganz schen mithalten.«

Phillip wurde wieder rot. In Gabi hatte er wirklich eine würdige Gegnerin gefunden. Maria nahm eines der Aktfotos zur Hand. Es schummelte sich ein schwarzer Schatten zu der weißen Venus von Milo.

»Und woher – ich mein, seit wann kennst du ihn?«

Gabi sah versonnen auf das Foto.

»Er is einzogn bei uns im Haus. – Waßt, des is a richtige Gruppen, di san alle aus Amerika. Waßt eh, so was wie a Heimattreffen, so wie's a die Österreicher in Amerika machen.«

»Aha.«

Maria horchte ihrem Kommentar nach. Dessen Ton war entschieden zu guttural, zu verräterisch. Gabi reckte ihr auch prompt den Kopf auffordernd zu.

»I kann di ja amoi mitnehmen, wennst mogst. Da gibt's a paar Lokale ...« – damit verkroch sie sich wieder im Sackerl –, »natürlich nur, wenn der Roth net vor Eifersucht platzt.«

Schon wieder! Langsam, aber sicher fühlte sich Maria echt verfolgt. Sie tat, als hätte sie die Bemerkung nicht gehört. Gabi tauchte wieder aus dem Sackerl auf, diesmal triumphierend mit drei Umschlägen, die sie Maria im Austausch gegen die Aktfotos aushändigte.

Phillip gesellte sich wieder zu ihnen.

»Sag, warum ist der Gerry eigentlich nicht selber gekommen?«

»Na ja, der is doch im Stress, wegen unserer Faschingsfeier. Und ich soll euch ausrichten, dass ihr net glauben brauchts, dass ihr euch drucken könnts vor dem Lied, das ma olle dem Gottl singen.«

Synchrones Aufstöhnen von Maria und Phillip. Gabi lachte lauthals.

»Ja, ja, da ist unser Gerry gnadenlos. Und ihr werdets sehen, die Bereitschaft nützt euch gar nix, da wird net no a Mord passieren, damits ihr abhauen könnts.«

Phillip hielt ihr galant die Tür auf.

»Notfalls musst du dran glauben, meine Königin.«

Gabi versetzte Phillip einen Stoß, der ihn doch tatsächlich ins Wanken brachte.

»Glaubst, nimmst du dir da net zu viel vor, Roth? – Und übrigens, i hab über die Innung von di Schneider die ›Parzival‹ gfundn. Des is a Ein-Mann-Betrieb, Theodor Bitterlich, eigentlich schon in Pension. Scho lang. Aber a paar Kundn hat er noch. Sie druckn die Augen zua. Ka Handy, nur Festnetz. Ich hab ihm aufs Bandl gsprochn.«

Damit schwebte Gabi zur Tür hinaus. Nach einer andächtigen Sekunde – Gabi war immer so, so raumnehmend – sprang ihr Maria auf den Gang hinaus nach.

»He, Gabi, und für was sind die Fotos jetzt wirklich?«

»Für a Buch. Weißt eh, so was Großes und Schweres. Hochglanz. Der Verlag bringts jetzt im Frühjahr noch raus.«

Sie winkte gnädig und schwebte um die Ecke. Maria sah Phillip an, der beeindruckt die Augen aufriss.

»Chef, ich hab am 11. Juni Geburtstag.«

»Und ich heute.«

Phillip lächelte verschmitzt und schnappte ein Päckchen von seinem Schreibtisch.

Maria schoss dem Geiselnehmer exakt zwischen die Augen. – Sein dämliches Grinsen. – Dann ins rechte Auge. – Das konnte sich Phillip in den Arsch schieben. – Dann ins linke. – Und seinen Kniefall gleich dazu. – Die nächsten drei Schüsse gehörten der Gurgel von Kinn bis Brustansatz. – Ein Großmutterhäferl! – Der Strich, der die Hodenausbeulung darstellte. – Für die beste aller Chefinnen! – Bauchschuss.

Was nun? Mein Gott, war diese Warterei langweilig! Diese Profis sollten endlich einmal kapieren, dass das Fladern von Handtaschen und Papieren genau gar nichts nützte. Irgendwann wurde jede Leiche identifiziert. Es dauerte eben nur ein bisschen. Aber die Etikette von diesem Maßschneider war eine heiße Spur. Nur noch kurze Zeit – gut. Okay. Das war es ja auch, was sie wollten. Zeit, um Spuren zu verwischen.

Maria zielte auf die Finger, die die Waffe umklammerten. Fünf exakte Schüsse. Noch ein Schuss. Wohin? Nein, das Herz war langweilig. Der Mund. Die Menschen redeten ohnehin zu viel. Na bitte, jetzt war zwar zwischen den Lippen das passende Loch, doch der Typ würde keinen Quatsch mehr reden. – ›Habe ich extra für dich machen lassen.‹ – Maria ging zur Ablage, um ein neues Magazin zu holen. Was für ein Glück, dass sie ihre halbjährliche Schießübung so lange hinausgeschoben hatte. Diese mühselige Suche nach der Identität der Frau sollte ruhig Phillip erledigen, er war ohnehin ein Internet-Junkie und Telefon-Flirter, der von nichts eine Ahnung hatte. Andererseits – immerhin hatte er sich bemüht. Er hatte sich was überlegt. Hätte er ihr vielleicht einen Diamantring schenken sollen? Als Kollege?

Warum war es so ruhig? Ein Blick über die Schulter zeigte ihr, dass sie mittlerweile alleine am Schießstand war. Umso besser. Sie entsicherte die Glock und stellte sich mit dem Rücken zur Zielschiebe. Wie Tom Cruise in ›Mission Impossible‹ drehte sie sich blitzartig und gedeckt um. Schuss. Exakt ins Herz. Neuerliche Drehung. Salve. Nochmalige Drehung. Salve. Das Magazin war wieder leer. Maria nahm die Ohrenschützer ab – und zuckte zusammen. Ohrenbetäubendes Knallen. Hastig streifte sie den Schutz wieder über. Wer hatte sich da hereingeschlichen? Sie lugte um die Ecke. Es war dieser Neue vom Einbruch. Schau an. Wie praktisch. Auch er schoss in Mustern. Allerdings auf die Geisel. Nach dem finalen Klick wandte er sich Maria zu. Lächelte. Na, das war ja schon mal nicht so übel. Jetzt nahmen sie beide die Ohrenschützer ab. Er streckte ihr die Hand entgegen.

»Gerhard. Gerhard Navratil. Bruch.«

»Maria. Maria Kouba. G'walt.«

Navratil lächelte.

»Ich weiß.«

Was war das für eine Antwort? Navratil ging auf Marias Platz und holte die Scheibe ein.

»Ich kenn den Roth. Wir haben die Ausbildung miteinander gemacht. Ich hab bis jetzt in Hernals Dienst geschoben.«

Maria ging auf Navratils Stand und holte ebenfalls die Scheibe zurück.

»Aha. Und – und was hat er dir von mir erzählt?«

Marias Scheibe rastete mit einem Knacken ein. Navratil studierte die Einschüsse und lächelte.

»Jedenfalls nicht, dass du Scharfschützin bist.«

Navratils Scheibe rastete ein. Er hatte der Geisel ein ähnliches Muster geschossen wie Maria dem Geiselnehmer.

»Danke für die Blumen. Aber du bist ja auch ein kleiner Django.«

Sie lächelten einander an. Funkstille. Blödsinn. Da waren ja nicht einmal Funken. Na los, Maria, bau vor, bei dieser schwachsinnigen Faschingsfeier bist du dann froh, wenn du jemanden zum Flirten hast. Irgendjemanden. Du weißt ganz genau, dass Phillip mit seinen verbalen Rosensträußen nur so um sich werfen wird. Und dir bleibt dann wieder nur, Gottls heiligen Chefgedanken zu lauschen. Gut, also heuchle mal Interesse. Er kommt aus Hernals. Hernals?

»Hernals? Ah, dann bist du – sag, hat Phillip dich nicht vor Monaten wegen diesem komischen Jungspund angeredet? Diesem Typen, der immer salutiert und ›Sir‹ krakeelt?«

Navratil kniff die Augen zusammen. Warum mussten Menschen beim Nachdenken eigentlich die Augen zusammenkneifen? Aktivierte das irgendeinen Teil des Gehirns? Er entspannte die Lider wieder und schob seine Zungenspitze zwischen die Lippen. Dann ein Beißen in die Lippen. Der Typ benutzte sicher auch ein grausliches Deodorant.

»Stimmt, da hätt ich was recherchieren sollen. Hab ich vergessen. Isses dringend?«

So wie Navratil unsicher die eine Wange hochzog – nein, er war so gar nicht Marias Typ. Aber besser als gar nichts. Besser, als die ganze Zeit wie Aschenbrödel herumzusitzen. Sie wollte tanzen. Wobei – was war, wenn er eine Frau hatte? Heuer waren doch erstmals alle Ehepartner eingeladen. Immerhin kein Ring am Finger. Freundin? Dann würde er nicht immer so glubschen. Blödsinn, er konnte es ja auch auf eine nette, kleine Firmenaffaire abgesehen haben. Smalltalke und forsche, meine Gute.

»Na ja, es geht. Er ist uns nur schon wieder über den Weg gelaufen, er muss jetzt in der Donaustadt sein. Und irgendwie geht er mir ordentlich auf den Wecker. Ich möchte einfach wissen, warum er diese US-Army-Marotte hat.«

Navratil zückte eine Zigarettenpackung und deutete auf den Vorraum. Gut, wenigstens kein Nichtraucher. Maria nickte und folgte ihm zur Sitzgruppe. Navratil gab ihr Feuer. Immer ein gutes Zeichen.

»Der wird wahrscheinlich zu viele Fernsehserien gesehen haben.«

»Ja, aber er hat ja bei uns gelernt. Da wird ihm doch klar geworden sein, dass er nicht beim NYPD gelandet ist.«

»Die Hoffnung stirbt als Letztes.«

Navratil lächelte und präsentierte dabei blendend weiße Zähne. Auch sonst wirkte er ganz ansehnlich. Im Prinzip. Typ Brad Pitt. Leider hatte er wie dieser eine zu kleine Nase. So ein puppenhaftes Knubbelding. Unwillkürlich setzte sich Marias Blick auf Navratils Füße. Ebenfalls klein. Also war wohl sein Schwanz ebenfalls – he, Frau, das sind Ammenmärchen!

»Hoffnung? Weißt du, ich find das gar nicht lustig. Das sind dann nämlich die Typen, die irgendwelche Verdächtigen prügeln, vornehmlich solche, die aus Afrika kommen, weil sie den starken Mann markieren wollen, und die hab ich sowieso schon bis hierhin. Und ich finde das überhaupt nicht leiwand, dass du so einen Schwachkopf verteidigst und ...«

Navratil riss die Augen auf und verschluckte sich am Rauch.

»Nein, nein – so – so – habe ich das nicht – nicht – gemeint. Das brauchst du nicht glauben. Ich find das auch nicht – okay.«

Was hatte sie da nur geritten? So riss frau sich keinen Tanzpartner auf. Lass den Fisch nicht von der Leine! – Maria beugte sich über den niedrigen Couchtisch zum Aschenbecher. Sie schickte Navratil ihren bestens erprobten, langsamen, intensiven Blick von unten. Der hatte Josef damals geknackt, der musste auch jetzt funktionieren, wo Navratil ja sogar ein Verehrer war.

»'tschuldige, ich hab das nicht persönlich gemeint. Ich kann mir auch gar nicht vorstellen, dass du – nein.«

Lächeln. Blick senken. Nochmals langsam heben.

»Aber findest du nicht, wir sollten gegen solche Wichser was unternehmen?«

Navratil starrte sie an. Seine Zigarette glimmte unbeachtet vor sich hin. Zu spät nickte er.

»Eben. Und ich habe mir gedacht, dass du, weil du ja bis vor kurzem noch draußen warst, also dass du vielleicht die besseren Kontakte hast zu den Kollegen. Wenn ich da nachfrag, dann wirkt das gleich so – so offiziell. Und dir werden sie sicher unter der Hand mehr sagen. So bei einem Bier. Oder zwei.«

Behalte die Lefzen oben, Maria! Navratil beugte sich zu ihr.

»Die würde ich aber lieber mit dir trinken.«

»Kollege Navratil!«

»Nur wegen Einstand und so. Heute?«

»Klar. Ich muss dich aber enttäuschen. Heute habe ich schon was vor. Aber wir können ja einmal die Feier ins Auge fassen.«

»Da sind so viele Leute.«

»Da gibt's auch ruhige Ecken – glaube mir.«

Und jetzt der Sphinx-Ausdruck hintennach. Na bitte, erste Klasse war das. Maria sah die Sexphantasien förmlich durch Navratils Augen quellen. Aschenbrödel ade, Prinzessin olé! Aber wie kühlte sie ihn jetzt wieder auf ein gesundes Maß herunter? Asche abstauben. Wieder zurücklehnen. Augenkontakt abbrechen. Tiefer Zug.

»Also machst du mir den Gefallen wegen diesem Typen?«

Kollegenhaftes Lächeln. Navratil erbebte in einem kleinen, lautlosen Auflachen. Das gab ihm etwas Souveränes. Der erste wirklich sympathische Zug an ihm. Auch er lehnte sich zurück.

»Ich weiß, dass du nur mit mir spielst und dass das nie was anderes werden kann, aber das macht nix. Besser als gar nix. Und ich frag nach, keine Sorge.«

»Was heißt, du weißt, dass ...?«

Die Tür platzte auf. Phillip reckte den Kopf herein.

»Bist du taub? Ich hab, glaub ich, mindestens hundert Mal angerufen. Komm! Der Gottl wartet oben im Sitzungssaal und – servas, Tilli! Du kannst auch gleich mitkommen.«

»Servas, Einstein. Was hast für a Hektik?«

Ärgerlich dämpfte Maria die Zigarette aus.

»Wieso, bitte? Hat eine Bombe eingeschlagen?«

»Das ist Option drei. Die Wetten laufen gerade. Das beste Voting hat bislang Variante Frau-Mühle-hat-einen-Liebhaber.«

Navratil kritzelte etwas auf die Polizeizeitschrift, riss die Ecke ab und wuchtete sich hoch.

»Heißt das, der Mühle beruft einfach so eine Sitzung ein? Das kann er doch nicht machen!«

Maria streckte Navratil die Hand entgegen. Er zog sie mit einem Augenzwinkern hoch. Gut so. Hoffentlich hatte es Phillip gesehen.

»Gerhard, ich würd sagen, du hast keine Ahnung, was der

Gottl alles kann. So streichelweich, wie du ihn bis jetzt kennen gelernt hast, das war eher die Perversion. Glaub mir, du wirst noch trauern um Hernals.«

»Sicher net, weil dort hat's dich nicht gegeben.«

»Komm, Tilli, net mach auf Schmalspur-Gent!«

Doch Navratil dachte nicht daran, Phillips Aufforderung Folge zu leisten. Er legte auch die zweite Hand um Marias Finger und ließ dann beide mit einem nochmaligen Zwinkern los. Den Zettel ließ er dabei unauffällig in ihrer Hand. Was war das für ein Spiel? Fast wie zur Schulzeit.

Definitiv wie zur Schulzeit. Wie angefressene Pennäler beim Nachsitzen, so lungerten sie herum, die Kollegen. Alle Abteilungen. Und Gottls Mund öffnete sich und schloss sich und öffnete sich und schloss sich. Völlig unmotivierte Generalpredigt. Das abgewetzte Bambusrohr, mit dem er auf der Projektionsfläche hin und her zischte, vervollständigte sein oberlehrerhaftes Getue. Es musste sich um einen Akutanfall handeln, denn die wechselnden Listen und Statistiken waren in einer ausufernden Handschrift geschrieben. Die Eisenstein, seine Sekretärin, war doch so bekannt für ihre penible und akkurate Schreibe. Und vor allem – nur im Notfall gab sie etwas Nicht-Getipptes aus der Hand. Die erzwungene Lässigkeit musste ihr furchtbar unangenehm sein, denn sie saß versteinert am Tisch mit dem Projektor und tauschte wie ein Automat die Folien aus.

Jetzt fuchtelte Gottl mit Zeitungen durch die Gegend. Ach ja, das alte Thema Drogen und Prostitution. Elsa hatte die Arme auf den Tisch, ihren Kopf auf die Hände gestützt und auf das Gesicht ein perfektes Tanzschullächeln gezaubert, was ihr den Touch eines bescheidenen Hausmütterchens verlieh. Sehr gescheit. Sie ließ souverän ihrem Kollegen Plimminger den Vortritt. Was sollte sie jetzt schon Sinnvolles aus dem Hut zaubern? Die lieben neuen Nachbarn hatten eben die Grenzen noch nicht wirklich im Griff. Und überhaupt, die

Schlepper waren gewiefte Geschäftsleute. Für jede Lücke, die die Polizei schloss, fanden sie drei neue. Ja, das Schleppergeschäft war mittlerweile ein besseres als jenes mit Drogen. Das machte erfindungsreich. Und solange es Freier gab, solange gab es Prostituierte. Und je mehr Druck, umso mehr Illegale. Maria beneidete ihre Freundin nicht. Im Vergleich dazu war Gewaltverbrechen eine einfache Abteilung. Wie gut, dass sie die Sitte so schnell wie möglich verlassen hatte. Sie zog eine Augenbraue hoch, als Elsa zu ihr herübersah. Elsa ließ daraufhin unter dem Tisch ihre beiden Zeigefinger rotieren, wozu sie mit dem Oberkörper eine leichte Beugebewegung vollzog. Litanei. Ja, das war es. Völlig sinnlos.

Phillip schob Maria einen Zettel zu – heimlich wie ein Schüler eine Witzzeichnung über den Lehrer. Und so etwas Ähnliches war es auch. ›Hat schlecht geschlafen‹ – zwei Namen und insgesamt dreißig Euro. Die mit Abstand am wenigsten gewählte Begründung. Es folgten ›Frau Mühle hat einen Liebhaber‹, ›Bombenanschlag‹, ›Sein Papagei ist tot‹, ›Seine Therapeutin ist auf Urlaub‹ und ›Die Eisenstein verlässt ihn‹. Wettfavorit war der ›Liebhaber‹. Maria schrieb sich zum Punkt ›Therapeutin‹.

»Kollegin Kouba, ich schätze es sehr, wenn Sie in Gedanken immer bei Ihrer Arbeit sind. Aber wollen Sie dem Kollegen Plimminger nicht ein wenig Aufmerksamkeit schenken? Wie ich – leider durch eine Anfrage des Chefredakteurs der ›Kronen Zeitung‹ – erfahren musste, könnten Sie ja bei Ihrem neuen Fall auf Kollege Plimmingers Mitarbeit und Informationen angewiesen sein. Die Tote ist ja – war ja leicht bekleidet.«

Maria schrak weniger durch Gottls Poltern als durch das lautlose, dennoch nicht weniger schadenfrohe Gekichere ihrer Kollegen zusammen. Tatsächlich wie in der Schule. Das konnte und durfte doch nicht wahr sein! Von wegen, alle hätten einen Stand auf sie! Während Maria ihren Mund öffnete, strich sie sich bei ›Therapeutin‹ aus und trug sich bei ›Eisenstein‹ ein.

»Herr Hofrat …«

Maria ließ das Wort nachklingen. Ja, so bekam es einen leicht mitleidigen Ton. Und jeder im Raum wusste, dass sie ihn sonst leger mit ›Herr Mühle‹ ansprach. Und jeder wusste nun, was sie sich dachte. Die Sympathiewaage hob sich zu ihren Gunsten. Feiglinge. Alle militärgeschädigt. Nur Navratil bedachte sie mit distanziertem Interesse. Das war zu intim. Schon nach zwei gewechselten Worten und einem zugesteckten Zettel glaubte er wohl, dass sie eine besondere Beziehung hätten. Sie sollte seine Nummer vor seinen Augen zerreißen. Es war einfach keine gute Idee, auch nur mit irgendjemandem im Präsidium näheren Kontakt zu haben. Also, mit irgendeinem Mann. Sie waren alle solche John-Wayne-Verschnitte. Wie machte Elsa das nur, dass ihr diese zahllosen Affairen nicht auf den Kopf fielen? Sie schwebte amüsiert über den Dingen – das sagte zumindest ihr aktuelles Lächeln aus. Wieso war es so still? Ach ja, sie war dran. Also dann.

»Ich danke Ihnen wie immer für Ihre Anregung. Und ich kann Ihnen sagen, ich habe bereits Kontakt aufgenommen – mit Kollegin Fremuth.«

Elsa schickte Gottl pflichtschuldigst einen bestätigenden Puppenblick. Dieses Luder. Maria konnte das aufsteigende Lachen kaum unterdrücken. Sie atmete aus und drosch geistig auf das Kitzeln in ihrem Bauch ein.

»Wir stehen in regem Austausch. Wir bemühen uns derzeit intensivst, die Identität der Toten herauszufinden. Erst dann wird sich herausstellen, ob es sich um ein Szeneopfer handelt oder um ein Eifersuchtsopfer, dem ein Faschingsflirt nicht gut bekommen ist.«

Geschafft. Gottls Zähne mahlten. Schließlich schluckte er seine giftige, zu Brei zermörserte Entgegnung hinunter. Gut so. Also ganz verblödet war er nicht. Er erkannte noch, dass ihre Antwort untadelig gewesen war. Und als Nächstes musste sie herausfinden, wer von der Tatortgruppe sein loses Mundwerk nicht hatte halten können. Und dann würde sie sich diesen Hammel von Herzog an die Brust nehmen. Wenn der etwas über die Folterwunden schrieb, dann kam er selbst auf die Streckbank. Hatte sie es nur mit Vollidioten zu tun?

Gottl setzte sich auf die Kante des Tisches, auf dem der Projektor stand.

»Wenn wir gerade dabei sind, Kollegin Kouba, würden Sie uns ein paar Details zu diesem neuen Fall mitteilen?«

Er gab nicht auf. Nervensäge. Phillip schnappte den Wettzettel und kritzelte hastig auf dessen Rückseite. Hatte er schon einen Recherche-Erfolg verbuchen können? Maria holte lange Luft.

»Ja – äh – es handelt sich um eine Frau – in einem Faschingskostüm, mit Würgemalen, und Schnittwunden …«

»Schnittwunden? Folter?«

»Ja, es sieht so aus, wahrscheinlich sogar mit Pfeffer verstärkt.«

Ein Raunen in der Runde. Gottl studierte den Fußboden und bemerkte so nicht, wie Phillip ihr den Zettel zuschob. Sie warf einen unauffälligen Blick darauf.

»Auf jeden Fall wird gerade die genaue Todesursache ermittelt, und leider haben wir keine Papiere, aber anhand der Kleidung versuchen wir gerade …«

Gottl schüttelte den Kopf.

»Eine derartige Folter, das ist ja höchst ungewöhnlich. Kollege Navratil, sind Sie da nicht Experte auf dem Gebiet?«

Gerhard war Experte? Interessant, was für Steckenpferde so manche Kollegen hatten. Navratil schrak auf und räusperte sich.

»Äh, ja, Schnitte mit Pfeffer – äh, das ist ziemlich ungewöhnlich. Manchmal kommt es bei Sexualdelikten vor. Und früher beim Sklavenhandel, da war das gang und gäbe. Peitschenstriemen oder Schnitte, in die man dann Salz, Pfeffer oder Chili reingestreut hat. Hat extrem gefügig gemacht.«

Der eine oder andere Kollege stöhnte unterdrückt auf. Alle hatten verzwickte Gesichter. Ja, mei, die Burschen waren doch nicht alle so abgebrüht, wie sie immer taten. Maria fragte sich plötzlich, warum sie sich immer so aufregte. Kleine Buben mit einer großen Klappe. Das war's auch schon.

Auch Gottl stand da, als müsste er sich gleich in die Hose machen. Nun räusperte sich Maria.

»Ja, also, wir versuchen gerade, anhand der Kleidung die Identität herauszufinden, und da gibt es seit kurzem eine konkrete Spur, der wir allerdings erst nachgehen müssen. Eine Agentur, die sich auf diese Art Kostüm spezialisiert hat.«

Gottl und die anderen nickten reflexartig. Maria streifte Phillip mit einem Seitenblick. Touchdown. Das war gute Teamarbeit gewesen. Sie lächelte ihm zu, er zurück, kurzes Eintauchen in seine Augen. Jetzt waren sie wieder einmal Schokoladenkekse. Genug. Großmutterhäferl.

Maria fokussierte das Strahlen auf Gottl. Der interpretierte es anscheinend als selbstsichere Siegespose, die ihn lächerlich machen sollte, und schnappte nach Luft. Fast tat er Maria Leid. Aber nur fast.

»Heute Abend gibt es einen ausführlichen Bericht, Herr Hofrat. Ich würde nur vorschlagen, die Presse wie immer auf eine nichts sagende Meldung ohne Details einzuschwören, sonst haben wir wieder zig Spinner, die sich als Bunny-Mörder wichtig machen.«

Sie strahlte weiter. Diese offensichtliche Richtlinie, wie er sich zu verhalten hatte, musste ihn zum Explodieren bringen. Dann stand er jedoch wie ein Depp da. Sein Problem. Krieg. Musste er sich unbedingt so aufplustern? Was ging es sie an, wenn er private Probleme hatte?

Gottl blähte die Nasenflügel. Gift troff heraus.

»Frau Kollegin Kouba, das können Sie ganz getrost …«

Die Eisenstein bewegte sich. Genauer, ihr Stift bewegte sich. Verneinend hin und her. Gottl registrierte es, hielt inne und stieß Luft aus. Er zwang den lieblichen Ausdruck, der sie alle in den letzten Monaten so irritiert hatte, auf sein Gesicht.

» … ganz getrost meine Sorge sein lassen. Ich werde Ihnen wie immer den Rücken freihalten. Sie halten mich auf dem Laufenden? Ja? – Und jetzt die Kollegen vom organisierten Verbrechen. Der Innenminister will Resultate sehen …«

»Weil's jetzt auch bei seiner Nachbarin einen Bruch gmacht haben?«

Navratil sah Gottl betont freundlich an. Der hielt die Luft an und stieß drei Mal mit dem Zeigefinger in Navratils Richtung.

»Das ist kein Spaß, Kollege, über vierzig Einbrüche pro Bezirk und Monat. In Josefstadt, Neubau und Mariahilf geht es ja schon schlimmer zu als in der Bronx …«

Maria klinkte sich aus, nachdem sie pflichtschuldigst genickt hatte. Sie wusste, wie oft ihre Kollegen in der Josefstadt, ihrem Heimatbezirk, Einsatz hatten. Marias Blick suchte vielmehr jenen der Eisenstein. Erkannte sie in deren Augen ein leises Lächeln? Wieso half ihr die Eisenstein? Wieso ließ sich Gottl von ihr dermaßen zurückpfeifen? Sie drehte den Wettzettel wieder um, strich sich bei ›Eisenstein‹ aus und trug sich bei ›Papagei‹ ein. Man durfte nicht überall gewinnen.

Phillip telefonierte und telefonierte. Seit sie die Sitzung verlassen hatten. Ihr nachlässig die Richtung deutend. Und stets so viele Schritte hinter Maria, dass es ihr unmöglich war, auch nur ein Wort zu verstehen. Und dabei machte er so eine ernste Miene, als würde es um seine nächste Beförderung gehen. Dazwischen leuchtete aber auch manches Mal eine Zärtlichkeit auf, die Maria ein Stechen in der Brust verursachte. Und er war verunsichert. Das erkannte sie daran, wie er unkontrolliert immer wieder mit dem linken Daumen die Mulde oberhalb seines Kinns kratzte. Wer war diese Frau, die ihn so beschäftigte? Scheiß-Freundschaftsgetue. So konnte sie dieser Quertreiberin nicht einmal die Titten zu Brei boxen.

Sie passierten die Börse. Den Rudolfsplatz. Bogen in den Tiefen Graben ein. Hier irgendwo war die Adresse der Agentur. Maria blieb wie ein trotziges Maultier stehen. Phillip merkte es nicht. Kam näher. Wortfetzen. ›Natürlich mache ich das.‹ ›Ich werde alles tun …‹ ›Du kannst dich völlig auf mich verlassen.‹ Scheiße. Das klang wirklich ernst. Phillip krachte gegen sie. Nickte und lächelte ihr pflichtschuldigst zu, wich ein paar Schritte zurück, wandte sich ab und krümmte den Rücken, um den Schall mit seinem Brustkorb abzufangen. Was ihm gelang. Wieder kein Wort zu verstehen. Schlechter Film. Es fühlte sich gar nicht gut an, so als drittes Rad am Wagen im kalten Nieselregen herumzustehen. Gerade als sich Maria entschloss, dem Affront ein Ende zu bereiten, klingelte ihr eigenes Handy. Das vor Kälte schwache Display zeigte Oberspurensicherer Georg.

»Ja, sag einmal, wer von deinen Wahnsinnigen hat mit dem Herzog geredet? – Komm mir nicht so. Irgendeiner muss es gewesen sein. – Ja, ja, blablabla, wahrscheinlich hat auch noch irgendeiner mit dem Handy ein Foto gemacht und es dem Zeck gesteckt. – Furie? Ich? Na, jetzt hör mal – okay, okay. Ja, tut mir Leid. Aber schau, vielleicht findest du was raus. Wenn alles in den Zeitungen steht, kann ich mir die Vernehmungen ersparen. – Gut. – Nein, was soll das dreckige Gekicher, du störst mich überhaupt nicht bei …«

Jetzt hörte es Maria auch. Guttural. Gellend. Maria schaute hoch zu einem der Fenster in dem Haus, bei dem sie stand. Der Vorhang wehte heraus. Und mit ihm jener urtümliche Lustschrei, der sogar bis zu Georg durchgedrungen war. Jetzt verebbte er langsam. Stille.

»›Serail‹.«

Maria legte auf, ohne den Blick von Wiens berühmtestem Stundenhotel abzuwenden. Was mussten die beiden für heißen Sex haben, wenn sie bei drei Grad plus das Fenster offen ließen. Beneidenswert. Vielleicht doch Navratil? Was sagte eine zu kleine Nase schon aus? Ein schiefes Gesicht? Oder ein mieses Deodorant? Phillip klappte sein Handy zu. Er schloss die Augen, das konnte sie ganz genau sehen. Jetzt trat ein unverbindlicher Ausdruck in sein Gesicht, mit dem er sich auch zu ihr umdrehte.

»'tschuldige, Chef.«

Er steckte das Handy ein, wollte zur Tagesordnung übergehen. Maria zog ihre rechte Augenbraue hoch. Phillip wedelte mit der Hand. Er suchte wohl den passenden Ausdruck.

»Eine – eine Freundin. Sie will – sie hat Probleme.«

Warum log er sie an? Sie war doch nur seine Kollegin. Egal. Es gab jetzt Wichtigeres.

»Hausnummer?«

»Dreizehn.«

Maria drehte sich um, wieder zurück, verschränkte die Arme.

»Kannst du mir vielleicht ein bissel einen Input geben?«

Phillip verzog das Gesicht.

»Es ist eine Freundin, die in Schwierigkeiten ist. Ich werde – es ist – es kommt nicht mehr vor, okay?«

Witzig. Als wäre Maria seine Ehefrau.

»Ich hab dich nicht nach deinen Hormonen gefragt, nur nach mehr Infos. Wobei – ich wollte dir noch sagen – danke. Vorhin bei der Sitzung – ohne dich ...«

»He, kein Problem, Chef. War mir eine Ehre. Also ...«

Phillip sah sich um und deutete auf ein Haus schräg gegenüber.

»Also da vorne, da ist die Agentur ›Dusk till dawn‹. Ja, so wie der Film von Tarantino.«

»Schwieriger Name für was auch immer.«

»Sie wird auch nur ›Duskie‹ genannt. Jedenfalls ist das so eine Begleitagentur. Darauf gekommen bin ich durch einen von diesen Kostümverleihen, dem ›Czech & Partner‹, der hat dieser Agentur so vor einem Jahr seinen kompletten Fundus an Bunny-Kostümen verkauft. Er hat keinen Rebbach mehr damit gemacht, ist irgendwie out, war eher der Renner in den Achtzigerjahren. Und die haben auch noch so Sachen wie Mieder mit Engelsflügeln oder Can-Can-Wäsche gekauft.

Die hat er zwar noch immer im Sortiment, aber von dem Geld vom Verkauf hat er sich geile neue Sachen schneidern lassen. Schön blöd waren die, sagt er.«

»Und warum wissen wir, dass unser Bunny die Klamotten von dieser ›Duskie‹ am Leib hatte?«

»Weil die Kundinnen von allen anderen Kostümverleihen gesund und munter sind. Natürlich kann es auch noch immer sein, dass jemand privat so ein Kostüm hat. Aber die Agentur ist einen Besuch wert. Vor allem, weil sie gestern Hostessen mit so was rausgeschickt haben. Und eine von denen ist nicht erreichbar. Was natürlich noch nichts Konkretes heißt. Aber wenigstens ein bissel was.«

»Brav. Und das alles hast du rausgefunden, während ich schießen war?«

»Ich bin ja kein Lulu nicht.«

»Achtung, Roth, doppelte Verneinung.«

Sie grinsten sich an. Maria setzte sich in Trab. Phillip schob sich an ihre Seite. Zu nahe. Brauchte er eine Schulter zum Ausweinen? Da, wo sie jetzt hingingen, konnte er sich ein paar Freiminuten kaufen.

Maria nahm Abstand und ließ den Blick über den Bau gleiten.

»Begleitagentur.«

»Ja, genau das, wo alle so tun, als gäbe es keine Freier und keine Prostituierten, und wo dann Sperma und Geld flugs die Besitzer wechseln.«

»Und wem gehört die Agentur?«

»Einer gewissen Carola Blau.«

Maria wirbelte herum.

»Was?«

»Was was?«

»Wie heißt sie?«

Sie musste irgendwie Furcht einflößend wirken, denn Phillip sah sie wie ein verängstigtes Hündchen an.

»Carola Blau.«

Carola Blau. Er hatte eindeutig Carola Blau gesagt. Der Name war selten. Einzigartig. Trotzdem – es musste eine Namensgleichheit sein. Es musste. Sie waren einander nie mehr begegnet seitdem. Maria war sich so sicher gewesen, dass Carola in einer anderen Stadt war. In einem anderen Land. In einem anderen Erdteil. Weg aus ihrem Leben. Carola. Carrie. Es musste ein Irrtum sein. Ein Zufall. Sie standen vor der Gegensprechanlage. Phillip sah sie von der Seite an. In einem Anfall von irrationalem Masochismus drückte sie die Taste.

Die Sekretärin schürzte die Lippen, als sie mitteilte, die Chefin erwarte sie, und dabei Phillip einen tiefen Blick schickte. So einen tiefen Blick, wie ihn die Blondinen in Pilcher-Verfilmungen beim Liebesgeständnis einsetzten. Maria nahm auch diese Koketterie nur wie durch eine Wolke wahr. Wie zuvor das vergammelte Stiegenhaus, den altersschwachen Aufzug, die Doppelflügeleingangstüre mit den Putzscheibenfenstern, die Herzen suggerierten. Wie auch Phillips permanenten Seitenblick zu ihr, Maria, der die Blondine beinahe beleidigend ignorierte. Maria stakste auf die gepolsterte Tür zu. Jetzt gleich würde es sich entscheiden. Ob sie sich zu einem hasserfüllten Monster verwandelte oder doch die coole Kommissarin blieb. Sie hob die Hand zur Klinke, senkte sie. Spürte Schweiß auf ihrer Handfläche. Hob die Hand, senkte sie. Noch mehr Schweiß. Die Sekretärin fuhr ihren endlosen Schwanenhals aus.

»Kann ich Ihnen irgendwie helfen?«

Phillip brummelte ein gelächeltes Nein und drückte die Klinke. Maria senkte den Kopf. Das half doch nichts! Sie musste schauen, um zu sehen. Und es im schlimmsten Fall annehmen. Doch der Kopf war so schwer. Phillip trat ein. Ferngesteuert folgte ihm Maria. Der Boden war ein Sternparkett. Kein dämlicher Spannteppich. Das würde zu ihr passen. Maria registrierte fein geschwungene Möbel aus Birkenholz.

Auch das würde zu ihr passen. Phillip leierte die übliche Begrüßungsformel. Eine sonore Altstimme erhob sich.

»Kouba?«

Würgende Stille.

»Maria Kouba? Maria?«

Sie konnte nirgendwohin mehr ausweichen, denn da waren feste Bretter. Kein Teppich zum Darunterkriechen. Maria gab an ihr Hirn den Befehl, den Kopf zu heben. Die ansonsten eifrigen zerebralen Leuchtfeuer reagierten nur langsam. Doch irgendwann hatte die Botschaft ihr Ziel erreicht. Und sie sah in die moosgrünen Augen von Carola.

»Hallo, Carrie.«

Eigenartig, es war gar nicht so schlimm. Maria suchte und suchte und suchte und fand nicht den Aufschrei, der sie damals vor achtzehn Jahren beinahe zerrissen hätte. Und Carrie? Sie schaute ebenso überrascht neutral, wie es Maria von sich selbst vermutete. Ja, da gab es irgendwann einmal Tage in einem Spital, an denen sie sich gegenseitig angegiftet hatten. Erstaunlich, wie Jahre Geschehnisse bedeutungslos machten. Phillip ging zum Schreibtisch. Auf halbem Weg blieb er stehen. Er sah zuerst zu Carrie, dann zu Maria.

»Ihr kennt einander?«

Carries Grinsen wurde zuerst breiter, dann traurig. Konnte es tatsächlich sein, dass sie ihre Wiederbegegnung mehr traf als Maria? Sie spürte ein Lachen aufsteigen, das sie ganz schnell unterband. Hol Luft!

»Ja, das kann man so sagen. Carrie ist meine Halbschwester.«

»Oh.«

Maria bemerkte aus dem Augenwinkel, wie sich Phillip aus der Schusslinie zurückzog. Keine Sorge.

»Wie geht's dir? Lange nicht gesehen.«

Das übliche ›Gut schaust aus‹ brachte Maria nicht über die Lippen, denn der einstige feenhafte Goldengel hatte sich zu einer verhärmten Vierunddreißigerin entwickelt, die mindestens zehn Jahre älter aussah. Die dicke Camouflage auf ihrem Gesicht konnte die tiefen Falten nicht überdecken. Das strahlende, blonde Langhaar war einem dumpfen, schwarzen Kurzhaar gewichen. Nur die Augen leuchteten noch immer wie bei einer Katze. Und auch Geschmack hatte sie noch immer, auch wenn das pure Schwarz zu sehr nach Attitüde roch. Dafür war die echte Smaragd-Halskette umso überzeugender. Carrie kam um den Tisch herum und reichte Maria die Hand. Keine Übelkeit. Kein Tobsuchtsanfall. Fein. Carrie war ihr egal. Wie wunderbar! Doch sie offensichtlich Carrie nicht, denn sie versuchte, Marias Blick festzuhalten.

»Gut. Danke. Man lebt. Und du? Wie bist du zur Polizei ...?«

»Neugierde. Du weißt, ich war immer neugierig.«

»Ich weiß.«

Noch immer der fragende, fast bangende Blick. So einfach war das also. Achtzehn Jahre voller Hasstiraden, voller blutrünstiger Phantasien, und man hatte eine Angelegenheit so verdaut, dass sich die Umstände umkehrten. Maria konnte nicht mehr. Sie lachte. Carrie und Phillip starrten sie an. Maria wedelte beruhigend mit der Hand.

»'tschuldige, ich – ich bin nur so – nur so überrascht. Ich hab geglaubt, du bist weg.«

»Ich war auch weg. Nur L.A. – es war mir ein bisschen zu groß. Und die Leute von Mama, die mir helfen wollten, die waren – ist nicht mehr wichtig. Möchtest du Wasser?«

Maria nickte, wandte sich ab, lachte noch ein paar Mal auf und holte tief Luft. Neben der Tür befand sich ein Spiegel. Wie praktisch, dass sie in einer Begleitagentur waren. Sie hörte Carrie ein Glas Wasser einschenken und eine Espressomaschine in Betrieb nehmen. Das zarte Scheppern von Geschirr und Phillips ›Danke‹. Wieder restauriert, ging sie zum Schreibtisch, wo die beiden schon Platz genommen hatten, nippte zuerst am Wasser, dann am Kaffee. Kein Zucker.

Ein kurzer Blickwechsel zu dritt. Carrie legte ihre Hände beschützend über die Espressotasse.

»Aber nachdem du ja nicht da bist, um alte – ihr sucht jemanden?«

Phillip kramte.

»Ja, Frau Blau, wir haben da ein Foto. Wir wollen, dass Sie sich das anschauen.«

Phillip reichte Carrie ein geschöntes Bildnis der Ermordeten. Carrie sah es lange an. Maria stand auf, ging zur Kaffeeanlage und schnappte sich zwei Stück Würfelzucker, ohne Carrie aus den Augen zu lassen.

»Kennst du sie?«

Carrie nickte bedächtig und reichte dann die Fotografie schnell an Phillip zurück.

»Ja, die Frau kenne ich. Sie ist eine unserer Mitarbeiterinnen. Die, die sich nicht meldet – sie sieht – es schaut so aus, als ob – was ist ihr passiert?«

Phillip nahm das Foto, steckte es ein, öffnete seinen kleinen Laptop.

»Wir haben ihre Leiche heute am frühen Morgen in der Alten Donau gefunden. Wir denken, sie ist ermordet worden.«

Carrie nickte noch einmal bedächtig.

»Das ist nicht gut. Das ist gar nicht gut.«

Sie nahm eine Zigarillo aus einem bernsteinfarbenen Glasbehälter und zündete sie an.

»Wird bei den Zeitungsberichten auch der Name der Agentur vorkommen?«

Unglaublich. Carrie war um keinen Deut gefühlvoller als damals. Na ja, wie sollte sie auch, in diesem Gewerbe? Aber so gar kein Mitgefühl für die Tote? Maria ließ die zwei Stück Zucker in ihre Tasse plumpsen. Kaffee spritzte auf die Tischplatte. Carrie zupfte sofort ein Kleenex aus einem bereitstehenden Karton und wischte die kaum sichtbaren Flecken weg.

»Entschuldige – aber tut dir die Frau nicht Leid?«

Carrie polierte die Platte weiter.

»Natürlich tut sie mir Leid. Sehr sogar. Ich habe sie gemocht. Aber es ist nur – der Agentur geht's nicht so gut. Zu viele Mädchen von drüben bieten sich einfach so privat an. Es ist ihnen völlig wurscht, dass dann niemand auf sie aufpasst. Dass niemand die Typen kontrolliert, mit denen sie sich treffen.«

Phillip schlug die Beine übereinander und verschränkte die Arme.

»Frau Blau, jetzt klingen Sie wie eine beleidigte Zuhälterin. Sind Sie nicht bloß Chefin einer Begleitagentur?«

Carrie schickte Phillip einen langen Blick, dann richtete sie die Zigarillo in seine Richtung.

»Die Meldung ist für einen Kieberer doch ziemlich billig, oder?«

Sie deutete nebenbei auf den Computer wie auf ein Spielzeug.

»Noch dazu für so einen Fortschrittlichen. Klar geht's meistens in die Horizontale, auch wenn genug dabei sind, die wirklich nur eine Staffage fürs Geschäftsessen brauchen. Aber meine Mitarbeiterinnen und Mitarbeiter, die machen das freiwillig. Und die machen das nur, wenn sie wirklich wollen. Da wird niemand zugeritten und getögelt. Haben Sie das nicht gewusst, Herr Roth? Dann darf ich Sie vielleicht einmal zu einer Gratis-Begleitung einladen. Dann werden wir ja sehen, ob Sie das Mädchen ins Bett kriegen oder nicht.«

Carrie schickte ein überlegenes Lächeln nach.

»Und es liegt nicht nur an der Statur, das können Sie mir glauben, es liegt auch am Charme. Und am Geld.«

Maria sah belustigt, wie Phillip eine Entgegnung hinunterschluckte. Ihm fiel schon wieder nichts ein. Die neue Flamme tat ihm echt nicht gut. Seine ganze Schlagfertigkeit war perdu. Er konnte sich nur mit blitzenden Augen revanchieren, was Carrie offensichtlich genoss. Maria entschloss sich, ihn aus der Malaise zu befreien – auch wenn sie noch so schön anzuschauen war.

»Ich fürchte, Carrie, das mit der Zeitung, das wird sich nicht vermeiden lassen. Da ist ein ganz Eifriger bei der ›Krone‹, ein ganz Junger, der verbeißt sich, bis er alles weiß.«

Carrie nickte schon wieder bedächtig. Eine interessante Angewohnheit. Maria hatte anderes in Erinnerung. Und sie passte so gar nicht zu ihrem drahtigen Äußeren.

»Bei der ›Krone‹, ah ja.«

Maria war schlagartig bereit, einiges zu tun, um in Carries Kundenkartei Einsicht zu bekommen. Na ja, vielleicht ergab es sich ja ohnehin im Laufe der Ermittlungen.

»Ja, also, wer ist die Tote?«

Carrie atmete tief durch. Sie hatte sie anscheinend wirklich gemocht.

»Rita Scheele.«

»Mit einem oder zwei E?«

Es war Phillip anzusehen, dass er froh war, etwas zu tun zu haben.

»Schule, Emil, Emil, Ludwig, Emil.«

»Und sie war ja offensichtlich gestern im Einsatz. Mit wem?«

Carrie seufzte, erhob sich und nahm eine Patrouille hinter dem Schreibtisch auf.

»Das ist genau das, was – wir haben sonst immer die Daten von unseren Kunden. Wir sind bekannt für unsere Diskretion.«

Phillip überschlug die Beine neuerlich.

»Nur die von gestern nicht.«

Carrie schüttelte den Kopf. Es wirkte, als würde sie sich selbst beruhigen wollen.

»Haben wir schon. Nur nicht in der Kartei. Das sind Freunde – Kunden von Helge. Helge Trimmel. Doppeltes M. Hartes T. Kein A.«

Ihr auf ihn gerichteter Zigarillospitz degradierte ihn eindeutig zur Sekretärin. Was Phillip unter Dampf geraten ließ. Doch noch notierte er brav weiter.

»Helge ist mein Geschäftspartner. Zuständig für Akquirierung und Betreuung.«

»Das heißt, nur Helge Trimmel kennt die Namen? Können wir ihn gleich fragen?«

Carrie nahm ihre Wanderung wieder auf.

»Nein, das ist mir ja so – so unangenehm. Er ist heute – heute krank gemeldet.«

Phillip machte eine großzügige Geste.

»Och, wir machen auch Hausbesuche.«

»Das wird nichts nützen, Herr Roth, Helge hatte gestern am Abend einen Anfall. Epilepsie. Danach ist er immer für den ganzen nächsten Tag nicht greifbar. Er nimmt Schlaftabletten und schaltet alles aus. Auch die Gegensprechanlage. Glauben Sie mir, ich würde ihn sofort anrufen, wenn ich wissen würde, dass es was nützt.«

Phillip sprang auf.

»Das ist doch Wahnsinn. Er kennt vielleicht den Mörder, und wir müssen warten, bis der gnädige Herr ausgeschlafen hat? – Wir hätten gern seine Nummer und seine Adresse.«

Carrie hatte wieder ihr überlegenes Gesicht.

»Gerne, Herr Roth, Sie sind ja ganz ein Eifriger.«

»Und Sie eine ganz Verschlagene. Das stinkt doch. Sie decken ihn. Seine Freunde.«

»Das tu ich nicht, Sie – süßer, kleiner Rambo. Und als Beweis – ich gebe Ihnen die Namen der beiden Mädchen, die auch noch bei dem Termin waren. Die weiß ich nämlich.«

Jetzt würde Phillip gleich auf Carrie losgaloppieren. Maria klimperte schnell mit der Tasse.

»Kann ich noch, Carrie? Das wär ...«

»Kein Problem.«

Carrie nahm die Tasse und hantierte wieder an der Espressomaschine. Sie hatte zwar eine neutrale, halbwegs freundliche Maske aufgesetzt, doch darunter schwelte etwas. Es sah beinahe wie Besorgnis aus. Eine lauernde Besorgnis. Nicht jene klare um den Weiterbestand ihrer Firma. Maria zündete sich eine Zigarette an und reichte sie Phillip. Der verstand die Geste und drückte mit großer Kraft seine Wut hinunter. Auch sie selbst nahm sich eine. Carrie kam mit dem Kaffee zurück.

»Ja, wo waren wir? Richtig. Die Daten für den Herrn Roth. Also, Helge wohnt in der Oberen Augartenstraße, die Nummer weiß ich nicht, aber er steht im Telefonbuch. Oder sonst weiß es natürlich Natalia.«

Sie deutet in Richtung des Empfangszimmers.

»Sie weiß auch die Adresse von den beiden Mädchen. Sie heißen Beate Schultz und Janine Karliž. Und natürlich hat sie auch die Daten von Rita. Treffpunkt war beim ›Tornados‹. Wie der Abend weiter verlaufen ist, weiß ich nicht.«

»Gibt's da vielleicht ein Hotel, wo man üblicherweise ...?«

»Maria, ich bin keine Zuhälterin!«

»Ja, aber von wegen Sicherheit und so.«

Carrie schickte ihr einen langen Blick.

»Du warst schon damals hartnäckig.«

»Bitte, lenk nicht ab.«

»Gehst du mal mit mir auf einen Drink?«

»Lenk nicht ab, Carrie.«

»Es wäre mir wichtig.«

»Ich weiß nicht. Die Namen!«

»Nur das ›Serail‹. Ich kenn die Geschäftsführerin.«

»Nachbarschaftshilfe.«

»Frauensolidarität, Herr Roth. – Es ist nichts sonst, Maria.«

»Wir sind nicht von der Gewerbeaufsicht.«

Carrie nickte und bemerkte dabei, dass ihre Zigarillo erloschen war. Mit konzentrierter Hingabe brachte sie sie wieder zum Glühen. Maria beschäftigte sich ihrerseits mit ihrer Zigarette. Rollte sie feinsäuberlich ab. Warum wollte Carrie sie treffen? Sicher bloße Sentimentalität. Sicher bloß Einsamkeit. In diesem Geschäft gab es kaum Freunde. Bekam sie jetzt auch noch positive Gefühle für ihre Halbschwester, für den Sargnagel ihres ungetrübt geglaubten Kindseins?

»Okay, Carrie, kannst du uns was über – über die Tote erzählen?«

»Nicht viel. Ich hab sie durch meine Tochter kennen gelernt und ...«

»Tochter? Du hast eine Tochter?«

Verdammt. Langsam wurden Elsa und sie wirklich die beiden einzigen kinderlosen Inseln im ganzen Universum. Na ja, und Phillip. Den schien die Mitteilung auch irgendwie aufzuregen. Jedenfalls rieb er schon wieder die Furche oberhalb des Kinns. Carries Gesichtsausdruck war mittlerweile etwas säuerlich.

»Ja, ich habe sie durch Johanna kennen gelernt.«

Carries Blick blieb auf einer Fotografie auf ihrem Schreibtisch hängen. Nein, eine Reaktion wie im kitschigsten B-Movie! Doch die Gesichtszüge wurden nicht weich, sondern noch saurer. Sie drehte das Bild Richtung Maria. Ein hübsches, dunkles Mädchen. Ein so ganz anderer Typ als Carrie. Der Vater musste ebenfalls dunkel sein und sehr prägnante Gesichtszüge haben.

»Da, das ist mein Wonnepröppchen.«

Sehr zynischer Gesichtsausdruck.

»Die beiden sind da in irgendeiner komischen Gruppierung. So Weltverbesserer. Ich weiß nichts Genaues. Und Rita hat Geld gebraucht, da hat sie Johanna zu mir gebracht.«

»Nichts? Wie die Gruppe heißt? Wo sie sich trifft? Strickverein oder Steineschmeißer?«

»Nichts.«

Phillip stand auf, wandte sich zum Fenster und schüttelte seine Beine aus.

»Sehr geehrte Frau Blau, das glaube ich Ihnen nicht. Sie werden doch mit Ihrer Tochter reden?«

»Herr Roth, schließen Sie nicht von sich auf andere.«

Phillip zuckte zusammen und drehte sich um.

»Ich – das mache ich nicht.«

»Ach so, dann wissen Sie natürlich auch nicht, dass es in jedem Eltern-Kind-Verhältnis Phasen gibt, die nicht so gut laufen. Und so eine haben Johanna und ich gerade. Sie glaubt, dass sie jetzt mit ihren zwanzig Jahren erwachsen ist und mir erklären kann, wie ich zu leben habe.«

»Und was erklärt sie dir da so?«

Carrie seufzte.

»Na ja, das Übliche halt. Alle Menschen sind Brüder und Schwestern. Geld ist nicht alles. Eigentum ist Diebstahl. So einen pubertären Links-außen-Blödsinn halt. Angereichert mit Attacken gegen mich als Frauenausbeuterin. – Ich hab ihr einfach zu viel durchgehen lassen.«

Gemeinschaftliches Schweigen. Dachten sie jetzt alle drei daran zurück, was sie als Neunzehn-, Zwanzigjährige so geglaubt hatten? Maria wusste es nicht mehr. Sie wusste es einfach nicht mehr. Das gab es doch nicht? Sie hatte kein Bild von sich aus jenem Alter. Da war eine massive Lücke. Als ob es jemand ausradiert hätte. Hatte das etwa irgendwas mit Carrie – vielleicht war es doch keine schlechte Idee, mit ihr auf einen Drink zu gehen. Phillip hob seinen Laptop wieder in Position.

»Na gut, Frau Blau, geben Sie uns dann bitte ihre Nummer? Vielleicht kann uns ja Johanna was über Rita Scheele erzählen.«

Carrie massierte sich müde die Schläfen.

»Das würde ich gern, Herr Roth, das würde ich gern. Aber ich habe die Nummer nicht. Und das ist wahr, auch wenn Sie mich jetzt gleich anspringen. Meine liebe Tochter hat derzeit einen Verfolgungswahn und wechselt permanent das Wertkartenhandy. Aber wenn sie sich wieder einmal herablässt und mich anruft, weil sie mein gutes Geld wieder einmal für irgendeine Hilfsaktion braucht, dann werde ich Ihnen die

Nummer gerne sagen. Und bevor Sie mich fragen, ich weiß auch nicht, wo sie wohnt. In irgendeiner WG.«

»Nun, vielleicht hat sie ja zum Vater ein besseres Verhältnis, Frau Blau?«

»Den gibt's nicht.«

Der Unterton in Carries Stimme klang wie ein Eisentor, das zuschlug. Maria und Phillip wechselten einen kurzen Blick. Geld war wirklich nicht alles. Maria drehte das Bild wieder zurück.

»Und dass sie mit der Scheele, das ist nicht möglich ...?«

Carrie sah Maria elektrisiert an.

»Auf die Idee ...«

Sie zückte ihr Handy und stürmte ins Sekretariat zu Natalia, schob sie zur Seite, fuhrwerkte hektisch mit der Computermaus. Dann wählte sie. Ließ es lange läuten. Die Enttäuschung machte ihr Gesicht noch verhärmter. Maria konnte sich nur knapp zurückhalten, ihre Hand beruhigend auf Carries Arm zu legen. Die legte auf.

»Mailbox.«

»Carrie, das haben wir auch schon versucht. Der Mörder wird die Handtasche von der Scheele mit dem Handy weggeworfen haben. Und jetzt ist der Akku leer. – Natalia, geben Sie uns bitte die Adresse von Rita Scheele?«

Das Mädchen beugte ihren Schwanenhals, tauchte wieder mit einem unverbindlichen Lächeln auf.

»Tut mir Leid, sie wollte keine Angaben machen. Ich habe nur ihre Telefonnummer.«

»He, jetzt reicht's.«

Phillip deutete mit einem höflichen Diener an, dass er Natalias Platz begehrte. Mit konzentriertem Gesichtsausdruck ging er im Netz auf Jagd. Maria schaute ihm ebenso gebannt zu wie Carrie und Natalia. Seine Grunzlaute wurden immer genervter.

»Mit doppelt E?«

»Ja.«

Er schlug mit der Hand auf die Tischplatte, verschränkte die Arme und drehte sich zu ihnen.

»Gibt's nicht. Eine Rita Scheele scheint im Melderegister nicht auf. Unsere Leiche ist ein U-Boot.«

Der Schaum der Melange bedeckte die eine Hälfte der Tasseninnenseite, die andere Hälfte lockte jämmerlich mit kaltem Kaffee. Maria stieß mit dem Löffel in die Tasse. Konzentrische Wellen schlugen gegen das Porzellan. Als hätte ein Steinwurf die Ruhe eines Sees gestört. Vertraute Schritte.

Phillip ließ sich wieder ihr gegenüber nieder. Ein leichter Hauch von diesem abscheulichen Toilettengeruch, der allen alten Lokalen eigen war, umwehte ihn. Maria stellte die Tasse ab. Schob sie zur Seite. Phillip die seine. Wie auch die beiden Teller mit den letzten Spuren von Ham-and-eggs.

»So, die Primärbedürfnisse sind befriedigt. Kannst du mir jetzt bitte endlich sagen, warum du mir noch nie erzählt hast, dass du eine Schwester hast?«

»Was hast du so lange am Klo gemacht?«

»Also, Chef, dafür füll ich jetzt noch kein Protokoll aus.«

Maria schielte ihn von unten an. Phillip verkroch sich in seine Schultern.

»Ein Telefonat. Nichts weiter.«

So, das war jetzt der letzte Versuch gewesen, ihn zum Sprechen zu bringen. Sollte er an seinem Liebestaumel doch ersticken. Navratil. Wenn sie viel tanzten, würde sie sein Deodorant ohnehin nicht mehr riechen.

»Halbschwester.«

Phillip schaute sie erwartungsvoll an, dann ließ er seine Hände rotieren. Jetzt war es an Maria, in ihren Schultern zu versinken. Die Begegnung mit Carrie halbwegs über die Bühne gebracht zu haben, war das eine, über diese ganze Sache zu reden, eine andere.

»Na ja, mein Vater, der hat ein Doppelleben gehabt. Drauf gekommen sind wir, wie er todkrank im Krankenhaus gelegen ist. Da sind auf einmal Carrie und ihre Mutter aufgetaucht. Er hat sie anrufen lassen. Das musst du dir mal vorstellen! Er hat sie beinhart anrufen lassen! Da sitzt du bei deinem Vater, der bald sterben wird, weißt nicht, wie du – wie du es schaffen sollst, nicht permanent zu schreien, und dann tauchen plötzlich zwei Weiber auf und erklären dir, dass sie genauso viel Recht haben, dem Mann das Handerl zu halten, wie du. – Pah, wenn ich jetzt drüber red, reg ich mich gleich wieder auf.«

Phillip rührte in seiner Tasse.

»Was heißt Doppelleben?«

»Na ja, Doppelleben halt. Ganz klassisch. Die Dienstreisen waren die Zeiten bei seiner – bei seiner anderen Familie. Die haben nichts gewusst. Und wir haben nichts gewusst.«

»Hat er gesagt, warum er das gemacht hat?«

Maria zuckte mit den Schultern.

»Bigamist?«

Maria sah Phillip in die Augen und wusste, ihre Antwort war lächerlich. Zu schnoddrig. Sie atmete durch. Es tat plötzlich doch weh.

»Ich weiß nicht. Friederike, die Mutter von Carrie, die ist halt das komplette Gegenteil von meiner, groß und blond. Von der Nordsee. Von einem Kaff in Holland. Aber gelebt hat sie in Linz. War praktisch. – Und angeblich war er ihnen beiden immer treu. Meiner Mutter und Friederike. Ist doch ein Witz. Und dann stirbt er einfach und lasst uns mit dem ganzen Scheiß allein.«

Nach einer Weile räusperte sich Phillip. Sollte sie noch etwas hinzufügen? Nein, er fragte schon.

»Was hat er denn gehabt?«

»Größenwahn.«

Ihr Partner reagierte nicht. Gut, war auch ein schlechter Scherz gewesen. Maria verdrehte die Augen und stieß Luft durch die Nase.

»Ein schlechtes Herz.«

Phillip sagte wieder nichts. Dann zuckte er. Immer heftiger. Ja, er versuchte, es ernsthaft zu unterdrücken, das blöde Kichern. Maria war wütend. Die Sache war doch wirklich nicht zum Lachen.

»Na, wirklich, er hat ein schwaches Herz gehabt.«

Phillip prustete los. Und dann wurde Maria ihr Wortlaut bewusst. Jetzt lachte sie auch.

Bei der Eingangstür entstand ein Wirbel. Ihre beiden Köpfe schnellten herum. Eine ältere Frau, nein, eine Dame, in Kostümchen mit Pelzmantel, schob mit ihrem Stock einen ›Augustin‹-Verkäufer Richtung Eingangstür. Ihre Stimme hatte unangenehme Obertöne und wurde immer lauter.

»Geh, du – du Schmarotzer! Hier, hier bei uns, da hast du nichts zu suchen. Du mich verstehen? Das hier nichts für dich. Du böse. Du verkaufen Drogen an Kinder. Du gehen heim. Du dorthin, wo hergekommen!«

Sie wiederholte die Worte immer wieder und immer abgehackter. Der Verkäufer der Obdachlosenzeitung, ein dunkelhäutiger Mann um die vierzig, stammelte beruhigende und entschuldigende Worte und versuchte, den Stock abzuwehren. Er wich langsam zurück. Maria suchte den Kellner. Doch der ließ die Kaffeemaschine laut zischen und tat so, als würde er nichts hören. Ein Pärchen drei Tische weiter – gut situierte Studenten? – rührte verbissen in den Tassen. Ein gut gekleideter Mann in unmittelbarer Nähe der Auseinandersetzung beobachtete die Szene mit unverhohlener Genugtuung. Eine Familie neben Marias Tisch, mit Stadtplan und Fotoapparat unschwer als Touristen erkennbar, starrte die Streitenden irritiert an. Eine Frau direkt neben dem Eingang zog den Kopf ein und hatte einen verzweifelten Gesichtsausdruck.

Der Verkäufer überwand langsam seine Überrumpelung und faselte irgendetwas von seinem Recht und dass er nichts mit Drogen zu tun hätte, doch die alte Frau stieß ihn weiter. Er wehrte sich massiver, dabei eisern bemüht, die alte Frau nicht anzugreifen. Sie verhedderten sich im weinroten Filzvorhang, der die Kälte abhalten sollte. Maria war mit fünf Schritten bei ihnen. Sie tippte der Frau auf die Schulter – eine so unerwartet kleine Geste, dass diese sich ihr auch tatsächlich zuwandte.

»Entschuldigen Sie, gnädige Frau, aber solange Sie sich nicht entscheiden können, ob Sie dem Herren etwas abkaufen wollen oder nicht, würde ich gern selbst eine Zeitung nehmen.«

Die Frau starrte sie an, sie blieb in ihrer Bewegung stecken wie einer der Pantomimen auf dem Stephansplatz, der für Touristen eine Statue markierte.

»Was wollen Sie?«

Der Unterton im ›Was‹ drückte absolute Fassungslosigkeit aus. Maria schenkte der Frau ihr gewinnendstes Lächeln, kramte gleichzeitig aus ihrer Geldbörse zwei Euro und reichte sie dem Verkäufer, ohne die Frau aus dem Blick zu lassen.

»Das Gleiche, was Sie wollen. Einem schuldlos in Armut geratenen Menschen helfen. Oder wollten Sie das nicht? Das glaube ich nicht. Wenn ich Sie mir so ansehe, dann sind Sie sicher eine Dame, die sich sehr für karitative Zwecke einsetzt.«

Ja, das tat sie sicher. Kuchen für ein Pfarrfest, dessen Reinerlös an irgendein rumänisches Kinderheim ging. Häkeldeckchen für einen Weihnachtsbasar, dessen Spenden an ›Licht ins Dunkel‹ überwiesen wurden. Zwanzig Euro für den Enkel da, dreißig Euro für das Tierheim dort. Gleichzeitig würde sie jedoch wahrscheinlich am liebsten einen hohen, elektrischen Zaun rund um Wien bauen. Und dabei war ihre eigene Familie sicherlich eine Mischung aus der ganzen Donaumonarchie, wie es die meisten Familien in Wien waren. So eisern und diszipliniert, wie die Gesichtszüge der alten Frau waren, tippte Maria auf die Nachfahrin eines galizischen Beamten oder Offiziers. Sie fühlte die Zeitung in ihre Hand gleiten, nickte der Frau zu und ging zum Tisch zurück. Als sie sich umwandte, sah sie gerade noch, wie der Verkäufer hinter dem Vorhang nach draußen verschwand. Die alte Frau starrte sie an, richtete kurz den Stock gegen sie, besann sich dann aber offensichtlich ihrer Erziehung und verließ ebenfalls das Lokal. In diesem Augenblick war Maria, als würde sie ein gemeinschaftliches ›Pfffff‹ vernehmen. Das war wohl nur Einbildung, denn ein paar der Anwesenden hatten den Ausritt der alten Hexe sehr wohl goutiert. Schnaufend setzte sie sich. Phillip schickte ihr einen Luftkuss. Ja, in ein paar Punkten schlugen ihre Herzen Gleichtakt.

»Also, wo waren wir?«

»Bei den beiden Frauen, die in euer Leben eingebrochen sind.«

»Ja. – Ja. – Ja, und da hatten sie nichts zu suchen. Aber wie das einmal so ist mit Einbrechern, sind sie einmal da, ziehen sie dir den Boden unter den Füßen weg und verstinken dir die Bude auf ziemlich lange Zeit.«

»Gutes Bild.«

Phillip hing da wie eine Bogenlampe. Maria gab ihm einen Nasenstüber.

»He, verarschen brauchst du mich nicht.«

Phillip bemühte sich um einen lustigen Gesichtsausdruck. Nein, die neue Freundin tat ihm wirklich nicht gut.

»Na ja, irgendwann verschwindet der Geruch auch wieder. Das mit Carrie heute – ja –, das mit Carrie heute, weißt du, das war mein Geburtstagsgeschenk. Ja, das war es. Ich weiß jetzt, dass es nicht mehr wichtig ist.«

»Oder zumindest nicht mehr wehtut.«

»Ja, zumindest. Und deshalb – was steht an?«

Geschäftig studierte Phillip seinen Laptop.

»Also, ich würde sagen, die zwei Mädels, die gestern mit der Scheele unterwegs waren. Die kriegen wir auf einmal, die haben eine Wohngemeinschaft. Und jetzt ist gerade auch noch von der Natalia eine Mail gekommen. Die Freunde vom Trimmel haben immer bar einbezahlt.«

»Was ist das? Irgendeine Mafia?«

Der rote Vorhang öffnete sich, und der ›Augustin‹-Verkäufer kam erneut herein. Mit angeekelten Bewegungen komplimentierte ihn der Ober hinaus.

»Alles Verbrecher.«

Mit einem einzigen Schluck trank Maria den kalten Kaffee aus. Um nichts in der Welt wollte sie diesem Lokal etwas schenken.

Die ohnehin schon schlechte Stimmung von Maria steigerte sich ins Aggressive, als sie die Lage von Helge Trimmels Wohnung so richtig verinnerlichte. Dachgeschoss mit Blick auf den Augarten. Im hippesten Grätzl vom zweiten Bezirk, der rayonsweise mit überteuerten Preisen schon den Spittelberg, die Josefstadt und den Neunten überflügelte. Ihr wurde ganz schwindlig, wenn sie daran dachte, was für einen feuchten Wohnungstraum wohl Carrie hatte. Hieß es nicht, dass Verbrecher und Krimineser identisch tickten? Warum nur hatte sie sich für die ehrliche Seite entschieden?

Phillip malträtierte die Gegensprechanlage. Immer und immer wieder. Maria stieg von einem Fuß auf den anderen. Die feuchten Socken hatten ihre Wärme verloren.

»Und weißt du, was das Ärgste ist?«

»Nein.«

Zur Abwechslung aktivierte er wieder einmal sein Handy.

»Bei mir hat sich Papa immer lustig gemacht, wenn ich in Kleidern rumgelaufen bin. Weil ich so ein guter Stürmer war. Fußball. Immer nur Fußball. Ich mein, es war schon lustig. Aber ich hätt halt vielleicht einmal gern – ich weiß nicht, einen Schminkkoffer geschenkt gekriegt. Meinetwegen.«

Phillip wechselte wieder auf die Gegensprechanlage.

»Und was ist jetzt das Ärgste?«

»Na, dass er Carrie wie eine Prinzessin erzogen hat. Ich mein, so wie sie heute war, das darfst du nicht rechnen. Damals, da war sie eine Fee mit goldenen Haaren, eine Puppe.«

»Bildest du dir das nicht ein?«

»Ha! Einbilden! Bild ich mir vielleicht ein, dass uns diese ganze Partie hier verarscht?«

»Ich weiß nicht.«

Doch Phillip nickte, steckte das Handy ein und zog die Daunenjacke wieder bis unters Kinn zu. Es war zwischenzeitlich merklich kälter geworden. Zwei Michelin-Männchen, die sie waren, zwängten sie sich wieder ins Auto. Phillips Hand auf dem Autoschlüssel verharrte.

»Und du, Maria Kouba, willst wirklich eine dämlich lächelnde, vom schimmelreitenden Prinzen abhängige Prinzessin sein?«

Maria knurrte in ihren Schal. Die Fahrt vorbei am Augarten über den Gaußplatz zum Wallensteinplatz schwiegen sie. Eine Prinzessin war die andere also auch nicht. Was war sie? Jedenfalls eine Nervensäge. Direkt nach dem Café hatte sie sich wieder gemeldet. Wenn das überhand nahm, musste sie einschreiten, auch auf die Gefahr hin, dass Phillip sie für eifersüchtig hielt. Er hatte gar nicht mitbekommen, dass die alte Frau auf sie gewartet, ihr den ganzen Pack an ›Augustins‹ in die Hand gedrückt und dabei gemurmelt hatte, dass sie natürlich karitativ sei, sie sei ja gottesfürchtig. Nur würde es einem nicht leicht gemacht mit all diesen Schmarotzern, sie sollten daheim bleiben und dort ihre miesen Geschäfte machen! Und überhaupt, wie käme Österreich dazu, nur zu geben und zu geben?! Reichte es nicht, dass es Nettozahler war?! Die sollten doch endlich selbst was tun! Maria hatte die alte Frau ganz intensiv angesehen und nur gefragt, ob sie schon jemals was vom Marshall-Plan gehört hätte. Die Frau hatte sie konsterniert gemustert und gemeint, das wäre doch wohl was anderes. Daraufhin hatte ihr Maria die Zeitungen zurückgegeben. Wortlos war sie gegangen. Phillip hinter sich her schleppend. Warum nur hatte sie das Gefühl, dass die Luft dreckiger und zugleich gesiebter wurde? Irgendeine seltsame Stimmung formierte sich da seit geraumer Zeit. Doch es war müßig, darüber nachzudenken. Sie hatte einen ekligen

Fall, einen geliebten Mann mit Freundin, eine wieder aufgetauchte Halbschwester und Hunger.

»Mein liebster Kollege, hast du – außer Dutzende von Dosen mit Orangensaft – in diesem zauberhaften Handschuhfach vielleicht auch was zum Essen?«

»Erdnüsse. Ganz hinten.«

Phillip ließ sich keine Sekunde von seiner Parkplatzsuche ablenken – und hatte Erfolg damit.

»Übrigens, was ich vorhin vergessen habe, die Gabi hat gemailt, dass sich der Schneider vom roten Mantel gemeldet hat.«

Maria wurde fündig. Doch angesichts der lächerlichen hundert Gramm an Erdnüssen, die in der Packung waren, knurrte ihr Magen erst recht.

»Fein. Aber den brauchen wir nicht mehr. Wir wissen ja jetzt, wie sie heißt.«

Phillip streckte die hohle Hand aus, Maria ließ ein paar Nüsse hineintröpfeln. Sie kauten im Gleichklang. Phillip ließ sich erneut Nüsse geben, studierte die Umgebung, kaute langsamer, nahm dann eine einzelne Nuss in die Hand und betrachtete sie. Dann hielt er sie Maria wie den Stein der Weisen vor die Nase.

»Wir brauchen uns gar nicht wundern. Jahrhundertelang haben wir auf ihre Kosten gelebt. Jetzt kriegen wir die Rechnung präsentiert. Jetzt kommen sie alle. Alle. Ist vielleicht gar nicht schlecht. Alles Überkandidelte ist einmal zum Sterben verurteilt. Das innere Gesetz aller Hochkulturen.«

Die Art, wie er zuerst die einzelne und dann alle anderen Nüsse schluckte, erinnerte Maria an einen wild entschlossenen Selbstmörder, der Giftkapseln zu sich nahm. Ebenso energisch stieg Phillip aus dem Auto. Er schloss ab und schritt entschlossen auf die gegenüberliegende Seite des Platzes. Maria holte ihn nur mit Mühe ein.

»Sag einmal, was ist denn mit dir los? Was war das gerade für ein Anfall?«

Phillip blieb abrupt stehen und umfasste mit großer Geste den Platz. Was sah er da, was sie nicht sah? Ein paar Frauen beim Einkaufen, Taxler, die am Standplatz miteinander tratschten, drei Jugendliche, die einen Ball in ein winterlich verpacktes Blumenbeet kickten, zwei Männer, die auf einer der zahlreichen Bänke saßen und rauchten, Autos, Lkw und Radfahrer. Was sah er?

»He, lass mich nicht blöd sterben. Was ist da? Ich seh da nur das Übliche, Verkehr und irgendwelche Menschen. Nichts Aufregendes.«

Phillip ließ die Arme sinken. Sein Blick schwebte über der Szenerie und drückte so etwas wie traurige Erkenntnis aus.

»Eben nicht irgendwelche Menschen.«

Was meinte er damit? Maria studierte das Personal noch einmal – und da fiel es ihr auf. Viele Bärte, dunkle Gesichter, Kopftücher. Es waren zu neunzig Prozent Ausländer. Oder zumindest ausländisch wirkende Menschen.

»Okay. Gut. Aber das ist ja nichts Neues, dass im Zweiten und im Zwanzigsten viele Ausländer wohnen.«

»Und im Fünfzehnten, und im Zwölften, und im Sechzehnten, und im Elften, und im Zehnten, und im Zweiundzwanzigsten, und im …«

»He, jetzt hör schon auf. Bist jetzt plötzlich einer von den ›Ausländer raus!‹-Idioten oder was?«

Phillip schwieg. Maria riss ihn zu sich herum.

»He, ich red mit dir! Bist du jetzt auch schon so ein Arschloch? Bist du jetzt auch so …«

Phillip hielt ihr sacht den Mund zu. Unter anderen Umständen wäre sie jetzt bei seiner Berührung geschmolzen. Jetzt musste sie sich hingegen schwer beherrschen, um ihm nicht einen Finger abzubeißen. Er lächelte wehmütig, schloss die Augen und schüttelte sanft den Kopf.

»Keine Sorge, May, ich bin nicht so einer. Und wenn du im Café nicht dazwischengegangen wärst, dann hätte ich der Alten eine geknallt.«

Endlich nahm er seine Hand weg.

»Gut, und was sollte das dann jetzt?«

Wieder schüttelte Phillip sanft den Kopf. Er sah Maria an. Da schwappte unendlich viel Traurigkeit zu ihr herüber. Und Zärtlichkeit. Wenn sie nicht so sicher wüsste, dass er eine andere liebte, würde sie jetzt weiche Knie bekommen und …

»Ein anderes Mal. Okay? – Let's go. Hoffen wir, dass uns die beiden Mädels den Namen von unserem Mörder sagen.«

Während er das klemmende Haustor aufrempelte, verscheuchte Maria jedes noch so kleine erotische Gefühl für Phillip. Er brauchte sie jetzt dringend als Freundin. Das spürte sie ganz genau.

Es war unglaublich beruhigend zu sehen, dass auch andere Frauen nach dem Aufstehen wie Geisterbahnfiguren aussahen. Jüngere Frauen. Gestyltere Frauen. Genau genommen sahen sie noch wesentlich schlimmer aus, als Maria es üblicherweise tat, vor allem Janine Karliž. Ihr junges, an sich noch faltenfreies Gesicht war angeschwollen, von ein paar spätpubertären Pickeln besetzt und zugleich zerknittert. Es waren jene Art von Falten, die nach einer Nacht mit zu viel an Alkohol auftauchten, weil die dehydrierte Haut sich nicht schnell genug regenerieren konnte. Ihr blasser Teint wurde durch die tiefschwarz gefärbten, langen Haare noch teigiger. Die Augen, spärlich von aschblonden Wimpern umschattet, dämmerten unter zu dünn gezupften, ebenfalls tiefschwarz gefärbten Augenbrauen dahin. Sie lümmelte auf einer Kücheneckbank, die offensichtlich aus den Fünfzigerjahren und vom Tandler stammte. Dabei ließ es sie völlig kalt, dass der knappe, smaragdgrüne Bademantel aufsprang und ihre linke Brust freigab, denn sie war zu sehr mit dem Geradebiegen und Anzünden einer Zigarette beschäftigt, die sie aus einer zerdrückten Packung genommen hatte.

»Scheiße. Ich habe gesagt, errr zu schwerr.«

Wortlos und ohne sie anzusehen reichte Janines Kollegin Beate ihr eine Zigarette aus der eigenen Packung, die Janine ebenso wortlos nahm. Nach dem ersten Zug lehnte sie sich mit geschlossenen Augen zurück.

»Scheiße.«

Beate beachtete sie nicht weiter. Sie fuhr sich noch immer mit den kleinen, von künstlichen Nägeln gekrönten, gefalteten Händen über den Nasenrücken. Bei ihr hockte die offensichtlich lange Nacht nicht so gravierend im Gesicht, was wohl an ihrem dunkleren Teint lag. Dafür legten sich ihre kurzen roten Haare in einer unvorteilhaften Welle von hinten nach vorne zur Stirn. Sie beendete das Nasenreiben und kuschelte sich tief in eine überdimensionale Strickweste, die sie über einem wadenlangen T-Shirt trug. Dicke Socken komplettierten das klassische Morgenoutfit, das sich Frauen nur als Single oder nach der nicht mehr heißen Phase in einer Beziehung erlaubten. Alles in allem zwei junge Frauen, die auch als Studentinnen mit sehr intensivem Clubbing-Leben durchgehen würden. Und derart unbedarft dürften sie auch leben, denn ihre Erschütterung angesichts der Todesmeldung ihrer Kollegin wirkte alles andere als abgebrüht, wie es manches Mal bei Professionellen der Fall war. Die beiden hier hatten noch nicht sehr viele schlechte Erfahrungen in ihrem Leben gemacht.

Maria beschloss, sie vor der Befragung noch ein paar Sekunden durchatmen zu lassen. Sie zündete sich selbst eine Zigarette an und schlenderte zu Phillip, der am Gang eine SMS schrieb.

»Ich finde, es reicht jetzt, Herr Kollege. Auch wenn du noch so verliebt bist, jetzt bist du im Dienst.«

Phillip merkte kurz auf, tippte weiter auf das Handy ein, stockte, sah sie an.

»Ich bin nicht ...«

Im letzten Moment biss er sich auf die Lippen. Was, keine Attacke?

»Sofort. One second. Nur noch abschicken. Sorry.«

Maria fühlte sich so – so abgefertigt. Nicht beachtet. Sie spannte ihren Rücken und ging in die Küche zurück, wo die beiden Mädels ebenfalls keinerlei Notiz von ihr nahmen. War sie Mrs. Cellophan? Und während ihr Blick auf der straffen Jungfrauenbrust von Janine hängen blieb, wurde ihr klar, was ihr da plötzlich wehtat. Nicht so sehr die Vorstellung, dass Phillip mit einer anderen im Bett lag, sondern vielmehr die Tatsache, dass sie in seinem emotionalen Leben keine Rolle mehr spielte. War sie deshalb plötzlich so aggressiv? Die Zigarette qualmte in ihren eingekrampften Händen vor sich hin. Die Küchenuhr tickte. Völlig unbeeindruckt von allem, was sich um sie herum an Tragödien abspielte, tickte und tickte sie. Sie hatte ihr eigenes Gesetz. Sie war ihre eigene Welt. Eine Parallelwelt. Ja, vielleicht war das die Lösung. Sich aus allem gefühlsmäßig auszuklinken. Dafür, dass es ihr Geburtstag war, hatte sie heute wahrlich genug erlebt. Sie war einfach erschöpft. Vielleicht schlich sich da wirklich eine Verkühlung an? Und alles nur wegen dieser zwei, drei Schritte ins Wasser. Sie musste endlich neue Gummistiefel ausfassen. Und sie würde die Bar absagen und Elsa in ihrer Wohnung besuchen. Ein heißes Bad nehmen. Das half immer. Es würde auch sicherlich wieder ihre Laune heben.

Und jetzt würde sie sich noch einmal konzentrieren, ihrer Rolle als Polizistin gerecht werden und, ohne sich noch einmal emotional ablenken zu lassen, diesen ekelhaften Schlitzer finden. Sie fixierte die beiden jungen Frauen.

»Phillip!?«

Sie hörte sein Handy klappen und seine Absätze klacken. Janine öffnete die Augen, Beate hob den Kopf. Maria lehnte sich an die Kredenz. Sie fühlte, dass sie sehr lässig wirkte. Die Entscheidung zur Gefühlsentsagung hätte sie schon früher treffen sollen.

»Also, was war gestern?«

Beates Blick driftete in ihr Inneres, ihr Atem wurde flacher.

Nach einem Seitenblick auf Janine, die nun die Augen zusammenpresste, als ob sie Tränen verhindern wollte, fingerte sie sich eine Zigarette aus der Packung. Doch statt sie anzuzünden, drehte sie sie zwischen den Fingern. Sie fixierte den Glimmstängel wie eine Wahrsagerkugel.

»Das Übliche halt, klar?«

Maria wartete, aber da kam nichts mehr. Phillip setzte sich auf den Stuhl gegenüber von Janine. Erstaunlich. Nicht einmal frisch verliebt konnte er einer nackten Brust widerstehen. Er fixierte sie und beugte sich zu Janine.

»He, Mädel, ist dir nicht kalt? Janine!?«

Die reagierte nicht. Beate stieß sie in die Seite. Janine schreckte auf, dann gleich nochmals, als sie Phillips Gesicht so nah dem ihren sah.

»Du solltest dir was anziehen. Ihr habt hier nicht unbedingt wirklich geheizt.«

Dabei deutete er väterlich auf ihre Entblößung. Das war der Beweis. Er war krank vor Liebe. Wo war der Phillip, der bei jedem Knackarsch den Hals zu einem Kugelgelenk umfunktionierte? Janine betrachtete ihn wie einen Geist und zog den Schlafrock eng um ihren Körper. Phillip ließ seinen Blick schweifen, entdeckte die Decke am Ende der Bank und reichte sie Janine. Die nahm sie mit dem anhimmelnden, paralysierten Ausdruck eines Fans. Was war das für eine neue Masche? Diese neue Frau bewirkte Wunder. Maria fühlte so etwas wie Neid – und rief sich sofort wieder zur Ordnung. Keine Emotionen.

»Gut. Ja. Also. – Was ist das Übliche?«

Beate zündete sich jetzt doch ihre Zigarette an und lehnte sich mit um den Körper geschlungenen Armen zurück.

»Na, Essen halt. Schniek. Dann Grapschen. Dann Hotel. Drei Scheine zusätzlich. Für jede.«

Jetzt stieß Janine Beate in die Seite. Die wich unwillig aus.

»He, denen ist das schnurze, klar? – Isses doch, oder?«

Maria nickte. Ein bitteres Lachen stieg in ihr hoch, als ihr schlagartig die kürzlich veröffentlichte Zahl der legalen Prostituierten einfiel. Dreihundert in ganz Wien! Für wen wurde dieser Schwachsinn eigentlich verbreitet? Das war doch höchstens intern interessant, um festzustellen, dass dieser Humbug mit der Huren-Sozialversicherung ein Schuss ins Knie war. Welche Nutte zahlte schon gern doppelt? An den Zuhälter und an den Staat? Die ganzen freiberuflichen Hausfrauen und Studentinnen hüteten sich, irgendwo registriert zu werden. Und die illegalen Einwanderinnen? War ja lieb, die Idee, aber eben nur lieb.

»Okay, Mädels, aber dafür, dass es uns nicht interessiert, erzählt ihr uns noch ein bissel mehr. War mit Rita Scheele irgendwas Besonderes? Hat sie einer grob behandelt? Hat sie einen vielleicht beleidigt, dem er dann zusammengefallen ist?«

Beate schüttelte den Kopf. Janine auch, aber nur kurz, dann heulte sie auf.

»Sie warr nicht in Hotel. Sie warr da nurr zu singen. Sie hat gote Stimme. Sie hat gote Stimme. Wir warren für Greifen da, Rita warr für Singen da. – Sie hätt auch Greifen nehmen sollen, sie wärre noch da.«

Phillip reichte Janine eine seiner Zigaretten. Sie wischte geschwind ihr Gesicht sauber und lächelte ihn wie ein kleines Mädchen an. Und sein Gesicht nahm schon wieder diesen gönnerhaften Ausdruck an. Ja, halt einmal! Die Gute war ihre Rolle. Maria dämpfte energisch die Zigarette direkt vor Phillips Nase aus. Er ließ sich nicht irritieren.

»Woher kommst du denn, Janine?«

Janine fuhr hoch.

»Ich habe Schein. Ich Berrechtigung. Ich …«

Sie versuchte hektisch, sich aus der Decke zu wickeln. Beate legte beschwichtigend die Hand auf Janines Arm.

»He, Jana is legal da. Sie studiert. Deutsch. Englisch. Klar? – Aus der Slowakei. Alles legal. Klar?«

Maria wechselte kurz einen Blick mit Phillip. Ja, alles klar.

Sie nickten. Jana-Janine entspannte sich. Wo war schon der Unterschied, ob man sich als Kellnerin für drei Euro Trinkgeld an den Arsch greifen oder sich als Begleiterin für dreihundert Euro ficken ließ? Einzig und allein darin, dass frau für drei Euro Trinkgeld viel längere Zeit lächeln musste. Augen zu und durch. Und es als Lebenserfahrung abbuchen.

»Okay, also, sie war im ›Serail‹ nicht mehr dabei. Wann habt ihr sie das letzte Mal gesehen?«

Janine zuckte mit den Schultern. Fuchtelte mit den Händen. Suchte imaginäre Punkte nach Informationen ab.

»Ich weiß nicht. Ich viel Slivovica. Ich immer viel – viel Slivovica …«

Auch wenn sie es sich verbot – Maria konnte ihr aufkeimendes Mitleid nicht unterbinden. Die tiefen Druckfalten in Janines Gesicht waren also Kinder bitter notwendigen Zwetschgenschnapses, um bitter notwendiges Geld zu ergattern. ›Wer frei von Sünde ist, der werfe den ersten Stein.‹ Das sollten sich ein paar von diesen selbstgerechten Hofratswitwen in ihren Kostümchen und Pelzmänteln auf ihre Spitzendeckchen sticken. Der einzige Unterschied war, dass es die Perlenkettenfraktion in einem gesellschaftlich akzeptierten Rahmen machte. Maria stieß sich von der Kredenz ab und stakste Richtung Tür. Sie war müde. Da war sie immer ein bissel ungerecht. Nicht von einer speziellen Perlenkettenträgerin auf alle schließen!

Maria streckte sich, wandte sich wieder den Mädchen zu. Halt gewann sie, indem sie beide Arme gegen den Türrahmen spreizte.

»Und du, Beate?«

Schulterzucken. Ah, war das mühsam! Maria stieß sich ab, war mit zwei Schritten beim Tisch, stützte sich auf.

»Also, Kinder, passts amal auf: So läuft das nicht. Wenn ihr nicht reden könnts, dann singts halt. Aber machts jetzt verdammt noch mal nicht auf stur oder blöd. Wollts eingsackelt werden wegen Mitwisserschaft, oder was?«

Janine hatte sicher nicht alles verstanden, aber sie sah Maria genauso verschreckt wie Beate an. Die gewann ihre Fassung allerdings sofort wieder und zog den Mund verächtlich nach unten.

»Bin ich ein Kindermädchen? – Sie hat ihren Deal gemacht. Wir unseren. That's it. Klar?«

»Gar nix is klar. Außer, dass wir jetzt schon einen Grund haben, dich einzubuchten. Behinderung von Ermittlungen.«

Beates Nasenflügel blähten sich. Und obwohl sicher das das Letzte war, was sie wollte, stiegen ihr Tränen in die Augen. Der Rest vom Gesicht war eine trotzige Grimasse.

»Ich – weiß – nichts! Klar?! Sie war halt irgendwann weg. Irgendwann.«

»Wann?«

»Wann? Beate, wann?«

Beate, sah zwischen ihnen beiden hin und her. Dann ließ sie ihren Kopf auf den Tisch fallen. Sie strubbelte sich die Haare, wodurch sie eine Ähnlichkeit mit Pumuckl bekam, sah von unten zu Jana-Janine, die zuckte entschuldigend die Schultern. Viel Slibowitz muss das gewesen sein. Beate legte ihr Kinn auf die beiden Fäuste, die am Tisch ruhten. Sie schloss die Augen.

»Ich versuch's, klar? Also, wir waren da in diesem Rindfleischlokal.«

»›Tornados‹?«

»He, echt, ich krieg schon die Krise, wenn ich's nur seh. Mann, die Typen, die stehn da echt drauf, klar? Vielleicht macht's ihnen ja einen Prügel. Also, wir waren da, war zuerst echt öd, ist besser, wenn's lustig ist, klar? Und dann haben sie gesoffen und angfangn, vom Ficken zum Reden und ...«

Phillip unterbrach sein ohnehin marginales Tippen.

»Wie viele waren es?«

Beate schien echt gefordert. Sie zählte an den Fingern ab.

»Der Große, der Dicke, die zwei Deutschen, der Quassler, der Elegante – ja, das war's. Klar? Und ...«

»Derr Pelzmann.«

Beate sah Jana-Janine an.

»Ja, aber der is wurscht. Ja, und dann sind wir …«

»Welcher Pelzmann?«

Beate schenkte Maria einen unwilligen Blick.

»He, der Typ – vergiss ihn. Der ist irgendwann aufgetaucht. Hat ausgeschaut wie so einer von der Mafia …«

»Mit Lederrrmantel und Krrragen – so.«

Jana-Janine deutete etwas in der Größe eines Schwimmreifens an. Beate verzog gelangweilt das Gesicht.

»Ja, und er hat auch irgend so einen komischen Namen ghabt, mit Itsch …«

»Err warrr kein Slowake.«

In Jana-Janine blitzte Nationalstolz durch.

»Na, eh net, klar? Aber der Typ ist nur dagesessen, mit seiner Sonnenbrille …«

»Und Perrrücke, schwarrz, hat mirrr Angst gemacht, hat nurrr geschaut.«

»Ja, der Typ ist nur dagesessen, hat null irgendwas gsagt, und ist dann – ist dann …«

Erinnerungssplitter erhellten Beates Gesicht.

»Ist dann verschwunden, wie wir ins Hotel sind, klar? Ja, da war er dann eine Fliege. Und da – da ist auch die Rita weg.«

Sie wandte sich ihrer Freundin zu.

»Ja, da ist die Rita weg.«

Sie deutete auffordernd auf Phillips Laptop.

»Da ist die Rita weg. Die ist da in ein Auto gestiegen.«

Maria atmete hörbar und genervt durch. Ihr stand heute die negative Rolle eindeutig besser. Es entsprach ihrer Stimmung.

»In welches Auto? Wann?«

»In einen Mercedes. Rot. Weinrot. Und ich weiß nicht, wann, klar?!«

»Fahrer?«

Beate warf den Kopf nach hinten.

»Ma, echt, ihr nervts, klar?!«

Sie schloss erneut die Augen.

»Eine Typin.«

»Wie hat sie ausgeschaut?«

»Pff. Wie ein Typ. Mit so einer dicken Jacke. Kapuze. Aber gegangen, gegangen ist sie wie, gegangen ist sie ...«

Beate grinste Jana-Janine an.

»Wie die Janine, wenn sie dringend piseln muss, klar?«

»Kennzeichen?«

»Mann, da hab ich echt nicht drauf gschaut, klar?«

»Und der Pelzmann? Ist der vielleicht später nachgekommen?«

Beate stöhnte theatralisch, gelangweilt auf.

»Der is einfach weg, klar? Er ist abmarschiert, und wir sind ins ›Serail‹, und that's it, klar?«

Tränen kollerten zu ihren Nasenflügeln. Beate wischte sie grob weg.

»Das war irgendein Freak, der sie gekillt hat. Irgendein Freak. Von denen war's keiner. Die Typen, die waren alle ...«

»Ja, Beate?«

Beate wandte ihren Blick ab. Janine verkroch sich noch mehr in ihre Decke. Beate nahm ihre Hand. Ihr Blick blieb gesenkt.

»Die waren alle da. Die sind alle – die sind alle über uns ...«

»Gerritten. – Heißt so, oder?«

»Drübergestiegn.«

»Drrüberrgestiegen.«

Maria stieß sich vom Tisch ab und wandte sich zum Fenster. Arschlöcher. Arschloch-Agentur. Arschloch-Welt.

»Ihr solltet das nächste Mal – jede von euch – mindestens fünfhundert Fetzen verlangen, wenn sie euch alle rammeln.«

»Der Helge hat gesagt, er regelt das. Wir sollen einfach alles mitmachen.«

Wieder das Ticken der Küchenuhr. Wieso war die Wand zur Parallelwelt so durchlässig? Wieso hatten es junge Mädchen notwendig, ihr Studium mit alten Böcken zu finanzieren?

»Wieso macht ihr das?«

Keine Antwort. Maria hörte Phillip aufstehen, eine Zigarette anzünden, knapp hinter ihrem Rücken stoppen. Über die Schulter reichte er ihr das qualmende Beruhigungsmittel. Gierig sog Maria den Rauch ein. Das Leben der Mädchen war jetzt nicht das Thema. Phillip ließ erneut das Feuerzeug schnappen. Sie hörte Beate ›Thanks‹ brummeln. Wieder das Schnappen. Sie hörte Janine ›Danke‹ zirpen. Viertes Schnappen. Sie hörte ihn sich setzen.

»Okay, ihr wart also sehr beschäftigt. Und auch nicht mehr ganz nüchtern. Kein Problem. Aber ich bitte euch – versucht euch zu erinnern. Ihr wollt doch auch, dass der Typ geschnappt wird, der Rita umgebracht hat, oder? Ist einer von denen verschwunden? Hat einer von denen mit Rita irgendein Problem gehabt? War einer mit ihr bekannt?«

Interessant. Ihre Rollen – good girl, bad boy – waren anscheinend tatsächlich vertauscht. Nun gut, wenn ihr das jetzt mehr lag – Maria wandte sich wieder den jungen Frauen zu.

»Ich rat euch, redets mit ihm, sonst bucht ich euch ein. Ich hab ganz schnell vergessen, dass mich eure Eskapaden eigentlich nicht interessieren. Und ein Polizistenwort gilt doppelt, falls ihr euch irgendwie herausschrauben wollt.«

Phillip schenkte ihr bei der Rede einen aufmerksamen Blick, wandte sich dann wieder den beiden zu und kniff den Mund Marke ›Ihr habt es gehört‹ zusammen. Alles begleitet von einem Lächeln, das mitfühlend wirken wollte, aber unglaublich dämlich rüberkam. War sie selbst auch so peinlich, wenn sie die gute Rolle innehatte? Interessante Erfahrung. Nun gut, zur bösen Rolle gehörte, dass sie sich jetzt abwartend, steinern zurückzog. Was Maria auch sehr lässig tat. Die Kredenz hatte die richtige Höhe. Sie blickte wieder aus dem Fenster. Phillip lehnte sich zurück.

»Also?«

Halb angeschnitten sah Maria, wie sich Beate wand. Sie wechselte kurz einen Blick mit Janine, die schluckte. Beate zog ihre Beine auf die Bank und umfasste sie.

»He, der Typ ist nicht ganz dicht, klar?«

»Welcher Typ?«

Phillip hatte seine samteste Stimme herausgekramt. Beate atmete tief durch.

»Ja, also, da war so ein Typ, klar, der Obermacker von denen, klar? Der Große. Die Rita, die is mal mit dem im Gang zum Klo gestanden. Noch beim Rindfleischwirten. Die hat ihn angezischt, klar? Ich hab mich gleich wieder zurückverdünnisiert, klar? Hat gefährlich ausgeschaut. Weil der hat so gefuchtelt und ihr die Hand da an den Hals ...«

Beate zeigte offensichtlich was, Maria drehte sich zum Tisch. Beate zeigte die Gurgel.

»Ja, und da hat er draufgedrückt, klar?«

So ein Kack, dass dieser Partner von Carrie nicht erreichbar war. Sonst könnten sie jetzt ein Phantom einkreisen. Phillip tippte auf seinem Laptop, warf Beate dazwischen Blicke zu.

»Und das hast du ganz genau gesehen?«

»Da war ein Schlitz in der Tür, klar?«

»Weißt du noch, wie er geheißen hat? Wie hat er ausgeschaut?«

»He, so'n Macker halt, klar? Sehr fesch, aber alt ...«

Was kam jetzt? Für Zwanzigjährige war alles um und über dreißig steinalt.

»Älter als du halt, klar? So alt wie sie. Kann sein.«

Frechheit. Sah sie wirklich so alt aus? Zwischen ihr und Phillip lagen lediglich drei Jahre. Da musste sie was ändern. Phillip notierte brav.

»Kannst du dich an irgendwas Spezielles erinnern? Außer der Größe und dass er fesch war. Haarfarbe? Augenfarbe? Dünn oder dick? Name? Irgendein Dialekt? Ein Muttermal?«

»He, Mann, der hat mich genagelt wie ein Viech! Und sie. Der war's nicht, klar? Aber ihr wollt ja jeden Furz wissen!«

Maria stieß sich wieder von der Kredenz ab und ließ sich auf den zweiten Stuhl fallen.

»Klar wollen wir jeden Furz wissen, wir wollen nämlich wissen, was sich abgespielt hat, weil wir den Mörder wollen, klar? Also beantwort einfach seine Fragen – klar? – Klar?!«

Beate sah trotzig weg, Janine bestürzt und gebannt. Ach, Mädchen, wenn ihr wüsstet, wie sehr mein Herz mit eurem schlägt! Doch das nützt uns nichts. Maria verschränkte die Arme. Phillip nickte beschwichtigend.

»Was meine Kollegin meint, ist, dass es eine Spur ist, die uns vielleicht zu einer anderen Spur führt. Wir brauchen eure Hilfe, damit wir unsere Arbeit machen können. Auch wenn jetzt vielleicht noch nicht so klar ist, wohin uns das alles bringt.«

Wow, heute konnte er es wirklich. Die ganz solide Onkel-Masche. Und zum Drüberstreuen streckte er ihnen nochmals die Zigarettenpackung hin. Sie lehnten dankend ab. Wandelten sie sich jetzt zu perfekt erzogenen Töchtern aus gutem Haus? Phillip rückte wieder seinen Laptop zurecht.

»Also?«

Beate stützte ihr Gesicht auf die Hände auf, zeigte auf den Computer.

»Cooles Ding.«

»Erbschaft von James Bond. Beantwort ihm die Frage, Mädel.«

Beate zog in Richtung Maria die Nase kraus, lächelte dann Phillip an.

»Groß. So wie du. Und sehr geil, hab ich ja schon gesagt. Gut gebaut. Überall.«

So wie du, fügte Maria im Geiste hinzu. Sie erinnerte sich noch allzu genau an ihren Griff auf Phillips Schritt im Swinger-Club damals.

»Zwischen mittel und hell.«

»Aschblond?«

Beate zuckte mit den Schultern.

»Mehr blond. Ritchie. Sie haben Ritchie zu ihm gesagt, klar?«

Das konnte Richard, Heinrich oder Friedrich bedeuten. Oder was auch immer. Maria beugte sich vor.

»Erinnere dich. Haben sie nicht einmal seinen vollen Namen gesagt?«

»Err hat Narrbe. Da und da.«

Janine bezeichnete ihre Wangen. Dann malte sie auf den Tisch so etwas wie einen Blitz.

»So haben diese Narrben geschaut.«

Maria sah Phillip an, er sie. Solche Narben auf den Wangen, das sah ganz nach Schmiss aus, dieser Trophäe von schlagenden Studenten. Und dann gleich zwei! Das war ja schon einmal etwas. Das war eher selten. Und dann noch eine ernsthafte Bedrohung. – Nur, Ritchie-Blitz hatte die ganze Nacht gevögelt.

»Kind, denk nach, war dieser Ritchie nie weg? Wie lange wart ihr – beisammen?«

Beate beugte sich ganz nah zu Maria.

»Oma – willst du meine beiden Löcher sehen? Dann weißt du, wie lange.«

Kein ›Klar?‹ und trotzdem klar. Dem war nichts hinzuzufügen.

Als Maria wieder frische Luft einsog und das leichte Leben der Kinder mit ihren Müttern am Wallensteinplatz sah, beschloss sie, die Tote tot sein zu lassen. Heute war ihr Geburtstag. Sie war seit halb sechs Uhr morgens auf den Beinen, und die restlichen Zeugen hatten sich schon abgesprochen, wenn sie etwas abzusprechen gehabt hatten. Ein verneinendes Kopfschütteln von Phillip, der in sein Handy hineinhorchte, bestärkte Maria in ihrer Absicht, noch bei winterlichem Tageslicht, also vor Dienstschluss, einen Abgang zu machen.

Phillip steckte sein Handy in eine verborgene Tasche der Daunenjacke und rieb sich die Hände.

»Scheint endlich wieder mal kalt zu werden. Vielleicht friert ja die Alte Donau zu. Dann könnten wir mal eislaufen gehen. Das ist so lässig dort. Zwei Stunden Minimum und dabei kein einziges Stück doppelt.«

Wie nett. Er teilte Marias Abneigung gegen das stumpfe Im-Kreis-Fahren auf den üblichen Eislaufplätzen.

»Ja, wär nett. Warum hast du ihm nicht draufgeredet, dem Schneider?«

»Der Bitterlich wird sich schon wieder melden. Hast ja selber gesagt, dass wir ihn nicht mehr brauchen. Ist ja nur der Form halber. Wie tun wir weiter? Abwarten und Bier trinken?«

»Ja, was sonst? Nachdem wir es ja mit lauter Geistern zu tun haben, müssen wir warten, bis der Trimmel geruht aufzuwachen.«

»Wow, wieso bist du jetzt eigentlich so giftig? Carrie?«

»Auch. Keine Ahnung. Irgendwas nervt mich. Wahrscheinlich die Warterei. Dieser Ritchie wär doch der ideale Verdächtige. Warum ist er bloß so ein Karnickel? – Und wenn's irgendein Wahnsinniger war, dann müssen wir auch warten, bis er eine zweite umgebracht hat. Ich hasse das, wenn es sich so zieht.«

In diesem Augenblick spürte Maria eine nasse, kalte Berührung oberhalb ihrer linken Augenbraue. Sie hob den Kopf. Etwas legte sich auf ihre rechte Wimper. Etwas auf ihre Oberlippe. Es schneite. Deswegen war die Luft so rein und klar. Der Winter legte sein jungfräuliches Kostüm an. Sie spürte die Freude einer Dreijährigen und hob das Gesicht ganz weit in den Himmel. Ja, jetzt hatte sie tatsächlich Geburtstag. So hatte ihr Geburtstag zu sein. Kalt, voll Schnee und – und sonst nichts.

»Maria.«

Phillip blieb so nah vor ihr stehen, dass seine Daunenjacke

die ihre berührte. Maria widerstand dem Drang, in cremige Untiefen zu schauen. Denn das würden seine Augen sein, dem Klang seiner Stimme nach zu urteilen. Sie schloss die Augen und spürte die Flocken auf ihrem Gesicht landen. Sie konnte sogar spüren, dass sie eine flächige Struktur hatten. Sie streckte die Zunge heraus und musste nicht lange warten. Ein Kristall verschmolz mit ihrem Speichel. Wärme. War das Phillips Atem? Warum war er so nah? Waren seine Augen jetzt Schokoladenkekse?

Sie senkte den Kopf. Oh, oh, viel schlimmer. Mokkapralinen. Viel gefährlicher. Nein, keine Spielchen mehr.

»Kannst du mir bitte sagen, wer deine ominöse Telefonfrau ist?«

Phillip sah sie lange an. Sehr lange. In seinen Augen spielte sich ein uninterpretierbares Gefühlsfeuerwerk ab. Dann schob er den Riegel vor, und die Augen wurden ganz normale braune Flächen.

»Und wer schreibt den Bericht?«

»Das ist wohl keine Frage.«

Zuerst studierte er sie, dann salutierte er affig, was Maria frappant an den jungen Polizisten von der Alten Donau erinnerte.

»Zu Befehl, Sir!«

Sie kicherten. Phillip fingerte eine Wollmütze aus seiner Jacke und setzte sie auf seinen Kopf. Er sah dämlich damit aus. Marias Kichern steigerte sich. Phillip verzog das Gesicht und zupfte an dem Ding herum.

»Ja. Okay. Ich weiß. Also morgen um neun?«

Maria drückte den Zipfel mit der Quaste so zurecht, dass die Mütze nicht mehr zwingend an einen Kasperlhut erinnerte.

»Ja – wobei, ein bissel Hintergrundinfo zu – Carrie und zu ihrem Kompagnon, dem …«

»Helge Trimmel.«

»Ja, dem Trimmel, wär auch nicht schlecht. Das könnt die

Gabi machen. Und du, du schau bitte, ob du nicht doch irgendwo was von der Scheele findest. Sie kann singen. Vielleicht war sie auf dem Konservatorium. Mach halt das volle Programm, Geburtenregister, Ehe, Kinder, Turnverein, Strafen und was es halt sonst noch gibt. Jeder Mensch taucht irgendwo auf. Und schau beim ›Tornados‹ vorbei. Die sollen das einmal alles bestätigen.«

»Verstehe. Ich mache auf ›Die Abteilung Kouba arbeitet‹, damit keiner deinen french exit bemerkt. Aber für meine heiß geliebte Chefin mache ich ja alles.«

Süßes, unwiderstehliches Lausbubengrinsen hintennach. Statt einer Antwort gab Maria Phillip etwas, das sie nie von sich erwartet hätte. Sie gab ihm ein Bussi. Nein, zwei Bussis. Eines auf die linke und eines auf die rechte Wange. Zu ihrem Glück bremste sich auf der gegenüberliegenden Straßenseite gerade der 31er ein. Sie rannte los und erreichte die Straßenbahn im letzten Augenblick. Wenigstens jetzt war ihr einmal das Schicksal hold gewesen. Sie hätte sonst nicht gewusst, wie sie Phillip noch einmal hätte anschauen sollen.

Und das an dem Tag, an dem sie beschlossen hatte, keine Gefühle mehr zu haben.

Sie wurde ihrem Vorsatz genau eine halbe Stunde später ein weiteres Mal untreu. Kaum hatte sie die Wohnung ihrer Mutter betreten, kaum war sie dort auf deren Betreiben im bequemen Lehnstuhl versunken, kaum war ihre Mutter in der Küche verschwunden, da schossen ihr auch schon die Tränen in die Augen. Denn es wurde dunkel, und ihre Mutter kam mit einer überdimensionalen, vor brennenden Kerzen strotzenden Torte herein. Maria blähte die Backen, doch ihre Mutter drängte sie in die Polsterung zurück.

»No, Tesorino, warte. – Hoffentlich geht das jetzt.«

Sie drückte an der Fernbedienung für den DVD-Player herum. Was kam da jetzt? Ein Werbefilm von einem Geschenk? Ein Reisevideo vielleicht? Nein, ihre Mutter wusste, dass sie die Kanaren gebucht hatte. Mist! Sie hatte vergessen, wegen des Stornos zu telefonieren. Der Bildschirm wurde schwarz, der Film lief. Handgeschrieben in Volksschulschrift tauchte ›Tanti auguri di buon compleanno, cara Maria‹ auf. Dann wurde Räuspern und Summen hörbar, das Bild blendete auf, ihre sämtlichen italienischen Verwandten auf der Terrasse von Onkel Ricardos Hof, hinter ihnen der Sonnenuntergang über den Hügeln von Monte Antico. Onkel Ricardo hob die Arme, die anderen verstummten und richteten sich, steif in die Kamera blickend, in Formation aus. Claudio winkte schnell, Fiona beugte sich über ihn und drückte ihm den Arm wieder nach unten. Sie murmelte ihm eine Zurechtweisung ins Ohr. Nicht doch! Maria hob sacht die Hand Richtung Bildschirm und lächelte. Unterdessen hatte sich Onkel Ricardo direkt vor die Kamera gestellt. Er verbeugte sich leicht, dabei bewegte sich sein massiger Weinbauernkörper elegant wie jener eines Rokokotänzers.

»Questa canzone l'ho composta per te, per la nostra, cara e dolce Battagliera.«

Er verbeugte sich wieder leicht, ging zur Gruppe zurück und gab den Choreinsatz. Maria konnte nicht mehr. Tränen kullerten ihr über die Wangen, auf den Hals, in den Rollkragenpullover. Das Lied begann düster in Moll mit der Beschreibung der Taten eines Halunken, wechselte dann nach Dur, um lustig den erfolgreichen Einsatz der stolzen und alles besiegenden Kämpferin zu beschreiben. Es hatte sieben Strophen, immer noch wildere Bösewichter, dazwischen immer der glorreiche Sieg der Kämpferin. Beim vierten Mal Refrain summte ihre Mutter mit, beim fünften sangen sie beide die einprägsamen Verse mit, beim sechsten wurde Maria von ihrer Mutter hochgezogen. Sie klatschte und zwang Maria in einen ausgelassenen Tanz. Zuerst gelang es Maria nicht, den Rhythmus umzusetzen, ihre Glieder waren entsetzlich schwer, aber ihre Mutter ließ ihr keine Chance.

Irgendwann machte es dann Klick, und das Gefühl von lange zurückliegenden Urlauben bei Onkel Ricardo kam hoch. Unbeschwert und fröhlich, voll Vertrauen in die Zukunft. Marias Gehirn öffnete das Album Kindheitserinnerungen und kramte bunte Bilder hervor. Mit Andrea beim Fischefangen am See – als sie ihm erklärt hatte, so geduldig müssten auch Polizisten sein. Mit Luciano im kleinen Kino in Pagánico – wo sie sich wunderte, dass ihr die Filme auf Italienisch ein klein wenig etwas anderes erzählten als in Deutsch, einfach nur durch die Art der Sprache. Mit Fiona in ihrer Baumhütte im Wald – als sie Schilf rauchten und dabei vom tätowierten Prinzen auf der Harley Davidson träumten.

Maria und ihre Mutter hakten die Arme unter und wirbelten im Kreis, kamen aus dem Gleichgewicht, schwebten kurz gefährlich nahe über den Kerzen, lachten, wirbelten weiter, stapften, krakeelten. Und taumelten erschöpft auseinander, als Onkel Ricardo den Chor in einen wunderschönen Schlussakkord dirigierte. Maria tat es ihm gleich, der Ton schwebte sozusagen quer durch die Zeit und quer durch Europa, dann setzte sie punktgenau den Abschlag. Schlagartiges Wuseln der Familie, jeder versuchte, etwas in die Kamera zu sagen, neugierige Fragen, gute Ratschläge und die Aufforderung, sie doch wieder einmal zu besuchen, summten durcheinander. Claudio drängte sich nach vorn und winkte wieder in die Kamera, Maria winkte zurück. Sie wollte ihn hochheben und mit ihm Flugzeug spielen. Doch – es war ja nur ein Film.

Das Lächeln stahl sich von Marias Gesicht. Sie beugte sich über die Torte und blies die Kerzen aus. Der Fernseher summte und klickte. Stille.

»Mia Bambolina …«

Maria fuhr herum und funkelte ihre Mutter an.

»Mama, bitte, ich bin siebenunddreißig.«

Ihre Mutter zuckte kurz zurück, dann lächelte sie.

»Entschuldige. So habe ich das nicht gemeint. Ich will nur nicht, dass du jetzt traurig bist. Komm, sei nicht traurig. Es ist dein Geburtstag.«

»Ich bin nicht traurig.«

Ihre Mutter sah sie mit jenem durchdringenden Blick an, den einfach nur Mütter haben. Mit diesem Blick, bei dem man sofort nackt und bloß wie ein Baby war.

»Nein, natürlich nicht. Du wirst es ja wissen. Du bist ja eine erwachsene Frau.«

Maria verschränkte die Arme und konzentrierte sich. Sie wollte jetzt nicht lachen. Nein. Dieser hinterlistige Rückzug ihrer Mutter durfte nicht immer funktionieren. Doch da kam es schon. Das Lachen kitzelte bereits ihren Rachen, es versetzte bereits die Nase in Zuckungen. Maria prustete los. Ihre Mutter stimmte ein und umarmte sie, was Maria nicht nur geschehen ließ, nein, vielmehr drückte sie ihre Mutter ganz fest an sich. Langsam beruhigten sie sich. Ihre Mutter begann, sie ganz sacht zu wiegen. Wie ein kleines Mädchen. Und das tat gut.

Maria schloss die Augen und atmete aus. Jedoch nicht bewusst und kontrolliert wie bei Sonjas Entspannungsübung, sondern gelöst und wohlig. Ebenso sacht strich ihr die Mutter nun über die Haare.

»Maria, ich weiß, es geht mich nichts an ...«

Oje, der klassische Beginn. Maria spannte sich an.

»... aber ich glaube, du solltest diesen – deinen Kollegen vergessen und dir endlich einen lieben Mann suchen, mit dem du ein paar Kinder bekommst. Du bist reif dafür.«

Die letzten Worte hatte sie ganz schnell gesprochen, als hätte sie Angst, unterbrochen zu werden. Maria wollte sich schon heftig abstoßen – doch das Loslösen war erstaunlich ruhig und kontrolliert.

»Was meinst du damit? Willst du damit sagen, dass ich alt werde?«

Puh. Maria gefror beinahe selbst ob ihres eisigen Tones. Ihre Mutter wiegte den Kopf.

»Na ja, ein junges Mädchen bist du nicht mehr unbedingt.«

»Danke, das wollte ich hören.«

Maria wandte den Blick ab. In ihrem Kopf herrschte Funkstille. Eigenartig. Die Wohnung wirkte nicht so zusammengeräumt, so ordentlich wie sonst. Ihre Mutter strich ihr eine Strähne hinters Ohr.

»Du bist doch nicht glücklich. Das sehe ich. Und wenn du hundert Mal sagst, das ist die viele Arbeit. Das ist es nicht. Du bist unglücklich. Im Herzen. Eine Mutter sieht so was.«

Die Anspannung verwandelte sich in absolute Ermüdung. Ende des Kampfes. Ja, sie war alt. Und sie wurde immer älter. Sie ging mit Riesenschritten auf den Vierziger zu. Sie hatte genug gesucht und erprobt und ausgekundschaftet. Jetzt war es Zeit zu landen. Ja, theoretisch klang das gut. Aber praktisch? Da gab es noch ein kleines Problem.

Maria löste sich von ihrer Mutter, ging zwei Schritte zurück, schnaufte auf, verzog den Mund zu einem schiefen Lächeln.

»Wenn du mir sagst, wo der Schalter ›Phillip aus‹ ist?«

Ihre Mutter schenkte ihr einen mitleidigen Blick, dann schüttelte sie den Kopf und schritt Richtung Küche.

»Also, Kind, ich versteh dich nicht. So toll ist er auch nicht. – Und außerdem, wo bleibt dein Stolz? Eine Giuliani läuft keinem Mann nach.«

Wahrscheinlich war es diese Präpotenz, sie über die Schulter abzukanzeln, die Maria das Tabu brechen ließ.

»Da bist du ja gerade die Richtige, mir das zu sagen.«

Ihre Mutter wirbelte herum, funkelte sie an.

»Was meinst du damit?«

Maria fühlte eine Bösartigkeit in sich, die sie überraschte. Sie hatte es ihr nicht sagen wollen, doch sie hatte Maria provoziert. Mit ihrer eitlen Selbstzufriedenheit. Maria hob ihre Augenbraue. Ja, schau mich nur an. Das habe ich von ihm! Das hast du mir oft genug gesagt!

»Ich habe heute Carrie getroffen.«

Die Worte waren ihr ganz ruhig über die Lippen gegangen,

und jetzt hingen sie wie eine trotzige Ohrfeige im Raum. Ihre Mutter versteinerte.

»Erwähne diesen Namen nie wieder in meiner Gegenwart. Hai capito?!«

Wahrscheinlich waren die Schinkenfleckerln so gut wie immer, doch tatsächlich schmeckten sie nach Pappe. Maria nahm eine weitere Gabel voll in den Mund, schob die Nudeln, den Schinken und den Käse ein paar Runden zwischen den Zähnen hin und her, schluckte die Pampe mit aller Kraft. Ein Schluck Wasser. Das Schweigen, das bereits eine halbe Stunde andauerte, war ihr mittlerweile unerträglich. Warum nur hatte sie die Attacke geritten? Ihre Mutter wollte sich ganz einfach nicht damit auseinander setzen, das war ihr gutes Recht.

Andererseits, es war so lange her. Vielleicht würde es Mutter auch nicht mehr wehtun, wenn sie endlich einmal so brutal mit den Tatsachen konfrontiert würde wie heute Maria. Und vielleicht war es dann auch schön, wieder einmal ausführlich über Vater zu reden, gemeinsam darüber zu lachen, wie er mit dem Bierschaum auf der Oberlippe den Kaiser Franz Joseph nachgeahmt hatte. Wie er jedes Mal mit Hingabe aus allen Tellern die richtigen Lettern der Buchstabensuppe herausgesucht hatte, um ›Das Leben ist schön‹ zu schreiben. Wie er immer beim sonntäglichen kalten Abendessen Rosen aus den Paradeisern gezaubert hatte. Ja, denn das alles hatte er sicher auch bei Carrie und ihrer Mutter gemacht. Hatte er es deshalb bei ihnen weniger gemacht? Hatten sie deshalb weniger gelacht? Hatten sie ihn deshalb weniger lieb gehabt?

Maria kratzte aus der Auflaufform Käse heraus. Ihre Mutter reagierte nicht auf die von ihr gehasste Unart. Ihr Gesicht war steinern und dennoch – ja, dennoch wunderschön. Ihre Mutter war noch halbwegs jung, noch nicht einmal sechzig Jahre. Sie könnte sich noch einen netten Mann suchen, mit dem sie noch ein paar Dinge anstellte, bevor sie nicht mehr konnte. Doch solchen Emotionen hatte sie sich seit damals immer verschlossen. Bei jedem einzelnen Verehrer war es das Gleiche gewesen. Ihre Mutter hatte ihn wie einen Vibrator benutzt und ihn dann eiskalt am ausgestreckten Arm verhungern lassen. Auch wenn sie das nicht zugab. Offiziell hatte ihre Mutter nämlich nicht einmal das Bedürfnis nach Sex. Das war doch kein Weg, sich selbst einfach kalt auf Basisbetrieb runterzudrosseln. Nein, das war kein Weg. Für keine von ihnen beiden. Sie musste ihre Mutter dazu bringen, sich mit der Vergangenheit zu konfrontieren. Das ging aber nur, wenn sie nicht mehr stritten.

»Mama, es tut mir Leid.«

Ihre Mutter verharrte im monotonen Gabeltanz, nickte, stand auf, nahm ein verdächtig kleines Päckchen vom Couchtisch, reichte es Maria und aß weiter.

»Danke.«

Maria hielt das Ding in ihren Händen und sah ihre Mutter an, die den Blick noch immer gesenkt hielt. Sie breitete schützend die Hände über das Geschenk, beugte sich vor, linste von unten, zog Grimassen. Ihre Mutter bemühte sich redlich, schließlich entschlüpfte ihr aber ein Grinsen.

»Alles Gute, mia Bambolina.«

Sie lächelten sich an. Maria öffnete geschwind das Päckchen und erstarrte.

»Dein Rubinring!«

Ehrfurchtsvoll steckte sie ihn an. Er war einfach traumhaft. Maria wusste gar nicht mehr, wie oft sie ihn schon heimlich anprobiert hatte, und jetzt, jetzt gehörte er ihr! Wieso eigentlich?

»Aber Mama, das ist doch dein Verlobungsring.«

Ihre Mutter schob die Teller zur Seite, die Torte in die Mitte und schnitt sie an, als wäre nichts geschehen.

»Warum, Mama?«

Ihre Mutter schob ihr den Teller mit der Torte hin, dann nahm sie Marias Hand.

»Der Ring ist – ich will, dass du auf dich aufpasst. Du sollst – du sollst nicht so verletzt werden wie ich. Der Ring ist – sozusagen ein Notizzettel. Und außerdem – wie oft hast du ihn schon heimlich probiert? Hm?«

Der bemüht neckische Ausdruck im Gesicht ihrer Mutter bedeutete, dass sie die Diskussion für beendet erklärte. Anfallsartig überkam Maria große Zärtlichkeit. Ihre Mutter machte sich wirklich Sorgen. Das wiederum machte Maria Sorgen. Bei Karl, den ihre Mutter nie hatte leiden können, wäre sie nie auf die Idee gekommen, ihr den Ring zu schenken. Marias Ex hatte sie immer nur lächerlich gemacht. Marias Gefühle für Phillip fürchtete sie offensichtlich. So sehr hatte sie also Vater geliebt. So sehr liebte Maria Phillip. Unwillig und unwillkürlich schüttelte sich Maria. Nein, nein, das war ein gewaltiger Irrtum. Das war doch nicht vergleichbar. Oder doch? Maria steckte den Ring an den Finger. Wenn sie ihn ins Licht drehte, leuchtete der Stein wie eine brennende Ampel. Er hatte eine verheißungsvolle Tiefe, so wie – Phillips Augen – na ja, vielleicht war so eine Warnblinkanlage doch nicht so schlecht.

Maria lächelte ihre Mutter an, formte ein lautloses ›Danke‹ und stach die Torte an. Was für ein eigenartiger Geburtstag. Und er wurde noch eigenartiger.

»Mama, du, der Kuchen, der schmeckt irgendwie anders. Hat Svetlana ein neues Rezept ausprobiert?«

Wieso hielt ihre Mutter den Blick gesenkt?

»Was ist mit Svetlana?«

Ihre Mutter faltete die Hände und sah leidend hoch.

»Ich habe ihr gekündigt.«

»Was? Wieso denn das? Ich meine, jetzt? So plötzlich? Ich meine, nach zwanzig Jahren!«

»Sie hat mich bestohlen.«

Maria glaubte, sich verhört zu haben. Aber doch, das Wort war ›bestohlen‹. Sie schaute ihre Mutter genau an, da war kein Anzeichen von einem Scherz.

»Das ist doch Quatsch, Mama, wieso sollte dich Svetlana nach all den Jahren – was hat sie denn angeblich gestohlen?«

»Meine Geldbörse.«

»Also Mama, wirklich, du wirst sie verlegt haben. Oder verloren. Gibt's irgendeinen Beweis dafür, dass Svetlana sie hat?«

Ihre Mutter begann, wie ein Automat den Kuchen in sich hineinzustopfen.

»Mir schmeckt er.«

»Gibt es einen Beweis? Hat sie es gestanden?«

Nichts. Nur das Geräusch der mahlenden Zähne.

»Mama! Gibt es einen Beweis?«

Ihre Mutter schleuderte die Kuchengabel auf den Teller, dass die Bröseln in alle Richtungen stoben.

»Beweis! Beweis! Wer sonst, wenn nicht sie! Und außerdem – sie hat Branco eine Lederjacke gekauft!«

Maria lachte. Es fühlte sich allerdings mehr wie Weinen an.

»Und das hat sie mit deinem Einkaufsgeld gemacht. Sicher.« – Und sofort wieder ernst. – »Ich will, dass du dich bei ihr entschuldigst. Ich kenne kaum jemanden, der so korrekt wie Svetlana ist. Wie hat sie überhaupt reagiert auf diese – auf deine Frechheit?«

»Frechheit? Jetzt bin auch noch ich die Böse? Jahrelang, jahrelang habe ich sie unterstützt ...«

»Unterstützt? Das war ein Geschäft! Du hast sie bezahlt, und dafür hat sie dir den Dreck weggeräumt!«

»Unterstützt habe ich sie! Und jetzt das! Das tut weh. Das tut mir weh! Und jetzt stellst du mich als die Böse hin! Mein Vertrauen hat sie missbraucht. Ganz mies und hinterhältig. Questa Figlia di puttana! Aber so ist das ja immer mit denen.«

»Mit wem?«

»Na, mit diesen Ausländern. Der Pollak hat schon Recht.

Die kommen wie die Heuschrecken über uns. Überall sind sie. In der Straßenbahn, hörst du da noch ein einziges deutsches Wort? Überall, überall sind sie. Nirgends ist man mehr sicher. Diese – diese Ostbanden haben schon in vier Wohnungen bei uns eingebrochen. Ich kann gar nicht mehr schlafen. – Ich kann überhaupt nicht mehr schlafen, so eine Angst habe ich! Und sie wissen immer ganz genau, wo die Wertsachen sind. Woher wissen die das? Ich sag es dir. Die bekommen Tipps. Ja, Tipps bekommen die. Von irgendwelchen Installateuren. Von diesen Zettelausträgern. Von den Putzfrauen. Die stecken doch alle unter einer Decke. Alle stecken sie unter einer Decke.«

»Mama!«

»Ach was. Wahrscheinlich hat ihnen das Geld nicht mehr gereicht, das sie nach Hause geschickt bekommen haben. Geld, das ihre – ihre Spione nur verdient haben, weil sie sich wie ein Krebsgeschwür überall hineingesetzt haben. Uns haben sie die Arbeit weggenommen!«

»Mama, du hast den Job verloren, weil du einen Bandscheibenvorfall gehabt hast. Schon vergessen? Eine Pflegerin, die nichts heben kann, ist irgendwie fehl am Platz.«

»Du bist so naiv, Kind, du bist so naiv. Du hast wirklich keine Ahnung. Das hat nichts mit meinen Bandscheiben zu tun, oder bin ich ein Krüppel? Bin ich ein Krüppel? Nein! Sie haben die Philippininnen genommen, weil sie unter dem Kollektiv arbeiten. Ja, so schaut es aus. So schaut es aus. Wir haben Jahre dafür gekämpft, und dann kommen die und setzen sich rein wie die Maden im Speck. Aber das reicht ihnen ja noch nicht. Jetzt klauen sie uns auch noch den Rest. Ste Carogne! Vergasen sollte man die alle!«

»Mama!«

»Che? Tu nicht so. Bei deinem Verein gibt es genug, die auch so denken. Du mit deinem liberalen Gehabe. Das hast du von deinem Vater. Wie dein Vater! Die Arme so weit ausgebreitet, und jeder ist willkommen. Aber es gibt Grenzen.«

Ihre Mutter war aufgesprungen und beugte sich über den

Tisch. Ihr Gesicht war zu einer Fratze verzerrt. Langsam erhob sich auch Maria.

»Von welchen Grenzen sprichst du denn jetzt genau?«

Ihre Mutter schnaubte.

»Das Boot ist voll.«

»Der Spruch ist vom vorletzten Wahlkampf. Der ist alt.«

Sie blitzten einander an. Das durfte doch nicht wahr sein, ihre Mutter hatte sich heimlich zum Fan, was hieß Fan, zur heißen Jüngerin von diesem Rechtsaußen-Heini Pollak entwickelt. Wie hatte sie das nur nicht bemerken können?

»Maria, es ist Zeit, dass du erwachsen wirst und die Welt so siehst, wie sie ist. Dass ich dir das sagen muss! Du bist bei der Polizei.«

»Und du bist selber Ausländerin.«

Ihre Mutter zog die Mundwinkel nach unten und schob das Kinn nach vorne.

»Ich bin Italienerin. Das ist etwas ganz anderes. Etwas ganz anderes. Und ich bin Österreicherin. Seit vierzig Jahren.«

»Und Svetlana ist es seit fünfzehn Jahren.«

»Weil sie geheiratet hat.«

»Du auch, Mutter! Ich versteh dich nicht, was ist plötzlich los mit dir? Warum …?«

»Gar nichts ist los. Niente. Niente! Aufgewacht bin ich. Das ist los. Und du wirst schon auch noch einsehen müssen …«

»Gar nichts muss ich. Du musst was. Ja, du musst was. Du wirst dich bei Svetlana entschuldigen und deine verdammte Geldbörse suchen. Hörst du mich? Du suchst deine verdammte Geldbörse und entschuldigst dich bei Svetlana!«

»Du erteilst mit keine Befehle. Ich bin immer noch deine Mutter, hörst du?!«

»Mutter?! Eine miese Verhetzerin bist du!«

»So redest du nicht mit mir …«

»Oh doch, so rede ich nämlich mit allen Rassisten.«

Ihre Mutter hob die Hand, verharrte, senkte sie wieder

langsam. Maria packte ihre Handtasche, ihre Jacke, schleuderte die Hausschuhe von sich, schlüpfte in die Timberlands, ohne sie zuzuschnüren, raste aus der Wohnung und stolperte zwei Stockwerke hinunter. Dann ging das Ganglicht aus. Sie ließ sich auf die Treppe fallen und schluchzte haltlos.

Die acht Kerzen des IKEA-Kandelabers verbreiteten ein angenehm mildes Licht, das Marias Augen etwas entspannte. Die wohl temperierte Wärme des Badewassers tat das ihrige. Gute Vorarbeit hatten eineinhalb Flaschen Rotwein und Tausende mit Elsa gewechselte Worte geleistet. Maria war erstaunt, dass sie nicht besoffener war. Nach so langer Abstinenz sollte sich doch im Grunde so eine Art jungfräulicher Alkoholvergiftung einstellen. Doch entweder erinnerte sich ihr Körper nur allzu gut an vergangene Exzesse, oder ihre Emotionen neutralisierten den Alk in ein sanftes Beruhigungsmittel.

Elsa streckte ihr rechtes Bein aus dem Wasser und deutete mit dem großen Zeh auf den Kandelaber.

»Ich werde ihn da lassen. Da passt er besser hin als über den Esstisch. Da hab ich mich eh immer geärgert, dass ich nicht seh, was ich auf dem Teller hab. Immer hab ich das große Licht aufgedreht. Für was brauch ich dann so einen Kerzenhalter? Oder? Eben. Und im Bad bin ich eh nicht so scharf drauf, dass ich alles so genau seh.«

Sie steckte den Fuß wieder ins warme Wasser.

»Ich bin drauf gekommen, dass, wenn ich nicht weiß, dass ich eine neue Falte habe, die anderen sie nicht so sehen. Warum ist das eigentlich so?«

»Sie sehen sie.«

»Tun sie nicht.«

»Doch.«

»Nein.«

»Sie sehen sie. Sie sehen sie. Sie sehen sie.«

»Tun sie nicht. Tun sie nicht. Tun sie nicht.«

Dabei planschte Elsa erstaunlich gelenkig mit dem rechten Fuß Wellen hoch, die Maria unangenehm kühl auf den Bauch schwappten.

»Okay, okay, sie tun's nicht.«

Elsa tauchte wieder zufrieden ins Wasser. Auf das hatte Maria gewartet. Sie pantschte mit beiden Füßen fest ins Nass und damit Elsa voll ins Gesicht. Erneutes Gerangel, bei dem Elsa Marias Füße zu fassen bekam und hoch hinauf hielt. Maria musste sich fest abstemmen, um nicht zu versinken. Elsa zog noch fester.

»Was tun sie?«

Maria prustete.

»Sie sehen sie!!«

Erneutes Ziehen, das Maria nun endgültig unter Wasser brachte. Elsa ließ lachend aus, und Maria kam prustend wieder hoch.

»Weißt du, vielleicht hast du ja Recht. Vielleicht ist das so wie bei dem Märchen mit dem Kaiser, der nackt ist, aber weil er so tut, als wäre er angezogen, tun die Menschen um ihn herum auch so.«

»Ja, man kann den Leuten alles einreden. Du brauchst es nur geschickt genug machen, und sie glauben dir alles.«

Elsa schob nach Art einer Geisha in einem Kitschfilm die Handflächen wie einen Blütenkelch unter ihr Kinn.

»Ick habe doch keine Falten. Ick glaube, du denken an deine eigenen Falten.«

Maria stützte sich lässig am Badewannenrand auf. Mit einer imaginären, überdimensionalen Zigarre stocherte sie Richtung ihrer Freundin. Ihre brummige Stimme hallte an den Kachelwänden wider.

»Sie glauben, Ihr Leben ist in Ordnung? Sind Sie nicht nur ein bisschen bescheiden? Kindchen, Sie sollten sich einfach einen Kredit nehmen! Sich ein tolles Auto kaufen! Und endlich Ihr blödes, minderes Selbstbewusstsein vergessen.«

Elsa formte ihr Gesicht zu einem Herzchen.

»Ich brauch aber kein Auto, ich ...«

»Kindchen, was heißt, Sie brauchen kein Auto?! Dann sind Sie ja nur ein halber Mensch! Und eine Laus für die Wirtschaft. Wollen Sie schuld sein, wenn die Wirtschaft krachen geht?«

»Aber ich habe eh ein Motorrad und ein ...«

»Ausreden, nichts als Ausreden! Kaufen Sie, kaufen Sie! Unterschreiben! Unterschreiben!«

»Ja! Ja! Ja!«

Elsa warf sich orgiastisch hin und her. Sie kicherten. Dann zog Elsa ein grimmiges Gesicht.

»Wir vernichten alles Böse.«

»Nein, wir sprengen alles Böse in die Luft.«

»Nein, wir debattieren es in Grund und Boden!«

»Ho, ho, ho, da gibt es Zweifler!«

»Zweifler? Hääängt sie!«

»Die Frager!«

»Die notorischen Schnüffler!«

»Die Querulanten! – Hängt sie alle!«

Maria ließ sich ins Wasser zurückfallen.

»Hängt mich. – Ich glaube meiner Mutter nicht.«

Nun ließ sich auch Elsa mit einem großen Stöhnen zurücksinken.

»Nein, Mary-Maus, bitte, nicht schon wieder von vorne. Ein für alle Mal: Du hast dich komplett richtig verhalten. Deine Mutter ist die, die im falschen Film ist.«

Maria brachte es nicht einmal fertig zu nicken, so schwer lag ihr der Streit plötzlich wieder im Magen. Elsa stupste sie mit der Zehenspitze an.

»He, du, ich glaube sogar, dass deine Mutter genau so ein Widerspruchsgeist ist wie du. Sie schimpft nur deswegen auf die Ausländer, weil dein Vater sie so gern gehabt hat, dass er sie gleich alle gebumst hat.«

Maria lächelte gequält, drehte den Wasserhahn auf und hielt den Finger ins brennend heiße Wasser.

»Ich weiß nicht, was ich das nächste Mal sagen soll, wenn sie mich anruft.«

Elsa drückte sich an die gegenüberliegende Wannenseite.

»Es wird schon nicht so schlimm sein. Red mit dem Hansi, der soll ein paar Extrastreifen rüberschicken zu ihr, und wenn's dann wieder ruhig ist, wird sie auch wieder normal.«

»Ich weiß nicht. Das ist massiv bei ihr.«

Maria drehte das Wasser wieder ab und ließ den Handballen immer und immer wieder auf den Drehknopf fallen.

»Und ich hab das nicht mitgekriegt! Ma, echt, Wahnsinn. – Die hat echt das Wort ›vergasen‹ in den Mund genommen, kannst du dir das vorstellen? Bitte, kannst du dir das vorstellen?«

»Die hat einfach zu oft mit der Hausmeisterin geredet.«

»He, was soll das jetzt?«

Elsa ließ sich zurücksinken und schloss die Augen.

»Das weißt du doch.«

»Also Elsa, bitte, die Hausmeister können gar nicht alle Rassisten sein.«

»Na ja.«

»Du redest so einen Schwachsinn, die sind doch selber Ausländer. Meistens.«

»Eben. Siehe deine Mutter.«

»Quatsch. Bei Mama ist das ganz was anderes.«

Elsa verdrehte die Augen und tauchte unters Wasser, wodurch sie Maria ihre Füße unter die Achseln schob. Maria war beinahe versucht, diese vertrauliche Geste zurückzuweisen. Doch irgendwie hatte Elsa natürlich Recht. Wie immer. Sie hatte jetzt genauso wie ihre Mutter argumentiert. Was natürlich kein Argument war. Oft waren die Assimilierten die größeren Rassisten als die Einheimischen. Sie wollten einfach die besseren Wiener, die besseren Österreicher, die besseren Europäer sein. Wie lächerlich. Gut, dass sie Rotwein getrunken hatte. ›In vino veritas‹ – es rückte alles wieder einmal ein bisschen zurecht. Vielleicht sollte sie generell auf Rotwein umsteigen, zu viel Rotwein fühlte sich irgendwie besser an als zu viel Bier.

Elsa war noch immer unter Wasser. Das war jetzt schon sehr lange. Zu lange. Maria zwickte sie in die Zehe. Nichts. Maria zwickte sie nochmals. Nichts.

»Elsa?«

Elsa tauchte völlig ruhig auf, atmete gleichmäßig, als wäre sie im schönsten Tiefschlaf.

»Vergiss einmal deine Mutter. Die kriegt sich schon wieder ein. Erzähl mir lieber noch mal – ich mein, da ist mir grad was gekommen. Der Typ hat zwei Narben und ist groß?«

Elsa wuchtete sich aus dem Badewasser, wodurch Maria unwillkürlich tiefer rutschte. Knapp vor dem Ertrinken merkte sie, dass ihr so endlich wirklich warm wurde. Vielleicht war zu zweit baden doch keine so gute Idee? Zumindest im Winter in einem ungenügend geheizten Bad? Elsa trocknete sich nachlässig ab, schlüpfte geschwind in einen dicken Bademantel und dicke Socken, verschwand im großen Zimmer. Erstaunlich, dass sie jetzt noch Gedanken für die Arbeit hatte.

Maria fuhr mit beiden Händen über ihren Körper, mikroskopisch kleine Luftblasen stiegen auf. Eine angenehme Welle durchschwappte sie. Sie nahm den Massagehandschuh und ribbelte den Rist vom rechten Bein, dann den vom linken. Das raue Schnurgeflecht erweckte einen Nerv um den anderen zum Leben. Und die Impulse kullerten wie Champagner die Beine hoch über das Rückgrat in ihren Nacken. Ah, das war wahres Leben. Das müsste frau jeden Tag haben. Und am besten durchgeführt von einem willfährigen, absolut unanstrengenden Wesen. Monologische Handarbeit war gemein. Sie erweckte immer das frustrierte Wollen nach zumindest dialogischer Befriedigung. Maria schrubbte sich die Unterschenkel hoch zur Innenseite ihrer Oberschenkel. Die empfindliche Haut reagierte nach kurzer Zeit mit Schmerz, die Außenseite hingegen mit umso mehr Wohligkeit. Maria legte sich leicht auf die Seite und massierte ihre Pobacke. Die fiebrigen Impulse jagten nun in Lichtgeschwindigkeit zu ihrem Kopf. Ein kehliger Laut entrang sich ihr. Erschrocken hielt Maria inne. Glück gehabt, keine Elsa im Türrahmen. Sie ließ sich in Rückenlage zurücksinken. Was sollte ihre Freundin bloß von ihr denken, wenn sie da – ja, wenn sie sich da jetzt einen runterholte? Nein, das durfte sie nicht machen. Obwohl – kein Laut drang vom Schlafzimmer herein. Elsa saß wahrscheinlich im Wohnzimmer und war in irgendwelche Unterlagen versunken.

Und sie musste sich jetzt fertig schrubben, die alte Haut entfernen. Mit scheelem Seitenblick auf die Tür schob Maria nun die andere Pobacke aus dem Wasser. Ah, wie das alles lebendig wurde! Die behandschuhte Hand fuhr in die Ritze zwischen den Pobacken. Wieder entrang sich ihr ein gurgelnder Laut. Zurücksinken in die Horizontale und banger Blick zur Tür. Nichts. Wo blieb Elsa eigentlich so lange? Maria sah ihre Hand, die frech und selbständig über ihrer Scham kreiste. Mit kreisenden Bewegungen den Bauch zu ihren Brüsten hochwanderte. Sanft erweckte sie die schwimmenden Brüste zum Leben. Die Achterbewegung wurde immer enger, streifte immer wieder neckisch die Brustwarzen. Die stellten sich auf. Ganz langsam zogen sie sich zusammen, verwandelten sich von einer braunen Fläche zu einem kleinen und zugleich riesigen Plateauberg, der mit seinen Gräben und Flanken die sanft geschwungene Umgebung beherrschte. Mit einem Mal konnte Maria verstehen, was Männer so an Brüsten anzog. Die Spitzen lugten lächelnd aus dem Wasser. Ihre stolze, aufrechte Haltung forderte Bewunderung und Anbetung. Liebkosung. Maria berührte sie sanft auf den kleinen Plateaus. Kleiner Schmerz aus Überreizung. Überreizung? Maria leckte die Zeigefingerspitze ihrer freien Hand und schmierte die weiche Flüssigkeit auf die Plateaus. Ließ den Speichel in die Gräben sickern, umkreiste die ganzen Spitzen mit dem Finger, worauf die sich zu einem noch massiveren Gipfel zusammenzogen. Mit Erstaunen im analytischen Eck ihres Gehirns spürte Maria, wie ihre Zungenspitze gierig ausfuhr, so klatschnass, dass sich ein Speicheltropfen löste und ins Wasser einsank. Maria erschrak vor sich selbst, doch sie konnte nicht anders – sie packte ihre Brüste und hob sie an. Sie beugte ihren Kopf, streckte die Zunge ganz weit hinaus und schaffte es mit Anhalten der Luft, Spitze an Spitzen zu führen. Atemlos ließ sie sich zurücksinken. Was hatte sie getan? War sie jetzt schon in sich selbst verliebt? Doch der Gedanke wollte nicht zu Ende gedacht werden. Vielmehr schlich sich Marias Blick wieder zu ihren Brüsten, deren Nippel sich beinahe abzusprengen versuchten. Halb willentlich, halb getrieben landete ihre behandschuhte Hand nun auf ihrer Scham. Die groben Schnüre durchpflügten den dichten Haarwald, stupsten an die Klitoris, die sich weit zwischen den Schamlippen hervorgedrängt hatte. Marias Beine schnellten so heftig auseinander, dass die Knie gegen die Badewannenwand knallten. Irgendwo war da ein Schmerz. Er wurde jedoch von den elektrischen Wellen auf Unfühlbarkeit zurückgestutzt. Maria schleuderte den Handschuh von sich, das Badewasser spritzte, Zeigefinger und Mittelfinger ihrer Rechten massierten den Schaft der Klitoris, ihre linke Hand konnte sich nicht zwischen Brüsten und Vagina entscheiden. Schließlich gewann das Loch, Marias Finger rieb die Innenseite, drückte die Stelle, die der Spitze der Klit einen direkten Schlag versetzte. Maria atmete schneller, brach in Schweiß aus, was sie angesichts des Wassers um sie herum irgendwo tief in ihrem Hirn amüsierte, spürte eine beginnende Verkrampfung ihrer gegen die Badewannenwand gespreizten Beine, fingerte noch schneller, rieb noch schneller – und hörte Schritte.

Sie verschränkte die Arme. Wurde stocksteif.

»Geht's wieder?«

Warum kam Elsa nicht herein? Warum rief sie von außerhalb?

»Was« – Maria musste sich räuspern –, »was soll wieder gehen?«

Elsa kam mit ihrem Laptop herein und grinste Maria an. Sie machte es sich auf dem plüschigen Badezimmerhocker bequem.

»War's gut?«

»Was meinst du?«

Elsa studierte Marias Gesicht, die daraufhin spürte, wie erhitzt es schillern musste. Ihre Freundin nickte befriedigt und fuhrwerkte am Computer herum.

»Ich wollte dich nicht stören. Die meisten Leute wollen dabei alleine sein.«

»Bei was?«

Maria hatte die Frage sicherheitshalber gemurmelt. Danach tauchte sie ebenso sicherheitshalber ins Wasser. Hieß das, dass Elsa mitbekommen hatte, was sie da gerade getrieben hatte? Maria wollte die Antwort gar nicht so genau wissen. Umso mehr, als ihre Aufmerksamkeit völlig von der pochenden Scham in Anspruch genommen wurde. Wie wurde sie bloß diesen Druck wieder los, ohne sich noch einmal eine Blöße zu geben? Sie konnte ja nicht einmal aufs Klo flüchten, so angespannt und zugleich gefühllos war ihr ganzer Körper. Sie musste Elsa wieder loswerden.

»Meinst du nicht, dass es ein bissel gefährlich ist, da mit dem Ding im Bad?«

Elsa studierte neuerlich Marias Gesicht und ihren Körper. Grinsen. Und dann so ein koboldhafter Ausdruck in ihren Augen. Konnte es tatsächlich sein, dass sie Marias Notlage nicht nur erkannte, sondern auch noch genoss? Sie absichtlich leiden ließ? Sie beugte sich wieder über das Display.

»Solange du mich nicht mit der Dusche anspritzt ...«

Maria fühlte sich versucht, genau das zu tun. Und selbst dieser Ärger löste ihre Spannung nicht im Geringsten. Reden. Einfach nur reden. Das war immer das Beste.

»Was suchst du eigentlich?«

»Mir ist da was eingefallen und – ich hab die Dateien eh gleich durch …«

Fein, und das hatte sie nicht draußen machen können? Eine Entscheidung! Sie musste eine Entscheidung fällen! Maria drehte den Wasserhahn auf. Der mächtig sprudelnde Strahl wirbelte die Oberfläche auf. Betont lässig ließ Maria noch ein paar Tropfen des Badeschaums in den Strahl tröpfeln, wodurch sich sofort eine beeindruckende Schaumkrone bildete. Elsa warf ihr einen Blick zu. Der Kobold in ihr grinste noch frecher. Maria tat so, als hätte sie es nicht gesehen.

»Das tut so gut, ich glaub, ich hab die Grippe gerade noch abgefangen.«

Keine Reaktion von Elsa, die zunehmend ungeduldig mit dem Kopf wackelte und das Touchpad forsch malträtierte. Maria bewegte mit der linken Hand die Wassermassen. Nun war nichts mehr erkennbar, was sich unter der Oberfläche abspielte. Es war ihr schon einmal gelungen, damals, als sie mit vierzehn Jahren die Masturbation entdeckt und bei jeder Gelegenheit durchgeführt hatte. Damals, als sie bei einer Schultheateraufführung in der Gasse gestanden und ihren ersten Schwarm Hannes als Ritter beobachtet hatte. Damals, als sie nur durch Pochen auf die empfindliche Stelle Befreiung erfahren hatte. Und so würde es auch jetzt sein. Mit der linken Hand wischen, mit der rechten pochen. Vorsichtig stupste Marias Mittelfinger die Klitoris an. Blick zu Elsa. Nein, sie bemerkte nichts. Wirklich nichts. Sie tat nicht nur so, sie bemerkte wirklich nichts. Hoffentlich. Wischen, mit dem Wasser spritzen, plantschen – und pochen. Stupsen. Hektisch knubbeln. Maria spürte es aufsteigen. Jetzt kam der schwierigste Teil des Ganzen. Ihr durfte kein Ton entschlüpfen, ihre Mimik durfte nicht eine Millisekunde jene entspannte Gleichgültigkeit verlieren, die Maria hoffte, in ihr Gesicht gezaubert zu haben. Noch eine Berührung. Ihr Unterleib zog sich zusammen. Maria sah sich dem, den sie so sehnlichst erhofft hatte, gegenüber. Begleitete ihn durch den Bauch und die Brust zur Kehle. Er verdichtete sich zu einem Schrei. Doch weil er nicht hinauskonnte, machte er am Hals kehrt und im Unterleib eine neuerliche Pirouette. Dann fiel das Ding mit einem Plopp in sich zusammen. Es war beleidigt. Und Maria frustriert. Allerdings auch ein klein wenig erleichtert. Mit einem Mal war sie wieder ganz und gar in der Welt des Badezimmers.

Die Anspannung war weg, nur ihre linke Hand vollzog noch immer die kreisenden Bewegungen auf der Wasseroberfläche. Maria testete die anderen Gliedmaßen, ja, sie war sich wieder ihrer selbst bewusst. Sie drehte das Wasser ab.

»Na bitte, man muss nur hartnäckig genug sein.«

Maria schwappte sich Wasser ins Gesicht, damit Elsa nicht mitbekam, wie sehr Maria ihre Worte auf sich bezog. Ihre Wangen dampften wie nach einem Saunagang.

»Also bitte, jetzt sag schon endlich, was du suchst.«

Elsa drehte sich in ihre Richtung, ohne aufzusehen.

»Also, Schwester des Ersten Buch Moses, das ist ein schlimmer Finger.«

Maria spürte, wie ihr Zwerchfell hektisch nach Luft suchte. Jetzt nur nicht auf die Anspielung eingehen! Und es war offensichtlich eine Anspielung, auch wenn Maria nicht wusste, was sie bedeutete.

»Wer?«

»Na, dein Narbiger.«

Elsa wandte sich ihr zu.

»Wenn es der ist, von dem ich glaub, dass er es ist, dann ist es Friedrich Berg. Sehr eloquent, sehr belesen. Irrer Typ. Ein sehr schöner Mann, trotz der Narben. Wenn er nicht so durchgeknallt wäre, würd ich ihn gern kennen lernen. Na ja, egal, jedenfalls, der Tänzer – wir nennen ihn so, weil, wenn er sich aufregt, dann macht er so ausladende Bewegungen –, also, der Tänzer ist uns, meiner Abteilung, extrem aufgefallen, weil er die schwarzen Mädels immer ganz scheiße behandelt hat.«

»Was hat er mit ihnen gemacht?«

»Na ja, das Übliche. Geschlagen. Getreten. Beschimpft. Nicht bezahlt. Aber immer mit dem Hinweis, dass sie ja nur Sklavinnen seien und froh sein sollten, dass er sie nicht tötet. Eine von denen ist dann einmal zu uns gekommen, so eine Mutige. Sie hat jetzt ein Blumengeschäft im Siebten.«

»Habts ihr gut gemacht.«

»Klar. Jedenfalls habe ich mir damals gedacht, der ist mir nicht ganz koscher. So ein Irrer.«

»Und?«

»Na, nix und. Das ist ja genau das Problem. Er schreibt irgendwelche Bücher, schlagt schwarze Frauen und ist sonst ein braver Bürger.«

»Aber ihr beobachtet ihn?«

»Nein, net wirklich. Wegen ein paar Misshandlungen beobachten wir noch keinen. Da müssten wir ja mindestens ein Drittel von Österreich beobachten. Da bräuchten wir den Computer von der NASA.«

»Bitte, Elsa, übertreib nicht immer so.«

»Gut, ein Viertel. Ich weiß auch nicht, wie sehr die Staatspolizei an ihm dran ist. Und es gibt genug Typen, die beim Wichsen von Sklavinnen träumen.«

»Warum hast du das dann alles über ihn?«

»Gefühl, Schatzi, Gefühl.«

Maria lehnte sich aus der Badewanne und sah Elsa intensiv an. Die zuckte mit den Schultern.

»Na ja, was soll ich sagen, der war mir einen Tick zu irre. Verstehst? Ich hab mir gedacht, auch wenn er jetzt noch halbwegs verträglich ist, dann wird er irgendwann einmal – jetzt schau mich nicht so an, ich hab ein paar solche Dateien. Das macht doch einen Krimineser aus, oder nicht? Das Gespür.«

Maria spürte eine Welle von Liebe für ihre Freundin. Solche Herzblut-Kriminalisten gab es nicht zu oft. Maria wuchtete sich aus der Wanne und begann sich abzutrocknen.

»Friedrich Berg. Könnte passen. Sie haben ihn ja Ritchie genannt. Aber wie gesagt, er hat die ganze Nacht durchgevögelt.«

»Wer weiß, was die den Mädels gegeben haben.«

»Ich werd mir's anschauen. Kannst du mir das Ding schicken?«

Elsa nickte, öffnete ihren Bademantel und stellte sich vor das Gebläse des Strahlers. Maria begann sich einzucremen. Mit den Berührungen wurde die Erinnerung an ihre wahnsinnige Badeschaum-Aktion wach. Absolut abgedreht. Und auch völlig sinnlos, denn sie spürte schon wieder so eine Gier aufsteigen – das war doch nicht normal. Das lag sicherlich am Alkohol, dass sie so geil und hemmungslos war. Morgen, ja, morgen würde sie wieder in ihre Wette einsteigen. Nüchtern lebte man weit weniger gefährlich.

Elsa ließ den Bademantel von ihren Schultern gleiten und betrachtete sich im Spiegel, nachdem sie den Dampf mit bloßen Händen abgewischt hatte.

»Und was machma jetzt? Gehen wir tanzen? Vielleicht ins ›Havanna‹?«

Sie drehte sich mit einem verschmitzten Lächeln zu Maria um.

»Oder in einen Club?«

»Club? Was für einen Club?«

Elsa nahm Maria die Lotion aus der Hand und cremte ihren Rücken ein.

»Na, in einen Swinger-Club, was sonst? Du brauchst doch auch dringend wieder einmal einen festen Griff auf deinen Arsch.«

Dabei kniff sie selbst Maria in den Po. Maria bog sich durch und löste sich so von Elsa, die kicherte. Was war heute nur mit ihrer Freundin los? Ja, sie war oft sehr direkt, aber so – so distanzlos? Sie hatte noch nie Maria in ihre Freizügigkeit mit einbezogen. – Sie hatte es bemerkt! Das war es. Wie hatte sie sich auch nur so gehen lassen können?!

Maria schlüpfte geschwind in ihr Höschen. Dabei erhaschte sie Elsas belustigten Blick.

»Ich muss – ich will – ich muss jetzt ins Bett. Ich …«

Elsa wandte sich ab, um sich ebenfalls anzuziehen.

»Schon gut, Mary-Maus. Keine Panik. Ich hab mir nur gedacht, nachdem der Roth jetzt eine Freundin hat, wirst du vielleicht wieder – aber wahrscheinlich musst du erst ein Trauerjahr hinter dich bringen …«

Maria fetzte Elsa das Handtuch über den Kopf. Ihre Freundin tauchte ab und zwickte sie in die Wade. Sie lachten und zogen sich weiter an. Doch der lockere Ton wollte sich noch nicht wirklich einstellen. Was gab es noch zu erzählen?

»Weißt du übrigens, was die Gabi macht? Die macht Aktfotos!«

»Weiß ich, sie hat sich von mir die Boa ausgeborgt.«

Natürlich, Elsa wusste immer alles. Maria schwieg und frisierte sich.

»Und weißt du auch, dass sie einen neuen Lover hat? So einen mit so einem?«

Maria zeigte die vermutete Länge mit ein paar Zentimetern mehr. Elsa verharrte mit dem Fön in der Hand.

»Nein, das weiß ich nicht.«

»Hat sie. Echt. Und die treiben's wie die Karnickel. Sagt sie. Natürlich.«

Elsa nickte bedächtig, wuschelte ihre kurzen Haare geschwind im heißen Wind, reichte den Fön weiter und schminkte sich. Sie meinte es offensichtlich ernst mit einem Besuch – wo auch immer. Maria beugte sich vornüber. Die heiße Luft rieselte über ihren Nacken und erzeugte absolutes Wohlgefühl. Sie musste sich wirklich ausschlafen, sonst würde ihre Erregtheit überhaupt kein Ende nehmen. Warum hatte sie bloß von Gabis Reitereien erzählt? Jetzt pickten die nächsten klebrigen Bilder in ihren Gehirnwindungen.

Vor ihrem Gesicht tauchten verkehrt herum Elsas Augen auf.

»Willst du zuschauen?«

»Was?«

»Ob du zuschauen willst. Gabi wohnt ein paar Gassen weiter. Gegenüber von ihr bauen sie gerade ein neues Haus. Und ihre Fenster gehen auf die Straße.«

Maria drehte den Fön ab.

»Du spinnst. Das mach ich sicher nicht. Ich bin doch kein so ein beschissener Spanner.«

Elsa grinste und verschwand aus ihrem Blickfeld. So eine Schnapsidee! Und außerdem – außerdem war es für so eine Aktion viel zu kalt.

Es war definitiv viel zu kalt. Als sie in die Gasse einbogen und der Wind so scharf Marias Gesicht zerschnitt, dass ihre Augen tränten, blieb sie einfach stehen. Solche Aktionen waren etwas für pubertierende Klemmlinge, nicht für siebenunddreißigjährige Frauen. Und überhaupt, was sollte da der Unterschied sein zu einem Porno? Leuten beim Sex zuzusehen konnte immer nur kurzfristig prickelnd sein. Sie hätte doch auf den Vorschlag mit dem Swinger-Club – nein, natürlich nicht, vielmehr auf jenen mit dem ›Havanna-Club‹ eingehen sollen. Tanzen, das wäre der passende Abschluss für den siebenunddreißigsten Geburtstag gewesen. Aktiv und noch jung, jedoch nicht verzweifelt und lächerlich.

Erst nach zehn Schritten bemerkte Elsa offenbar, dass hinter ihr nichts mehr knirschte. Sie winkte hektisch und verschwand plötzlich nach links. Maria hob ihren Blick nach rechts oben. Da, im vorletzten Stockwerk, da brannte tatsächlich Licht. Es konnte aber auch die Wohnung einer alten Frau sein, die aufgrund ihrer senilen Bettflucht die ganze Nacht fernsah. Oder es war tatsächlich die Wohnung von Gabi, und sie las einfach ein gutes Buch. Oder so. Die Füße massiert von einem knackigen – und nicht nur die Füße – nein, es war zutiefst peinlich, sie würde Gabi morgen nicht in die Augen sehen können, ohne an einen wackelnden Puddingarsch mit einem

Schwanz mittendrin denken zu müssen. Einem schwarzen Schwanz ... und außerdem – was war, wenn Gabi sie sah?! Das war ja noch peinlicher! Nein, dem durfte sich auch Elsa nicht aussetzen. Maria hastete zu diesem dunklen Loch, in dem Elsa verschwunden war, und prallte mit ihr zusammen.

»Was ist? Wo bleibst denn?«

»Wir können das nicht machen. Was ist, wenn sie uns sieht? Und überhaupt ...«

Elsa wandte sich bereits einer Leiter zu.

»Und überhaupt bist du eine feige Nuss. Die Gabi stört das sicher nicht. Sie macht Aktfotos. Schon vergessen?«

Elsa erklomm die ersten Sprossen. Maria hechtete ihr mit zwei Schritten nach.

»Wir haben sie nicht gefragt. Und außerdem ist das was anderes. Jemandem beim Ficken zuschauen ist ...«

»Geil.«

Damit erreichte Elsa die erste Zwischendecke und verschwand aus Marias Blick.

»Elsa! Du bist bei der Sitte!«

»Und ein böses Mädchen. Ich weiß!«

Maria hörte Elsa weiterklettern, drehte sich um, machte einen Schritt. Verharrte. Und wenn Elsa abstürzte? Sie hatte ein Handy. Maria machte noch einen Schritt. Auch wenn sich da in der Wohnung gegenüber gar nichts tat, Elsa würde ihr die pursten Wichsszenerien reindrücken, und dann würde sie Gabi erst recht nicht in die Augen schauen können. War es da nicht besser, sie überzeugte sich selbst – das war eine Ausrede. Nein, war es nicht. Sie würde jetzt da raufgehen und Elsa mit nach unten schleifen, auch wenn sich etwas abspielte.

Maria stieg die ersten Sprossen hinauf. Hoffentlich waren oben wenigstens die Treppen schon fertig. Das war ja nicht nur Gefährdung ihres seelischen, sondern auch ihres leiblichen Lebens. Erste Etage. Das Licht der Straßenlaterne machte kleine Kabinen sichtbar. Die waren doch hoffentlich nicht als Zimmer gedacht! Maria betrat eine der halb fertigen Kemenaten und musste über sich selbst lachen. Wenn sie jetzt auch noch anfing, die Zelle auszumessen, dann wäre endgültig klar, dass sie eine kleinkarierte, ängstliche Spießerin war. Sie musste sich dieser blöden Idee stellen und sie irgendwie zum Abschluss bringen. Wieder eine Leiter, wieder eine Etage.

Als sie im sechsten und letzten Stockwerk anlangte, erkannte sie Elsas Schattenriss an einer Aussparung für ein Balkonfenster. Zugleich sah sie, dass sich in der Wohnung gegenüber zwei Menschen tänzerisch wiegten. Elsa winkte ihr mit einer kleinen Bewegung, ohne den Blick abzuwenden. Sie durfte das nicht tun. Sie durfte sich nicht dazwischenquetschen. Zwischen ebony und ivory.

Maria hievte sich hoch. Schwindel überkam sie. Weil sie vom langen Tag erschöpft war? Weil sie Leitern hasste? Weil der Mann die massigen Brüste in die Hände nahm und seine Zunge darauf spielen ließ? Hektisch suchte Maria Halt, taumelte, stieß gegen die Leiter, die in unendlicher Langsamkeit umkippte, verlor das Gleichgewicht und wurde von Elsas Hand zurückgerissen. Sie presste sich an die Mauer. Kurzes Hecheln. Gemeinsam starrten sie sechs Stockwerke in die Tiefe. Elsa drückte ihre Hand.

»Irgendwie kommen wir schon wieder zurück.«

Sie lehnte sich eng an die Kante. Es wirkte, als wäre sie eine geheimnisvolle Besucherin in einer Opernloge.

»Ich war noch nie mit einem Schwarzen im Bett.«

»Nein! Echt? Und das bei deiner Sammlung?«

Sie flüsterten. Trotzdem war Marias Unterton spitz genug gewesen. Elsa ignorierte ihn jedoch nicht einmal. Gebannt starrte sie auf den orange-gelben Lichtfleck gegenüber. Maria marterte ihr Hirn, da war doch noch etwas gewesen, was sie Elsa hatte sagen wollen, damit diese sich wieder mit ihr an den Abstieg machte. Doch es fiel Maria beim besten Willen nicht mehr ein.

Vielmehr beschäftigte sie jetzt die Frage, warum sie noch

nie einen Liebhaber gehabt hatte, mit dem sie eine Schlagobersschlacht hatte machen können. Denn genau das absolvierten nun Gabi und ihr Lover. Hengst. Nicht nur das sich langsam erhebende Glied von wahrlich beachtlichen Ausmaßen evozierte in Maria diesen Begriff, nein, es waren auch die Bewegungen des Mannes. Kraftvoll und elegant. Der weiße Schaum aus der Dose verfehlte Gabi immer nur knapp, was Maria erstaunte. Wofür sie sich gleich wieder schämte. Warum sollten dickere Menschen nicht auch flink sein? Der Hengst vollführte einen Sprung, streckte Gabi auf den Boden, besprühte sie nun auf dem ganzen Körper und stemmte sich auf. Sie warf ihren Kopf zurück, öffnete den Mund. Der Hengst fixierte ihre Arme am Boden und schob seinen Unterleib durch die Wolke von Schlagobers. Immer und immer wieder. Gabi warf sich ihm entgegen. Der Hengst ließ ihre Arme los und richtete sich auf. Sein Schwanz ragte himmelwärts. Er spreizte ihre Beine erstaunlich weit. Gabi war gelenkig wie eine Balletttänzerin. Er fuhr mit seinem Schwanz ihre Schenkel entlang, stupste mit dem Schwanz in das durch den Obers bedeckte Dreieck, Gabi warf sich ihm entgegen. Der Hengst stand auf. Ging um Gabi herum. Sie wälzte sich.

Elsas Daunenjacke knirschte. Maria schielte zur Freundin und sah – nein, das konnte jetzt nicht sein –, sie sah, wie sich deren Finger im Schritt der Jeans hin und her bewegten. Elsa musste ihren Blick spüren. Das konnte gar nicht anders sein. Doch sie ignorierte ihn. Ihre Freundin öffnete den Mund, weißer Atem hüllte ihren glasigen Blick in einen Nebel. Ihr Ausdruck war so anders, so fremd, so …

Maria zwang ihren eigenen Blick auf das helle Viereck. Warum eigentlich? Sie könnte genauso gut hinter sich – der Hengst stellte sich über Gabi, ließ sich langsam auf die Knie, ließ ihr dabei beinahe zärtlich seinen Schwanz in den Mund gleiten. Und Gabi saugte. Wie eine Weltrekord-Kandidatin. Der Hengst stieß mit fordernder Vehemenz den Finger in Gabis Vagina, wahrscheinlich, so genau war das nicht zu erkennen, rieb er ihr gleichzeitig mit einem anderen Finger die Klitoris, das war zu erkennen.

Maria wurden die Jeans zu eng. Sie drehte sich von Elsa weg und ließ verkrampft ihre Hand auf die Scham gleiten. Widerliches, abhängig machendes Pochen. Den ganzen Abend litt sie schon darunter. Sie hörte Elsa nesteln, dann einen Zipp. Maria wurde erneut taumelig. An ihrem siebenunddreißigsten Geburtstag, an diesem vermaledeiten Tag, an dem sie sich das erste Mal so richtig alt gefühlt hatte, mutierte sie zu einem hemmungslosen Teenager. Denn sie konnte ihre Hände nicht davon abhalten, ebenfalls die Hose zu öffnen. Geschwind, als ob die Bewegung dadurch weniger auffällig wäre, ließ sie die Hand in ihr Höschen gleiten. Da war alles nass. Und kurzfristig saukalt. Aber nicht lange.

Denn nun begann der Hengst, Gabi nach allen Regeln der Kunst zu ficken. Zuerst liegend mit den Beinen am Boden, dann mit den Beinen über ihrem Kopf, dann in der halben Seitenlage, dann von hinten. Die Hitze des Akts transportierte sich über einen direkten Draht zu Marias Scham. Sie rieb die Klitoris, konnte irgendwann nicht umhin, heftig zu atmen. Die Szene war so antörnend. So etwas hatte sie schon mal gesehen, nicht in einem Porno. Karl hatte Pornos mit Schwarzen nicht gemocht. Wo nur? Die Perspektive ihrer Erinnerung verschob sich, sie sah jetzt von unterhalb in eine Stellage, sie holte das Buch, das Heft herunter, blätterte es auf, sah ein Bild von einer weißen Frau mit wehender Mähne und wagenradgroßem Mund sowie von einem David von Michelangelo, nur in Schwarz. Nein, zwei Davids. Sah sie in den Kasten ihrer Eltern? Nein. Es war woanders gewesen, nur wo? Das verhauchte Bild machte dem realen wieder Platz. Seine Finger krallten sich in ihre Mähne, seine glänzenden Rückenmuskeln zogen sich zusammen, sein Schokoladenarsch vibrierte. Nein, noch nicht! Bitte noch nicht! Maria war noch nicht so weit. Ihre Jeans waren zu eng. Hektisch schob sie sie ein Stück hinunter. Sie nahm nun auch die zweite Hand, fickte sich selbst. Hatte der Hengst ihre Bitte etwa gehört? Als wollte er ihr entgegenkommen, warf er Gabi herum und schleckte sie. Maria schloss die Augen, was sie aber nicht daran hinderte, das Zungenspiel weiter zu sehen. Sie kam. Sekunden später vernahm sie aus Elsas Richtung denselben markanten, gurgelnden Ton.

Langsam verteilte sich das Blut wieder regelmäßig auf den ganzen Körper. Und Maria beschloss, die Augen nie mehr zu öffnen. Ihr erster, nicht heimlicher Selbstbefriedigungsakt. Und das gleich mit der besten Freundin. Allerdings – mit wem sonst? Erlebten das so Mädchen in Internaten? Sie hörte Elsas Zipp und spürte die Kälte auf ihrem eigenen Bauch. Also zog sie ebenfalls die Hose hoch. Die Augen wagte sie allerdings noch immer nicht zu öffnen. Sie hörte, wie Elsa in ihre Jacke hauchte.

»Du hast so was noch nie gemacht.«

Maria schüttelte den Kopf.

»Schlimm?«

Schlimm? Maria blinzelte in Elsas Richtung. Ihre Freundin sah wieder aus wie vordem. Ihr Gesichtsausdruck war in keinster Weise lauernd oder hämisch, sondern nur besorgt. Marias Gedanken wirbelten durcheinander. Später. Alles später. Sie lächelte und schüttelte den Kopf. Elsa nickte. Und lächelte dann auch. Sie warf einen nachlässigen Blick ins Fenster gegenüber und erhob wortlos dankend die Hand. Dann wandte sie sich dem Abgrund zu.

»Wird eine Turnerei.«

Maria sah ebenfalls ins dunkle Nichts.

»Ich hasse so was.«

Elsa atmete tief durch. Damit ließ sie sich auf den Armen die Wand hinunter. Schimpfendes Gemurmel, dann ein spitzer Freudenschrei.

»Na bitte, da stehen Ziegel raus. Komm!«

Maria dachte nach, dachte ganz angestrengt nach, doch

es wollte und wollte ihr keine Alternative zu dieser Kletterei einfallen. Es war besser abzustürzen. Denn wenn sie tot war, brauchte sie sich nicht mehr zu genieren. Doch wenigstens mitbekommen wollte sie es nicht. Also schloss Maria die Augen und ließ sich die Mauer hinab. Es war alles nur ein Traum.

Als Maria den Wohnungsschlüssel ins Loch stecken wollte und die Tür von alleine aufging, wünschte sie, es wäre wirklich alles nur ein Traum. Raumgreifende Kälte packte sie. Ihr Körper war schlagartig starr. So musste sich ein Hund auf Fährte fühlen. Alle Sinne dreifach intensiviert. Vorsichtig drückte sie nochmals gegen die Tür. Da war kein Widerstand. Lag sie vielleicht noch in Elsas Badewanne? Und hatte sie vielleicht doch alles nur geträumt? Ja, das war es. Die Wichserei auf dem Mauersims war nie passiert, diese blödsinnige Kletterei ebenso wenig, und das hier jetzt war bloß der Abschluss eines verrückten Traumes, der zusehends zum Alpdruck wurde.

Unendlich langsam wandte Maria den Kopf in Richtung Gangfenster. In den Gang. Alles schien im fahlen Licht der nächtlichen Stadt so, wie es sein sollte. Ein sehr realistischer Traum. Ihr Körper reagierte. Lautlos schob sie sich wieder die Stiege hinunter, den Rundlauf entlang bis zum Parterre. Sie drückte sich in die letzte Ecke, nahm ihre Pistole heraus, entsicherte sie. Ihr Atem ging nun von alleine in den Bauch. Konditionierung durch Training. Lautlos schlich sie wieder die Treppe hinauf, horchte mit der Intensität eines Supermikrophons, spürte mit jedem einzelnen Haar. Sie drückte die Türe auf, die Pistole im Anschlag. Das graue Nachtlicht, das durch das Küchenfenster hereinfiel, zeigte ihr einen ausgeräumten Schuhkasten, die verstreuten Laden der Kommode, die Jacken am Boden. Die Tür zum Kabinett war offen.

»Rauskommen!«

Wie eine hämische Antwort hörte sie irgendwo draußen, ein paar Gassen weiter entfernt, die Sirene eines Einsatzwagens. Maria lugte blitzartig um die Türkante herum. Kein menschlicher Schatten. Nur aufgerissene Laden in der Küche. Sie konnten im großen Zimmer sein. Und wenn sie glaubten, sie wäre irgendeine gewöhnliche Frau, die sie jetzt noch zur Draufgabe vergewaltigen konnten? Und wenn sie sie nicht verstanden?

»Police! Come out!«

Nichts.

»Come out! I'm armed. And the others will be here in a few minutes! Come out!«

So ein Quatsch. Wenn es welche von diesen Rumänien-Banden waren, dann verstanden sie Englisch auch nicht. Wie hieß das noch mal? Sie hätte bei diesen Fortbildungskursen besser aufpassen sollen. Aber was sollte ein Polizist denn noch alles können! Jetzt mussten sie schon mehrsprachig sein. Und dann noch so eine blöde Sprache wie Rumänisch. Das brauchte man, außer bei Verbrechern, nirgendwo.

»Policia!«

Ein Pumpern auf den Boden kam als Antwort. Marias Herzschlag verdoppelte sich. Sie packte die Glock fester. Nur ja keine Ladehemmung jetzt. Sie warf sich um die Tür herum, drückte schon den Abzug, sah, dass sie nichts sah, blickte tiefer und registrierte gerade noch einen Schatten, der auf ihre Füße zulief und sie beinahe zu Fall brachte. Gemauze.

»Jack! Verschwinde!«

In dem Augenblick wurde ihr klar, dass sie alleine in der Wohnung war. Diese drei Sekunden Nichtstun hätten Gangster längst ausgenutzt. Der Form halber tapste sie zum Wohnzimmer, stieß die Tür mit dem Fuß auf.

»Policia!«

Das Licht der Straßenlaterne ergoss sich über ein Chaos von zerstreuten und zerstörten Gegenständen. Es rührte Maria nicht. Es war, als ob sie an einem fremden Tatort wäre. Sie konnte an der Art der Verwüstung erkennen, dass die Täter wütend geworden sein mussten. Kein Wunder, viel gab es bei ihr ja nicht zu holen. War da ein Atmen? Sie drückte mit dem Fuß die Tür endgültig gegen die Wand. Sie lugte über die Couchlehne. Sie drehte das Licht auf und wandte sich Jack zu, der sich gegen den Küchenboden presste. Er hatte den Schwanz eingeklemmt und zitterte am ganzen Leib. Sie stieg über ihn hinweg, tapste in Richtung Kabinett. Der begehbare Schrank war leer. Sie waren weg. Auch in dem kleinen Zimmer Festbeleuchtung. Zurück in die Küche. Maria ließ die Waffe sinken. Eine Ewigkeit nichts. Dann legte sie die Waffe auf die Kredenz, beugte sich zu dem Kater und wollte ihn hochheben. Er wich ihr aus und trippelte geduckt zur Tür. Maria erwischte ihn gerade noch am Schlafittchen.

»He, pscht, mein Schöner, ist alles wieder okay.«

Doch Jack wollte nur zur Türe hinaus. Plötzlich lauschte er und kroch rückwärts Richtung Kabinett. Maria hielt ihn und lauschte ebenfalls. Sie hörte nichts. Sie ließ das verstörte Tier los, das sich sofort unter den Fensterbrettvorsprung im Kabinett kauerte. Sie lehnte die Eingangstür an, drehte nun auch in der Küche das Licht auf und zückte ihr Handy. Gleichzeitig zündete sie sich eine Zigarette an, was kein leichtes Unterfangen war, denn plötzlich zitterten ihre Hände. Irgendwelche Kurzmitteilungen und Anrufe. Herzog, der Quälgeist. Sollte er sich doch was aus dem Finger saugen. Maria drückte alles weg und suchte Navratils Nummer. Für was hatte man gute Bekannte unter den Kollegen? Gute Bekannte – ha! – aus dem Augenwinkel sah sie, wie Jack blitzartig in die Tiefe des Raumes schoss, einen Hauch zeitversetzt ließ sie Handy, Zigarette und Feuerzeug fallen. Sie drehte sich zur Kredenz, doch der kleine Schatten, der aus dem großen Zimmer schoss, war schneller und streckte sie mitten in der Bewegung mit einem gezielten Schlag auf ihre Schläfe zu Boden. Maria sah zuerst etwas wackeln und glitzern, dann nur mehr schwarz. Eine junge Stimme. Was rief sie? ›Affen‹? ›Zahn‹? Schritte. Die Stufen hinunter. Sie wurden rasant leiser. Das Zufallen des schweren Haustores hörte Maria nicht mehr.

Der Riss ging mitten durch das Gesicht von Cate Blanchett. Das war echte Brutalität. Maria holte ihre Hand unter dem Bauch von Jack hervor, beugte sich über den Kater hinweg zum Boden und hob das Booklet der Filmmusik-CD von ›Elisabeth‹ auf. Jack rührte kein Ohr, seine Krallen waren fest in Marias Jeans verankert. Auch nicht, als sie sich konzentriert über den Schreibtisch beugte und das Tixo suchte. Die Rolle war leer. Das war – das war – Maria spürte, wie fünf Zentimeter hinter ihren Augäpfeln die Tränen nach vorne drängten. Schon verzog sich ihr Mund, schon zuckte die Nase, da brummte in ihrem Nacken eine Stimme.

»Wir haben jetzt alles.«

Maria sog tief Luft durch die Nase und befahl den Tränen, fünf Zentimeter hinter den Augäpfeln zu bleiben. Sie nickte, ohne sich umzudrehen, legte das Booklet auf den Tisch und strich es glatt. Ein hoffnungsloses Unterfangen. Bedächtig legte sie die Risskanten so übereinander, dass Cate Blanchetts Gesicht beinahe wieder unversehrt wirkte. Sie hörte ein Räuspern hinter sich.

»Maria, der Juppi kann erst in zwei Stunden da sein. Willst nicht jemanden anrufen, damitst nicht allein bist?«

Juppi? Von was redete Navratil da? Maria hob ihren Blick, um sich umzuwenden, was sie sogleich bereute. Denn einer der anderen Beamten war gerade damit beschäftigt, die Urinlache hinter dem Regal wegzuwischen. Wut. Da war so eine Wut auf sie selbst.

»Wenn ich die Bettwäsche weggeräumt hätte, wenn ich sie nicht über den Sessel gehängt hätte, wenn ich den Sessel nicht zum Regal geschoben hätte, weil er mir bei meinen – meinen saudämlichen Ent-span-nungs-ü-bun-gen im Weg war, wenn ich verdammt noch mal ein bissel …«

Maria blitzte Navratil an, brachte Zeigefinger und Daumen ganz nahe zueinander.

»… ein bissel nur …«

Sie sank in sich zusammen.

»… disziplinierter wäre, dann hätte ich diese Kanaille gesehen und …«

Navratil drehte sie auf dem Stuhl zu sich.

»Und dann hätte er geschossen, und du hättest geschossen, und einer von euch wäre jetzt tot.«

»Er wäre tot.«

Ihr Ton musste unerwartet kalt sein, weil der Urin-Wischer sie erschrocken ansah. Navratil atmete durch.

»Ja, wahrscheinlich. Wahrscheinlich wäre er tot. – Und du, du hättest eine Untersuchung am Hals. Auch wenn es hundert Mal Notwehr war.«

Maria fuhr herum.

»Willst du damit sagen – willst du damit ernsthaft sagen, dass wir den Kackern auch noch Tee machen sollen, während sie sich bedienen? Nein. Mit mir nicht! Das nächste Mal, wenn mir so eine Wanze über den Weg rennt, dann krall ich sie mir.«

Der Urin-Wischer stand auf und lächelte über die Schulter seines Chefs Maria zu – unterwürfig und anbetend. Das war die erste Irritation. Navratil selbst hockte sich vor Maria hin und stützte die Arme auf ihre Knie, sein Gesicht auf seinen Händen auf. Das war die zweite Irritation. Vom Uniformierten, der an der Tür zur Küche lehnte, kam ein gebrummtes ›Hoffentli. Kosten uns eh scho gnua, di Zigeuna‹. Das war die dritte Irritation. Maria ließ das eben Gesagte Revue passieren. Es klang vernünftig, wenn auch ein bisschen fremd. Der besorgte Blick von Navratil war unerträglich. Sie ließ den ihren wieder durch den Raum gleiten. Auch nicht gut, denn das erschreckende Ausmaß der Verwüstung stärkte diese neue, eigenartige Wut wieder. Maria zwang sich, ihren Kollegen anzuschauen.

»Juppi?«

Die Mimik von Navratil wurde noch besorgter, sein Blick streifte die Stelle an ihrer Schläfe, an der sie der Einbrecher erwischt hatte.

»Na, weißt eh, der Juppi, der dir ein neues Schloss einbauen wird.«

Maria dämmerte. Juppi war der Kollege, der nicht nur alle Schlösser knacken konnte, sondern der auch bei allen Mitarbeitern auf Wunsch Spezialeinrichtungen einbaute. Und eben der rasende Helfer bei Einbrüchen war.

»Klar.« – Maria lachte trocken auf. – »Na, wenigstens irgendein Privileg haben wir bei der Polizei. Normalsterbliche müssen so lang auf ein neues Schloss warten, bis schon wieder die nächsten Einbrecher kommen.«

Die Wut stieg schon wieder hoch, doch seltsamerweise artikulierte sie sich nicht in Schreien, sondern in Lachen. Maria gluckste.

»Ja, kommen Sie nur, meine Herren, die Tür steht Ihnen jederzeit offen. Nur leider kann ich Ihnen nicht mehr viel anbieten. Vielleicht noch ein paar CDs? Oder wie wär's mit ein paar Rollen Klopapier. Auch die Geschirrtücher haben Ihre Vorgänger dagelassen.«

Maria lachte immer heftiger. Die Tränen setzten sich durch und kullerten wie Perlen ihre Wangen hinunter.

»Kommen Sie! Hereinspaziert! Heute alles frei! Und nehmen Sie einen Baseballschläger mit! Noch ist nicht alles zerstört! Sie kommen noch auf Ihren Spaß!«

Maria lachte und lachte. Navratil legte zögernd seine Hand auf ihre Schulter, sie wich ihm aus, indem sie Jack von sich stieß und aufsprang. Sie tanzte über die CDs hinweg.

»Hereinspaziert! Hereinspaziert! Wer nicht stiehlt, der verliert!«

Maria stieß gegen den Uniformierten am Türrahmen. Und die Mischung von Genervtheit und Besorgnis in seinem Gesicht ernüchterte sie. Sie wandte sich wieder zu Navratil um. Erschlaffte. Nickte.

»Bin wieder okay.«

Sie schlug beide Hände vors Gesicht und rieb sich die Augenpartie. Das Make-up! Egal. Eine qualmende Zigarette tauchte in ihrem Blickfeld auf. Sie nahm sie und inhalierte tief. Sie kehrte ein Stückchen zu sich zurück.

»Also, bleibst du da? Willst du jemanden anrufen? Oder willst du bei jemandem schlafen?«

Maria nickte. Tat nichts. Navratil streckte die Hand aus. Maria besah sie sich, und es dauerte eine Ewigkeit, bis sie begriff, dass er für sie wählen wollte. Sie fingerte das Handy aus ihrer Hosentasche und konzentrierte sich. Doch die Tasten waren nur silberne Knöpfe ohne jeglichen Sinn. Sie spürte, wie die Kollegen unruhig wurden. Und sie verstand sie. Erstens hatte es heute bereits einen Einsatz im Bezirk gegeben, und zweitens – ja, zweitens stellte sich Maria so blöd wie ein x-beliebiges Opfer an. Doch das war sie ja auch! Maria zwang sich ein leises Lächeln auf die Lippen und reichte Navratil ihr Handy.

»Die müssen mich irgendwie blöd erwischt – könntest du vielleicht?«

Navratil nickte. Fragend verharrte er mit dem Daumen über der Menütaste.

»Elsa. Die Fremuth.«

Navratil tippte herum. Maria schüttelte den Kopf und straffte ihren Rücken. Zog das Genick gerade. Es knackte, was ihren Kopf wieder frei machte. So konnte das nicht weitergehen. So ein Schlag war nicht der Weltuntergang. Und so ein Einbruch auch nicht. Bei einem Einsatz würde sie ja auch nicht zu einem Waschlappen werden. Navratil reichte ihr das Telefon. Maria horchte auf das Freisignal. Lange. Dann sprang die Mailbox an. Sofort drängten sich wieder die Tränen in den Vordergrund.

»Shit, das hab ich ganz vergessen, die ist ja im ›Havanna-Club‹ tanzen. Shit. Shit. Shit.«

»Ja, und was ist mit dem Roth?«

Ja, was war mit dem Roth? Sollte sie wirklich Phillip anrufen? Um ihn dann beim Tête-à-Tête mit seiner neuen Flamme zu stören? Maria sperrte das Handy und steckte es wieder in ihre Hosentasche. Betont schwungvoll fing sie an, die CDs vom Boden aufzuheben.

»Den brauch ich morgen ausgeschlafen. Passt schon, ist ja nicht mehr lang bis zum Dienstbeginn.«

Sie dürfte überzeugend vermittelt haben, dass sie ihren Schock überwunden hatte, denn die anderen Kollegen packten murmelnd ihre Sachen und verzupften sich Richtung Tür. Navratil hob ein paar entfernt liegende CDs auf und reichte sie Maria.

»Wirklich?«

Seltsam. Diese Besorgnis hätte sie von Navratil nicht erwartet.

»Ja, Gerhard, irgendwie werd ich schon schlafen. Morgen wird's hart.«

Maria nickte ihm zu und sortierte mechanisch den ersten CD-Stapel. Navratil schob sich neben sie.

»Soll ich bei dir bleiben?«

Maria unterbrach das manische Herumgerücke. Sie war plötzlich hellwach. Das war eine Anmache, eindeutig eine Anmache. Hatten die Mannsbilder denn überhaupt kein Gespür?

»Warum solltest du bei mir bleiben, ha?«

»'tschuldige, ich wollte dir nicht nahe treten, echt nicht. Ich hab mir halt gedacht ...«

Er drehte sich zur Tür und im selben Augenblick wieder zu Maria.

»Du hast da grad einen ziemlichen Schaß geredet. Also wennst mir nicht noch am Nachmittag einen Vortrag gehalten hättst, dass man gegen die Rambos was unternehmen muss, dann – aber ich nehm an, das ist der Schock.«

Er schüttelte den Kopf und wandte sich endgültig ab. Maria hörte ihr Herz röcheln und ihr Gehirn scheppern. Es war alles so kompliziert.

»Gerhard!«

War er schon draußen? Sie stürmte zur Küche, prallte gegen ihn. Langer Blick voller gegenseitigem Misstrauen, voller zaghafter Sympathie. Maria zuckte zwei Mal mit dem Mund, bevor es herauskam.

»Vielleicht, bis der Juppi da ist.«

Navratils Nicken brauchte ebenso viele Anläufe. Ansatzlos drehte er sich weg, inspizierte die Küche, nahm den Teekessel, füllte ihn, stellte ihn auf. Das Gas wollte nicht brennen, er musste den Zündungsknopf lange halten. Maria war plötzlich unendlich froh, dass er da war. Sie lehnte ihren Kopf an seinen Rücken.

Zwei

Maria schreckte auf. Da war etwas gewesen, etwas sehr Wichtiges. Nein, alles normal. Der Plafond über ihrem Hochbett zum Greifen nah, eisige Kälte wegen des gekippten Fensters. Das Mauzen von Jack an der Tür.

Nur sie fühlte sich entsetzlich taumelig. Benebelt. Beinahe zeitlos. Und eigenartig hell war es im Zimmer. Maria rollte sich zur Bettkante, was ihr einen Blick aus dem Fenster erlaubte. Und der war atemberaubend. Wenn die Sinne sie nicht täuschten, dann war da draußen alles – sie wickelte sich aus der Decke, kletterte die steile Treppe hinunter. Sie ignorierte die eigenartige Taubheit ihrer Glieder und den Frost, der sie ansprang. Mit einem unbewusst entschlüpften ›Aaahh‹ verharrte sie vor dem Fenster. Der Baum im Innenhof war ein einziges glitzerndes Eismonument. Der Wind der vergangenen Nacht hatte die Schneekristalle an die Zweige, an die Äste und an den Stamm gepresst. Waagrecht standen fragile Zäpfchen ab. Auf den Fenstersimsen im Haus gegenüber hatten sich Schneewechten gebildet. Die Einfassung des Innenhofes, der zu ihrem Haus gehörte, hatte eine Schicht, die wie von einem Spritzsack geformt schien. Hoch über den Spitzen des Baumes knallte ein stahlblauer Himmel. Winter. So hatte er zu sein.

Irgendwo weit weg war ein Klingeln zu hören. Verdammt, ihr Handy. Wie spät war es eigentlich? Maria öffnete die Kabinetttür, strich Jack, der sich exaltiert im Kreis drehte, nachlässig über die Ohren und kramte nach ihrem Telefon, das noch immer tief in ihrer Handtasche verborgen war. Ein Blick auf die Uhrzeit. Es war kurz vor neun. Mist. Sie würde wohl kaum pünktlich sein. Phillip.

»Hi, wie kannst du wissen, dass ich spät dran bin? – Was ist? – Komm, so zeitig in der Früh verarscht man keinen Menschen. – Die Ratte häng ich an seinen Eiern auf. – Ja, bis gleich. Und sag halt, dass ich eingeschneit bin oder so.«

Maria unterbrach die Verbindung. Dieser miese Arsch von Herzog hatte ihrer Toten einen Namen und eine Identität gegeben. Bis auf den Vornamen war alles anders. Und das, ohne sich mit Maria abzusprechen. Ein Verdacht ließ sie nochmals das Display des Handys betrachten. Da war doch etwas gewesen? Zuerst unbestimmtes Ahnen – ein Blick zum neuen Türschloss – dann zögerliches Nicht-wahr-haben-Wollen – ein kaum wahrnehmender Blick um die Ecke durch die Küche Richtung Wohnzimmer – dann panische Erkenntnis der Tatsache – ein Sprint ins Wohnzimmer. Ja, die Stereoanlage war weg. Es war kein böser Traum. Der Einbruch hatte stattgefunden. Und nicht nur das.

Maria schleppte sich in die Küche zurück, blieb orientierungslos mitten im Raum stehen. Sie war so benommen! Erst nach einer Unendlichkeit erkannte sie den silbernen Behälter vor ihr als Teekessel. Und jetzt fiel ihr auch der Rest ein. Ja, das Wiegen in Navratils Armen. Ihr hysterischer Anfall, weil sie plötzlich keine Luft bekommen hatte. Ihr brutales Geständnis, dass sie sein Deodorant zum Kotzen fand. Ihre darauf folgende, unerträglich unterwürfige Entschuldigung. Sein Gang unter die Dusche. Das neuerliche Wiegen. Ihre Tränen. Die Beruhigungstablette aus seiner Hand, sie hatte gerade noch mitbekommen, wie Juppi endlich das neue Schloss eingebaut hatte. Dann Blackout. War sonst noch etwas gewesen? Nein, sicher nichts, außer Navratil war ein Nekrophiler. Denn sie musste, rückschließend aus ihrem jetzigen Zombie-Zustand, tot gewesen sein.

Unendlich schwer war das Handy, als Maria das Display ganz nah zu ihrem Gesicht hob. Da waren doch Anrufe in Abwesenheit gewesen, von Herzog, als sie mit Elsa dämliche Herz-Schmerz-Geschichten aufgearbeitet hatte. Carrie. Ihre Mutter! Zur Benommenheit gesellte sich Übelkeit. Kein Wunder, kaum ein Essen, Alkohol, Tranquilizer, die ganze Aufregung – Quatsch, sie war doch kein kleines Mädchen mehr, so was musste sie schon aushalten – und eine Nachricht auf der Mobilbox. Marias Hände zitterten, als sie hörte, wie ihr Herzog mitteilte, woher er die Frau kannte. Er musste sich irren. Warum sollte sie jetzt einen anderen Namen haben? Aber wenn sie einst wirklich so eine bekannte Enthüllungsjournalistin gewesen war, dann kamen mühsame Ermittlungen auf sie zu. Und je mehr Maria sich das schöne Gesicht der Toten vor Augen führte, umso bekannter kam es ihr vor. Ja, war es ihr nicht schon beim ersten Anblick bekannt vorgekommen?

Maria durchfuhr ein Schütteln. Der Fußboden unter ihren nackten Sohlen war kalt. Mechanisch öffnete sie Jack eine Futterdose, mechanisch strich sie ihm über das Fell. Sie drehte das Radio auf. Dieser Mistsack, wie konnte er nur einen Namen veröffentlichen, ohne die Identifizierung abzuwarten?! Maria drehte die Dusche auf und ließ das Wasser rinnen, damit es heiß wurde. Verdammt, sie hätte ihn bremsen können, aber nein, sie hatte sich wie das nächstbeste Girlie an selbstbefriedigenden Spielen delektieren müssen. – Sie hätte daheim sein können, dann wären diese Typen nicht – neun Uhr, die Nachrichten. Maria stieg unter den heißen Dampf. Irgendwie musste sie wieder einen klaren Kopf bekommen. Eine Enthüllungsjournalistin. Zu Tode gefoltert. Das gab miese Reaktionen. Da wurde sicher gleich wieder das Absurdeste gemutmaßt. Und wenn es wirklich irgendwas Heißes war, keine missglückte Vergewaltigung von einem perversen Klemmling? Nein, sie ließ sich von dieser schwarzen Stimmung rundherum schon anstecken. Es gab weniger Verschwörungen, als einander bei so konspirativen Stammtisch-Bemurmelungen zugeraunt wurden. Hoffentlich. Bitte. Eine schnelle Lösung. Der Schnee draußen war so schön – was hatte der Sprecher eben gesagt? Maria steckte den Kopf vor den Vorhang.

»... erhängt in seiner Wohnung aufgefunden. Die Polizei geht von Selbstmord aus. Konrad Unterrader wurde bekannt durch die Verteidigung in mehreren spektakulären ...«

Maria stellte sich wieder unter den Strahl. Kein Wunder, dass sich der Unterrader umgebracht hatte. Bei der Klientel, die er sich immer an Land zog, war er sicher nicht stubenrein geblieben. Na, wenigstens kein neuer Mord. Der aktuelle reichte wahrlich. Die Kanaren! Sie musste sie heute endlich canceln! In neuer Bestzeit schaffte es Maria, sich anzuziehen. Sie wuchtete das Haustor auf. Gut, nun hatte sie alle Ausreden der Welt, denn ein Pflug schob eben einen Himalaja an Schnee geradewegs vor ihre Füße. Und mit jedem knirschenden Schritt kam die Erinnerung an ihren Ausflug mit Elsa in allen Details zurück.

Die Entscheidung fiel Maria nicht leicht. Entweder betrat sie wie üblich ihr eigenes Büro durch das Vorzimmer von Gabi, oder sie ging den Gang entlang weiter zur direkten Tür. Zweiteres wäre ihr lieber, aber auch auffälliger. In einem Ratgeber für Seitensprünge hatte sie einmal gelesen, immer so zu tun, als wäre nichts. Maria drückte die Klinke zu Gabis Büro. Die Hengst-Bändigerin wallte in einer Wolke von Bordeauxrot und reichte Maria eine Akte. Sie hatte etwas zu erledigen gehabt? Ach ja, Trimmel. Maria nickte, grüßte, lächelte, vermied den Blick auf Gabis Brüste, bestätigte die Schönheit des Schnees, erzählte lässig vom Einbruch, ließ sich gebührend bemitleiden, vermied jeden Gedanken an Schlagobers bei Gabis Umarmung, lobhudelte bezüglich Navratils Kompetenz und verschwand in ihrem Büro. Es war so peinlich. Erfühlte Phillip ihre Verwirrung? Sein ›Guten Morgen, Chefe‹ klang so lauernd.

Maria konzentrierte sich mit Vehemenz, auch nun alles so wie immer zu machen. Also, Daunenjacke aufhängen – wieso nur wollte die Schleife nicht über den Haken? –, die Handtasche neben den Tisch fallen lassen, sich auf den Sessel fläzen. Nein, sie machte alles so wie immer, denn keine Sekunde war Phillips Blick musternd.

Maria legte die Akte neben die ›Krone‹ und schlug die Zeitung auf. Vier Mal musste sie mit Herzogs Artikel beginnen, bis sie wirklich die Bedeutung der Zeichen erfassen konnte. Na, wenigstens den Rest hatte dieser Verräter vage formuliert. Und hinter den mit ›B‹ abgekürzten Familiennamen hatte er ein Fragezeichen gesetzt. Trotzdem – das Gerücht um eine tote Enthüllungsjournalistin reichte schon. Jeder konnte sich ausrechnen, wer sie war. Jetzt würden sich alle Zeitungsfritzen als Sherlock Holmes betätigen, noch dazu, weil sie quasi aus ihren eigenen Reihen war. Phillip schob den Akt sowie die ›Kronen Zeitung‹ mit Herzogs Bericht auf die Seite und Maria einen Packen Ausdrucke vor die Nase. Gut, die Arbeit wartete. Sie würde schon wieder ihren Rhythmus finden. Andererseits – nur die Erinnerung an den außergewöhnlichen Pornofilm musste sie vertuschen. Nicht den Einbruch. Aber wo sollte sie anfangen, damit sie sich nicht verplapperte?

Phillip schob sich in ihr Gesichtsfeld und reichte ihr mit einer Verbeugung einen Kaffee in einer hübschen, kleinen Tasse, nicht im üblichen Pappbecher vom Automaten.

»Kein Becher und auch kein Großmutterhäferl?«

Phillip gefror in seiner gebückten Haltung.

»'tschuldige, Chefe, ich hab wirklich geglaubt, dir macht so was Spaß.«

Sssss – die Stichelei war wirklich unnötig gewesen. Was durfte, sollte ein Kollege sonst schon anderes schenken als solch neutralen Nippes.

»Nein, mir tut's Leid. Das – das mit dem Herzog – ja, das hat mir die Laune verdorben.«

Phillip schnappte sich seinen Drehsessel und setzte sich rittlings an Marias Seite.

»Er hat auch gebührend Schiss vor der Rache seiner Angebeteten. Seine Mobilbox ist eingeschaltet. Und die in der Redaktion tun so, als ob er ein flüchtiger Durchläufer wäre.«

Behutsam ließ er drei Stück Zucker in ihre Tasse gleiten. Die Farbe seiner Augen war dabei ident mit jener des Gebräus.

»Ja, und woher ist die Tasse?«

»Die drüben beim Einbruch, die haben sich jetzt eine Espressomaschine zugelegt. Der Tilli, also der Gerhard Navratil ...«

Das war das Stichwort für den Bericht.

»... der, mit dem du gestern geschossen hast ...«

Maria lächelte.

»Ja, also, der ist ein Gourmet.«

Maria sog den Kaffeeduft in die Nase. Was sofort den Griff nach der Zigarette nach sich zog. Der erste Zug – jetzt, endlich, kam der morgendliche Taumel etwas zum Stillstand.

»Die haben gestern – also heute in der Nacht – bei mir eingebrochen.«

»Scheiße.«

Und dann nichts. Zuerst. Nur Schweigen. Phillip sah durch sie hindurch, und trotzdem fühlte sie, dass er sehr nah bei ihr war. Klar, hatte er ihr nicht irgendwann einmal erzählt, dass seine Mutter, seine Schwester und er auch einmal überfallen worden waren, als er noch ein Kind gewesen war? Sein Blick kehrte zurück und entdeckte das Hämatom auf ihrer Schläfe. Er fixierte es, als ob er es damit heilen könnte. Dann gab er einen Kuss auf seinen Zeigefinger und seinen Mittelfinger und setzte diesen Kuss auf der Schläfe ab. Maria schloss die Augen, um ihre Tränen zu verbergen. Und um diesem Kuss nachzufühlen, der ihren ganzen Körper bedeckte.

»Die waren also noch da?«

Maria nickte.

»Du hast Glück gehabt.«

Maria nickte wieder.

»Deswegen war der Tilli vorhin da und hat nach dir gefragt. Fehlt viel?«

Maria schüttelte den Kopf. Phillip nahm ihr die Zigarette aus der Hand, staubte sie ab und steckte sie ihr wieder in den Mund.

»Jetzt helfen nicht einmal mehr verlotterte Eingangstüren. Am besten lasst du sie dir jetzt gleich von der Versicherung herrichten.«

Ein komisches Gefühl stieg in Maria auf. Sie wollte es spüren, wissen, mit was sie es zu tun bekam. Doch Phillip stellte sich dazwischen, indem er ihren Kopf am Kinn hochhob. Nun musste sie die Augen öffnen. Er lächelte sie an.

»Das war der Versuch eines Scherzes. Und ein praktischer Hinweis.«

»Ich weiß. Der Gerhard checkt das schon, aber ich werd nichts kriegen. Die Tür war zu sehr verlottert. – Na ja, wenigstens ein neues Schloss hab ich jetzt. Und der Gerhard hat bei mir gewartet, bis der Juppi es eingebaut gehabt hat.«

»Ah ja, der Gerhard. Warum hast du mich nicht ...«

Phillip schloss den Mund und zog ein paar undefinierbare Grimassen, die wohl lustig sein sollten.

»Ja, ja, unser Tilli, der Freund und Helfer aller Frauen.«

Sein Blick wurde bohrend. Maria erwiderte ihn eiskalt. Nein, sie würde ihm jetzt nicht sagen, ob da was gewesen war oder nicht. Noch dazu, wo sie sich selbst nicht ganz sicher war. Und Phillip dürfte sich auch gerade daran erinnern, dass er kein Recht auf Eifersucht hatte. Er löste die Spannung, indem er groß Luft holte.

»Kannst arbeiten? Blöd, was frag ich. Pflichtbewusst, wie du bist, kannst du in jedem Zustand arbeiten. Und wenn du mal tot bist, wird uns noch dein Geist erscheinen und – verdammte Scheiße, der Schlag hätte dich umbringen können!«

Ja, hätte er. Hatte er aber nicht. Das war es auch nicht, was Maria Angst machte, es war viel mehr dieses unbekannte Gefühl, das sich da so hartnäckig hochkämpfen wollte. Aus. Keine Zeit für Gefühle. Arbeit. Doch noch ein klitzekleiner Gefühlsanfall – Maria strich Phillip über die Wange.

»Danke. – Und jetzt – business as usual, okay?«

Maria zog den Stoß mit den Rechercheergebnissen zu sich.

»Rita Bäumler? So viel hast du schon …?«

»Ich hab heute früh rausmü… Ich bin heute früh munter geworden, und wie ich dann Semmeln vom Bäcker geholt hab, da habe ich schon die ›Krone‹ gesehen. Na ja, da hab ich halt den Dienstbeginn ein bissel vorverschoben. Weil gestern am Abend hab ich gar nix gefunden. Zu Rita Scheele.«

Phillip sprang auf und entblätterte auf seinem Schreibtisch sacht eine Kokoskuppel aus ihrer seidenpapiernen Hülle. Wie ein Oberkellner balancierte er sie auf dem Pappteller zu Maria.

»Habe ich auch mitgenommen vom Bäcker.«

Sie sah wunderschön drall aus, gar nicht so verhunzelt wie jene aus dem Automaten hier im Präsidium.

»Ich find, wir sollten das zur Dauereinrichtung machen, dass du so zeitig aufstehst.«

»Das ist wieder typisch Frau. Gibst du ihr eine Kokoskuppel, will sie gleich den ganzen Sklaven.«

Sie grinsten einander an. Maria versenkte sich in die Unterlagen.

»Also hat unser lieber Sascha, die Kröte, Recht?«

»Schaut so aus. Sie schaut so aus. Der Vorname ist derselbe. Was natürlich noch nichts heißen muss. Aber die Bilder von ihr im Netz – also, wenn sie keine Zwillinge sind, dann würde ich sagen – Rita Bäumler jedenfalls war ein Kapazunder. Die ganzen Skandale, die sie aufgedeckt hat, sind der Packen da. Sie hat auch Preise gekriegt. Mit ihren Meriten hätte sie wahrscheinlich sogar in die Politik einsteigen können.«

»Hast du schon dem Gottl irgendwas raufgelegt?«

»Nein, noch nicht. So lang bin ich auch noch nicht im Büro.«

Maria las die Schlagzeilen der Artikel, und langsam dämmerte es ihr. Wie hatte sie Rita Bäumler nur nicht erkennen können? Auch wenn Rita als Bäumler eine Igelfrisur getragen und ihre Weiblichkeit hinter dunklen Sakkos versteckt hatte, die Ähnlichkeit mit Rita Scheele war offensichtlich.

»Okay, gut, aber warum taucht sie jetzt plötzlich als Rita Scheele auf. Und noch dazu tot?«

Die Creme der Kokoskuppel rutschte Maria auf den Mittelfinger. Phillip nahm den Batzen geschwind mit seinem Finger auf und sog ihn genussvoll ein. Dieser Mann war ein Teufel. So was nannte man Taktik aus dem Hinterhalt. Phillip stützte sich auf die Hände auf und schickte ihr ein unschuldiges Lächeln.

»Na, hast kein Geld für zwei gehabt, du Armer?«

Er schüttelte den Kopf und schickte ihr ein Luftbussi. Maria bedankte sich mit einem königlichen Nicken.

»Ja, also …«

»Ja, also, zu Frage eins: Ich weiß es nicht. Und zu Frage zwei: Ich weiß es nicht.«

»Was heißt, du weißt es nicht? Hat sie geheiratet? Oder sich scheiden lassen? Niemand wechselt so einfach den Namen. Gibt's eigentlich wen, der sie identifizieren kann?«

»Eltern sind tot. Eine Schwester soll's geben, aber die hab ich noch nicht gefunden. Und wenn wir amal die ganzen ehemaligen Kolleginnen und Kollegen vergessen …«

»Was ma tun.«

»Dann bleibt da nur ein Ex-Mann, besser Ex-Lebensgefährte, das ist der Bernd Holzinger, seines Zeichens Herausgeber vom ›Connex‹, dem Magazin, für das die Bäumler hauptsächlich gearbeitet hat.«

»Und?«

»Sein Handy hat Rufumleitung aufs Büro. Er ist in Deutschland bei einer anscheinend total wichtigen Besprechung. Sagt zumindest seine Sekretärin. Sie erwarten ihn zu Mittag oder am frühen Nachmittag zurück.«

Maria durchblätterte die Unterlagen, stolperte gleich über eine vorbildliche Zusammenfassung. In Krems geboren. Jahrgang 1963. Matura im Ringstraßengymnasium. Schon damals für die Schülerzeitung verantwortlich. Dann Publizistikstudium, daneben zuerst Beiträge für diverse Jugendmagazine, ziemlich bald ein Volontariat beim ›Connex‹. Dessen Star-Hausautorin, bis die Herschl-Gruppe das Magazin gekauft hatte. Ab da schrieb Rita Bäumler nur noch frei. Kaum mehr Österreich-Themen, mehr international, vor allem für die renommiertesten deutschen Zeitungen und Magazine tätig. Viele Auszeichnungen, oft Diskutantin bei diversen Symposien etcetera. Rita Bäumler hatte ein wirklich beeindruckendes, dichtes Leben geführt, bis ...

»Da bei dem Lebenslauf, da hören alle Einträge zweitausendeins auf ...«

Phillip suchte aus dem Haufen vor Maria ein Papier heraus. Die Tür sprang auf. Gabi wuchtete sich in den Raum. Das Telefon läutete.

»Da draußen, da ist ...«

Maria winkte ab, denn das Telefondisplay zeigte die Nummer von der Eisenstein. Gottl hatte offensichtlich die ›Krone‹ in der Hand. Nur leider noch keinen erklärenden Bericht.

Der rote Haarkamm auf dem Helm verlieh ihm eine gewisse Würde. Und die Metall imitierenden Backenteile aus Plastik gaben seinem Gesicht eine Kantigkeit, die ansonsten unter seinen Wabbelwangen gut verborgen war. Sein verlegener Blick allerdings, der passte so gar nicht zu einem römischen Feldherren. Gottl sah zur Eisenstein, die ihm, anscheinend zum wiederholten Mal, zunickte, ganz wie eine Mutter, die sich mit dem Kind über die richtige Wahl des Kostüms freute. Dann wanderte sein Blick wieder zu Maria und Phillip. Er atmete tief durch – hatte Sonja von der Pressestelle ihm auch diesen Entspannungstipp gegeben?

»Ähm, ja, was werden Sie heute – ähm tragen?«

Maria schnellte zu Phillip herum. Der schien ebenso überrumpelt wie sie selbst. Seit wann war bei den Faschingsfeiern im Präsidium Kostümpflicht? Noch um Grade entsetzter schauten sie zurück zu Gottl, dann zur Eisenstein, in deren Augen hoffentlich nicht wirklich ein amüsiertes Lächeln lag, dann wieder zu Gottl. Der griff ungelenk auf den Haarkamm. Dann zog er sich den römischen Helm mit einem Ruck vom Kopf.

»Ich sehe, Sie stehen der Idee unseres geschätzten Hofzeremonienmeisters auch mit geteilten Gefühlen gegenüber. Wenn Sie ihm diesen – diesen Wahnsinn noch ausreden könnten, wäre ich Ihnen sehr dankbar.«

»Warum tun Sie es nicht selber?«

Gottl unterbrach den Gang zu seiner Bürotür.

»Frau Kollegin, ich habe ihm mein Wort gegeben, dass er freie Hand hat.«

Es war eine Frage der Ehre? Maria musste an sich halten, um nicht loszulachen. Geschwind tat sie so, als ob sie sich räuspern müsste.

»Entschuldigen Sie bitte, Herr Mühle.«

»Alle Herrscher geben für einen Tag dem Narren das Zepter kompromisslos in die Hand.«

»Sagt Gerry Hilfert?«

Auch in Phillips Stimme war unterdrücktes Lachen zu hören. Gottl setzte den Gang in sein Büro fort. Maria und Phillip folgten ihm. Auf der Kommode mit der Bar lagen silberfarbene Unterschenkelschützer, ein rotes Cape, ein Brustpanzer und ein kleines Schwert. Gottl blieb reichlich eingekrampft davor stehen.

»Ich gehe davon aus, dass Ihr Kollege weiß, was er tut. Sonst kann er sich gleich morgen einen Job in der Privatwirtschaft suchen.«

»Das ist ja schlimmer als Straflager!«

Gottl schnellte zu Phillip herum.

»Darüber scherzt man nicht, Kollege Roth. Sie werden einst noch mit Demut Ihre Entscheidung, dem Polizeidienst beigetreten zu sein, loben. Es ist die einzige krisensichere Arbeit, die wir in Zukunft noch haben werden.«

»Ich könnte ja einem Wachdienst beitreten.«

»Wollen Sie wirklich ein verbrecherischer Großwildjäger werden? Ich dachte, Sie stehen auf der anderen Seite?«

Maria stockte der Atem. So bissig hatte sie Gottl noch nie erlebt. Auch Phillip zuckte unsicher mit den Augen. Er war doch keiner, der sich daran aufgeilte, mit der geladenen Pistole auf Betrunkene zu schießen, nur weil sie eine Gartentür berührten. Das wusste Gottl. Wieso war er so humorlos? Sie musste diese Situation wieder irgendwie ...

»Keine Angst, Herr Mühle, wir bleiben Ihnen erhalten, treue Soldaten Schulter an Schulter mit ihrem Centurio.«

Gottl folgte Marias Blick auf seinen Helm, legte ihn ab.

»Schulter an Schulter, das wage ich zu bezweifeln. Wieso muss ich in der ›Krone‹ lesen, dass unsere Ermordete eine berühmte Journalistin ist?«

Gottl wies mit großer Geste auf die beiden Stühle vor seinem Schreibtisch. Na endlich, und das alles nur wegen dieser blödsinnigen Maskerade, die Gerry von ihnen verlangte. Doch da irrte er sich gewaltig. Phillip schob Gottl den mickrigen, weil hastig getippten Bericht vor die Nase.

»Weil wir es selber nicht wussten.«

»Sie haben sie nicht erkannt?«

»Nein. Und sie hat mittlerweile ihren Namen gewechselt. Wir wissen allerdings noch nicht, warum.«

»Was wissen Sie dann?«

»Ihre Lebensgeschichte.«

Phillip verstummte. Maria stieß ihn leicht mit dem Fuß an. Sie selbst war ja noch nicht eingelesen. Phillip verstand, setzte an weiterzureden, Gottl winkte ab.

»Die kenne ich hinlänglich.«

Natürlich, Gottl kannte beinahe jeden. Phillip nickte. Er hatte die Wangen eingesogen. War es dem Ehrgeizling etwa peinlich, dass offensichtlich alle Welt die Bäumler kannte, nur er nicht? Die Pause dauerte bereits ein paar Sekunden zu lang. Maria räusperte sich, Phillip atmete ein.

»Ja, also zweitausendundeins ist sie plötzlich verschwunden. Aus dem Melderegister. Und sie taucht auch nirgends mehr auf. Ich hab allerdings noch nicht über Interpol nachgefragt. Das ist sich noch nicht ausgegangen. Ich habe auch erst heute früh in der Zeitung davon gelesen, so wie Sie.«

Gottl drehte das Papier zwischen den Händen. Jetzt würde er sicher die befürchtete Frage stellen. Na, hoffentlich tat er es bald! Dann hatte es Maria wenigstens hinter sich.

»Ja, aber wieso mussten wir das aus der Zeitung erfahren?«

Stille. Sie schauten alle drei auf das mittlerweile abgegriffene Papier. Nun gab Phillip Maria einen leichten Fußtritt.

»Ja, ähm, weil wir sie eben beide nicht erkannt haben. Wir haben sie einfach nicht so gut gekannt. Aber Sascha Herzog, der, der das geschrieben hat …«

»Sonst doch ein lauterer und Ihnen ergebener Verehrer, Frau Kollegin, wenn ich mich nicht irre?«

»Ja, ähm, ich meine, nein, also, nicht Verehrer, ja, also, der erkannte sie, weil er einmal eine Ausbildung bei ihr gemacht hat. Na ja, mehr einen Schreibkurs in der Schule. Und das ist ihm dann gestern im Laufe des Tages eingefallen.«

»Und da hat er Sie nicht angerufen?«

Maria fand es widerlich, sich wie ein Kind in der Ecke zu fühlen. Sie hatte nichts Schlimmes verbrochen. Nicht wirklich. Herzogs Anrufe waren alle nach siebzehn Uhr gewesen. Doch sie wollte sich am liebsten selbst dafür ohrfeigen. Das hätte alles erst bekannt werden dürfen, wenn man wusste, was es bedeutete. Sie ignorierte Phillips Fußspitze. Er setzte sich gerade auf.

»Doch, aber das war erst nach Dienstschluss. Und Kollegin

Kouba hatte ihr Handy nicht griffbereit. Und meines hatte keinen Akku mehr, was ich nicht bemerkt habe.«

Gottls Blick blieb auf ihr hängen. Das spürte sie.

»Frau Kouba, Sie machen Dienstschluss? Das kenne ich gar nicht an Ihnen.«

Jetzt reichte es. Auf eine am Boden Liegende trat man nicht auch noch hin.

»Ich bin nicht verpflichtet, außerhalb meiner Dienstzeit irgendwelche Ermittlungstätigkeiten durchzuführen, wenn nicht akuter Bedarf herrscht. Und das hat es gestern nicht.«

»Kollegin Kouba hatte gestern außerdem Geburtstag.«

Halt die Klappe, Phillip, die Entschuldigungen reichten. Sonst kam sich Gottl ja wirklich noch wie ein Chef vor.

»Ich weiß, ich hoffe, Sie haben mein kleines Präsent bekommen?«

Präsent? Doch nicht etwa die Usambaraveilchen?! Hoffentlich war der Mistkübel noch nicht ausgeleert.

»Ja, danke. Schön.«

»Freut mich. – Also, wie wollen Sie jetzt weiter vorgehen? Ich frage mich zum Beispiel, wieso …?«

Draußen wurde ein Aufschrei hörbar. Dann Gerrys Stimme.

»Nein, das können Sie mir nicht antun. Ohne Sie verliert das Fest jeden Glanz!«

Es folgte ein Murmeln, dem sie alle drei vergeblich zu folgen versuchten. Dann wieder Gerry.

»Eva-Maria Eisenstein, ich überreiche Ihnen hiermit ein Kostüm, das Ihre Göttlichkeit zur Vollendung bringen wird.«

Wieder ein Murmeln, das schon wesentlich strenger klang. Jetzt sahen sie einander an, Gottl mit leidender Miene, Phillip mit genervter, für ihren Gefühlsmischmasch fiel ihr kein geeignetes Wort ein. Das war ja wie im Kindergarten. Wenn er so weitermachte, konnte Gerry wirklich bald auf eigene Kosten Fotojagd auf den Yeti machen.

Maria quetschte einen Lacher heraus.

»Er ist wahrscheinlich eingeraucht. Ein Joint am Morgen, und der vergisst ...«

Schlechter Scherz, keiner lachte. Jetzt wurde die Eisenstein hörbar.

»Kollege Hilfert, würden Sie bitte meine Einstellung akzeptieren?«

Gottl sprang auf, ganz der strahlende Ritter. Maria und Phillip folgten ihm auf den Fuß. Im Vorraum sahen sie Gerry – mit einem Haarreifen, auf dem Hörner leuchteten, auf dem Kopf, einem roten Röckchen und einem Netzleiberl als Gewand. Er kniete vor der Eisenstein und bot ihr ein weißes Kleid mit einer goldenen, gelockten Perücke dar. In unbeteiligtem Abstand standen zwei Männer, mit einem Haufen weiterer Kostüme bepackt. Sie starrten regungslos über die Szenerie hinweg. Die Eisenstein saß mit kerzengeradem Rücken hinter ihrem Schreibtisch.

Gottl war mit zwei Schritten bei Gerry, nahm ihm das Kostüm aus den Händen und reichte es den Trägern.

»Kollege Hilfert!«

Gerry stand auf und sah langsam in die versteinerten Mienen rings um ihn.

»Aber ich will ja nur, dass das Fest endlich wieder einmal so richtig leiwand wird und mit den ...«

Maria packte ihn am Arm und schob ihn zur Tür.

»Gerry, weißt, nicht jeder singt gern Karaoke, und nicht jeder verkleidet sich gern. Hast du dir das schon einmal überlegt?«

Gerry befreite sich aus ihrem Griff.

»Es hat noch allen, die ich zum Karaoke geschleppt hab, dann getaugt. Und was issn schon dabei, sich a bissl herzurichten? Des wird total leiwand, wirst sehen, wenn ma alle so an Fetzn anhabn, wird's a richtige Gaude. Kostüme sind der Spiegel des Unterbewusstseins!«

Er griff sich an die Hörner und vollführte ein paar Hüpfer.

»Ja. Und deshalb …«

Maria verschränkte die Arme und lächelte Gerry an.

»Gerry, du willst doch noch Kinder mit der Angie kriegen?«

»Äh, ja, wieso?«

»Weil sich unter so ein Rockerl ganz schnell eine Schere verirren kann, und dann geht's schnapp …«

Stille, in die hinein Maria kokett ihre Hand erhob. Blitzartig ließ sie Zeige- und Mittelfinger aufeinander prallen. Gerry ließ erneut seinen Blick kreisen und sah sich mit lauter verschränkten Armen konfrontiert. Ohne ein weiteres Wort deutete er seinen Helfern, mit ihm einen Abgang zu machen.

Die Eisenstein rückte die Gegenstände auf ihrem Schreibtisch wieder zurecht.

»Kollege Hilfert ist der einzige Mensch, den ich kenne, der reinen Herzens Kind geblieben ist. Ich fürchte, wir haben ihm die ganze Freude verdorben.«

Phillip ging ebenfalls zur Tür.

»Er ist ein nerviger Hampelmann.«

Maria folgte ihrem Partner. Sie musste Gerry trösten. Sie wollte nicht daran schuld sein, dass er gänzlich seinen liebenswerten Enthusiasmus verlor.

Die Stimme von Gottl hielt sie zurück.

»›Kostüme sind der Spiegel zum Unterbewusstsein.‹ Rita Bäumler wurde doch in einem Häschenkostüm gefunden?«

»Playboy-Bunny.«

»Kollegin Kouba, wenn Sie mir eine kleine Anmerkung gestatten wollen, Rita Bäumler würde sich nie freiwillig für ein Faschingsfest verkleiden. Und schon gar nicht als – Playboy-Bunny.«

Es klang so, als koste es Gottl übermenschliche Überwindung, diesen Begriff überhaupt in den Mund zu nehmen. Er war so eine amüsante Mischung zwischen betulich-konservativ und Rächer der Enterbten. Maria merkte, wie sie Gottl unwillkürlich anlächelte.

»Na ja, sie hat sich ja auch nicht für ein Faschingsfest verkleidet, sondern sie war bei einer Begleitagentur. Das ist das Einzige, was wir von ihr alias Rita Scheele wissen. Und dass sie in irgendeinem Weltverbesserer-Circel war.«

»Begleitagentur? Auch das hätte sie niemals gemacht! Niemals!«

Nun wandte sich auch Phillip Gottl wieder voll zu.

»Und wenn sie einfach das Geld dringend gebraucht hat?«

»Dann wäre sie – dann wäre sie meinetwegen putzen gegangen, Herr Roth. Rita war ein Mann der Ehre. – Eine Frau der Ehre, meine ich. Natürlich.«

Das verknotete Etwas hingegen, das da am Gang im Wartesessel kauerte, war kein Mensch der Ehre. Das spürte Maria sofort. Das war ein Blatt im Wind. Er passte ganz in das Schema jener Trittbrettfahrer, die immer alle Morde der Welt gestanden, nur um einmal in die Schlagzeilen zu kommen. Er musste sehr überzeugend sein, wenn Gabi ihn nicht hatte abwimmeln können. Maria ignorierte seinen fragenden Blick und verschwand hinter Phillip im Büro. Der verschwand seinerseits sofort hinter seinem Bildschirm.

»Was wird das? Wir haben da draußen einen ›Ich will auch mal‹!«

»Den erledigst du doch mit links. Ich will wissen, wieso die Bäumler verschwunden ist. Da muss es irgendeinen Grund ...«

»He, stopp! Erstens wissen wir noch nicht sicher, dass es wirklich Rita Bäumler ist.«

Phillip beugte sich vor und hielt die Hand lauschend ans Ohr. Maria wiegte den Kopf.

»Okay, okay, okay. Es sieht danach aus. Aber es könnte immer noch eine Doppelgängerin sein. Wir haben bis jetzt nur die Erinnerung vom Herzog. Und zweitens warst du gestern bei den Mädels so gut als mitfühlender Psychoonkel, ich finde einfach, du solltest endlich auch einmal die Drecksarbeit …«

Klopfen an der Tür. Maria brüllte mit geballten Händen lautlos zur Decke, schnaufte auf.

»Wir rufen Sie dann herein!«

Die Tür ging auf, Maria setzte schon zum Angriff an, da wurde Elsas Schopf sichtbar.

»So lang dauert meine Pause nicht.«

Und sie hatte es gerade geschafft gehabt, die pubertäre Nacht zu vergessen. Was wäre so schlimm daran gewesen, es erst am Abend gemütlich bei einem Bier mit Elsa zu beplaudern? Denn die Leichtigkeit der Nacht hatte sich in schweren Gatsch verwandelt, als Maria über Schneehaufen ins Präsidium geturnt und endlich zum Resümieren gekommen war. Maria wusste nicht, warum, aber sie nahm die Akte, die sie von Gabi bekommen hatte, zur Hand, wurde sich im selben Augenblick der Lächerlichkeit dieser abwehrenden Geste bewusst, legte sie mit einer großen Handbewegung wieder zurück, presste den Mund zu einem Lächeln.

»Hi.«

Ein Wort wie ein Roman, den Elsa blitzschnell zu lesen verstand. Sie betrat zwar den Raum, blieb aber bei der Tür stehen und vergrub ihre Hände sowie eine Akte in dem mitgebrachten Ballen weißen Stoffes. Ihr eigenes ›Hi‹ erklärte Maria, dass es da nichts gab, wofür sie sich schämen müsste. Marias stumme Erwiderung protestierte. Sex veränderte doch immer das Verhältnis zwischen zwei Menschen! Elsas Lächeln beruhigte liebevoll. Sie hatten doch nur nebeneinander und nicht miteinander Sex gehabt.

Ihre tonlose Diskussion musste dröhnend sein, denn Phillip räusperte sich, deutete vage zu Gabis Zimmer und verschwand auch sofort darin. Ihr stummer Dialog verebbte.

Elsa legte die Mappe auf Marias Tisch ab, breitete sorgfältig die Stoffe aus, die sich als zwei Tuniken herausstellten, mit sexy Einblicken in Ausschnitt und Ärmellöcher wie in jenen alten Sandalen-Schinken. Sie setzte sich und nahm eine von Marias Zigaretten. Der Qualm vernebelte ihr Gesicht, so wie ihr weißer Atem es in der vergangenen Nacht getan hatte. Und er zauberte über Elsas entspannte Züge wieder jenen fremden Ausdruck, der, und das wurde Maria jetzt klar, bloß innigste Hingabe, Öffnung, Verletzlichkeit gewesen war und der Maria endgültig dazu gebracht hatte, sich in ihre eigene Lust fallen zu lassen.

Maria nahm sich nun selbst eine Zigarette. Sie schmeckte ihr nicht, sie beruhigte sie auch nicht, warum hatte sie sie sich angezündet? Maria paffte und paffte. Doch das, was sie wollte, von dem sie aber nicht wusste, was es war, trat nicht ein. Sie sprang auf und tigerte durch das Zimmer, bis sie in der von Elsa am weitesten entfernten Ecke Ruhe fand.

Ihre Freundin beobachtete sie.

»Was ist es?«

Maria zuckte mit den Schultern, riss den Blick los, verkroch sich in sich selbst und studierte die dünne Schwade, die sich von der Glut emporschlängelte. Weitere verkrampfte Sekunden. Der Einbruch! So konnte sie sich hinüberretten.

»Wie ich heimgekommen bin, habe ich Einbrecher überrascht. Sie haben mich niedergeschlagen.«

Elsa forschte in ihrem Gesicht nach der Bestätigung, dass das ein schlechter Scherz gewesen war. Dann stürzte sie mit zwei Schritten zu Maria, um sie zu umarmen.

»Mausl! Das ist ja – das ist ja a Wahnsinn!«

Maria zuckte zurück.

»Wo haben sie dir wehgetan?«

Sie entdeckte die Beule, wollte darüberstreichen, Maria zuckte erneut zurück.

»So weh? Bitte erzähl, haben sie viel mitgenommen? Warst du beim Arzt?«

Maria schüttelte den Kopf.

»Nein, ist schon alles okay.«

»Nix ist okay. Komm, lass schauen, also wirklich, man kann dich nicht eine Sekunde alleine …«

Maria zuckte wieder zurück. Sie konnte nicht anders, obwohl sie sich erinnerte, dass ihr Elsas mütterliches Getue immer gut getan hatte.

Diesmal verharrte ihre Freundin. Musterte sie.

»Du weichst nicht wegen der Schmerzen aus.«

Maria senkte den Blick. Elsa ging endlich – nach einer ewigen Sekunde – zurück zum Tisch, setzte sich wieder, schwieg, ließ die Hände auf die Oberschenkel fallen.

»Okay, Mädel, ich hab jetzt keine Ahnung, was da wirklich in dir abläuft. Ich mein, wegen gestern. Wegen – also wegen – und ich versteh's auch nicht wirklich. Wir haben schon so viel Scheiß miteinander erlebt, und das im wahrsten Sinn des Wortes, ich hab deine besoffene Speibe weggeräumt, du hast mich vom Klo runtergeholt, wie ich vor Schmerzen fast krepiert bin, damals bei der Nierenbeckenentzündung, wir haben über unsere Furze gelacht und Wettpinkeln veranstaltet. Wir wissen, in welcher Stellung wir von welchem Mann am liebsten gevögelt werden, und kennen die schlimmsten Alpträume voneinander. Jetzt wissen wir halt auch, wie wir es uns besorgen. Gut. Warum du deswegen jetzt so einen Zirkus veranstaltest, weiß ich nicht. – Aber ich wüsst's gern. Deshalb bei Gelegenheit, sag's mir, ja? – Und dann erzählst du mir das auch vom Einbruch, ja? – Und du gehst zum Arzt, verstanden?«

Der letzten Bemerkung schickte Elsa einen gestreckten Zeigefinger nach. Maria wiederholte die Geste, nickte und lächelte. Zu dämlich. Sie hatte sich ein bisschen Leben gewünscht, gut. Aber musste sie die nicht vorhandene Aufregung der letzten Monate unbedingt in einem Tag nachholen?

Elsa deutete das Abwischen von Tränen an, ihr geheimer Code für ›Alles wird wieder gut‹. Dann stand sie auf und nahm die Kleider ins Visier.

»Und jetzt kümmern wir uns um ein echt massives Problem,

okay? Nachdem wir dem Wahnsinnigen nicht auskommen, ohne ihn umzubringen, habe ich mir gedacht, ich checke für uns diese Dinger da. Hohepriesterinnen. Das passt doch zu uns, oder?«

Elsa schwang sich auf Phillips Schreibtisch, legte sich halb hin und hielt sich eines der Kleider vor den Körper.

»Die werden uns sabbernd die Zehen lecken.«

Mit tiefer Stimme und jedes Wort betonend, bleckte sie die Zähne wie eine schlechte B-Movie-Darstellerin, die erotisch wirken wollte. Maria fühlte den Panzer von sich abfallen. Das war wieder ihre Elsa.

»Okay. Ich liebe Fußmassagen.«

Zugleich ging die Tür auf. Phillip schlüpfte herein.

»Kannst du die noch verschieben? Da draußen, das ist kein Trittbrettfahrer. Das ist Helge Trimmel.«

Maria brauchte einen Moment, um zu realisieren, warum sie ein Helge Trimmel interessieren sollte. Elsa sprang vom Tisch, packte die Kleider, deutete an, später telefonieren zu wollen, und stakste mit den großen Gesten einer Stummfilmschauspielerin und einem Aufstöhnen in das Büro von Gabi. Wie würde sie sich wohl anhören, wenn sie so einen richtigen Orgasmus hatte, nicht so einen kleinen, erfingerten? Maria verscheuchte den Gedanken mit einem gekünstelten Lacher.

Phillip starrte Elsa nach.

»Man sollte den Fasching abschaffen.«

Die Tür schwang wieder auf, Elsa lehnte sich lasziv an den Türrahmen.

»Aber geh, Phillip, Schatzi, gönn uns Weibern doch auch einmal was! So ein neckisches Rockerl, das ist echt …«

Elsa fuhr unter einen fiktiven Rock, kniff zu, stöhnte, schickte zu Phillip ein gehauchtes ›Roaaar‹. Dann drehte sie sich völlig cool zu Maria.

»In der Mappe da auf deinem Tisch, da ist übrigens ein Foto vom Tänzer.«

Damit verschwand sie endgültig. Phillip starrte noch immer in ihre Richtung. Maria sah schlagartig vor sich, wie sie damals im Sommer die beiden zufällig im ›Jahrhundertbeisl‹ erwischt hatte. Sie hatten zwar immer geleugnet, dass da etwas gewesen war, aber Elsa war so – so – warum war sie selbst nicht so? Alle Frauen bekamen Phillip, nur sie, Maria, nicht. Sie musste offensiver werden. Das war es. Bei Navratil klappte es doch auch. Nun ja, der war ja auch nicht verliebt in eine andere. Es war alles so kompliziert. Besser, sie wandte sich ihrer Arbeit zu, die war zwar auch ein Puzzle, aber immer ein beruhigend logisches.

Maria nahm die Mappe in die Hand. Der Tänzer war ein schöner Mann mit griechischem Profil. Phillip lugte ihr über die Schulter.

»Wer ist das?«

Maria reichte ihm die Mappe. Phillip studierte das Foto und den Text, wiegte den Kopf.

»Hass auf Frauen, die Narben, Friedrich-Ritchie, könnte passen. Übrigens, die vom ›Tornados‹ sagen, dass die Partie, also sechs Männer und drei Frauen, die Scheele oder Bäumler haben sie erkannt, also dass die anhand der Abrechnung so um zweiundzwanzig Uhr abmarschiert sein müssen. Und es wurde wieder bar bezahlt. Bei rund siebenhundertzwanzig Euro ziemlich ungewöhnlich.«

Maria blieb kurz die Luft weg. Das waren ja bei acht, neun Personen so achtzig, neunzig Euro pro Kopf. Phillip grinste sie an.

»Ja, ich hab auch nachgerechnet. Die grobe Personenbeschreibung ist ident mit der von den Mädels. Sie können's auch genauer, sagen sie, wenn wir's brauchen.«

Maria zog sich auf ihren Platz zurück.

»Glaube ich nicht. Da wird ja jetzt ein gewisser Trimmel den Phantomen ein Gesicht geben. Hoffe ich.«

Damit deutete sie zur Tür, Phillip öffnete sie.

Er war so ganz anders, als Maria ihn sich vorgestellt hatte. Denn im Prinzip war er ja bloß ein Zuhälter. Wenn auch von der vornehmen Art. Trotz der durchschnittlichen Größe wirkte er klein und unscheinbar, weil er so schmächtig war. Kurze, rotblonde Haare, in einem exakten Schnitt, wasserblaue Augen hinter einer randlosen, kleinen Brille, blasse Haut. Auf so einen Typ musste frau speziell stehen, sonst ging da gar nichts. Maria riss ihren Blick los und rügte sich selbst. Nicht jede Frau musste auf denselben Typ Mann wie sie stehen. Glücklicherweise. Sonst würden sich ja alle Frauen um denselben Mann streiten. – Was sie ja auch taten, haha. – Andererseits, wie konnte ein so kaum präsentes Etwas auch nur irgendeine Frau in irgendeiner Weise erregen? Helge Trimmel hatte die unverwechselbare Aura eines Langweilers, da konnte nicht einmal seine Jugendlichkeit etwas dagegen ausrichten. Maria schätzte ihn auf unter dreißig. Ein Blick in die Akte, die ihr Gabi zusammengestellt hatte, und sie war aufs Neue erstaunt. Trimmel war zweiundvierzig Jahre alt!

Und dieser Mann akquirierte also die Kunden für Carries Agentur. Nun gut, bei einem Begleitservice musste es nicht unbedingt so roh zugehen wie im Rotlichtmilieu. Als sich Trimmel auf Phillips Anfrage hin die Jacke auszog und die Ärmel seines Pullovers hochschob, erkannte Maria, dass er sehr sehnig und drahtig war. Also zumindest ein guter Körper. Vielleicht war er Reiter, wie es das Hufeisen auf dem Pullover signalisierte? War das überhaupt ein Hufeisen?

Trimmel setzte sich auf den Stuhl zwischen Marias und Phillips Schreibtisch. Sofort schlang er wieder seine Beine zu einem Knoten. Nach wie vor würde Maria schwören, einen psychisch angeknacksten Trittbrettfahrer vor sich zu haben, wenn sie es nicht mittlerweile besser wüsste.

»Herr Trimmel, das ist wirklich nett, dass Sie so schnell vorbeikommen.«

Er sah sie aus seinen durchsichtigen Augen an und sank in sich zusammen. Er wirkte persönlich betroffen. Interessant.

»Ich – es tut mir Leid wegen gestern, aber da hab ich – gestern – ich – ich hab einen Anfall gehabt. Carola hat's Ihnen ja schon erzählt. Ja, und da – da bin ich immer – da bin ich immer ganz weggetreten.«

Sein Gesicht zog sich zusammen, als ob er Tränen unterdrücken wollte, und sein Blick wanderte zu einem unbestimmten Punkt bei Marias Fenster.

»Und ich wollte – es wäre – wenn ich nicht diesen beschissenen Anfall gehabt hätte, dann wäre Rita jetzt vielleicht nicht ...«

Trimmel presste das Gesicht noch mehr zusammen. Was kam da jetzt? Maria sah, dass auch Phillip die Ohren spitzte.

»Was, Herr Trimmel?«

Trimmel wandte Phillip den Kopf zu wie ein Traumwandler.

»Ich – sie hat mich angerufen, aber ich hab es nicht mehr gehört. Aber wenn, dann hätte ich ihr vielleicht helfen – irgendwas machen können.«

Maria wandte sich Trimmel nun voll zu.

»Was heißt, sie hat Sie angerufen? Rita Scheele hat Sie angerufen? Wann?«

Trimmel stand auf, ging zu seiner Jacke und zog sein Handy heraus. Er drückte herum.

»Zweiundzwanzig Uhr achtunddreißig. Anruf in Abwesenheit.«

Er zeigte ihnen das Display, steckte das Telefon ein und setzte sich wieder. Maria wechselte mit Phillip einen Blick. Das war ja schon einmal was.

»Ist das üblich, dass Sie mit Ihren Mitarbeiterinnen bei einem Einsatz in Kontakt sind?«

Trimmels Mund zog sich wieder zusammen, doch dann holte der Mann stoßartig Luft, was seine Gesichtszüge etwas entspannte.

»Ja, man weiß ja nie, ob da nicht irgendein Irrer dabei ist.

Ich rufe alle einmal durch, so nach zwei, drei Stunden. Und wenn's irgendwie nicht passt, können sie sich dann mit einer Ausrede verabschieden. Aber Rita hat gesagt – sie hat gesagt, dass alles in Ordnung ist. In bester Ordnung. Und das habe ich auch angenommen. Sie war ja nur dabei, weil sie singen sollte. Ficken, das mochte sie nicht. Für alles andere waren ja die beiden anderen engagiert.«

Sein Gesicht zog sich neuerlich zusammen.

»Das muss irgendein Perverser gewesen sein, irgendein besoffenes Schwein. Momentan sind ja alle durchgeknallt. Der muss sie irgendwie am Heimweg erwischt haben. Oder die. Es müssen mehrere gewesen sein. Ja, es müssen mehrere gewesen sein. Weil mit einem wär die Rita fertig geworden.«

Beim abrupten Ende des Berichts reagierte Maria nicht gleich. Sie hatte angenommen, der Monolog von Trimmel würde weitergehen. Er war eigenartig. Ein Kümmerer passte so gar nicht in diese Branche. Maria zündete sich eine Zigarette an.

»Wieso wäre Rita Scheele mit einem einzigen Mann fertig geworden?«

Trimmel beugte sich weg von ihr.

»Entschuldigen Sie bitte, würde es Ihnen was ausmachen, die Zigarette in die andere Hand zu nehmen? Mir wird so leicht schlecht auf den Qualm.«

Maria tat wie gebeten. Das war ja noch eigenartiger. Sie kannte niemand aus dem Nachtmilieu, der nicht zumindest zigarettenresistent war. Trimmel verknotete sich wieder. Anscheinend seine entspannte Haltung.

»Danke. Rita war eine Frau, die sich wehren konnte. Und sie hat immer einen Pfefferspray in ihrer Handtasche gehabt.«

»Sie kennen sie anscheinend gut?«

»Ich habe mit ihr geschlafen.«

Und jetzt blieb das Gesicht erstaunlicherweise unbewegt. Dafür spielte sich so einiges in Phillips Miene ab. Er konnte sich wahrscheinlich genauso wenig wie Maria vorstellen, dass dieses Hendl von Mann einem Vollblutweib irgendetwas hatte geben können, was sie von einem anderen, interessanteren Mann nicht hatte bekommen können.

Phillip griff nun seinerseits nach den Zigaretten, legte sie aber wieder weg. Er war so entzückend gut erzogen. Er beugte sich äußerst offensiv zu Trimmel, die Entsagung machte ihn offensichtlich aggressiv.

»Wie praktisch. Man hält sich ein paar Weiber, behandelt sie einigermaßen menschlich und lässt sich dafür einen blasen.«

Trimmel wandte Phillip den Kopf ganz ruhig zu.

»Neidig?«

»Auf einen Hurenstecher?«

»Besser regelmäßig guten Sex als stundenlanges Blabla mit einer überspitzten Alten, die die Beine dann doch nicht breit macht.«

Phillip fixierte Trimmels Blick.

»Gefühl ist für Sie ein Fremdwort.«

Auf Trimmels Gesicht schlich sich so etwas wie ein Lächeln.

»Hunger? Durst? Müdigkeit? Ein fickriger Schwanz?«

»Liebe? Respekt? Achtung? Freundschaft? Zärtlichkeit?«

»Wenn's Ihnen Spaß macht, Herr Roth ...«

Unglaublich, was in diesem Nichts von Mann steckte. Phillip nahm nun doch demonstrativ eine Zigarette aus der Packung und zündete sie mit Blick auf Trimmel an. Warum war er so indigniert? Er war doch der Letzte, der was gegen guten Sex hatte. Oder war es nur eine Variante seiner Bad-Guy-Rolle? Egal. Maria durfte nicht zulassen, dass die beiden Männer wie Kampfhähne aneinander gerieten.

»Ja, aber Herr Trimmel, Ihr Verhältnis zu Rita Scheele dürfte doch über den rein sexuellen Aspekt hinausgegangen sein. Vorhin hat es so gewirkt, als würde ihr Tod Ihnen wirklich nahe gehen.«

Als sich Trimmel Maria zuwandte, wich die Anspannung aus seinem Körper. Er war wieder der weiche Knoten.

»Sie war – wir waren so oft zusammen. Da ergibt es sich einfach, dass man ein bisschen was vom anderen erfährt. Und sie war sehr – sehr gut im Bett. Das ist selten.«

Phillip schwang sich aus seinem Sessel hoch und lehnte sich ans Fenster.

»Gut, Mister, dann wissen Sie sicher auch, warum wir keine Spur von ihr finden können. Keine Wohnung, keine Geburtsurkunde, kein Steuerausgleich, nichts.«

Trimmel schaute demonstrativ zur ›Krone‹ auf Marias Tisch.

»Aber das wissen Sie doch schon.«

»Sie hat Ihnen also selbst erzählt, dass sie Rita Bäumler ist?«

»Ja.«

»Und warum weiß das sonst niemand? Warum weiß das Carola Blau nicht?«

»Es ist mich nichts angegangen, dass sie untergetaucht ist.«

Phillip kam wieder zum Tisch und stützte sich mit der rauchenden Zigarette direkt vor Trimmel auf.

»Und wieso hat sie es Ihnen erzählt? Ihrem Dildo?«

Trimmel senkte nicht nur den Blick, sondern den ganzen Kopf, sodass es Maria unmöglich war, seine Reaktion auch nur irgendwie zu interpretieren. War es wirklich nur wegen des Rauches? Nach einer kleinen Ewigkeit und erst als Phillip Abstand genommen hatte, tauchte er mit demselben neutralen Gesichtsausdruck wie zuvor wieder auf.

»Sie hat sich einmal am Telefon als Rita Bäumler gemeldet. Da habe ich sie gefragt. Sie hat es mir gesagt. Ich habe ihr gesagt, dass mir das egal ist. Das war's.«

Phillip stand mittlerweile unter Hochdruck. Er spielte nicht nur, da war tatsächlich totale Antipathie zwischen den beiden.

»Und Sie interessiert es nicht, warum jemand untergetaucht ist?«

»Nein. Da müsste mich viel interessieren.«

»Ich glaube Ihnen das nicht, Mister.«

»Mir egal.«

»Das sollte es Ihnen aber nicht sein.«

»Warum?«

Phillip war Trimmel wieder ganz nah. Maria hatte plötzlich das Bild vor Augen, dass Phillip mit seinem Kopf Trimmel so einen Schlag versetzte wie in einem Kung-Fu-Film. Sie dämpfte schnell die Zigarette aus und stand auf. Das brachte die Männer dazu, ihren Blick voneinander zu lösen und sich ihr zuzuwenden.

»Gut, Herr Trimmel, also, Sie wissen nicht, wer etwas gegen Rita Bäumler alias Scheele hätte haben können?«

Die Umknotung, die Trimmel mit seinen Beinen vollzog, brauchte eine gewisse Zeit. Schließlich war er Maria voll zugewandt. Phillip zeigte er den Rücken.

»Sie hat da was recherchiert, über so einen alten Furzer, so einen alten Nazi. Vielleicht hat das was damit zu tun.«

»Und wie der alte Furzer heißt, wissen Sie nicht zufällig?«

Trimmel schüttelte den Kopf.

»Nein. Irgendwas mit B am Anfang. Aber ich hab da nicht so aufgepasst.«

Phillip stellte sich hinter Trimmel.

»Hat Sie das nicht gewundert, dass eine Frau, die bei einem Begleitservice arbeitet, zugleich was über einen alten Nazi re-cher-chiert?«

Trimmel schaute weiter Maria in die Augen.

»Nein. Es hat mich nicht interessiert. Ich wollte sie ficken. Und manchmal ging es halt nicht anders, da hab ich sie quatschen lassen müssen.«

Phillip beugte sich zu Trimmels Ohr.

»Na, so a blede Gschicht, gell?«

Trimmel wandte sich ihm ruhig zu, fast berührten einander ihre Nasenspitzen.

»Ja.«

Phillip reagierte zuerst gar nicht, dann atmete er tief durch und warf einen Hilfe suchenden Blick zu Maria. Doch sie war genauso irritiert. War Trimmel wirklich ein gefühlskaltes Arschloch? Oder war er der Klassiker von rauer Schale und weichem Kern?

Maria deutete Phillip, dass er Protokoll machen sollte. Phillip flüchtete sich hinter seinen Computer. Maria zündete sich eine neue Zigarette an. Eigentlich war es ihr scheißegal, ob diesem Typ davon schlecht wurde oder nicht.

»Also, Herr Trimmel, ich fasse zusammen. Sie hatten mit Rita Scheele ein sexuelles Verhältnis, wussten, dass sie eigentlich Rita Bäumler hieß, wussten aber nicht, warum sie die neue Identität angenommen hatte.«

»Ja.«

»Wissen Sie, wo sie gewohnt hat?«

»Irgendwo in Transdanubien. Keine Ahnung. Gefickt haben wir bei mir, war praktischer. Haben Sie Natalia nicht gefragt?«

Das gab's doch nicht! Wann wusste endlich jemand ein bisschen mehr über die Bäumler, als sie die Scheele war?

»Die hat keine Angaben.«

»Soll vorkommen bei Menschen, die untergetaucht sind.«

Trimmel blieb regungslos.

»Sie haben sie am bewussten Abend routinemäßig angerufen – wann war das eigentlich?«

Trimmel entknotete sich, ging wieder zu seiner Jacke. Erneut drückte er auf seinem Handy herum.

»Einundzwanzig Uhr siebzehn.«

Maria streckte die Hand aus.

»Darf ich einmal sehen?«

»Natürlich.«

Trimmel reichte ihr das Handy, und auf dem Display standen ›Scheele Rita‹, das korrekte Datum und die eben angegebene Uhrzeit. Maria gab Trimmel sein Telefon zurück, der packte es ein und setzte sich wieder, besser, verknotete sich wieder. Der Typ war absolut irre.

»Dann haben Sie einen epileptischen Anfall bekommen, wodurch Sie den Anruf von Rita Bäumler überhört haben. – Herr Trimmel, wie läuft so ein Anfall eigentlich ab?«

»Wieso interessiert Sie das?«

Phillip sah von seinem Computer hoch.

»Meine Kollegin meint, ob man das irgendwie nachprüfen kann.«

»Wieso wollen Sie das?«

»Routine.«

Es wurde sehr still im Raum. Gabi tippte im Nebenraum, Kollegen am Gang diskutierten den UEFA-Cup. Trimmel löste die Verschränkung seiner Arme und wedelte gegen den Rauch von Marias Zigarette an. Als sie keinerlei Anstalten machte, den Glimmstängel wegzuhalten, stand Trimmel auf und stellte sich demonstrativ in die am weitesten entfernte Ecke.

»Sie wollen mein Alibi. Warum verdächtigen Sie mich?«

Maria nahm die Zigarette in die andere Hand.

»Wir verdächtigen noch gar niemanden. Wir stellen allen diese Frage. Das ist wie bei den Fernsehkrimis.«

»Frau Kouba, ich bin kein kleiner, dummer Bub, auch wenn ich vielleicht so ausschau.«

Maria hielt seinem Blick stand. Nein, das war er nicht. Wahrlich nicht. Sie musste sich nachher unbedingt ganz genau durchlesen, was Gabi über Trimmel herausgefunden hatte. Wie entwickelte jemand so ein maschinelles Gehabe, so eine Kaltschnäuzigkeit? Als hätte man ihm das Herz herausgeschnitten. Aber sie musste ihn zur Mitarbeit bringen, also nickte sie. Trimmel nickte ebenfalls und setzte sich wieder ihr gegenüber.

»Bei meiner Art von Epilepsie geht es sehr schnell. Ich spür, dass es losgeht, und da geht es schon los. Ich bin dann geistig weg. Das ist nicht bei allen so. Bei mir schon. Nach einem Anfall bin ich immer völlig fertig. Ich muss dann schlafen.«

Er presste wieder seine eigene Art von Lächeln hervor, das mit dem einseitig nach unten gezogenen Mundwinkel mehr den Ausdruck von Ekel hatte.

»Also, normalerweise hole ich keinen Arzt, der dann im Fall des Falles den Zeugen spielen könnte. Aber diesmal haben Sie Glück. Oder ich. Je nachdem, wie man es sieht. Ich hatte – Besuch. Mein Nachbar, Florian Gratzl, er war kurz bei mir. Seine Nummer ist …«

Erneut die Handy-Hervorhol-Prozedur. Er zeigte Phillip das Display, der schrieb ab. Trimmel neigte den Kopf zu Maria.

»Er wird Ihnen das sicher gern erzählen. Es war ein Schock für ihn. Ich habe ihn danach rausgeschmissen, Carola auf die Mailbox geredet, das war um …«

Er drückte auf seinem Handy herum.

»… um einundzwanzig Uhr siebenundfünfzig, dann habe ich alle Telefone auf lautlos gestellt, Schlaftabletten genommen und mich hingelegt. Gestern am Abend dann habe ich den Anruf von Carola und Ihre Anrufe gesehen. Und gehört. Und heute bin ich hergekommen. Das ist es. Reicht das?«

Mittlerweile war Maria fasziniert. Dieser Mann war so ungeheuer konzentriert und organisiert. Er hatte fast etwas von einem Buchhalter. Beherrscht und staubtrocken. Aber vielleicht war ja das wirklich die Grundlage für gut gehende Geschäfte.

Nachdem weder Phillip noch sie auch nur einen Ton auf seine präzisen Ausführungen geantwortet hatten, nickte Trimmel und nahm seine Jacke.

»Wenn Sie noch Fragen haben …«

Maria tauchte endlich aus ihrer Faszination auf.

»Ja, Herr Trimmel. Wer waren die Leute, die Kunden gestern?«

Trimmel studierte kurz das Innenfutter seiner Jacke, dann zog er sie an.

»Das möchte ich Ihnen nicht sagen. Es ist ja nicht notwendig.«

Phillip drehte lautstark seinen Sessel in Trimmels Richtung.

»Warum glauben Sie – Sie …«

Mit dem zweiten ›Sie‹ kündigte sich eine massive Beleidigung an. Maria sprang auf und blitzte in der Drehung zu Trimmel Phillip an. Das war so ein I-Tüpfel-Reiter, der würde sich das merken und ihnen womöglich einen Strick daraus drehen!

Sie wandte sich zu Trimmel, suchte ihre charmanteste Good-Girl-Stimme.

»… dass das nicht wichtig ist?«

»Ich habe heute mit Janine und Beate telefoniert. Sie haben mir gesagt, dass alle Kunden die ganze Nacht mit ihnen zusammen waren.«

»Erstens waren nicht alle die ganze Zeit dabei, ein Mann mit einem Pelzmantel ist nach dem Essen verschwunden, und zweitens …«

Trimmel zuckte mit dem Mund und schnaufte. Die unkontrollierte Regung war sofort wieder vorbei, er ließ den Mundwinkel zu seinem speziellen Lächeln sinken.

»Das ist ärgerlich. Ich war mir sicher, dass ich diesmal seinen Geschmack treffe.«

»Den Geschmack von wem?«

Trimmel zuckte mit den Schultern.

»Er ist gegangen, und die anderen waren mit den Mädchen zusammen.«

»Wir möchten das trotzdem gern persönlich hören. Die Mädchen waren ja nicht mehr ganz – nüchtern.«

»Das geht auf Kosten des Images der Agentur. Das kann ich nicht zulassen. Die Herren sind gute Kunden und einflussreich. Wenn sich rumspricht, dass wir die Anonymität der Kunden nicht mehr gewährleisten können, sind wir tot.«

Nun ließ auch Maria ihre freundliche Maske fallen.

»Herr Trimmel, das ist mir völlig und total und überhaupt scheißegal. Ich will meinen Mörder. Und wenn ich dazu den Papst befragen muss, werde ich das tun. Und wenn Sie uns nicht sofort die Namen Ihrer Kunden sagen, dann haben Sie eine Mittäterschaft am Hals. Habe ich mich klar genug ausgedrückt?«

Trimmels Augen wurden nun völlig durchsichtig.

»Ich werde sie als Entschädigung mindestens auf einen Gratis-Abend einladen müssen.«

»Das ist Ihr Problem.«

Trimmel biss in seine Lippen. Jössas na, so schlimm war das ja auch wieder nicht! Er schluckte, ließ den Mundwinkel wieder hängen.

»Eckbert Hagen, Friedrich Berg ...«

Maria fuhr auf. Schnell schob sie ein vermeintliches Haar auf die Seite. Gut, Trimmel hatte nichts bemerkt, er leierte weiter.

»... Olaf Westerwald, Ante Pavelić, Engelbert Bäcker, Wilfried Kamm und Siegfried Spitzer.«

»Na, geht ja.«

Phillip tippte eifrig. Maria nahm das Foto aus der Mappe. Trimmels Augen wurden groß. Er schaute Maria an.

»Wieso haben Sie über ihn ...?«

»Sie sollten sich Ihre Kunden besser aussuchen, er schlägt Frauen leidenschaftlich gern. Und er hatte einen Streit mit Rita Bäumler. Wir brauchen seine Daten. Und auch die von den anderen.«

Sie starrten einander an. Was ging nur hinter dieser Marmorfassade vor? Trimmel suchte den Tisch ab, Maria schob ihm einen Zettel zu, er notierte eine Nummer.

»Ich habe nur Kontakt zu Friedrich. Aber die anderen herauszufinden« – süffisantes Lächeln –, »wird für Sie ja kein Problem sein. Und Friedrich wird Ihnen sicher alle Fragen gern beantworten.«

Damit knöpfte Trimmel sich die Jacke zu. Seine Gestik erinnerte Maria an den Brandauer als Oberst Redl. Sie erinnerte sich auch an ihren ersten Eindruck von einem Mann ohne Ehre, einem Blatt im Wind. Das stimmte nach wie vor, fühlte sie. Nur die Stärke und Härte von Helge Trimmel hatte sie unterschätzt.

Der Schnee auf der Dachterrasse des Kaufhauses hatte seine Jungfräulichkeit noch bewahrt. Beinahe andächtig verletzte sie mit jedem weiteren Schritt die glitzernde Oberfläche. Der Ausblick über die südöstlichen Bezirke war jetzt in der Stille des Wintertages noch um einiges beeindruckender als im Sommer, wenn die Stimmen der Restaurantbesucher den Alltag festhielten. Jetzt war sie allein mit dem Himmel über und dem Häusermeer unter ihr. Die Terrassentür ging auf. Carrie sah den Schnee und dann auf ihre hochhackigen Stiefeletten.

»Einen gewissen Hang zur Exzentrik kann man dir nicht absprechen.«

»Hier sind wir ungestört. Ich kenn den Besitzer.«

»Und warum machst du überhaupt so ein Geheimnis drum rum, dass wir uns treffen? Du ermittelst ja eh offiziell.«

Sie sah sich leidend um, doch als Maria noch immer keine Anstalten machte, mit ihr zurück ins Innere zu gehen, stakste sie wie ein Rehkitz zur Brüstung. Maria trat einen halben Quadratmeter Schnee nieder, stieg daneben und machte so Carrie Platz.

»Ich weiß nicht. Gefühl.«

»Bei Helge kommen dir Gefühle? Das wundert mich.«

»Erzähl mir was von ihm.«

»Was willst du wissen?«

»Alles das, was nicht in irgendwelchen Akten steht. Ich weiß bis jetzt, dass er aus der Juristenfamilie Raditsch kommt, sich beim Bundesheer als Zeitsoldat gemeldet hat, eine Zeit lang auf Zypern stationiert war, dann den Familiennamen seiner Großmutter angenommen hat, dann ...«

»Waswaswas?«

»Ja, Trimmel ist der Name seiner Großmutter. Weißt du das nicht?«

»Wir sind Geschäftspartner und kein Ehepaar.«

Maria grinste.

»Also eigentlich heißt er Raditsch. Dann, Anfang neunzig, taucht er länger nicht offiziell auf …«

»Da weiß ich was. Da hat er seine Weltreise gemacht. Zwei Jahre ist er einfach so herumgefahren, hat ein paar Mal gejobbt und ist dann wieder weiter.«

Carrie fummelte eine Zigarillo heraus und streckte sie Maria hin.

»Magst probieren?«

Maria nahm das braune, dünne Ding. Carrie gab ihr Feuer, dann sich selbst. Einträchtig schauten sie auf die wuselnden Ameisen tief unter ihnen. In einem bestimmten Winkel blendete der Schnee am Dach der Kirche schräg gegenüber.

»Hast du ihn da schon gekannt?«

»Nein, das ist ewig her, da war ich noch in Amerika.«

»Was ist da eigentlich schief gelaufen?«

Carrie begann, mit der Spitze der rechten Stiefelette ein Loch in die Schneedecke zu stochern.

»Hast du dir nie überlegt, dass wir ja eigentlich Schwestern sind?«

Maria brummte.

»Vielleicht können wir es ja jetzt werden.«

Maria brummte wieder.

»Hast du dir nie gewünscht, jemanden zu haben, mit dem du durch dick und dünn gehst?«

»Ich hab eine Freundin.«

Und die Probleme mit ihr reichen mir – aber das sprach Maria nicht aus. Carrie warf ihr einen Seitenblick zu und studierte dann wieder das Panorama.

»Der Typ, bei dem ich gewohnt hab, dieser Freund meiner

Mutter, der und seine Familie und seine Freunde, die waren – die waren mir ein bissel zu konservativ.«

»Wie konservativ?«

»Na ja, so Law-and-Order-Typen, für die Indianerreservate lächerliche Sentimentalität sind, die die Todesstrafe für gottgewolltes Recht halten ...«

Carrie lachte trocken auf.

»Was heißt Recht, Pflicht trifft es eher. So Typen halt, die sich für was Besseres halten. So Rednecks halt, wie sie der Michael Moore in seinen Büchern beschreibt. Die gibt's wirklich.«

Maria erinnerte sich an das Interview mit Charlton Heston, der gemeint hatte, jeder Mensch habe das Recht auf seine Waffe, auch wenn er sich nicht bedroht fühlte. Ein engstirniger alter Sack.

»Und dann? Hast du gleich die Agentur ...?«

»Nein, nein, ich bin zurück, hab brav geheiratet, weil ich von so einem Windhund schwanger geworden bin, hab das Kind verloren, hab mit ihm Johanna adoptiert ...«

»Adoptiert? Johanna ist adoptiert?«

»Ja, auch ein Grund für unsere Probleme miteinander. Vor zwei Jahren, kurz vor ihrer Matura, habe ich – hat sich's ergeben, dass ich es ihr gesagt hab. Daraufhin hat sie alle Hebel in Bewegung gesetzt, um ihre leibliche Mutter zu finden. Sie hat sie gefunden. Seitdem haben wir kaum Kontakt. Außer, wenn sie Geld will oder einen Job für eine Freundin.«

»Und dass die Rita Scheele ...?«

»Habe ich auch gedacht. Ich habe sie gefragt. Sie hat gesagt, nein.«

»Und wenn sie gelogen hat?«

Carrie schaute in die Ferne und zuckte mit den Schultern.

»Stimmt das übrigens, dass sie eine bekannte Journalistin ist?«

»Du weißt davon nichts?«

»Passen könnt's zu ihr, sie war eine sehr starke Frau. Johanna bewundert sie. Hat sie – wie auch immer. Aber wieso hat sie einen anderen Namen?«

Maria schnippte den Rest der Zigarillo über das Geländer und sah zu, wie der braune Stängel Richtung braunem Gatsch auf der Straße segelte.

»Das will ich deine Tochter fragen.«

Carrie lachte bitter auf.

»Wenn du sie findest, sag ihr bitte, dass sie wieder einmal ihren Hintern nach Hause bewegen soll. Oder so.«

Maria nickte. Schon wieder verspürte sie das Bedürfnis, Carrie die Hand auf den Arm zu legen. Spürte sie es auch? Sie sah zu Marias Hand.

»Ja, du wolltest ja wissen – also, mein Göttergatte war dann angefressen, weil ich nicht mehr so oft mit ihm ins Bett gestiegen bin wie vorher. Er hat sich eine dunkle Schönheit gekrallt, so eine wie dich ...«

Carrie lächelte Maria traurig an. Ja, das war ein Witz. Wieso musste sich alles immer irgendwie wiederholen? Oder wiederholte es sich wirklich? War es wirklich Gerechtigkeit des Schicksals? Nein, denn dann hätte es Carries Mutter treffen müssen. Es lag einfach daran, dass Menschen höchst langweilig immer die gleichen Fehler, Sehnsüchte und Träume hatten. Und dass Monogamie einer der größten Irrtümer der Menschheit war. Sie musste einmal mehr Elsa Recht geben.

»Ja, er ist mit ihr irgendwohin abgedampft und hat mich mit einem kleinen Kind sitzen lassen.«

»Wieso hast du ihn nicht suchen lassen?«

»Hab ich ja, aber er hat gegenüber dem Gericht auf mittellos gemacht und sich gleichzeitig von der nächsten Dummen aushalten lassen. Nicht einen Cent hat er bezahlt. Ach, der soll doch bleiben, wo ihn die Geier fressen.«

Tief unten fuhr ein Krankenwagen vor den Eingang des Kaufhauses. Ein Mann gestikulierte heftig. Die Sanitäter schlenderten lässig zu einem gekrümmten Bündel. Der eine tippte drauf, der andere umrundete es. Als der Mann einen

Sanitäter am Arm packte, bequemte der sich in die Hocke und drehte das Bündel auf. Ein Mensch mit fest umkrallten Plastiksackerln. Anscheinend ein Obdachloser. Der Sanitäter griff ihm an den Hals. Dann winkte er seinem Kollegen, sie gingen nun forscheren Schrittes zum Wagen und kamen mit einer Bahre zurück. Relativ zackig hievten sie das Bündel Mensch hoch.

Carrie drehte sich um und lehnte sich mit dem Rücken an die Brüstung.

»Jetzt sterben sie wieder wie die Fliegen. Wenn die Herrn Politiker bei uns so weitermachen, haben wir bald Zustände wie drüben.«

Maria lehnte sich neben sie und stieß Carrie in die Seite.

»Du hast ja ein Herz! Wer hätte das gedacht! Und da wunderst du dich, von wem deine Tochter« – sie ließ ›Adoptiv‹ hörbar weg – »den pubertären Sozial-Schaß herhat?«

Carrie steckte das Kinn in ihre Jacke.

»Gar nix hab ich.«

Maria fühlte sich eigenartig beschwingt. Sie hatte nicht nur keinen Hass mehr auf ihre Halbschwester, sie freute sich sogar, mit ihr zu reden. Hätten sie das nicht schon früher haben können? Was gingen sie beide die Probleme der Eltern an?

»Und wie bist du zur Agentur gekommen?«

»Ganz banale Gschicht. Ich hab selber begleitet. Und irgendwann hab ich mir gedacht, organisieren kann ich besser als die. Ja, und das kann ich wirklich.«

»Und Trimmel?«

»Der hat mich ganz am Anfang einmal bei so einer Geschichte als Anwalt vertreten. Belästigung der anderen Hausparteien.«

»Und die Kanzlei von seinem Onkel hat ihn eh angekotzt ...«

»Ja, und weil er aus der Zeit viele – viele potenzielle Kunden kennt, haben wir uns zusammengetan. Er macht seine Sache gut.«

»Er ist ein Irrer.«

»Er ist ein Klemmling. Manchmal frag ich mich, ob er nicht überhaupt noch Jungfrau ist. – Ja, schau nicht so. Das gibt's wirklich. Ich hab selber mal einen gehabt, der war so schüchtern, dass er es nie geschafft hat, so normal eine Frau ins Bett zu kriegen. Und ins Puff – das war ihm dann zu unpersönlich. Ja, das hat er gesagt. Unpersönlich. Und deshalb ist er mit mir ausgegangen. Also über die Agentur. Ein paar Mal, bis ich dann Mitleid gekriegt hab und ihm einmal gezeigt hab, was er so versäumt. War ein netter Kerl.«

»Und du glaubst, dass auch der Trimmel ...?«

»Nein, net wirklich. Der hat schon irgendwo was laufen. Aber das ist sicher irgendeine SM-Geschichte. Ich glaub, der haut Frauen ganz gern.«

»Die Rita?«

»Wieso die Rita?«

Carrie drehte sich schnell Maria zu.

»Er sagt, dass er mit ihr geschlafen hat. Regelmäßig. Eine reine Sexgeschichte.«

Carrie blies Luft aus, kniff die Augenbrauen zusammen.

»Nein, also das kann ich mir nicht vorstellen.«

Carrie dachte nach, schüttelte den Kopf.

»Sag, Carrie, weißt du noch, wann dich der Trimmel angerufen hat wegen seinem Anfall?«

»Nein, ich hab das Handy ja auf lautlos gestellt gehabt. Ich war im Kino. ›Manche mögen's heiß‹. Billy-Wilder-Retrospektive im Burg-Kino. Also muss es irgendwann zwischen halb neun und viertel elf gewesen sein.«

Ja, das war eine normale Reaktion. Wer dachte schon die ganze Zeit daran, dass alles durch das Handy dokumentierbar war?

»Du könntest ja einfach nachschauen.«

Carrie sah sie zuerst verständnislos an, dann kramte sie ihr Mobiltelefon aus der Handtasche und suchte den entsprechenden Eintrag.

»Ja, das ist er. Einundzwanzig Uhr siebenundfünfzig.«

Maria nickte. Sie hatte nichts anderes erwartet.

»Und danach? Ich muss dich das jetzt einmal fragen, rein der Form halber.«

Carrie schien amüsiert.

»Also, Frau Kommissarin, ich bin nach Hause gegangen, hab mir ein paar CDs angehört, bin ins Bett und hab geschlafen.«

Es klang wahr, auch wenn es kein Alibi war.

»Kennst du einen Florian Gratzl?«

»Irgendwie schon. Aber ich weiß nicht …«

»Er ist ein Nachbar vom Trimmel.«

»Richtig. Die haben irgendeinen Sport miteinander gemacht. Wieso fragst du?«

»Gratzl ist Trimmels Zeuge, dass er den Anfall auch wirklich gehabt hat.«

Carrie stellte sich gerade vor Maria hin.

»Zeuge? Wieso Zeuge? Glaubt ihr, dass Helge irgendwas mit – nein, also wirklich. Ich arbeite jetzt schon sechs Jahre mit Helge zusammen. Und du hast Recht, er ist ein ausgemachter Spinner. Aber er ist doch kein – und warum sollte er überhaupt? Rita ist doch nur …«

Sie wandte sich ab und zertrat mit Vehemenz die Zigarillo im Schnee. Ihre feinen Stiefeletten wurden nun doch über Gebühr nass.

»Und selbst wenn die beiden wirklich miteinander gevögelt haben – kannst du dir vielleicht vorstellen, dass Helge vor Eifersucht ausrastet?!«

Maria zog sich die Fäustlinge an.

»Stille Wasser sind tief.«

»Ja, stimmt schon. Aber Helge – nein, und außerdem hat er ja den Anfall gehabt.«

»Ja, der Anfall. Weißt du eigentlich, bei welchem Arzt er ist?«

Carrie ging zur Tür und hielt sie auf.

»Maria, du versteigst dich da in was. Nur weil du ihn nicht leiden kannst. Kann ich auch nicht, aber auf Helge ist Verlass. Wenn man ihn einmal auf seiner Seite hat, ist Helge der loyalste Mensch, den ich kenne. Er würde alles für mich und die Agentur machen.«

Maria sah Carrie nur an. In deren Gehirn ratterte es. Sie knabberte an ihrer Unterlippe, während sie sich durch den dampfenden Restaurantbereich zum Lift kämpften.

»Okay, der Arzt heißt Pfannhauser. Ludwig Pfannhauser. Ich bin auch bei ihm, seit mein alter Hausarzt in Pension gegangen ist. Er ist eine Koryphäe für alles mit dem Kopf. Meine Migräne hat er allerdings noch nicht in den Griff bekommen.«

Die Aufzugstür öffnete sich, gleichzeitig klingelte Marias Handy. Ihre Mutter. Ohne wirklich zu wissen, was sie da tat, drückte sie den Anruf weg. Da schlich sich eine Idee in ihren Kopf. Maria sah zu Carrie, die in der Liftkabine von Menschen eingekesselt war und sich herauszukämpfen versuchte. Maria winkte ab und starrte kurz auf ihr Handy. Dann reckte sie sich, um Carrie in die Augen sehen zu können.

»Ich mach ein Essen. Du musst kommen!«

Carrie nickte, strahlte, die Aufzugstür schloss sich. Ja, genug Rücksicht genommen. Schließlich ging es nicht nur um das Leben ihrer Mutter, sondern auch um ihr eigenes. Irgendwann musste ein jedes Verdrängen ein Ende haben. Wild entschlossen ging sie zur Theke des Japaners. Zwei Bento-Boxen waren genau das Richtige für harte Ermittlungen.

Phillip starrte durch den Besprechungstisch konzentriert ins Leere. Sein Kopf lehnte locker auf der linken Hand. Er tat, als würde er nachdenken, tatsächlich schirmte die linke Hand sein Gesicht gegen die Bilder an der Wand ab. Wie gut, dass sie das japanische Mitbringsel noch nicht verschlungen hatten, sonst würde es jetzt halb verdaut auf dem Konferenztisch landen.

Winnie betrachtete aus verschiedenen Winkeln den aufgestemmten, blutroten Oberkörper von Rita Bäumler, nickte zufrieden und brachte das Computerprogramm wieder auf Ausgangsposition. Die Projektionsfläche wurde schwarz. Er setzte sich neben Josef, halb hinter ihn gerückt, womit er seine Assistentenposition ganz klar deutlich machte. Im Gegensatz zu seinem Chef, der sich genussvoll einer Cohiba hingab, beobachtete Winnie die eintreffenden Kollegen mit der gefühllosen Distanz eines Forschers. Auf gewisse Weise hatte er dadurch Ähnlichkeit mit Helge Trimmel, doch was bei jenem als Kaltschnäuzigkeit rüberkam, wirkte bei Winnie wie schlichte, wertneutrale Neugierde. Es war alles so schwierig. Präsentierte Gefühle mussten nicht auf einen offenen, freundlichen Menschen hindeuten, Verschlossenheit hatte nicht unbedingt etwas mit gefährlicher Geheimniskrämerei zu tun. Waren nicht oft die ruhigen Strategen hinter den brüllenden Politikern die wahrhaft Mächtigen? Nein, es war eine Dualität, die einen brauchten die anderen. Warum sich dann allerdings der besonnene Josef den ebenso kontrollierten Winnie als Assistenz genommen hatte, war Maria schleierhaft. Nun ja, sie hatten ja keine Botschaft an die Menschheit zu bringen, sie hatten nur zu arbeiten. Und da war es wohl angenehmer, denselben Stil zu pflegen.

Inzwischen war der Konferenztisch beinahe komplett besetzt. Die meisten der Kollegen studierten Josefs Unterlagen, Georg teilte ebenfalls Papiere aus. Dann versank er mit Clemens Hübner aus seinem Team im Gespräch. Gottl betrat den Raum, schnappte einen der leeren Stühle, stellte ihn zur Wand und winkte ab.

»Ich bin hier nur Beobachter, Ihre Untersuchung, Kollegin Kouba.«

Wie nett, eine öffentliche Verbeugung. War er ihr dankbar, weil sie die Eisenstein vor Gerrys Kostümwahn gerettet hatte? Gleich hinter ihm kam Gabi, ebenfalls mit einem Haufen Papiere. Und sofort sah Maria wieder ihre wogenden

Brüste mit den schwarzen Kelchen vor sich, das Schlagobers auf den weit gespreizten Schenkeln, ein stolzer Schwanz, der zeigte, was er konnte. Maria senkte den Blick. Doch neben der Peinlichkeit fühlte sie auch aufgekratzte Fröhlichkeit. Es war doch ein verdammt geiler Anblick gewesen. Wenn sie ehrlich zu sich selbst war, dann musste sie zugeben, dass diese Phantasie schon seit langem in ihrem Kopf herumspukte. Ja, schon seit jenem Nachmittag als Vierzehnjährige, als sie in der hintersten Ecke der Trafik die Pornohefte entdeckt und die Story mit der weißen Frau und den beiden schwarzen Männern verschlungen hatte, so vertieft, dass die Trafikantin sie erwischte und sie vor aller Welt blamiert gewesen war. Jetzt wusste sie es wieder. Daher war ihr das Szenario so vertraut gewesen. Gabi kam nah neben ihr zu stehen.

»Was grinst du denn so?«

Jetzt war es so weit. Maria konnte Gabi schwerlich sagen, dass sie auf dem Sims gegenüber ihrer Wohnung gewichst hatte. Nein, das konnte sie nicht, aber die Sache komplett wegblenden ging auch nicht. Was hatte in diesem Leitfaden für Seitensprünge gestanden? Immer so nahe wie möglich an der Wahrheit bleiben.

»Entschuldige, aber seit du – seit du mir das gestern von deinem schwarzen Hengst erzählt hast, ja, seitdem muss ich immer dran denken, wenn ich dich seh.«

Diese halbe Wahrheit war so erleichternd, dass Maria es sogar wagte, Gabi voll ins Gesicht zu grinsen. Und Gabi zog die Mundwinkel auseinander, wobei sie gleichzeitig das Kinn in den Hals schob. Ihre Augen blitzten. Da fand eben die klassische Verschwörung von zwei Frauen statt, die dasselbe Gute schätzten.

»Was habts ihr zwei da? Wissts ihr vielleicht schon, wer der Mörder ist?«

Das war Navratil, der sie intensiv beobachtete, und nicht etwa Phillip. Der tuschelte mit Josef – was hatte er mit seinem Lieblingskontrahenten so Privates zu mauscheln? – und rieb sich schon wieder die Grube oberhalb des Kinns. Dann tippte er entrückt eine SMS. Am liebsten wollte Maria sein Handy am Boden zertrampeln. Was hatte diese Frau, was sie nicht hatte? Nein, darüber wollte sie doch lieber nicht so genau nachdenken. Aber über Navratil sollte sie nachdenken. Bildete sie sich das nur ein, oder lag da wirklich ein Wissen über etwas, von dem sie nichts wusste, in seinem Blick? Was war nach der Tablette gewesen? Er beugte sich zu ihr.

»Wie geht's dir heute?«

Starrten und losten jetzt wirklich alle? Maria warf legere Berichtsfetzen über den Einbruch bei ihr in die Runde, die Meute ließ sich damit auch brav ablenken. Sie zog Navratil auf den Gang und sah sich selbst zu, wie sie gar nicht cool auf der Suche nach der richtigen Formulierung die Hände rotieren ließ.

»Gerhard – ich muss das jetzt wissen – gestern – du hast mir da was gegeben, ich weiß sonst nichts mehr und – na ja ...«

Die Hände rotierten schneller. Navratil verkniff sich ein Lachen, was wie ein Lecken der Lippen wirkte.

»Wenn ich es einmal schaffen sollte, dass du mit mir – ja, dann will ich, dass du mich mitkriegst.«

Puhh, also wenigstens das nicht. Navratil hielt sie zurück, als sie wieder in das Besprechungszimmer gehen wollte.

»Weißt du, was mir komisch vorkommt? Die Typen sind zu einer Zeit eingebrochen, in der du normalerweise daheim gewesen wärst. Tagsüber arbeitet jeder, nachts schläft man tief. Aber am späten Abend?«

»Was willst du damit sagen?«

»Ich weiß es nicht. Aber der Typ, der sich da hinter dem Sessel versteckt hat, der muss sehr klein gewesen sein.«

Der huschende Schatten blitzte in Maria auf. Sie schnappte nach Luft, winkte ab.

»Einbrecher sind oft klein, sie müssen durch Luken passen, Herr Spezialist.«

»Ja, eh, aber deine Wohnung – sorry, aber die ist nicht Zielgebiet Nummer eins. Die wissen normalerweise, wo sie was holen können. Die sind nicht blöd. Das sind organisierte Banden mit einer ordentlichen Ausbildung. Mittlerweile. Die gehen in keine Hochparterrewohnung mit abgeschabter Tür.«

Maria musterte Navratils Mund, ob da noch etwas kam. Es kam nichts. Keine Abschwächung der Andeutung.

»Verdammt, Navratil, was willst du damit sagen? Dass das mir persönlich gegolten hat? – Warum sollte es das? Ich bin nicht wichtig. – Und es gibt auch keinen einzigen Hinweis, dass sie es auf mich abgesehen haben. Da müsste ja dann eine unmissverständliche Botschaft da sein.«

Navratil sinnierte, dann sah er sie an.

»Du hast Recht. – Nur, warum hat's der eine raus geschafft und der andere nicht? Und dieses komische ›Affen‹ und ›Zahn‹ ...«

»Es heißt ja nicht ›Affenzahn‹, es waren nur so ähnliche Silben.«

»Ja, aber bei Rumänisch hättest du nicht einmal Silben verstanden.«

»Wieso? Heißt's nicht immer, das ist so ähnlich wie Französisch?«

Navratil sah sie nur an.

»Okay, okay, dann hätte es nicht nach ›Affenzahn‹ geklungen.«

Wieder dieser Schatten-Flash. Doch jetzt bremste er sich zum Standbild ein.

»Er hatte einen Ohrring mit einem baumelnden Kreuz.«

»Er hatte keine Maske auf?!«

»Die war bis zur Nase hochgeschoben. Ja, jetzt weiß ich es wieder. Jetzt weiß ich es wieder!«

Maria strahlte auf. Na bitte, die Polizistin hatte doch nicht völlig versagt. Sie sah genau hin.

»Er hatte keinen Bart, also jung, aber da war ein gelber Schneidezahn. Die Haare – scheiße – der Kerl war blond.«

Navratil ordnete die Info ein und ging nickend zurück zu den anderen. Maria suchte ihren Herzschlag. Seit wann waren Rumänen blond? War es ein Pole gewesen? Die Kommissarin in ihr stemmte sich mit aller Gewalt gegen diese neuen Informationen. Sie hatte jetzt eine Sitzung zu leiten.

Die Miso-Suppe war dampfend heiß und beruhigte Marias Magen, nachdem sie beim kalten, klinischen Anblick der Torturen und den Ermittlungsergebnissen der Kollegen doch ein flaues Gefühl beschlichen hatte. Auch Phillip ließ mit sichtlichem Genuss den Dampf in sein Gesicht wallen. Die weiße Wolke umschmeichelte seine Wangen, sein Kinn. Die Entspannung machte ihn noch attraktiver, als er ohnehin schon war – vielleicht sollte sie doch Bussis zur Begrüßung und zum Abschied einführen, so konnte sie ihn wenigstens ab und zu berühren und – Phillip sah sie an.

»Ist was?«

Maria verharrte. Was – wo – wie kam sie da heraus? Die ganze Welt musste in ihrem Gesicht lesen können, was sie träumte. Sie sollte nicht nur, sie musste sich heute Abend mit Navratil ein wenig ablenken und – lächelnd ließ sie die Suppe eifrig immer wieder vom Löffel fließen.

»Die Suppe – es tut gut, dass sie heiß ist. Wie hast du die Walküren in der Kantine nur dazu überreden können, sie warm zu machen? Sie vierteilen doch jeden, der nicht bei ihnen isst.«

Phillip bekam seinen spitzbübischen Ausdruck. Hatte er erkannt, was wirklich mit ihr los war?

»Ich habe der kleinen Blonden versprechen müssen, dass ich sie einmal mit dem Motorrad mitnehm.«

»Aber du hast ja gar keins.«

»Was nicht mehr ist, kann ja wieder einmal werden.«

»Du hast den Führerschein?«

»Das weißt du doch. Ich war doch einmal eine Zeit lang bei den Motlern.«

Sie schlürften weiter. Phillip musste in der schwarzen Lederkluft auf der weißen Polizeimaschine wie ein Halbgott ausgesehen haben.

»Und was hättest du gern für eine?«

»Ich weiß nicht. Früher, da wollt ich immer eine Harley. Aber ich glaub, dafür bin ich zu alt. Ich bin einmal die von einem Bekannten gefahren, und nach einer halben Stunde hat mir das Kreuz so wehgetan, dass ich fast nicht mehr runtergekommen bin. Ich weiß echt nicht, wie das die anderen hinkriegen. Es gibt ja genug so weiße Rauschebärte, die auf Peter Fonda machen.«

Er streckte die Linke geballt aus und grölte.

»Booooorn to be wiiiiild ...«

Maria warf die Hand mit dem Löffel im Rhythmus des Schlagzeuges hoch und brummte den Bass. Phillips Gesicht leuchtete auf, er warf den Kopf zurück.

»Booorn to be wiiiiild ...«

Maria ließ den Löffel fallen und malträtierte Trommel und Hi-Hat, ihr Wippen entsprach dem Bass. Dazu intonierte sie in einer Mischung aus ›Duff‹ und ›Zk‹ den Instrumentalteil der Nummer – wie auch Phillip, der zugleich aufsprang und sich der Luftgitarre hingab. Headbanging total. Auch wenn das nicht ganz in die Zeit von »Easy Rider« passte. Egal. Er hüpfte im Zimmer herum, Maria schob sich vom Schreibtisch weg, um mehr Platz für das Schlagzeug zu haben. Sie waren in völligem Gleichklang. Punktgenau überließ er ihr das Schlagzeug-Solo, fing dann exakt an der Stelle an zu singen, an der er sollte.

»Get your motor runnin'.«

Er markierte das Aufsteigen auf eine Harley.

»Head out on the highway.«

Phillip winkte ihr zu. Maria trabte im Takt zum Motorrad.

»Lookin' for adventure – and whatever comes our way.«

Maria saß auf, streckte wie Phillip die Arme rechtwinklig von sich weg. Sie übernahm die Strophe.

»Yeah Darlin' go make it happen – take the world in a love embrace.«

Sie setzten sich in Bewegung.

»Fire all of your guns at once – and ...«

Die Fahrt durch das Zimmer wurde immer schneller, sie schlossen die Augen, ließen den Fahrtwind durch ihre Haare wühlen.

»Explode into spaaaace! – Like a true nature's child – we were born, born to be wild.«

Phillip sprang ab, drehte sich zu ihr um, schloss die Augen, streckte die Arme weit weg von sich. Maria ließ den Text mehr aus dem Becken kommen. Das ganze Zimmer war Musik.

»We can climb so high – I never wanna die.«

Wie auf Befehl sahen sie einander an und brüllten einander an.

»Booooorn to be wiiiiiild.«

Und auf einmal war da nur mehr Phillips Gesicht. Irgendwer drehte den Lautstärkeregler in Marias Kopf leiser. Auch Phillips Gesang klang jetzt mehr zärtlich denn wild.

»Born to be wild.«

Die Musik wurde von Rauschen übertönt. Phillips Augen glänzten, doch es war keine Fröhlichkeit in ihnen, mehr ein Fieber. Da war nur mehr Sehen. Sonst nichts. Dann langsam gesellte sich Erkennen dazu. Schließlich Verstehen. Ruhe überkam Maria. Kurz flammte in ihr die Frage auf, warum sie es plötzlich schaffte, so nah an Phillips Gesicht zu sein, dass ihre Nasenspitze beinahe die seine berührte, und sie trotzdem in seine beiden Augen gleichzeitig schauen konnte. Aber nur kurz. Es war unwichtig. Stillstand. Angekommen.

Wie auf Kommando wandten sie sich voneinander ab und gingen zu ihren Schreibtischen.

Plapperndes Schweigen schwoll an. Doch Maria konnte nichts verstehen. Sie griff zu ihren Zigaretten – im selben Moment, als Phillip zur Schachtel griff. Sie warfen einander kurz einen Blick zu, kicherten verlegen, ließen die Feuerzeuge klicken, lehnten sich zurück. Maria ließ den Rauch lange in ihrer Lunge, aus Angst vor einem synchronisierten Ausatmen. Als sie beinahe erstickte, stieß Phillip den Rauch endlich aus. Nach einer Anstands-Ewigkeits-Sekunde ließ auch sie wieder Luft in ihre Lungen. Ihre Hand zuckte zur Suppentasse und gerade noch rechtzeitig zurück. Phillip schob die seine zur Seite. Was war nur los? Maria stand auf. Wie gut, dass es Fenster gab. Blöd nur, dass sie den Innenhof auswendig kannte. Ihre Flucht war so offensichtlich. Egal. Nur dieses Band zerschneiden! Mit aller Kraft drückte Maria ihre Gefühle weg, da gab es noch eine andere Welt, eine Welt, die nichts mit Phillip zu tun hatte. Oder zumindest nicht ausschließlich aus ihm bestand. – Eine Welt mit einer zerschnipselten Frauenleiche. Das war die Rettung aus dem Taumel! Maria stellte sich vor die Pinnwand mit den Fotos.

»Okay, ich resümiere: Wir haben eine dreiundvierzigjährige Frau, die einmal Journalistin war und untergetaucht ist. Bemerkenswert ist auch, dass sie auffallend schön war. Sie wurde mit Schnitten gefoltert, in die perverse Schweine Pfeffer gestreut haben. An dieser Überbelastung vom Kreislauf ist sie auch gestorben, nachdem sie vorher nur bis zur Betäubung gewürgt worden ist.«

»Der Fundort ist nicht der Tatort. Keine Blutspuren. Und keine Schleifspuren. Also hat sie jemand direkt in die Alte Donau gekippt.«

»Das geht nur von der Brücke oder von einem Boot aus. Außer, die Kollegen finden woanders noch irgendwelche Spuren. Auf jeden Fall ist sie an den Fundort getrieben worden.«

»Wissen wir frühestens morgen.«

»Richtig. Und ich glaube irgendwie, dass es keine Spuren geben wird. Wenn sie schon jemand mühsam woanders umgebracht hat, dann wird er sie nicht noch mühsamer über den ganzen Weg schleppen.«

Schweigen. Rauchen. Phillip sah Maria an.

»You're right, Baby, solche Profis machen das unauffällig. Wenn ich so ein Profi wäre, würde ich sie im schlimmsten Fall kippen, was auffällt, oder auf einem Boot schnipseln.«

Wieder Schweigen. Wieder Rauchen. Nun sah Maria Phillip an.

»Nein, Boot geht nicht. Wir haben Winter.«

Phillip wechselte zwischen Schnute und Froschmaul, fixierte an Maria vorbei die Fotos.

»Und wenn ich mir's genau überleg, dann ist die nächste Brücke verdammt weit weg. Die Alte Donau, die hat doch überhaupt keine solche Strömung.«

Maria wandte sich ebenfalls wieder den Fotos zu und besah sich jene, die in der Totalen die Umgebung zeigten.

»Bis jetzt auch keine Reifenspuren. Haben die sie irgendwo anders hingeschleift? Getragen? Wahrscheinlich. Aber das kann auch da gegenüber, da bei dieser Garage oder Werkstatt gewesen sein. Das dauert, bis unsere Burschen da alles umgedreht haben.«

Phillip stellte sich nun neben Maria. Einträchtig studierten sie die Bilder von Trauerweiden, Büschen, Parkbänken, von dem Gemeindebau hundert Meter vom Ufer entfernt, von den Gebäuden des ›Sportvereins Donau‹, von der matschigen Wiese, vom Wasser. Phillip schüttelte den Kopf.

»Überlegen wir einmal. Der Tod ist irgendwann um drei Uhr eingetreten. Ich werd das einmal recherchieren, aber ich glaube nicht, dass eine Leiche von da drüben so schnell herübertreibt. Das Mädel hat sie schon kurz nach fünf gefunden. Das muss sich herüben abgespielt haben.«

Maria drehte sich mit einem großen Augenaufschlag zu Phillip.

»Ja, nur da haben wir ein kleines Problemchen. Weil ein paar besoffene Sportvereinler wie eine Herde Nilpferde zum Wasser sind und ein Wettpinkeln veranstaltet haben.«

»Was schaust da mich so an? Ich kann nix dafür, dass andere Männer so was lustig finden.«

Phillip schritt zum Schreibtisch zurück. Maria fixierte wieder die Fotos. Sie hatte schon bessere Spitzen abgeliefert. Sie musste wieder mehr unter die Leute und üben. Das war eindeutig.

»Okay, also die waren da so zwischen halb vier und vier, und die haben nichts Rotes gesehen, oder?«

Maria hörte, wie Phillip schnell die Seiten der Unterlagen durch die Finger rutschen ließ.

»In Gabis Zusammenfassung der Zeugenaussagen steht nichts. Wir können sie nur noch mal alle selber befragen.«

»Nur, wenn's überhaupt nicht anders geht. Nein, nein, das wird schon stimmen. Die Frage ist nur, waren sie zu besoffen, um was zu sehen, oder haben die Mörder sie wirklich erst danach ins Wasser geschmissen?«

Maria ging zu ihrem Platz zurück. Schweigend rauchten sie zu Ende, dämpften gleichzeitig ab. Maria nahm die neuerliche Synchronität mit Gleichmut. Es gab jetzt wirklich Wichtigeres. Warum nur ließ sie sich immer wieder so leicht ablenken? Sie fixierte die Unterlagen.

»Nein, wir müssen das trotzdem alles noch einmal durchgehen. Ich kann mir einfach nicht vorstellen, dass niemand, absolut niemand, irgendwas gesehen hat.«

»Aber die Kollegen haben angeblich alle befragt. Alle Anrainer, alle Besucher von dem Festl im Sportverein. Die haben gestern wie die Vollidioten gehackelt.«

Maria deutete mit dem Finger auf Phillip.

»Ja, aber was ist mit Passanten, die nicht dort wohnen? Ich schätze, unser Freund Herzog hat eine Gelegenheit, was gutzumachen.«

Maria schnappte ihr Handy und wählte die Nummer des Journalisten. Während sie dem Ansagetext der Mailbox lauschte, grinste sie Phillip an. Dann verwandelte sie das Grinsen in ein verschleiertes Lächeln. Sie gurrte.

»Hallo, Sweetheart, Schwester Maria hier. Ich weiß jetzt, wie du dich davor retten kannst, dass ich dich nicht auch perforiere und in Pfeffer wälze. Ein kleiner Aufruf steht an. Du kriegst eine Mail von mir, dann erwarte ich deinen Rückruf. Vorgestern. Küsschen.«

Sie legte auf. Phillip wackelte mit dem Kopf.

»Bahnt sich da vielleicht eine kleine Romanze an? Du bist wirklich mehr als menschlich.«

»Na ja, immerhin war's ja kein Blödsinn, den er verbreitet hat. – Gut. – Was haben wir sonst?«

»Spuren von Sperma.«

Maria nickte.

»Wir bitten unseren Mister Cool um eine Probe. Immerhin ist er der Einzige, der es zugegeben hat, dass er mit ihr gefickt hat. In einer vielleicht relevanten Zeit. Wenn es von ihm ist, dann bringt uns das mehr Richtung Profi. Wenn nicht, dann wird die Psychoschiene interessant.«

Phillip nickte und notierte. Er sah auf.

»Dann haben wir noch das, was der Trimmel gesagt hat. Dass sie da was mit einem alten Nazi recherchiert hat.«

Maria nahm sich eine Zigarette.

»Alter Nazi. Bitte entschuldige, aber das ist so lange her, was soll da sein, was irgendwen so aufregt, dass er deswegen einen Mord begeht? Die Rachegeschichten sind doch längst abgehakt und erledigt. Das ist Geschichte.«

»Warum sollte er das erfinden?«

»Nicht erfinden, aber vielleicht hat sie nur vorgehabt, da noch irgendein Buch darüber zu schreiben. Für irgendein Jubiläum. – Vielleicht weiß ja ihr Ex was darüber. Und auch, warum sie untergetaucht ist. Der hat sich noch nicht gemeldet, oder?«

Phillip sah sie nur an. Natürlich nicht, sonst hätte er es ihr ja gesagt. Maria legte die Beine aufs Fensterbrett und ihren Oberkörper auf die Schenkel. Ein Stöhnen entschlüpfte ihr, so gut tat die Dehnung dem vom ewigen Sitzen malträtierten Kreuz. Phillip stand auf und winkte sie zu sich.

»Was wird das?«

Er winkte sie nochmals zu sich, grinste, drehte sie mit dem Rücken an seinen Rücken, verhakte seine Arme mit den ihren und hob sie über seinen Rücken hoch. Schüttelte sie durch. Die Wirbel oder die Bandscheiben oder was auch immer knacksten. Maria stöhnte ganz laut. Phillip schüttelte sie nochmals. Sie spürte, wie ihr Widerstand schmolz, und ließ sich durchhängen.

»Wunderbar. Also, so wie ich das sehe, haben wir bis jetzt gar nichts außer Trimmel und die Namen von diesen Typen, die die Mädchen gefickt haben und von denen einer mit der Bäumler einen Streit gehabt hat.«

Phillip grunzte so etwas wie ›Richtig‹. Er ließ sie sanft auf den Boden zurück und wollte zu seinem Schreibtisch. Doch Maria packte ihn am Ärmel und richtete sich nun ihrerseits Phillip ein.

»Ich bin dir zu schwer.«

»Bist du nicht.«

Entschlossen hob sie ihn hoch – und wankte. Phillip lachte los. Maria stemmte sich grimmig seinem Gewicht entgegen. Aber je mehr sie zog und rüttelte, umso heftiger lachte Phillip, umso mehr wankte sie, umso mehr musste sie selber lachen. Sie torkelte gegen die Tür zu Gabis Büro, in einem Kuddelmuddel aus Gliedmaßen landeten sie mit einem Kracher am Boden.

Gabi steckte den Kopf herein, studierte die Lage, verdrehte die Augen in gespielter Panik vor Irren und verschwand wieder.

Sie lachten noch lauter, rappelten sich in eine sitzende Position. Holten Luft, gackerten noch ein paar Mal, vermieden den Blickkontakt. Maria wollte aufspringen, die Nähe flüchten, wollte sitzen bleiben, ewig seine Nähe spüren. Wollte die Leiche ungeschehen machen und am besten gleich und sofort auf die Kanaren fliegen und sich einen knackigen Animateur ins Bett schleppen. Phillip sprang auf, fischte ein paar Zettel aus dem riesigen Haufen von Unterlagen, ordnete sie.

»Und natürlich Carola Blau.«

»Na geh, bitte, die Carrie doch nicht!«

»Und bitte wieso nicht, Chefe?«

Maria streckte die Beine, Phillip stützte sich auf seine Knie.

»Was ist, wenn sie gelogen hat und die Bäumler wirklich die Mutter von dieser Johanna war? Das ist doch echt ein Motiv. Die böse Feindin, die ihr ihre Tochter wegnimmt.«

Maria verdrehte die Augen.

»Okay, okay, lass sie halt auf der Liste.«

»Sie gehört da eher hin als der Trimmel. Weil der Nachbar, der beim Trimmel war, der Gratzl, der bestätigt das. Der Arzt, Ludwig Pfannhauser, der hat erst morgen Ordination. Ich hab ihm draufgeredet. Bei der Privatnummer meldet sich niemand. Aber er wird's wohl auch bestätigen. – Ja, das ist es. Also, bleiben uns außer der Blau nur unsere Dauerrammler.«

Er zuckte mit den Schultern. Maria rieb sich mit beiden Händen die Nasenwurzel.

»Denen die Mädels ein Alibi geben. Was haben wir über die Typen?«

»Viel noch nicht, Kurzbios und Kontaktdaten. Gabi hängt sich grad rein. – Ich will einfach wissen, warum die so auf undercover machen. Und was der Berg da für ein Treffen in Kapfenberg organisiert.«

»Das wird er uns ja hoffentlich morgen sagen. Wann werden wir …?«

»Um eins. Und die anderen sind auch dabei, außer dem …«

Phillip vertiefte sich in den Notizen. Sein Handy vibrierte so laut, dass es wie Klingeln klang. Er schnappte zwei Mal nach Luft, sah dann zu Maria, sie nickte mit einem tiefen Einatmen, er drückte auf die Annahmetaste.

»Ja? – Ich kann jetzt nicht. Ich arbeite.«

Das letzte Wort betonte er bösartig. Wunderbar, sie ging

ihm schon auf die Nerven. Maria wandte sich ab, damit Phillip nicht ihr Lächeln sah. Sie hörte, wie auch er sich abwandte.

»Ja, mein Schatz.«

Das tat weh. Diese blöde Kuh, wer war sie?

»Nein, ich kann jetzt nicht – Ich kann jetzt nicht, habe ich gesagt. – No in momento.«

Was war das? Kein Italienisch. Nach Spanisch klang es auch nicht. Geradebrechte Scheiße, das war es. Jetzt wusste sie es wenigstens. Sie war ein Flirt von seinem Kurzurlaub auf den Kanaren. Sie hatte es gespürt, ja, sie hatte es gespürt. Jetzt wusste sie wenigstens, warum sie unbedingt auch dahin wollte.

»Basta.«

Phillip legte auf. Drehte seinen Stuhl wieder in Marias Richtung, das hörte sie.

»Entschuldige bitte. – Ja, also, diese Männer. Fang ma von vorne an. Jetzt wirst gleich verstehen, warum ich das vor den anderen nicht so ausbreiten wollte.«

Er blätterte in den Unterlagen.

»Der Erste – Eckbert Hagen, ein reicher Privatier aus Hamburg, offensichtlich einer der beiden Deutschen, die die Mädels erwähnt haben, hat ganz offen ein paar von diesen Rechten, die es jetzt da in Deutschland gibt, bei den Wahlkämpfen unterstützt, lebt von Immobilien. Er spendet reichlich für diverse Prozesse von David Irving …«

»David Irving?«

»Ja, das ist so ein Kaliber in der Szene. Ein Engländer. Er ist ein Holocaust-Leugner, hat in Österreich Einreiseverbot. Ist sogar von so Wahnsinnigen ausgezeichnet worden. Er hat ein gebührenfreies Telefon, wo es Infos über die diversen rechtsradikalen Aktionen gibt. Und Hagen scheint ein Sponsor von ihm zu sein. Aber im IDGR kommt nur Irving vor, Hagen leider nicht, nur in diversen …«

»ID was?«

»Das ist so ein Lexikon über Rechtsradikalismus, so eine Art Pendant zum DÖW, dem Dokumentationsarchiv des Österreichischen Widerstandes. Sehr umfangreich. Ja.«

Phillip stützte sich auf und tat etwas, was Maria höchst selten an ihm beobachtete. Er rieb sich die Augen, die Stirn, die Schläfen. Sie stand auf, setzte sich ihm gegenüber an den Schreibtisch. Er sah auf und nickte. Dann vollzog er das Doppel-Anzünd-Ritual, straffte sich, versenkte sich erneut in den Akten.

»Ja, also, dieser Hagen ist anscheinend ein Unterstützer, aber ein vorsichtiger. Der Nächste auf der Liste ist Friedrich Berg, unser heiß geliebter Ritchie. Und was die Elsa gesagt hat, das passt. Er tögelt nicht nur die schwarzen Nutten, er schreibt auch darüber. Er hat bei einem einschlägigen Verlag ein paar Romane veröffentlicht. Wie er davon leben kann, ist mir schleierhaft. Bekannt sind sie nicht. Ich hab von denen noch nie was gehört.«

»Das ehrt dich. Aber ich glaub, du bist auch nicht unbedingt sein Zielpublikum.«

Phillip schloss die Augen.

»Ich will nicht glauben, dass die so viel sind, dass dieser Arsch von so ein paar Blut-und-Boden-Schmonzetten leben kann.«

»Es gibt genügend potenzielle Leser. Darf ich dich daran erinnern, dass auch du gestern was von ›Sie überrennen uns alle‹ gesagt hast?«

»Das ist – das ist ganz was anderes.«

»Wieso? So fangts an.«

»Das war – wurscht – he, du weißt, dass ich nicht so bin!«

»Weiß ich das?«

»May!«

»Weiß ich das?«

»Wieso glaubst du das?«

»Wieso nicht? Bei meiner Mutter ...«

Maria ließ den Mund zuschnappen. Phillip sah sie aufmerksam an.

»Deiner Mutter?«

Sollte sie es ihm sagen? Nein, vielleicht war das alles ja nur ein strunzdummer Irrtum.

»Vergiss es. – Vergiss es einfach. – Aber was den Berg betrifft, glaube ich wirklich, dass es da genügend Wichser gibt, die seine kackbraunen Ergüsse zum Schrubben verwenden.«

Phillip sah sie noch ein paar Sekunden zu lang an. Wie gern würde sie mit diesem Mann über den Streit gestern weinen! Sinnloser Wunsch. Phillips Blick suchte ihr Gesicht ab. Umsonst, mein Junge. Jetzt sind einmal bei mir die Rollbalken herunten! Er senkte sein Haupt wieder über die Unterlagen.

»Ja, also der Berg schreibt über Weltuntergänge, da geht dann der einsame weiße Held auf die Suche nach seiner einsamen weißen Heldin, und auf dem Weg dorthin zeigt er massenweise schwarzen Sklavinnen, was ein weißer Schwanz so alles draufhat. In einem anderen Buch ...«

»Ich kann's mir vorstellen.«

»Ja, ist im Prinzip immer dasselbe. Würde sagen, eindeutiger Fall von ewiggestrig. Wird auch immer wieder in diversen Wiederbetätigungsprozessen genannt, man kann ihm aber nichts beweisen, er ist ja immer Künstler. Künstler.«

Phillip ließ jeden Buchstaben die Zunge entlanggleiten. Es klang so generell abwertend. Maria beugte sich zu ihm.

»He, komm, jetzt werd nicht komisch. Rein prinzipiell ist das okay. Oder willst du was gegen die künstlerische Freiheit sagen?«

»Willst du sagen, dass er sie hat?«

Maria musste schlucken. Es klang wirklich schlimm, das von diesem Berg, aber deswegen gleich die künstlerische Freiheit ...?

»Solang er nicht verurteilt ist, ja. Wobei – nein, du hast Recht, er nutzt sie aus.«

Phillip nickte befriedigt, blätterte um.

»Unser zweiter Deutscher heißt Olaf Westerwald, ein Experte in der Erdölindustrie. Taucht in allen Großkonzernen irgendwann einmal auf. Nix Genaueres weiß man. Außer, dass er in Tschetschenien und Aserbaidschan sehr umtriebig ist. Dann Ante Pavelić, wahrscheinlich ein falscher Name. Im Melderegister findet sich zwar einer in Österreich, aber der liegt mit einer Gallenoperation im Spital. Sonst weiße Seiten. Und so wie ich's zuordnen kann, ist genau dieser Ante Pavelić der Pelzmantelmann. Er wird morgen als Einziger nicht dabei sein, laut Berg, irgendwelche Geschäfte. Und am Handy Mailbox.«

»Das nervt mich langsam. In dem Fall ist keiner erreichbar. – Und warum verwendet er einen falschen Namen?«

Sie sahen einander an. Ein verkleideter Mann, der gleichzeitig mit der Bäumler verschwunden war. Sie nickten. Und jetzt sahen sie einander eine Spur zu lange an. Maria nahm die Darts-Pfeile vom Schreibtisch und stand auf. Sie schoss. Lauter Pool. Müde drehte sie sich um.

»Aber es reicht noch nicht für eine Fahndung. Die Bäumler ist zu einer Frau ins Auto gestiegen. Außerdem brauchen wir ein Phantombild. Die werden uns morgen entschieden ein paar Fragen beantworten müssen. Aaaaah, irgendwie habe ich das Gefühl, wir werden gerade ordentlich verscheißert!«

Maria schlug mit der Faust gegen die Darts-Scheibe. Phillip nahm ihr die Pfeile aus der Hand. Er traf auch das Pool. Sie sahen einander an, setzten sich wieder. Phillip ließ das Papier rascheln.

»Der Nächste ist Engelbert Bäcker, dem Foto auf seiner Homepage nach zu urteilen unser Dicker. Er ist ein Parvenü, wie man so schön sagt, reich geworden als privater Anbieter von Atombunkern. Sonst nichts. Dann Wilfried Kamm, den meisten interessierten Menschen bekannt als Verfasser von Hetzreden ...«

»Der Quassler.«

»Habe ich jetzt einmal angenommen, bei ihm quillt die

braune Soße nur so heraus, da geht's gegen die ewig vorherrschende Macht der Juden, gegen die dräuende Übermacht der Andersgläubigen, die nicht zu uns passen, gegen jene der Asylanten, die nur unsere Arbeitsplätze wollen. Natürlich ist er für eine fein säuberliche Trennung der Rassen, nein, Kulturen, er redet immer von Kulturen, deswegen kriegt man ihn ja auch nicht wegen Wiederbetätigung, also, er sagt zum Beispiel, dass die Muslime bei uns und an uns genauso leiden wie wir an ihnen, weil sie in einer Art von Ghetto leben, nicht wirklich integriert sind, deshalb soll man ihre Rückführung unterstützen. Ein paar von diesen Rechts-außen-Parteien übernehmen seine Argumente, klingt bei ihm alles immer sehr logisch und engagiert. Ich glaube, beim Punkt Integration geben ihm auch andere als die Neonazis Recht …«

»Na, du bist ja eingelesen.«

»Na, nicht wirklich, den hab ich mir nur schon früher einmal angeschaut, rein privat, weil er mir unglaublich auf den Wecker geht. Na ja, jedenfalls ist er das Mastermind vom Pollak und vom Anders …«

»Der Kamm?!«

»Ja, der, dem der Anders plötzlich zu liberal ist und der auf Königsmörder macht.«

Maria rollte konzentriert und sorgfältig ihre Asche ab. Phillip beugte sich vor.

»Ja, und da ist noch Siegfried Spitzer. Der Elegante. Ein Banker. Kleines, feines Privatinstitut. Mindesteinlage eine Million Euro. Hat sich vom Arbeiterkind hochgearbeitet und hochgeheiratet. Gehört über zwei Ecken zum Klüngel vom Rettich …«

»Rettich? Der Anwalt? Der die damals alle bei der Waffenexport-Geschichte rausgehaut hat?«

»Ja, der Anwalt. Ein Typ wie die Bösen aus den Romanen vom Grisham. Hat sich seine Attitüden von den Amerikanern wahrscheinlich abgeschaut, denn er ist auch permanent drüben. Geht in den konservativen Zirkeln ein und aus.«

»Wieso weißt du das alles?«

»Kathie kann ihn nicht leiden. Ihr größter Traum ist, dass er aus der Anwaltskammer ausgeschlossen wird.«

Da war er. Kathie. Der Name seiner Geliebten. Jetzt hatte Phillip sich verplappert. Maria schickte den Befehl, ruhig zu bleiben, an alle Nervenzellen und mimte die leicht Irritierte.

»Kathie?«

»Katharina. – Meine Schwester.«

Ups. Maria zwang sich, den Mund zu schließen. Zum Glück hatte sie nichts Entlarvendes gesagt. Das entschuldigende Kleinmädchenlächeln gelang ihr nur ein wenig verzwickt. Sie zog den Kopf kurz ein.

»So oft erwähnst du sie ja auch wieder nicht. – Ja, also, wir waren beim Rettich, na ja, eigentlich beim Spitzer, dem Privatbanker. Und?«

»Und aus.«

Phillip legte die Unterlagen zur Seite, verschränkte die Arme hinter dem Kopf und schloss die Augen. Seine Zigarette glimmte unbeachtet im Aschenbecher, dann kippte sie auf den Schreibtisch. Maria dämpfte sie aus und nahm sich die Unterlagen. Eine Horde von offensichtlich Rechtsradikalen, aber von jener Sorte, die die Fäden in der Hand hielt. Darunter ein unerreichbares Phantom. Ein Klemmling, der ihnen Fickmäuse besorgte. Eine Frau in einem Auto. Eine Mutter, deren Adoptivtochter, deren Mutter. Nein, das war irrelevant. Vielmehr eine Frau, die seit vier Jahren untergetaucht war und angeblich nach einem alten Nazi forschte. Eine Foltermethode, wie es die Weißen mit …

»Wie hat er gesagt? Dein Freund, der Navratil? ›Manchmal kommt es bei Sexualdelikten vor. Und früher beim Sklavenhandel, da war das gang und gäbe. Hat extrem gefügig gemacht.‹ Rita Bäumler ist dunkelhaarig. Was ist, wenn einer sie für eine Ausländerin gehalten hat und ausgezuckt ist? Dieser Pa-, dieser Pelzmantelmann zum Beispiel?«

Phillip senkte sich langsam auf die Position, in der er ihr in die Augen schauen konnte.

»Rassisten sind faul und dämlich. Die lesen keine Bücher über den Sklavenhandel. Und Ante Pavelić ist kein deutscher Name.«

Maria musste ob Phillips trotzigem Ton kurz auflachen. Aber nur kurz.

»Zum Punkt Rassisten: Die leben in der Geschichte. Das ist doch ihre Rechtfertigung.«

Phillip verdrehte die Augen, Maria äffte ihn nach.

»Ja, ist so. Und zum Punkt Pavelić: Wir wissen doch, dass es auch in Serbien oder Kroatien oder Tschechien oder in der Slowakei oder was weiß ich noch, im ehemaligen Osten halt, dass es da auch Faschisten genug gibt. Beim gegenseitigen Steigleiternbauen ist man am Anfang nicht so wählerisch. Hauptsache, das Herrenmenschen-Getue stimmt.«

Phillip verharrte, dann stürzte er sich in seinen Computer. Was er auch immer suchte, hoffentlich fand er es. Maria nahm sich nun doch die gebratenen Rindfleischstreifen zur Brust. Sie waren kalt, aber gut.

»Wir müssen noch einmal die Beate und die Janine befragen. Vielleicht dämmert ihnen ja inzwischen noch ein bissel mehr. Und die vom ›Serail‹. Vielleicht ist der was aufgefallen.«

Phillip reagierte nicht. Doch sein Gesicht hatte sich inzwischen belebt. Es wirkte grimmig und erleuchtet zugleich. Er surfte. Maria legte die Beine erneut aufs Fensterbrett und löffelte in sich hinein.

»Ja, was ist, wenn die Mädels wirklich betäubt waren und diese netten Herren so eine Art Ritualmord an der Bäumler begangen haben, weil sie irgendwas herausgefunden hat?«

Keine Antwort.

»Nein, Blödsinn. Was soll sie herausgefunden haben, was wir nicht auch sofort checken könnten? Oder die Staatspolizei?«

Noch immer kein Kommentar von gegenüber.

»Und selbst wenn, warum dieser Aufwand? Ein Genickschuss hätte es auch getan. Also, wenn du mich fragst, dann …«

Phillip deutete mit dem Finger auf sie, studierte nochmals die Unterlagen der Männer, schüttelte den Kopf. Er verdaute offensichtlich etwas.

»Die haben nicht nur von Geschichte eine Ahnung, sondern von noch viel mehr. Die ganzen Führer von diesen Rechtsaußen-Parteien sind Juristen. Zumindest. Oder andere Studierte. Aber meistens Juristen.«

»Echt?«

»Ja. Wie auch Ante Pavelić.«

»Was – jetzt hast du doch was über ihn gefunden?«

»Wie man's nimmt. Ante Pavelić, am 14. Juli 1889 im Gebiet von Kroatien geboren, am 28. Dezember 1959 in Madrid verstorben, hat ab April 1941 als Hitlers Vasall in Kroatien ein faschistisches Regime geführt. Ustascha – für ein freies Kroatien. Er war noch dazu Katholik, hat also auch noch zusätzlich die Orthodoxen verfolgt. Vor allem Serben. Hunderttausende Tote gehen auf sein Konto. Ist als Priester nach Argentinien zu Perón geflohen. Irgendwann nach Spanien. Unter seiner Führung wurden Terrorzellen gegründet. Ustascha-Mitglieder waren dann auch wieder unter Tudjman gern gesehen.«

Maria schob die Rindfleischstreifen weit weg. Sie widerstanden ihr plötzlich.

»Also du glaubst, dass ihn da jemand bewundert und unter seinem Namen …«

Die Tür sprang auf. Gabi wogte in den Raum.

»Die Kollegen vom zweiten Bezirk, die sind bei diesem Schneider von dem roten Mantel, beim Theodor Bitterlich. Dem seine Wohnung is durchwühlt worden.«

Maria und Phillip starrten Gabi an. Funkstille, bis Phillip mit den Händen auffordernd fuchtelte.

»Ja, der will mit euch reden. Und zwar nur mit euch.«

Die Besatzung des Funkwagens vor dem Zinshaus in der Rembrandtstraße grüßte lässig. Maria fiel schlagartig dieser komische ›Yes Sir‹-Typ ein. Hatte Navratil schon etwas herausgefunden? Diesbezüglich und bezüglich hier? Hatten die Kollegen vom Einbruch schon einen Verdacht? Der Kollege Sattler saß im Auto und notierte etwas, registrierte sie nicht. Sein Partner Preißl konnte nicht weit sein. Offensichtlich war schon alles vorbei. Phillip brummelte sich aus der nahe liegenden Trafik.

»Also, nein. Ich habe jetzt wirklich ausführlich darüber nachgedacht, und ich find es nach wie vor eine Schnapsidee vom Tilli, dass der Bruch bei dir irgendwas mit dir als Person zu tun gehabt haben soll.«

Maria wiegte den Kopf.

»Ich halte ihn für gut, den Navratil. Und er soll sich das da ja nur einmal anschauen.«

»Ihr mit euren Intuitionen. Da könnts euch die Hand geben.«

Maria wandte sich grinsend zu einem der Uniformierten, der wies sie zum Souterrain. Das hatte sie nicht erwartet. Souterrains waren mittlerweile Stauräume für Kohle und Holz, Abstellräume für Gegenstände, vergessen oder gehehlt, im schlimmsten Fall Löcher für ganz arme Ausländer, die von Immobilien-Kaisern mit Beziehungen ausgenutzt wurden. Oder irgendwelche Clubs und sonstige obskure Treffs. Ein pensionierter Schneider passte jedenfalls nicht ins Bild. Was sollte er da unten machen? Seine ganzen Stoffe wären innerhalb eines Monats verschimmelt. Und er würde, wie alle anderen Bewohner dieser luftlosen und feuchtigkeitsreichen Löcher, an Rheuma oder dergleichen leiden. Na ja gut, es gab auch Proberäume da unten. Aber Jungmusiker waren widerstandsfähig. Die Adaptierung für jeden anderen Gebrauch kostete auf Dauer viel Geld. Aber das hatte Bitterlich offensichtlich.

Schon als Maria der schmiedeeisernen Tür gewahr wurde,

war ihr klar, dass sie ihre eingefahrenen Vorstellungen relativieren musste. Die Tür war picobello. Sie quietschte nicht einmal. Und während Maria wegen der üblichen geringen Türrahmenhöhe den Kopf einzog, registrierte sie noch, dass die Fenster feinste Industrie-Butzenscheiben waren. Blitzblank. Die eiserne Treppe in den Abgrund war stabil und glänzte schwarz. Mit Schneiderei konnte man so viel Geld verdienen? Bitterlich musste ein Designer gewesen sein. Oder eine reiche Frau haben beziehungsweise gehabt haben. Die Raumanordnung selbst entsprach der üblichen Vorstellung eines Souterrains. Ein großer Raum, von dem zwei, drei Löcher wahrscheinlich zu diversen Nebenräumen wie Toilette oder Abstellkammer abzweigten. Löcher. Welch falsches Wort. Es waren stolze Bogendurchgänge, weiß gefärbelt, nicht im Geringsten abgestoßen oder vermodert. Den Raum beherrschte ein großer Tisch. Obwohl er mit Packpapier bespannt war, konnte Maria seine vollhölzerne Klasse erkennen. Eine Mauer zwischen zwei Bogen war mit einem Gestell verstellt, auf dem Dutzende Kleider hingen. In den beiden entfernten Ecken standen zwei Kleiderpuppen. Auf der einen hing ein Abendkleid, für das Maria sofort einen Monatslohn geopfert hätte, auf der anderen ein klassisches und sehr teuer wirkendes Business-Outfit. Rechts neben der Eingangsstiege ein Regal mit Stoffballen. Überall an den Wänden Poster von Romy Schneider. Dazwischen ein beleuchteter grüner Stern aus Plexiglas, das einzige Moderne im Raum und purer Kitsch. Kunstgeschmack konnte man Bitterlich nicht attestieren. Denn dieser schlanke, alte, jedoch tatsächlich alterslose Mann mit Glatze in einem edlen Sakko, ähnlich einem Gehrock, und Hose mit scharfer Bügelkante musste Bitterlich sein. Er war mit Navratil im Gespräch. Beide wandten sich den Neuankömmlingen zu.

Maria sah zu Phillip, der mit seiner gefurchten Stirn eine Ratlosigkeit verriet, die ähnlich jener von Maria war. Irritierte ihn dasselbe? Eingeschossen war es Maria, als sie Bitterlichs Glatze wahrnahm. ›Irgendwas über einen alten Nazi. Irgendwas mit B.‹ Schon wieder ein Klischee. Wieso sollten alte Nazis eine Glatze haben? Alter Nazi war nicht gleich Skinhead. Maria streckte Bitterlich die Hand entgegen. Er nahm sie und verneigte sich, wie ein Gentleman aus einer Benimm-Schule, nur knapp darüber. Keine Berührung. Alte Schule eben.

»Theodor Bitterlich. Gnädige Frau, ich bin Ihnen sehr dankbar, dass Sie diesen Ort des Schreckens aufsuchen. Dass Sie endlich« – war da ein Unterton? – »Zeit für ein Gespräch mit mir altem Mann haben. Wie ich annehme, Maria Kouba? Die Leiterin der Ermittlungen im Fall – im Fall – bezüglich ...«

Erstaunlich. Sein geschliffenes Gerede zersplitterte schon beim Versuch, Rita Bäumlers Namen auszusprechen.

»Scheele alias Bäumler. Ja, ich bin Kommissarin Maria Kouba. Und das ist mein Partner Phillip Roth.«

Die beiden Männer reichten einander formvollendet die Hände. Zwei gut Erzogene, die die Regeln kannten. Phillip nickte Navratil kurz zu, Maria lächelte ihn an. Navratil löste sich aus der Gruppe und wischte mit einer großzügigen Geste über den Raum, der für einen Bruch seltsam aufgeräumt wirkte.

»Haben anscheinend nichts mitgenommen. Die Laden im Büro sind durchsucht, und auch die Regale im – im ...«

Bitterlich kam ihm zu Hilfe.

»Im Wohn-Schlaf-Raum ist wohl die exakte Bezeichnung. Ich nenne ihn jedoch lieber meine Kemenate. – Ja, ich wohne hier auch.«

Maria ließ ihren Blick mit einem gedehnten ›Ah ja‹ zu den weit oben liegenden Fenstern schweifen. Hunderte, Tausende Wiener würden alles dafür tun, um in einer Dachgeschosswohnung zu leben, dieser Mann hier hatte seine Heimat im Untergrund gefunden. Das Menschengeschlecht war doch ein seltsames. Navratil griff um die Ecke in den Nebenraum und zog seine Jacke hervor.

»Ja, also, in der Kemenate sind, wie gesagt, die Regale durchsucht worden. Alles net wirklich aufdringlich, mehr so auf unauffällig. Profiarbeit. Auch die Tür. Gut, ja, sie ist nicht schwer zum Knacken, aber trotzdem, man sieht gar nix. Wir wollten gerade klären, was es sein kann, was die oder der da gesucht haben.«

Maria wandte sich mit hochgezogenen Augenbrauen Bitterlich zu.

»Es ist mir schleierhaft, gnädige Frau.«

Er lächelte milde und schickte einen freundlichen Blick zu Navratil. Offensichtlich wollte er ihn loswerden. Maria stellte sich, den Raum musternd, hinter Bitterlich, nickte Navratil zu, der verstand. Der Reißverschluss seiner Jacke durchschnitt die Stille.

»Ja, also, ich werd mich jetzt mit meinen Kollegen ans Protokoll machen. Wir werdn einmal die Fingerabdrücke durchrattern lassn ...«

Maria nickte ihm betont kollegial zu, Navratil grinste in sich hinein.

»Ja, vielleicht haben wir ja Glück, und es war ein patscherter Profi.«

Bitterlich reichte Navratil fest die Hand und deutete einen kleinen Diener an, den Navratil ungelenk kopierte. Wesentlich lockerer schickte er Phillips Finger-an-die-Kappe-Gruß zurück und zu Maria ein legeres Nicken. Mit einem satten Ton fiel die Tür ins Schloss. Im selben Moment wurde Bitterlich lebendig.

»Ich möchte – ich muss endlich mit Ihnen sprechen.«

Phillip lehnte sich gegen den großen Tisch.

»Entschuldigen Sie bitte, dass wir nicht gleich zurückgerufen haben, aber wir haben Sie nur kontaktiert, weil ein roter Mantel unsere erste Spur zur Identität von – von der Toten war. Ein roter Mantel mit der Etikette von Ihrer Schneiderei. Aber jetzt – jetzt sind wir schon viel weiter.«

Maria zog ihre Daunenjacke aus, Bitterlich sprang erstaunlich flink hinzu und half ihr heraus. Wie nett. Das hätte die Emanzipation ruhig übersehen können, dieses Sichselber-aus-dem-Mantel-Wurschteln. Sie drehte sich zu ihrem Galan.

»Danke. – Aber Sie wollen ja uns sprechen. Warum?«

»Ich – darf ich Ihnen eine Schale Tee anbieten? Beste, handgepflückte Qualität direkt aus Ceylon. Sie werden es nicht bereuen. Es dauert nicht lange. Das Wasser ist heiß.«

Damit verstaute er ihre Jacke in dem Nebenraum, der nach Arbeitszimmer aussah, verschwand danach geschäftig im mittleren Bogen. Kramen im Regal, schepperndes Geschirr und das Eingießen von Wasser waren zu hören. Ceylon. Es gab kaum Menschen, die Sri Lanka noch so bezeichneten. Maria lehnte sich neben Phillip an den Tisch.

»Du hast nicht vielleicht rein zufällig was über diesen Typen …?«

»Ich könnt geschwind zum Auto gehen und mich einklinken und ein bissel …«

Bitterlichs Stimme drang aus dem Nebenraum.

»Der rote Mantel. Ja. Ich habe ihn für Rita genäht. Für Rita Bäumler.«

Maria und Phillip sahen einander an. Warum diese Betonung? Maria senkte ihre ohnehin flüsternde Stimme noch mehr.

»Mir ist nur grad vorhin eingefallen, was der Trimmel gesagt hat.«

Phillip beugte sich ebenfalls unauffällig zu ihrem Ohr.

»Ich weiß. Mir auch. Alter Mann, B wie Bitterlich.«

Maria sah ihn von unten an und kräuselte die Nase.

»Hab ma a bissel wie billige Fernsehbullen reagiert. Wo is a Action? Nix wie hin! Statt dass ma – aber andererseits, wenn er was auf dem Kerbholz hätte, würde er uns dann sprechen wollen?«

»Wenn er uns austricksn will?«

Bitterlich tauchte mit einem riesigen Silbertablett auf, auf dem drei Tassen, eine Kanne auf einem Stövchen und die zum Service passende Zuckerdose standen. Sanft ließ er den Traum jeder auf Stil erpichten Hausfrau auf dem Zuschneidetisch landen. Da es nur eine Art Hochstuhl in dem Raum gab, setzten sich Maria und Phillip flankierend auf den Tisch, was den alten Mann nicht zu stören schien. Er schenkte behutsam ein, nahm eine der Tassen und schnüffelte am Dampf. Sein Blick fiel auf Marias Handtasche, aus der ihre Packung Zigaretten lugte.

»Entschuldigen Sie bitte meine Unachtsamkeit.«

Er sprang auf, ging in das Arbeitszimmer und kam mit einem Aschenbecher zurück, auf den ein roter Stern samt Hammer und Sichel gedruckt waren. Er registrierte Marias verwunderten Blick.

»Man hat mir versichert, dass er Ulrike Meinhof gehört hat. Ich hatte leider nicht die Ehre, sie persönlich kennen zu lernen. Daher konnte ich sie nicht nach der Richtigkeit der Aussage befragen. Doch wie so oft zählt allein der Gedanke. Es ist eine Art warnender Finger.«

»Warnen vor was?«

»Nie die Grenze zu überschreiten.«

Maria starrte auf den roten Stern und vergaß völlig, sich für die Aufmerksamkeit zu bedanken. Meinhof. Das war doch diese – was hatte diese Terroristin aus den Siebzigern, diese linke Extremistin, jetzt in diesem Gespräch hier zu suchen? Baader-Meinhof-Bande. Bitterlich strich sanft über den Rand des Aschenbechers.

»Sie scheinen verwundert, dass ich so ein Andenken besitze?«

Phillip bekam sich zuerst in den Griff.

»Herr Bitterlich, entschuldigen Sie bitte, wenn ich Sie das jetzt frage, wo Sie ja offensichtlich« – er deutete zum Aschenbecher – »eine andere Richtung, aber – aber waren Sie jemals ein Nazi?«

Bitterlich nahm ruhig eine weitere Tasse und reichte sie

Maria. Die letzte hielt er Phillip entgegen. Damit setzte er sich auf den Hochstuhl.

»Sie haben also recherchiert.«

Wie auf Kommando schwiegen Maria und Phillip. Das wirkte geheimnisvoll, zustimmend, was besser war, als das Versäumnis einzugestehen. Bitterlich sah sie herausfordernd an.

»Wie auch immer. Ja, ich war einer. In meinem Alter ist es nahezu unmöglich, keiner gewesen zu sein, außer ich wäre Jude. Und das bin ich nicht.«

Phillip nahm nun endlich seine Tasse.

»Na ja, wie man's sieht. Es gab auch Widerstandskämpfer und Mitläufer und Duckmäuser.«

Bitterlich nahm Kandiszucker.

»In meinem Fall, ich bin Jahrgang Neunzehnhundertvierundzwanzig, war es Glück, keiner zu sein. Mein Vater war ein Deutschnationaler. Nein, vielmehr war er ein Nazi, ohne es zu wissen, zu einer Zeit, als sich Hitler noch im Brauhaus prügeln musste. Das heißt, ich hatte eine Pimpfe-Ausbildung, als die Nationalsozialisten in Österreich noch verboten waren. Jetzt übertreibe ich, aber in etwa so war es. Ich möchte, dass Sie sich ein Bild machen können. Beim Anschluss war ich vierzehn Jahre alt. Die Hitler-Jugend wurde meine Heimat. Ich war immer ein guter Sportler. Ich bin es auch jetzt noch.«

Seine Befriedigung darüber war Bitterlich anzusehen. Und Maria hatte endlich die Erklärung dafür, warum dieser alte Mann – er musste jetzt, ja, er musste jetzt knapp über achtzig Jahre alt sein –, warum dieser alte Mann höchstens wie siebzig wirkte.

»Doch bei der Hitler-Jugend blieb es nicht. Neunzehnhundertdreiundvierzig wurde ich einberufen. Und da kam dann, kurz vor Kriegsende – wie soll ich sagen? Die harte Ausbildung fern der Heimat – die Waffen-SS lockte mit Sonderurlaub. Und ich wusste, es würde eine Ehre für meinen Vater sein. Und für mich natürlich auch.«

Bitterlichs Blick ging in die Vergangenheit. Er verriet weniger Stolz als vielmehr jugendliche Angst.

»Ich hatte Glück, ich wurde Adjutant eines hochrangigen Wehrmachtsoffiziers, einem Freund meines Vaters, sozusagen sein Reichsgewissen. Ich musste nie an Massenerschießungen – nur an Kampfhandlungen. Verstehen Sie? Ja. Wir waren überwiegend an der Front. Doch auch uns hat irgendwann die Realität des Dritten Reiches eingeholt. Es war beim Rückzug vor den Russen. Die Devise war ›Verbrannte Erde‹, wie Sie wahrscheinlich wissen, wie ich annehme, und …«

Phillip durchbrach die Faszination, die von diesem eigentümlichen Mann ausging, indem er seine Zigarettenpackung aus der Jacke holte und diese zugleich auszog.

»Herr Bitterlich, entschuldigen Sie bitte die Unterbrechung, aber Sie wollten uns sprechen. Ich vermute, Sie wollten uns etwas über Rita Bäumler erzählen, keinen Geschichtsunterricht geben. Also woher kennen Sie sie? Wie lange? Wie gut? Was wissen Sie? Was vermuten Sie?«

Maria mochte normalerweise die assoziative Taktik mehr, aber bei einem so offensichtlichen Plauderanten war Phillips Vorpreschen gut. Doch Bitterlich blieb so ruhig, als hätte er die Fragen überhaupt nicht gehört. Phillips Feuerzeug klickte. Maria nestelte ihre eigenen Zigaretten heraus, bekam aber von Phillip schon seine angezündete angeboten. Er wiederholte die Prozedur. Bitterlich stand auf und umfasste von hinten den Hochstuhl.

»Sie verstehen einander gut. Das ist erfreulich. Blindes Verstehen wird vom in der jetzigen Zeit herrschenden Misstrauen untergraben. Sogar Freunde sehen im anderen einen Feind. Kein Wunder, jeder kämpft um das Überleben. Und die Menschen erkennen nicht, dass sie Spielball in einem viel größeren Ganzen sind. In einem Ganzen, wo der persönliche Vorteil einiger weniger das Leben des Rests beherrscht. Das ist eine meiner wenigen Erkenntnisse, und jene, die ich am wenigsten erwartet habe, als ich das Leben zu studieren begann. Dass die Oligarchie die tatsächlich natürliche Herrschaftsform ist. Ich sage nicht, die beste. Das ist immer noch die Demokratie. Nur ist die Demokratie sehr fragil. Die Menschen interessieren sich nicht für sie. Das stärkt zugleich jene, die die Oligarchie verkörpern.«

Bitterlich trank in einem Zug seinen Tee aus und atmete durch. Danach schenkte er sich erneut ein, dabei linste er von unten zu Maria und Phillip.

»Schmeckt er Ihnen nicht?«

Phillips resolute Polizistenattitüde war verschwunden. Er schien sich, wie Maria, als kleiner, unwissender Schüler zu fühlen, denn er nickte ebenso widersprechend und bejahend zugleich wie Maria. Sie schlürften synchron. Wie auf Befehl. Dieser alte Mann hatte so etwas Zwingendes an sich. Sie mussten aber endlich auf das Thema Bäumler – was war noch mal eine Oligarchie?

»Oligarchie?«

Phillip räusperte sich. Es klang nach Zurechtweisung. Wichser.

»Die Herrschaft weniger über den Rest. Und die machen es aus Eigennutz heraus. Ein zersplitterter Diktator, wenn du so willst.«

Bitterlich strich über den Hochstuhl und fixierte ihn.

»In etwa, Herr Roth, in etwa. Nur dass sich die Oligarchie meist hinter einer Demokratie versteckt. Und meist sind es die konservativen Kräfte. Wie man sie landläufig nennt. Ich bevorzuge den Ausdruck reaktionär. Conservare heißt ja nichts anderes, als Dinge zu bewahren, erhalten, retten. Und es gibt Entwicklungen in der Menschheitsgeschichte, die wir doch bitte erhalten wollen. Es kann doch nicht jede Generation alles neu erfinden. Es kann doch nicht jede Generation die gleichen furchtbaren Fehler machen! – Ja, und die, die ich meine, wollen aus der Geschichte nicht lernen. Und da muss es Kräfte geben, die ihnen entgegenwirken, sonst verändert sich gar nichts. Wir wären noch immer in der Steinzeit. Aber

Gott sei Dank gibt es diese Kräfte immer wieder, und damit die Aufklärung, die Französische Revolution, die …«

Drückte ihr Gesicht wirklich die Ungeduld aus, die Maria spürte? Bitterlichs Gedankengang jedenfalls blieb in der Luft hängen.

»Nun, Sie haben mich darauf aufmerksam gemacht, dass wir hier keinen Geschichtsunterricht haben. Da gebe ich Ihnen Recht, Herr Roth. Nur lassen Sie mich meine Geschichte fertig erzählen, sie ist unabdingbar mit jener von Rita verknüpft. Aber ich werde es abkürzen.«

Bitterlich straffte sich.

»Nach dem Krieg wurde ich zum leidenschaftlichen Kämpfer gegen jeglichen Faschismus, erst recht, als ich erfahren musste, was meine – was dieses Land – nein, ich sage es so, wie es mir eben in den Sinn kam – was meine Heimat – politisch, menschlich, sozial – an einem ganzen Volk angerichtet hat. – Mein Volk. – An einem anderen Volk.«

Bitterlich wandte sich ab, nahm einen Schluck Tee. Wischte er sich da gerade eine Träne ab?

»Bitte verzeihen Sie meine Emotionalität. Doch ich kämpfe darum, dass deutsch endlich kein Schimpfwort mehr ist. Und dass es auch nie wieder eins wird.«

Maria fühlte sich schlagartig wie in einem Film, in den ein unpassendes Kader hineingeschnitten worden war.

»Herr Bitterlich, Sie sind ja aber doch Österreicher, oder nicht?«

Bitterlich lächelte so mild, dass ihm Maria am liebsten eine auf die Nase gegeben hätte, so verarschend war das.

»Nur weil nach der bösen Tat ein Kind mit einem entzückenden Augenaufschlag alle von seiner Unschuld überzeugen kann, heißt das noch nicht, dass es unschuldig ist. Und eine Familie waren wir damals alle. Alle Kinder eines Geistes. Wobei ich Cousins und Cousinen anderer Länder nicht ausklammern möchte.«

Wie zum Beispiel Franco, Mussolini – und Pavelić. Einst

und jetzt. Das passte irgendwie zusammen. Wieso hatten sie Bitterlich nicht früher kontaktiert? Weil es nicht notwendig gewesen war. Phillip starrte auf seine Glut. Bitterlich wartete. Sie musste etwas sagen.

»Ja, aber – Herr Bitterlich – das ist sechzig, siebzig Jahre her. Das ist Geschichte, was hat das mit heute zu tun?«

Ja, das war gut, sollte er doch mal die Zusammenhänge herstellen. Vielleicht löste sich der Wirrwarr dann von ganz alleine. Bitterlich lächelte sie an.

»Frau Kouba, ich muss Ihnen leider widersprechen: Es ist nicht Geschichte. Doch. Nein. Es ist natürlich Geschichte. Sie haben Recht. Für die Nachgeborenen wie Sie, die offenbar gänzlich anders erzogen wurden. Doch für viele Ihrer Generation ist es das nicht. Für jene sind die Großeltern noch präsent, die vom Einzug in Paris schwärmen, weil sie ohne Hitler die Hauptstadt Frankreichs nie gesehen hätten. Als kleine Bauern. Für diese hat es unbewusst also auch etwas Gutes. Und für viele andere, die von den Anverwandten oder anderen gehört haben, dass es doch nicht schlecht war, dass Hitler die Autobahn gebaut und somit Tausenden einen Arbeitsplatz gegeben hat. Dass Hitler also gar nicht so ein schlimmes Monster war. Mit solchen Gedanken beginnt es – und damit sind wir auch schon bei unserem eigentlichen Gesprächsthema.«

Bitterlich schenkte Phillip und sich selbst nach. Die Kanne war leer.

»Möchten Sie noch?«

Maria und Phillip nickten. Bitterlich verschwand mit der Kanne wieder im mittleren Bogen. Seine Stimme hallte zu ihnen herein.

»Um Ihre Geduld nicht länger zu strapazieren, ich habe damals beschlossen, gegen neue Verführer zu kämpfen, die die Unsicherheit, die Ängste und die Not von Menschen ausnutzen um ihrer eigenen Vorteile willen. Oder um ihre eigene Unzugänglichkeit zu kompensieren. Und in diesem Zusammenhang bin ich Rita begegnet.«

Bitterlich kam mit einer dampfenden Kanne zurück, schenkte ein. Es duftete wunderbar. Vielleicht waren Teesackerln doch nicht das Optimum. Der Mann hatte nicht nur vom Schneidern eine Ahnung.

»Wieso?«

Bitterlich setzte sich auf den Hochstuhl.

»Ich habe damals begonnen, jede Art von Faschismus zu registrieren und zu verfolgen. Nein, nein, bevor Sie mich falsch verstehen, verfolgen ist ein etwas zu aktiv formuliertes Wort. Wir setzen keine Bluthunde ein.«

»Wir? Wer ist wir?«

»Gleichgesinnte, Frau Kouba. Wir sind ein Circel, der darauf achtet, dass sich reaktionäre Ungeheuerlichkeiten nicht mehr nonchalant und unbemerkt in unseren Alltag einschleichen können. Wenn Sie so wollen, eine Art Widerstandsgruppe. Wir nehmen auf und leiten weiter. Doch nicht immer reagieren die Gerichte auf eine gesunde Art und Weise.«

Phillip stellte die Tasse ab und nahm einen Gang um den großen Tisch auf.

»Gesund.«

»Ja, Herr Roth, gesund. Damit meinen wir demokratisch, weltoffen, sozial. Oder wie würden Sie die derzeitige Politik gegen Asylwerbende bezeichnen? Oder gegen Mitbürger, die bereits seit Jahrzehnten in unserem Land sind und plötzlich als Schmarotzer oder Infiltranten bezeichnet werden? Oder gegen Juden, nur weil Israel derzeit eine etwas undurchsichtige Politik praktiziert?«

Phillip setzte weiterhin mit gesenktem Haupt einen Schritt vor den anderen. Interessant. Erinnerte er sich, wie er gestern gegen die Bevölkerung vom Wallensteinplatz gewettert hatte? Irgendetwas musste ihn gerade sehr verwirren. Doch er war kein Gefährdeter, sie kannte ihn. Aber da gab es andere unter ihren Kollegen, wie etwa diesen Charlie, der ihr mit seinen rassistischen Sprüchen so widerlich war, dass sie ihm ausweichen musste. War es wieder einmal so weit? Dass es nur mehr zwei Kategorien von Menschen gab? Jene, die für eine offene Welt waren, und jene, die für – wie war das gewesen? – voneinander abgegrenzte Kulturen waren? Dass man Menschen anderer Meinung nicht mehr mögen konnte? Das war doch – das war doch nicht richtig. Nicht gesund. Phillip blieb stehen.

»Wie auch immer. Zu Ihrem Circel gehörte auch Rita Bäumler?«

»Ja.«

Diesen Weltverbesserer-Club gab es also wirklich. Und Bitterlich war der Chef. Interessant. Phillip kramte aus seiner Jacke ein etwas zernudeltes Foto der Ermordeten heraus und zeigte es Bitterlich.

»Ist sie das?«

Bitterlich nahm das Foto und strich sanft darüber. Er wirkte mittlerweile nicht mehr wie siebzig, geschweige denn wie knapp über achtzig. Er schien Maria mittlerweile höchstens Mitte fünfzig zu sein. Erstaunlich.

»Ja, das ist Rita. Als ich die Ehre hatte, ihr das erste Mal zu begegnen, hatte sie kurzes Haar. Sie war männlicher gekleidet. Vor kurzer Zeit machte sie diese Metamorphose durch. Aber ja, es ist unzweifelhaft Rita. Rita Bäumler. Rita Scheele.«

Phillip nahm seinen Gang um den Tisch wieder auf. Maria nippte an ihrem Tee.

»Herr Bitterlich, wann haben Sie Rita Bäumler alias Scheele das letzte Mal gesehen?«

Der Alte sah sie mitleidig an. Es wirkte sehr herablassend. Wieso plötzlich diese Wandlung? Bitterlich rührte in seiner Tasse.

»Gesehen« – das Wort betonte er – »habe ich sie das letzte Mal vor einer Woche. Hier. In diesem Raum. Und das ist auch nicht außergewöhnlich. Wir haben hier unsere wöchentlichen Treffen. Gehört ...«

Wieder diese Betonung.

»... habe ich sie vorgestern. Sie hat mich am Abend angerufen.«

Kurze Pause, solange Maria brauchte, um zu realisieren, dass er offensichtlich einer der Letzten war, der die Tote gesprochen hatte.

»Und? Was hat sie gesagt?«

»Dass sie jetzt wüsste, wie wir eine kleine, unbedeutende Schlacht gewinnen konnten. Sie hatte etwas über Friedrich Berg herausgefunden.«

»Und was?«

Bitterlich stellte die Tasse ab, holte umständlich ein Taschentuch heraus, schnäuzte sich, steckte das Tuch wieder ein. Sah Maria an.

»Ich sehe, der Name sagt Ihnen bereits etwas. – Ich weiß es nicht.«

»Sie wissen es.«

»Nein.«

»Warum sagen Sie es uns nicht? Deswegen haben Sie uns doch hergeholt.«

Bitterlich sah abwechselnd zu Maria und Phillip.

»Ich kenne Sie nicht.«

»Warum haben Sie dann nach uns verlangt?«

»Um Sie kennen zu lernen.«

Phillip beendete seine Runde vor Bitterlich.

»Sie haben versucht, uns einzulullen. Geht leider nicht. Wir wollen den Mörder von Rita Bäumler. Also von vorn. Wie haben Sie sich kennen gelernt?«

Bitterlich lächelte und nahm wieder seine Tasse.

»Sie glauben doch nicht, dass ich ...«

Wieder dieser herablassende Blick. Er versuchte sie zu manipulieren, Phillip hatte schon Recht. Zuerst als Ablenkung der nette, alte Mann mit der sprachlichen Inkontinenz, jetzt der kühle Stratege, der etwas von ihnen erfahren wollte. Was? Und worüber schwieg er? Bitterlich schüttelte nachsichtig den Kopf.

»Wir haben einander kennen gelernt, als Rita für den Staatsfunk einen Beitrag über Widerstandskämpfer gemacht hat. Ich wurde ihr empfohlen. Und ich habe sie aufgeklärt. Und wir wurden Weggefährten.«

Phillip wippte auf seinen Fußsohlen hin und her.

»Das heißt, Sie wissen, warum sie den Namen Scheele angenommen hat?«

Bitterlich wandte sich ab.

»Sie würde nicht wollen, dass ich Ihnen das sage. Sie hat sich dafür geniert. Es ist auch nicht wesentlich. Also lassen Sie uns ihren Willen respektieren. Ich sage Ihnen dafür etwas anderes.«

Maria bemerkte, dass ihre Zigarette schon lange am Filter glimmte. Sie tötete sie. Nahm ihre Tasse. Schluckte. Der Tee war kalt und hatte seinen Reiz verloren.

»Herr Bitterlich, wenn Sie uns jetzt bitte zum Punkt kommen lassen würden?!«

Da war schon wieder dieser Blick.

»Ja, Rita war mitten in einer Recherche über so genannte Neonazis. Ich empfinde diesen Begriff ja als grundlegend falsch. Nazis war eine Ausrichtung. Es geht um viel mehr. Es geht um jene, die meinen, besser als andere zu sein, und das ist eine sehr alte Angelegenheit.«

»Ja, klar, Oligarchie. Hatten wir schon.«

Bitterlich tat, als würde er den Einwurf nicht bemerkt haben.

»Das Einzige, was beunruhigt, ist, dass diese so genannten Neonazis eine breite Basis finden. Und Verbündete auf der ganzen Welt. In Skandinavien, in Südafrika, ja, dort ganz vehement, dort gibt es einen Stützpunkt, in Holland, auch mit gewissen Serben und Kroaten wird zusammengearbeitet, in Frankreich, und natürlich in den Vereinigten Staaten. Ja, die viel gelobten USA, nicht nur, dass sie ihre eigene Weiß-Kapuzen-Tradition haben, nein, diese, diese Heuchler haben bis zuletzt Geschäfte mit den Nazis, mit den geschichtlichen meine ich jetzt, bis zuletzt haben sie Geschäfte mit ihnen gemacht, haben sie aufgenommen ...«

Phillip ließ ein Bein vorschnellen, es wirkte wie ein Tritt in einen virtuellen Arsch.

»Die USA haben Juden aufgenommen.«

»Ja, das auch, deren Geld haben sie gebraucht. Ja, die Staaten, sie sind reaktionär seit Anbeginn. Sie sind es von ihrer Anlage her. Denn ihre Eroberer sind vor der Auseinandersetzung geflüchtet. Natürlich war es damals der bessere Weg. Scheinbar. So wurde nicht diskutiert. Sind sie einfach in ein fernes Land gezogen. Und dort haben sie alles niedergemetzelt, was sich ihnen entgegengestellt hat. Siegreich. Alles im Namen der Bibel. Jeder ist nur für sich selbst verantwortlich, und der Stärkere hat Recht. Sie haben die Wahrheit gepachtet. Sie ...«

»Herr Bitterlich – was hat das alles mit dem Tod von Rita Bäumler zu tun?«

Bitterlich sah Maria verzweifelt an.

»Ja, verstehen Sie nicht? Von den Staaten kommt immer wieder, immer wieder so eine Selbstgerechtigkeit der Bibeltreuen zu uns herübergeschwappt. Egal, wie sie es verkaufen, als Kampf gegen den Kommunismus in den Fünfzigern oder als Kampf gegen eine offene Gesellschaft in den Achtzigern oder als Kampf gegen den Terrorismus heute. Es ist immer der Kampf gegen das Böse. Der Kampf gegen das, was nicht Amerika ist. Sie sind dieselben Fundamentalisten wie Iraker oder Palästinenser oder Nordiren oder Balten oder Sudanesen. Und weil sie so wichtig sind oder zu sein scheinen ...«

»Bitte, Herr Bitterlich, ich brauch da jetzt keine Abhandlung in ›Wie hasse ich am besten Amerika‹, ich brauch von Ihnen Antworten.«

Bitterlich holte mit großer Geste aus.

»Ja, aber haben die kleinen Dinge nicht oft mit den großen zu tun?«

Phillip stieß sich vom Tisch ab, stellte sich vor Bitterlich.

»Erstens ist ein Mord nichts ›Kleines‹, und zweitens schauen wir nach der Beantwortung der Fragen, ob wir noch weitere tief schürfende Gespräche benötigen. Alles klar, Herr Bitterlich? Für Ihren Seelenhaushalt haben Sie ja Ihren Disputierclub.«

Bitterlich blieb regungslos.

»Erstens disputieren wir nicht, sondern wir kämpfen, und zweitens« – damit lächelte er hochmütig – »bin ich auf Ihre Fragen ganz gespannt.«

Phillip nickte hoheitsvoll, Maria ebenfalls. Sie nahm sich eine Zigarette, Bitterlich gab ihr Feuer. Wahnsinnig interessanter Typ. Maria ließ den Rauch entweichen. Sie kam sich vor wie Marlene Dietrich.

»Was hat Rita Bäumler herausgefunden?«

»Ich weiß es nicht.«

»Gut, ich halte Sie für einen erwachsenen Menschen, der weiß, was passiert, wenn er die Ermittlungen behindert.«

Bitterlich deutete eine Verbeugung an.

»Ich sage nur, Sie sollten einmal im Milieu nachforschen. Da gibt es Personen, die Rita leidenschaftlich hassen.«

»Berg, Hagen, Westerwald, Pavelić, Bäcker, Kamm, Spitzer. Ist sie ihretwegen untergetaucht?«

»Indirekt. Sie kannte damals noch nicht alle Namen. Als sie einen Artikel über ein Treffen zwischen der FRÖ, der so genannten ›Front für ein freies Österreich‹, Mitgliedern der Anders-Partei, honorigen Wirtschaftsleuten, amtsbekannten Alt-Nazis und deren aller Verbindung zur deutschen Szene veröffentlicht hat, wurde sie schwerstens bedroht und sogar von ihrem eigenen Mann zurückgepfiffen, diesem – diesem Falott. Zu jener Zeit kannten wir einander schon, und so hat sie beschlossen, etwas subversiver gegen dieses ganze Geschmeiß vorzugehen.«

»Wohin untergetaucht? Adresse?«

»Die wissen Sie nicht?«

Bitterlich schien ehrlich verwundert.

»Nein, sie hatte keine Papiere bei sich.«

»Das kann ich mir nicht vorstellen. Sie hatte immer alles bei sich, schon allein deswegen, damit wir sie bei – bei etwaigen Aktionen identifizieren konnten.«

»Der Mörder hat sie weggeschmissen?«

Maria schickte ihrer koketten Frage einen ebensolchen Blick nach. Bitterlich richtete den seinen nach innen. Als er Maria wieder ansah, war er beunruhigt.

»Sie haben gesagt, sie haben Rita aufgrund ihrer Kleidung identifiziert?«

»Ja.«

»Eben. Wenn jemand ihre Papiere vernichtet hat, um ihre Identifikation zu verunmöglichen, dann hätte er sie auch ausgezogen. – So jedenfalls hätte ich es gemacht, und ich hatte bei der SS eine gute Schule, das können Sie mir glauben, Frau Kouba.«

Öha – dieser alte Schweinepriester hatte Recht. Warum hatte sie noch nicht daran gedacht! Was war, wenn die Bäumler selbst die Tasche weggeworfen hatte? Wenn da irgendetwas drinnen war, was gefunden werden sollte? Sie mussten ihre Suche ausdehnen, sämtliche wahrscheinliche Varianten – Weg nach Hause, zu Freunden, zu Bitterlich – überprüfen.

»Wir sind dran. Aber am Tatort und in der Umgebung haben wir bis jetzt nichts gefunden. Also wo hat sie gewohnt?«

»Im zweiundzwanzigsten Bezirk. Diese Wohnung ist auf mich gemeldet. Ich habe sie für Fälle wie ihren.«

Bitterlich schwang sich hoch und ins Arbeitszimmer. Mit einem kleinen Zettel kam er zurück. Maria warf einen Blick darauf, steckte ihn ein. Die Straße war nicht bei der Alten Donau, sondern ein ganzes Stück weiter außerhalb. Mit einem kleinen ›Oh‹ verschwand Bitterlich erneut, um Maria dann einen Schlüssel in die Hand zu drücken.

»Sie hat gegen Ende alleine dort gewohnt. Es kann Ihnen also niemand öffnen.«

Bitterlich schluckte, schloss kurz die Augen. Maria spürte, wie ihre Ganglien in Bewegung gerieten.

»Da fällt mir was ein – sagen Sie, Herr Bitterlich, kennen Sie Johanna Blau?«

Die Ohren von Bitterlich zogen sich zurück, er bekam einen wachsamen Blick. Oder kam Maria das nur so vor?

»Wieso fragen Sie?«

»Wieso antworten Sie nicht?

Das erste Mal in diesem Gespräch wich Bitterlich aus. Da war etwas im Busch. Hatte sie ihr Gefühl, dass der alte Mann sie manipulieren wollte, doch nicht getäuscht. Überlegte er gerade seine Strategie? Seine Irritation dauerte nur wenige Sekunden.

»Ja, natürlich kenne ich Johanna. Sie ist eine Mitstreiterin« – kurzes Lächeln –, »ich beantworte nur nicht gerne Fragen zu unserer Gruppe, das ist ein Reflex, der sich im Lauf der Jahre entwickelt hat.«

Maria blinzelte zu Phillip. Unmerkliches Nicken. Phillip verschränkte mit einer ausholenden Bewegung die Arme.

»Okay, Mister, dann können Sie uns ja helfen. Wir brauchen ihre Telefonnummer.«

Bitterlich zögerte einen Hauch zu viel, anscheinend hatte er vorhin noch nicht zu Ende gedacht gehabt.

»Die – es ist mir sehr unangenehm, Ihnen nicht dienlich sein zu können, ich weiß sie jedoch nicht.«

Maria musste sich ein Lachen verkneifen. Wieso waren die Menschen so dämlich? Phillip umrundete den Tisch, stellte sich direkt vor Bitterlich, verbeugte sich leicht und lächelte ihn an.

»Monsieur, bei allem Respekt – verarschen Sie uns nicht! Johannas Mutter hab ich den Schmus ja noch abgekauft, aber bei Ihnen tu ich das nicht.«

Bitterlich straffte sich, sein Gesicht verlor jede Lebendigkeit.

»Ich bitte Sie, nicht in diesem Gassenjargon mit mir zu sprechen.«

Die beiden bewegten sich keinen Millimeter.

»Monsieur, den verwende ich, wenn ich keinen Respekt habe, und den verliere ich, wenn mich jemand verscheißern will.«

Die beiden waren starr. Fielen sie um, wenn man sie antippte? Maria war einmal mehr von Phillips gekonnter Bad-Guy-Rolle fasziniert. Bitterlich verlor seine soldatische Größe und schrumpfte auf alter, konzilianter Mann.

»Das würde ich nie wagen, Herr Roth, ich meinte nur, ich weiß nicht, wo ich sie habe, nachdem diese Gauner meine ganzen Papiere durchwühlt haben.«

Nicht schlecht, der Mann war für sein Alter, nein, nicht nur für sein Alter, generell wirklich gut drauf. Intelligent eben. Auch Phillip nahm nun wieder eine lockere Haltung an.

»Dann suchen wir sie eben. Wir brauchen sie wirklich dringend.«

Bitterlich warf einen Seitenblick zu Maria. Sie hatte das Gefühl, als würde er sie das erste Mal so richtig ansehen. Und studieren. Sie nickte ihm betont freundlich und aufmunternd zu. Er schritt in den Nebenraum. Rascheln.

»Warum wollen Sie Johanna denn sprechen?«

Phillip wandte sich zu Maria und runzelte die Augenbrauen. Sie zuckte mit den Schultern. In diesem Fall schienen alle zu mauern.

»Na, sie scheinen ja engen Kontakt gehabt zu haben, die Bäumler und die Blau.«

Noch mehr Rascheln. Lag da ein Tippen von Tasten unter dem Geräuschpegel? Maria schlich leise Richtung Nebenraum. Das Rascheln klang unmotiviert. Maria betrat den Raum. Bitterlich schob gerade die Lade des uralten, massiven Schreibtisches zu. Hatte er etwas hineinfallen lassen? Er streckte ihr einen Notizzettel entgegen.

»Ich würde sagen, nicht mehr als die anderen zueinander hatten.«

»Na, das ging ja schnell. – Und wie ist Johanna zu Ihnen gestoßen?«

Schon wieder reagierte er einen Hauch zu spät. Nein, er war doch nicht intelligent. Als er sie gerufen hatte, musste er damit gerechnet haben, dass sie Details über die Mitglieder der Gruppe wissen wollen würden. Der Hauch weitete sich aus und wurde eindeutig keine Antwort. Phillip trat zu ihnen.

»Monsieur, was ist an der Frage meiner Kollegin so schwierig?«

Jetzt fiel der Harnisch. Bitterlich konnte seine widersprüchlichen Gefühle nicht mehr verheimlichen. Maria nahm wie nebenbei seine Hand gleichzeitig mit dem Notizzettel.

»Herr Bitterlich, Sie haben uns gerufen. Also wollen Sie uns etwas mitteilen. Jetzt tun Sie's endlich.«

Bitterlich sah auf Marias Zeigefinger, der seinen Daumen berührte.

»Ich wollte Ihnen die Namen potenzieller Feinde von Rita geben. Doch die sind Ihnen ja schon bekannt.«

»Berg, Hagen, Pavelić und Konsorten.«

Er nickte, Maria ließ seinen Finger nicht los.

»Das ist es nicht. Nicht nur. Was noch?«

Bitterlich sah ihr ins Gesicht. Hatte Tränen in den Augen.

»Ich wollte wissen, mit wem wir es zu tun haben. Ob uns auch seitens der Polizei Gefahr droht.«

»Der Polizei?«

Bitterlich musterte zuerst intensiv Marias, dann Phillips Gesicht. Seine Stirn war gerunzelt, zugleich lächelte er.

»Gut, Sie wollen es also von mir hören. Unter Ihren Kollegen gibt es einige Personen, die die rechtsextreme Sache nicht nur dadurch unterstützen, indem sie bei der Verhaftung von Ausländern lieber zwei Mal als ein Mal zuschlagen, indem sie nicht nur martialisches Recht-und-Ordnung-Gebrüll von sich geben oder indem sie nicht nur bei der Verfolgung einschlägig Verdächtiger extrem lasch sind. Nein, es gibt auch einige, die aktiv an der Ausbildung in paramilitärischen Camps beteiligt sind, die die Szene mit geheimen Informationen versorgen und die Verfolgungen und Bestrafungen regelrecht unterdrücken. Ja, es gibt auch welche, die sich bereits bei – noch illegalen – Taten wie Drohungen und Verfolgungen beteiligen.«

Er entzog Maria nun die Hand, deutete abweisend auf Phillips Zigarettenrauch und ging wieder in den großen Raum.

»Und ich wollte nur wissen, auf welcher Seite Sie stehen. Ich hoffe für uns, dass ich mich nicht irre, wenn ich Sie auf der richtigen Seite einordne.«

Phillip folgte ihm. Maria trat zu den beiden Männern und atmete tief ein.

»Dass die Polizei keinen guten Ruf hat, wissen wir. Und dass ein paar Kollegen den Stress auf der Straße nicht ganz verkraften, wissen wir auch. Wir arbeiten intern daran. Aber das Bild, das Sie zeichnen, also wirklich, Herr Bitterlich, das grenzt ja an Verfolgungswahn.«

»Und was die richtige Seite betrifft, Monsieur, wenn Sie damit meinen, dass wir unbestechlich Verbrecher dingfest machen, egal, ob sie uns sympathisch sind oder nicht, dann haben Sie Recht.«

Bitterlich winkte müde ab.

»Fragen Sie Ihre interne Kontrolle. Wir haben ihr schon viel Material über entsprechende Verfehlungen zur Verfügung gestellt. Leider umsonst.«

»Werden wir, Herr Bitterlich, werden wir. Auch wenn ich finde, dass Sie etwas übertreiben. Aber was ist jetzt mit Johanna Blau?«

Jetzt wirkte Bitterlich plötzlich tatsächlich wie ein steinalter Mann. Traurig und illusionslos. Maria hatte das Gefühl, als würde in dieser Sekunde eine Verbindung unterbrochen.

»Über eine Informationsveranstaltung, die wir auf der Universität abgehalten haben.«

Das war es nicht. Was war falsch gelaufen? Nächster Versuch.

»Und wo wohnt sie?«

»Bis vor kurzem in eben dieser Wohnung bei Rita. Doch derzeit ist sie undercover unterwegs. Wir sind nur telefonisch in Verbindung. Zu unser aller Sicherheit.«

»Herr Bitterlich, das klingt ja ärger als der mieseste Spionagefilm. Verkaufen Sie uns bitte nicht für blöd.«

Bitterlich fuhr sich bedächtig über die Glatze. Es wirkte wie Meditation. Danach sein Blick zu ihr war stechend.

»Wie wir an Ritas Tod sehen, sind unsere Sicherheitsmaßnahmen noch nicht genug.«

»Ich hab gedacht, Sie recherchieren nur.«

»Das reicht manchmal schon aus.«

Der alte Mann war Granit. Doch es blieb nichts anderes, als einfach weiterzumachen. Sie nahm wieder ihre Teetasse in die Hand.

»Gut, kommen wir zurück zu Rita Bäumler. Sie wohnt nicht an der Alten Donau. Was kann sie dort gewollt haben?«

»Ich weiß es nicht.«

»Kann sie Freunde besucht haben?«

»Ihre Freunde waren wir. Und von uns wohnt dort niemand.«

Das zog sich, verdammt noch mal. Sie nickte Phillip zu, der übernahm volée.

»Sie wurde gesehen, als sie in einen Mercedes stieg. Zu einer Frau.«

Zuckte da bei Bitterlich etwas auf? Er lächelte.

»Ich nenne ebenfalls einen Wagen dieser Marke mein Eigen. Doch ich bin keine Frau.«

»Haben Sie den Wagen verliehen?«

Bitterlichs Tränensäcke zitterten. Es war sein Mercedes! Verdammter Mist, dass sie das Kennzeichen nicht hatten. Er schien das Risiko gerade abzuwägen. Maria versuchte ihr bestes Bluff-Gesicht. Bitterlich drehte die Handflächen nach oben und verneigte sich.

»Nicht, dass ich wüsste, gnädige Frau.«

Er war wirklich ein Schweinepriester. Die ideale Antwort,

um sich notfalls auf einen Diebstahl auszureden. Wen deckte er? Jemanden aus seiner Gruppe.

»Wer sind eigentlich die Leute aus Ihrem Circel? Können wir die Daten haben?«

Bitterlich nahm die Haltung eines Offiziers an.

»Nun, nachdem ich Ihnen vertraue« – welch ein Witz –, »werde ich sie Ihnen geben. Es dauert nur einen Moment, nachdem ich die Liste ja wieder gefunden habe.«

Bitterlich verschwand neuerlich im Büro. Maria sah zu Phillip, der verdrehte die Augen. Bitterlich kam mit einer Liste zurück. Die Namen darauf waren Maria allesamt unbekannt, außer natürlich jene von Rita Bäumler und Johanna Blau.

»Meine Mitstreiter werden Ihnen sicher gern alle Fragen beantworten. Wir wollen Aufklärung.«

Paah, Maria hatte langsam die Schnauze voll. Sie reichte Phillip die Liste und beugte sich zu dem Alten.

»Gut – also, noch eine Frage. Der Einbruch bei Ihnen, der ist doch nicht zufällig, oder? Was glauben Sie?«

Bitterlichs Reaktion kam spontan. War sie also ehrlich?

»Sehr geehrte Frau Kouba, ich weiß es nicht. Aber ich fürchte, dass es etwas mit Rita zu tun hat. Als sie mich anrief, klang sie gehetzt, als würde sie sich beobachtet fühlen. Sie wollte mir Details mitteilen, wenn sie wieder zu Hause war. Nun, dazu kam es nicht, und ich könnte mir vorstellen, dass diese Menschen erfahren haben, dass sie etwas gewusst hat, und das haben sie nun auch hier bei mir gesucht und …«

Bitterlich hatte nasse Augen. Schlagartig. Er bedeckte sie mit seiner linken Hand. Ein heftiges Schütteln durchfuhr seinen Körper.

»Entschuldigen Sie bitte.«

Das war echt. Das fühlte Maria. An Phillip ging der Ausbruch völlig vorüber, er war in die Liste versunken. Als Bitterlich schniefte, merkte er auf und rieb sich mit Daumen und Zeigefinger die Nasenwurzel. Ihr Zeichen für die Frage nach dem Alibi. Maria stellte endlich die Tasse wieder ab, ihre Hand tat ihr schon weh.

»Nur noch eine Frage: Wo waren Sie vorgestern, also besser, von Montag auf Dienstag in der Nacht?«

Bitterlich straffte sich, nahm Marias Tasse und lächelte bemüht.

»Wie im Fernsehen.«

»Ja, die konsultieren uns.«

Bitterlich lächelte noch mehr.

»Ich habe kein Alibi. Ich war hier und habe dieses Kleid hier geschneidert.«

Er deutete auf die Puppe im Eck.

»Für wen?«

Sofort genierte sich Maria für die Frage. Sie klang eindeutig nach Neid. Was würde sie für dieses Abendkleid geben! Bitterlich ging zum Ständer, nahm den Traum in Elfenbeinfarben seelenruhig ab, trat damit zu Maria und hielt ihr das Kleid vor den Körper. Er gustierte und nickte.

»Für Sie.«

»Quatsch.«

»Natürlich wusste ich das noch nicht, als ich es genäht habe. Doch ich schneidere schon lange nicht mehr auf Bestellung. Diese Freiheit gönnt mir unser Sozialstaat. Ich bin in Pension. Doch ich habe ab und zu eine Vision, die ich verwirklichen muss. Selten weiß ich dann, für wen das Werk ist, wie auch bei diesem Kleid nicht. Jetzt ist es mir klar geworden. Es ist für Sie. Darf ich es Ihnen zum Geschenk machen?«

Maria spürte ihr Herz, das mindestens drei Gangarten schneller tickte. Sie durfte nicht, aber genau das wollte sie so sehr. Warum nur war sie keine Kriminelle?! Dann dürfte sie das Ding nehmen und es und sich ansabbern vor dem Spiegel. Sie war auf der falschen Seite, definitiv. Sie schüttelte den Kopf.

»Herr Bitterlich, das kann ich nicht annehmen. Und das wissen Sie.«

»Beamtenbestechung.«

»Richtig.«

Bitterlich nahm das Kleid wieder zu sich und ging damit Richtung Kleiderpuppe.

»Das ist zutiefst bedauerlich, denn es würde Ihre Schönheit um einen ungeahnten Faktor erhöhen.«

Er schnellte herum.

»Verzeihen Sie bitte meine tölpelhafte Ausdrucksweise, natürlich meinte ich, es würde Ihrer Schönheit entsprechen. Es wäre die Fassung für einen Diamanten.«

Er war das Paradeexemplar eines Schweinepriesters. Phillip faltete hörbar die Liste zusammen.

»Herr Bitterlich, ich glaube, Sie haben eine etwas verschobene Sichtweise. Anbaggern nutzt nix. Meine Chefin« – starke Betonung des Wortes – »ist absolut unbestechlich. Und in dem Zusammenhang interessiert mich, warum Sie sie überhaupt bestechen wollen?«

Bitterlich ließ sein Lächeln auf ein freundliches Gesicht zusammenschrumpfen und wandte sich Phillip zu.

»Das war doch gar nicht meine Absicht, sehr geehrter Herr Roth. Es ist nur der Wunsch eines – eines Künstlers, wenn Sie einem alten Mann die maßlose Selbstüberschätzung verzeihen wollen. Ihre – Vorgesetzte ist einfach die für das Kleid vorgesehene Besitzerin.«

Damit wandte er sich der Puppe zu. Maria hörte ihr Herz nicht mehr nur, sie spürte es auch. Es tat weh. Aus Gier nach diesem Kleid und aus Freude über die Worte von Phillip. Ihr Blick fiel auf den beleuchteten Stern. Jetzt erkannte sie, dass es gelbe Kristalle waren, die durch das blaue Licht des Spots grün wirkten. Wie konnte jemand, der ein solches Kleid schneiderte, Gefallen an so einer hässlichen Plastik haben? Nur ein verrückter Alter.

»Meine Jacke ist da …?«

Es war Bitterlich anzusehen, dass es ihm widerstrebte, nicht seiner Pflicht als Gentleman nachkommen zu können, doch das Kleid auf der Puppe war noch nicht richtig drapiert. Maria ging an ihm vorbei ins angrenzende Zimmer. Der Büroraum war wirklich außergewöhnlich, nicht nur wegen des überdimensionalen alten Schreibtisches. Möbel aus den Dreißigerjahren, kein – sichtbarer – Computer, ein altertümliches Telefon. Sie vermeinte, ein dumpfes Piepen zu hören. Das klang nach Handy. Wohl ein Wertkartentelefon, denn eine Handynummer von Bitterlich war ja nicht zu eruieren gewesen. Hatte er vorhin jemanden benachrichtigt und das Handy in der Lade verschwinden lassen? Maria zog unendlich vorsichtig an der Messingschnalle. Sie zog rasanter, als sie die Männer tuscheln hörte. Worüber tuschelten die? Und sie sah ein Handy. Mit einer neuen Kurzmitteilung. Sollte sie? Ohne Durchsuchungsbefehl durfte sie nicht stöbern. Die Männer tuschelten noch immer. Gab Phillip für seine neue Geliebte ein Kleid in Auftrag? Hoffentlich erst nach Abschluss des Falls. Maria drückte die Annahmetaste. Die Kennung war kein Name, sondern die Zahl Vierundzwanzig. Darunter war ›Verstanden‹ geschrieben. Shit. Schnell schob sie die Lade zu und nahm ihre Daunenjacke von der eleganten – Mahagoni? – Garderobe. Wieder im großen Raum, nickte sie Phillip zum Aufbruch. Ihr Blick fiel noch einmal auf das Kleid. Ja, es war für sie gemacht. Was hatte sie doch für ein Pech! Mit so was wollte sie mal auf den Opernball gehen. Ja, auf dieses überzogene Bussi-Bussi-Ereignis. Konservativ. Reaktionär. Egal. Einmal Prinzessin sein! Einmal! Auch wenn Bitterlich etwas zu verbergen hatte, auch wenn er durch den Inhalt der Lade sehr verdächtig war, sie konnte sich die Frage nicht verkneifen. Sie stellte sie wenigstens betont lässig.

»Und – und wie viel kostet das Kleid – regulär?«

Sie fuhren beide herum, Phillip und Bitterlich. He, es war ja nur eine Frage. Bitterlichs Grinsen hatte etwas Süffisantes. Nein, das war sicher nur ein Irrtum.

»Fünftausend Euro.«

Maria horchte dem Wort nach. Dann visualisierte sie es.

Natürlich waren Designerkleider so teuer, das wusste jeder. Trotzdem, musste ein Fetzen Stoff soooooo teuer sein? Maria lachte auf. Nicht nur Verbrecher, auch Designer hatten den besseren Beruf als sie gewählt. Bitterlich zuckte mit den Schultern

»Angebot und Nachfrage. Wenn es kein Geschenk sein darf, verlange ich den üblichen Preis. Es ist mit echten Perlen handbestickt, die Spitzen sind handgefertigt und aus der Schweiz, der Stoff ist Seiden-Duchesse mit Chiffon.«

Er drapierte das Kleid weiter auf die Puppe. Maria schlüpfte in ihre Jacke, Phillip schüttelte Bitterlich die Hand, der neigte sich über die ihre, als wäre kein misslauniger Ton gefallen. Sie stiegen die Eisentreppe hinauf. Phillip stoppte auf dem halben Weg.

»Entschuldigen Sie, Herr Bitterlich, aber dürfte ich Ihnen noch eine Frage stellen?«

Bitterlich neigte den Kopf.

»Warum heißt Ihre Schneiderei ›Parzival‹?«

»Parzival ist der Hüter des Grals.«

Von-unten-Blick zu Maria, die wahrscheinlich genauso dämlich wie Phillip dreinschaute. Der alte Mann lächelte wieder – er wusste etwas, das war so sicher wie das Amen im Gebet. Er nervte sie, auch dadurch, wie er jetzt einen Kratzfuß andeutete.

»Und entschuldigen Sie bitte einen kurzen weiteren Ausflug in unnötiges Wissen, aber ich sehe, er ist vonnöten. Wolfram von Eschenbach erzählt uns, dass Parzival zwar eine höfische Ausbildung hat, jedoch erst aufgrund verschiedener Entwicklungen und Erfahrungen die moralische Reife erlangt, den Gral zu hüten. Bei ihm ist der Gral ein Stein mit magischen Kräften, für mich die Menschenrechtscharta. Sie ist die einzige Wahrheit, denn sie ermöglicht aufgrund ihrer Toleranz allen anderen Wahrheiten ihre Existenz.«

Phillip zog seinen Reißverschluss zu.

»Ja, aber ist nicht in gewisser Weise absolute Toleranz auch ein Diktum? Indem sie nämlich von jedem anderen auch die gleiche Weltoffenheit verlangt?«

»Die Freiheit des einen endet immer dort, wo sie die Freiheit des anderen einschränkt.«

Die Wohnung von Rita Bäumler sah eindeutig nach einer WG aus. Maria wusste nicht, warum ihr das sofort klar war. Wahrscheinlich war es der fehlende Stil. Es war alles funktionstüchtig, jedoch nicht eingerichtet. Was ›eingerichtet‹ ausmachte, konnte sie nicht sagen, nur hier war es nicht der Fall. Jedenfalls war es ein wohltuender Gegensatz zu Bitterlichs designtem Schlupfloch.

Phillips Handy piepste. War ja echt schon lange nicht mehr der Fall gewesen! Mindestens zwei Stunden! Aus dem Nichts bekam Maria auf diese Frau so eine Wut. So eine Wut. Und erst recht auf diesen Typen da, ihren lieben Kollegen, der sie seit über einem halben Jahr nervte. Papierlte. Verhöhnte. Glubschaugi bei ihr – Flirti da. Bussi bei ihr – anderes Weib da. Heimliche Liebe – kalte Dusche. Der konnte sie mal. So eine Wut.

Phillip stellte sich hinter sie, um ihr aus der Jacke zu helfen. Maria verschränkte die Arme, ging in die dem Eingang gegenüberliegende Küche, sah demonstrativ in die Abwasch, in der drei Kaffeehäferln vor sich hin schimmelten. Dann blickte sie aus dem Fenster. Felder und Schrebergärten, zweiundzwanzigster Bezirk, wer zog da freiwillig hin? Nun ja, offensichtlich genügend Leute, denn der Bezirk wuchs, laut Statistik. Und auch eine gute ehemalige Schulfreundin von Maria hatte sich hier ein Reihenhaus aus den Dreißigerjahren besorgt. Das Haus war auch ganz nett, auch wenn der Garten mehr einem Handtuch als einem Park glich. Aber sonst? In einer Neubausiedlung am Rand zum Nirgendwo, wie in dieser Wohnung hier? Okay, man hatte hier sicher seine Ruhe. Keiner kümmerte sich um den anderen. Die idealen Voraussetzungen, um unerkannt unterzutauchen. Und die Klientel der Gemeindebauten ringsum gehörte auch sicher nicht zur Stammleserschaft des ›Connex‹, das heißt, sie kannte auch sicher nicht dessen ehemalige Stammjournalistin Rita Bäumler. Was natürlich noch zu eruieren war. Maria zückte ihr Handy, suchte, drückte.

»Ja, Gabi? – Maria hier noch einmal. – Nein, der Georg ist noch nicht da, aber sein Trupp wird schon kommen, nein, sag, kannst du bitte die Kollegen vom Revier in der Wagramer Straße aktivieren? Die sollen ein paar zu uns herschicken. Aber gleich. Die müssen sich ein bissel umhören für uns. – Dank dir, baba.«

Sie wandte sich dem Gang zu, als sich Phillip in ihren Blickbereich schummeln wollte. Und sein Handy piepste schon wieder. Jetzt reichte es wirklich. Zwei SMS innerhalb von drei Minuten! Er ignorierte es. Zu spät. Maria hatte seine Spielchen satt. Er hatte alles einmal zu viel getan – sich in die falsche Frau verliebt und sie zugleich angebaggert. Phillip stand sofort wieder neben ihr.

»He, Chefe, was ist los?«

»Gar nix.«

»Was immer es auch ist, du Göttin der Schnüffler, es tut mir Leid.«

Phillip packte sie am Arm, als sie das erste Zimmer betreten wollte. Maria suchte ihren Gloria-Swanson-Blick, bevor sie sich zu ihm umdrehte.

»Du hast eine Nachricht bekommen.«

Sie entzog sich mit einem Ruck und trat in einen völlig leeren Raum. Eindeutig besenrein. Reif für einen neuen Bezug. Mist. Jetzt musste sie wieder an ihm vorbei. Bei der Tür. Er blieb wie ein Bock stehen.

»Was soll das jetzt?«

»Beantworte sie, sonst kannst du nicht denken.«

Damit schlüpfte sie unter seinem Arm durch. Noch eine Tür, offensichtlich auch ein leeres Zimmer, und darin ganz im letzten Eck eine weitere Tür, die offen stand. Die Wohnung konnte man also für zwei bis drei Personen gebrauchen. In diesem letzten, hinteren Zimmer sah es belebt aus. Maria fühlte sich magisch angezogen. Ihr erster Eindruck – Romy Schneider. Überall Plakate von Romy Schneider. Schon wieder. Dazwischen Bett, ein Kasten, ein Schreibtisch. Alles offensichtlich von der Caritas. Phillip zog sich die Latexhandschuhe an und durchsuchte mit selbstverständlicher Zielstrebigkeit den Inhalt der Schreibtischladen. Der Typ war einfach ein geborener Kriminalist. Er drehte sich zu ihr um. Seine Kiefer pressten sich durch die Wange. Er wandte sich wieder dem Inhalt der Laden zu. Kontoauszüge, Papiere, Fotos, Stifte, er legte alles in fein geordneten Haufen auf die Schreibtischplatte.

»Du gehst mir auf die Nerven. Ich hab geglaubt, du bist nicht so eine, die sich super vorkommt, wenn sie den anderen blöd mit Andeutungen sterben lässt. Und überhaupt …«

Damit drehte er sich wieder zu ihr.

»Ich hab sie satt. Deine dämliche Fragerei. Frag mich nicht immer. Ich werde dir schon sagen, wer sie ist, wenn ich finde, dass es Zeit dazu ist.«

Marias Sicht bekam die Optik eines Fischauges. Und im Zentrum war dieser – diese Fratze von Mister Traummann alias Fuck-you-to-hell. Eine kleine Stimme irgendwo ganz weit hinten in ihrem Hirn flüsterte ihr zu, dass seine Reaktion ganz okay war. Aber der Rest ihres Hirns schrie nach Zerstörung. Der kleine Teil fragte sich, warum ausgerechnet jetzt ihr alles zu viel wurde, der Rest kotzte Galle. Der kleine Teil bat um Beherrschung, der Rest fühlte sich gut.

»Du kannst mich mal mit deinem überlegenen Gehabe. Und du brauchst nicht glauben, dass mich deine neue Tante interessiert. Sie stört nur unsere Arbeit! Erklär deiner Fuffi, dass wir hier zu hackeln haben. Sie soll ihre weltbewegenden Probleme am Abend mit dir besprechen.«

Phillips Lippen wurden sehr schmal, seine Augen sehr tief. Den Trick konnte er sich in den Arsch schieben, wenn er wollte. Sie würde heute mit dem Navratil tanzen. Ausgiebigst. Auch im Bett. Bis zum Sonnenaufgang. Phillip zog die Wangen ein, schnalzte mit der Zunge, atmete aus.

»Was ist los mit dir, May?«

Nein, keine Gegenfrage stellen, das zeigte immer Unsicherheit. Und auch wenn sie die jetzt spürte, weil er wieder einmal das eisbrechende Codewort verwendet hatte, so hatte Unsicherheit jetzt hier in diesem Raum, zu diesem Zeitpunkt nichts zu suchen. Noch dazu, wo sie endlich auf der richtigen Schiene war, um ihren Sargnagel für immer loszuwerden. Emotional. Also keine Gegenfrage.

»Ich erkläre dir nur unsere Arbeitsregeln. Die du ja in letzter Zeit gehörig ignorierst. – Also würdest du jetzt bitte? Was ist in den Laden?«

Damit stellte sie sich neben ihn. Das war ein gewaltiger Fehler. Denn jetzt roch sie ihn. Und er sah sie auch so – so – so an. Hatte sie jetzt gewonnen oder verloren? Sie flüchtete zum Kasten. Durchwühlte ihn nachlässig, spürte Phillips Blick auf ihrem Rücken. Sie stutzte. Alles Private war vergessen.

»Schau dir das an!«

Phillip kam zu ihr und stieß ein kleines ›Bist du deppart‹ aus.

»Tarnkleidung! Militärische Tarnkleidung.«

Maria lehnte sich an die Wand und verbarg Nase sowie Mund unter ihren Händen. Intensiv sog sie Luft ein, um die plötzlich vorhandene Übelkeit zu verscheuchen. Es blieb trotzdem an der Kippe.

»Phillip, ich will das nicht. Ich will nicht, dass der Fall in diese Richtung geht. Mir sind diese – diese Rechts-außen-Arschlöcher zutiefst zuwider. Und die Bitterlichs. Ich will nicht. Das ist alles nur aufgebauscht. Ja, das ist es. Aufgebauscht. Wir sind doch im einundzwanzigsten Jahrhundert! Bitte! Wir sind die Zukunft! Wir sind nicht mehr Depression, Weltkrieg und Konsi-Fünfziger, wir sind nicht Kampf um Befreiung, Nationalismus und sonstiger kleindenkerischer Kram. Wir sind die EU, wir sind die Säkularisierung, wir sind die Gleichberechtigung. Das sind wir! Wir haben diesen – diesen neuen Lebensentwurf! Die Menschenrechtscharta! Die Charta! Da steht doch alles drin! Wir dürfen alle einfach so sein, wie wir wollen!«

Und jetzt tat Phillip etwas, was Maria liebte und hasste zugleich. Er sah sie voller Liebe an und streichelte ihr die Wange. Sie schob ihm die Hand weg. Er zögerte. Dann ging er zurück zum Schreibtisch und hievte aus der unteren Ablage zwei Ordner hoch. Besah sie, nickte grunzend, durchblätterte sie.

»Alle unsere Pappenheimer. Sie hat alles gesammelt. Übrigens, das ist definitiv das Zimmer von der Bäumler, das ist ihre Geburtsurkunde.«

Er blätterte immer schneller.

»Auf jeden Fall scheint es mehr von denen zu geben, als wir, die wir anders denken, wollen.«

In Maria baute sich das Bild von einem schwarzen Sandstrand auf, von einem kühlen Bier. Ja, Urlaub. Das Storno. Sie hatte es schon wieder vergessen. Ihr Gehirn war aufgeweicht. Phillip blieb auf einer der Seiten hängen.

»Bist du wahnsinnig. Der Pollak, unser Wichtigtuer in Wien, der war laut diesen Unterlagen bei ein paar paramilitärischen Lagern mehr als vertretbar dabei. Der steht auf Waffen. Offensichtlich.«

Er wandte sich zu Maria.

»Wir sollten uns einmal mit der Staatspolizei unterhalten.«

»Wenn die uns was erzählen – gern.«

Plötzlich war Maria kalt. Zitternd kramte sie nach einer Zigarette. Phillip reichte ihr eine.

»Was ist mit dir?«

»Nichts. – Sonst was?«

Sie brachte sie zum Qualmen. Mit Müh und Not. Phillip machte mit Daumen und Zeigefinger ein waagerechtes Ringerl. Maria durchfuhr es – sie verstand und nahm den transportablen Aschenbecher heraus. Wie dämlich, vor der Spurensicherung da irgendwas zu hinterlassen. Es reichten ja schon ihre Schuhabdrücke! Phillip wühlte weiter am Schreibtisch, schnalzte mit der Zunge.

»Fotos.«

»Und was für Fotos?«

Marias Handy vibrierte. Sascha Herzog. Sie zwang sich zu einem lockeren Ton.

»Hallo, mein Liebling. – Man muss nicht böse formulieren, um jemand tausend Tode sterben zu lassen. – Du hättest es trotzdem nicht dürfen. Was wäre gewesen, du hättest dich geirrt, und ich – und ich wäre zum Beispiel mit einem akuten Blinddarm im Spital und nicht erreichbar gewesen? – Natürlich haben wir die Oberhoheit, Schätzchen. – Das ist jetzt Auslegungssache, okay? Einigen wir uns auf einen gescheiten Aufruf nach Zeugen? Okay? Schau in die Mail, okay? – Das erzähl ich dir bei Gelegenheit. Mach jetzt, sonst wird Tante Maria sehr böse. – Du bist ein kleines Schweinchen. – Ja, Küsschen.«

Maria legte auf und sah Phillip fragen.

»Er macht es. – Butter in meiner Hand.«

Phillip neigte anerkennend sein Haupt – anscheinend wirkte Bitterlich noch nach – und beugte sich wieder über den Schreibtisch.

»Das waren die meisten von unseren Pappenheimern auch. Butter in irgendwelchen Händen.«

Er streckte Maria ein Foto entgegen. Eine Frau in einer eindeutigen Situation mit einem Mann. Phillip ordnete das Foto wieder ein.

»Das ist eine fein dokumentierte Sammlung« – er fuhr mit dem Finger eine Liste mit Zahlen ab – »von gelungenen Erpressungen.«

Maria trat zu Phillip und betrachtete das Foto genau. Ein extrem hellhäutiger Mann als Sklave einer Frau im Lederoutfit, die aus dem Iran oder Indien zu kommen schien. Auf dem angehefteten Zettel stand ›Eckbert Hagen‹. Der Irving-Unterstützer aus Hamburg. Das verwunderte Maria nur wenig. Nur, wer war die Frau? Phillip machte mit seinem Handy ein Foto vom Foto. Die Frau kam Maria irgendwie bekannt vor. Die Gesichtszüge hatte sie schon einmal gesehen. Phillip blätterte weiter.

»Da, der Spitzer hat eine Freundin.«

»Das wird seiner reichen Frau nicht gefallen.«

Sie durchforsteten noch ein paar Seiten. Diese iranische oder indische Frau kam bei mehreren Fällen vor.

»Die haben eine Professionelle eingesetzt.«

»Und was für eine!«

Phillip nickte angetan. Gleich mehrmals. Was jetzt? Große Liebe, Maria oder alle anderen? Er drückte an seinem Handy herum, machte noch ein paar Aufnahmen.

»Da schau, die haben auch den Unterrader, den Starverteidiger, im Visier gehabt. Hat sich der nicht umgebracht?«

»Glaubst du, deswegen? Ein paar von den Irren hat er ja verteidigt.«

Phillip zuckte mit den Schultern. Maria fuhr sich mit den Händen übers Gesicht.

»Wir lassen das jetzt einmal Georg auseinander nehmen. Wieso ist der eigentlich noch nicht da?«

»Weiß nicht, vielleicht kämpfen sie auch gerade gegen unseren neuen Herrn und Meister Gerry Hilfert?«

Maria besah sich den Rest des Zimmers. Nur, da gab es nicht viel. Also wandte sie sich zum Zimmer davor. Die Erwähnung von Gerry ließ in ihr so etwas hochkrabbeln, so eine verbotene Frage, nein, bitte, sag es nicht …

»Und wirst du heute Abend alleine – ich meine – wird sie …?«

Marias Handy klingelte. Immer zum unmöglichsten Zeitpunkt. Oder zum besten. Das war wie in den Filmen.

»Ja? – Fein. Na, dann kommt doch alle hoch! Blödsinn, Georg, nein, gib mir mal den Verantwortlichen. – Ja, Kollege Mayer, würden Sie bitte alle Hausparteien und sonst rundherum befragen, was ihnen zu Rita Bäumler einfällt? Das Foto und die Infos haben Sie ja von meiner Kollegin bekommen, oder nicht? – Fein. Ich freue mich auf Ihren Bericht.«

Maria legte auf, spürte Phillip hinter sich, der die Telefonunterbrechung für ein Schweigen nutzte. Gut so, sie war der Schlinge entkommen. Sie sahen sich im leeren Zimmer um. Das allerdings nicht so besenrein war wie das erste. An den Wänden Reste von Romy Schneider. Warum eigentlich überall Romy Schneider? – Dann Che Guevara. Das hatte Maria von Anfang an erwartet. Das Rock-Idol von Kuba gehörte zu jedem Möchtegern-Links-Revolutionär. Hatte sie eben Möchtegern gedacht? Schließlich Marx und Lenin. Sonst nichts. Das könnte Johanna Blaus ehemaliges Zimmer sein. Denn es war erst vor kurzem verlassen worden, wie Maria nach einem Strich mit dem Zeigefinger über die Plakate und den Rand des Bettes feststellte. Der Aufbruch wirkte überstürzt. Automatisch suchte sie nach etwas Persönlichem. Wo? Sie suchte im Schrank. Nichts. Sie suchte hinter dem Spiegel. Nichts. Sie suchte unter der Matratze – ein Griff, da war es. Ein Tagebuch.

»Die Menschen sind so blöd, warum verstecken sie die Sachen immer unter der Matratze? Und warum vergessen sie sie dann, wenn sie ausziehen?«

Phillip nahm ihr das Buch aus der Hand.

»Sei doch froh.«

Er blätterte.

»Oh.«

»Ist es wirklich ein Tagebuch?«

Phillip nickte.

»Das wundert mich. Das schaut doch ausgeräumt aus. Wenn ich ausziehen würde, dann würde ich mein Tagebuch sicher nicht vergessen. Das Zimmer muss wer anderer ausgeräumt haben.«

Phillip ließ die Seiten durch die Finger gleiten, stoppte bei der ersten Seite.

»Hör dir an, was da drinnen steht. ›Liebe Mama‹ – der Eintrag fangt ungefähr vor zwei Jahren an. – Also, ›Liebe Mama‹ – das ist übrigens der erste Eintrag –, also, ›liebe Mama, ich bin so froh, dass ich dich gefunden hab. Auch wenn du heute sehr – wie nennt man das? – ja, distanziert warst. Ich kann dir das nicht verdenken, nach dem, was du mir erzählt hast. Aber jetzt bin ich ja auch da, jetzt werden wir gemeinsam kämpfen. Ich werde dieses Arschloch zur Rechenschaft ziehen. Da kannst du sicher sein. Ich werde ihn häuten, pfählen, mit Pfeffer bestreuen. Ich höre dich, wie du fragst, woher ich das habe. Na ja, ich bin dein Kind. Ich habe es von Leuten, die was für uns tun wollen. Die auf unserer Seite stehen. Du hast nie was getan, ich tu es jetzt für dich, Mama. Denn du bist meine Mutter, auch wenn sie mich großgezogen hat. Sie war gut. Auch wenn sie ein konservatives Arschloch ist, sie ist nicht übel. Sie hat auch nicht anders können. So wie du. Obwohl – Wieso hast du nie was getan? Sie hätten ihn eingebuchtet! Nein, er sagt, sie hätten das nie getan. Und er hat sicher Recht. Er ist so gescheit. Aber das weißt du eh. Mama! Ich bin so froh, dass ich endlich weiß, wer du bist. Ich kann dir gar nicht sagen, wie sehr. Du bist meine Mutter und sonst niemand. Du. Auch wenn sie ganz okay war. Aber ich weiß schon deswegen, weil sie eine gschissene Geschäftsfrau ist, dass sie nicht meine Mutter sein kann. Das kannst nur du sein. Und trotzdem – ich versteh's nicht, warum hast du dieses Arschloch nie angezeigt? – Du wirst es mir sagen. Ich hab dich lieb, Mama.«

Sie sahen einander an. Das klang nach Goldgrube. Phillip blätterte zu den späteren Einträgen.

»Also ich weiß nicht, auch wenn die Blau gesagt hat, dass ihr die Bäumler gesagt hat, sie wäre nicht die Mutter von der Johanna – die zwei, die waren sich schon sehr nahe. Und die Bäumler ist dunkelhaarig wie die Johanna, und …«

An der Tür läutete es. Maria gab Phillip mit dem Kopf ein Zeichen, das Tagebuch einzupacken, und öffnete ihren Kollegen die Tür. Als Phillip am Gang dann zum wiederholten Male die Nummer von Johanna Blau wählte, war der Teilnehmer zurzeit noch immer nicht erreichbar.

Die Gänge des Präsidiums glichen jenen einer verulkten Irrenanstalt im Film. Leer, doch voller Geräusche und Stimmen, die lachten und schrien. Ab und zu ging eine Tür auf, und ein rotes, weißes oder grünes Etwas huschte zur nächsten Tür, bevor man noch seine Identität feststellen konnte. Maria hielt die Kaffeebecher in einem unruhigen Schwebezustand, weil sie nicht wusste, woher die nächste Attacke kommen würde. Fasching. So was Dämliches. Hoffentlich war Elsa bald mit ihrem Make-up fertig. Sie brauchte sie wirklich dringend. Erst als sie ihre Bürotür hinter sich geschlossen hatte, fühlte sich Maria wieder in Sicherheit. Phillip brummte ein ›Merci‹, ohne aufzusehen, er schmökerte in dem Tagebuch. Und wann nur tauchte endlich dieser Bäumler-Ex auf? Der konnte ihnen bestimmt sagen, ob Rita Bäumler einst eine Tochter geboren hatte. Dieser Bitterlich auch, nur der entzog sich ihnen ja. Maria knotzte sich auf den Sessel und legte die Beine auf den Tisch.

»Und? Was ist?«

Phillip schreckte auf, konzentrierte sich.

»Jaaa – ja, das mit dem Bitterlich klappt. Ich hab dir ja gesagt, dass mir da im Zweiten ein Kollege noch was schuldig ist.«

»Und er wird sicher nicht quatschen? Wir sind sonst dran. Weißt eh. Ich mein, die neue Untersuchungsrichterin, die ist eine ganz scharfe, und die wird …«

»Cool down, ma Cherie, alles, was wir erfahren, wird reiner Zufall sein.«

Damit versenkte sich Phillip wieder in das Buch. Maria nahm eine Zigarette aus der Packung, drehte sie, stellte sie auf ihren Zeigefinger. Wenn das nur gut ging! Sie hasste solche illegalen Sachen. Ihr Handy vibrierte. Vehement. Fordernd. Ihre Mutter. Sie ließ es vibrieren. Phillip sah auf.

»Was ist?«

Maria öffnete leicht den Mund, schüttelte dann den Kopf. Phillip legte sich über den Schreibtisch und drückte auf die rote Taste.

»So macht man das, wenn man nicht abheben will.«

»Das machst du ja selten in letzter Zeit.«

Phillip senkte den Kopf. Dann atmete er durch und sah sie wieder an.

»Wen magst du denn nicht?«

Maria schüttelte erneut den Kopf. Phillip kniff kurz die Augen zusammen, dann vertiefte er sich wieder im Tagebuch. Im Grunde mochte sie ihre Mutter. Nur – Maria aktivierte die Kurzmitteilung. ›Morgen um achtzehn Uhr bei mir. Essen. Dann klären wir alles.‹ Ja, das war gut. Ihre Mutter würde Augen machen. Dieselbe SMS schickte sie Carrie. Mit dem zusätzlichen Vermerk, dass auch ihre, Marias, Mutter kommen würde. Uaahh, jetzt war es so weit. Es klopfte. Ein unerwartet normales Geräusch inmitten all des Irrsinns. Josef. Zum Glück noch in Alltagskleidung. Sein Gesicht hellte sich auf, als er Maria und Phillip am Schreibtisch sitzen sah.

»Ich wurde schon von der Vision heimgesucht, auf Cäsar und Kleopatra zu treffen. Darf ich um Asyl ansuchen auf dieser Insel der Faschingsverweigerer?«

Maria schickte ihm ein müdes Lächeln und rollte einen Stuhl neben sich. Josef stellte seinen Kakao ab, machte es sich bequem und bereitete eine Cohiba vor. Sie selbst zündete sich nun doch die Zigarette an.

»Na ja, irgendwann werden wir wohl auch müssen. Der Gerry bringt sich sonst um.«

Josef feixte.

»Gut so. Denn für mich alleine wird er es wohl nicht tun.«

»Du verkleidest dich nicht?«

»Nein.«

Maria zog die Augenbrauen hoch und nickte. Dieser Josef, das war doch ein toller Kerl. Er würde nie mit den Wölfen heulen.

»Aber du kommst?«

»So eine Feldstudie werde ich mir doch nicht entgehen lassen. – Wann kommt unser Mann?«

Maria zuckte mit den Schultern.

»Er steckt im Stau.«

Phillip knallte das Buch auf den Tisch. Er blickte Josef an, nickte knapp zur Begrüßung, blickte Maria an.

»Die Johanna ist nicht die Tochter von der Bäumler.«

Er suchte eine Stelle.

»Hör dir das an: ›Die Rita sagt zwar, dass es total wichtig ist, was du da jetzt machst. Aber Mama – Mutter –, ich will das nicht. Ich will nicht, dass du da mit irgendwelchen Typen herummachst. Fickst. Wie eine Nutte. Und noch dazu mit denen. Die hassen dich doch. Und ich hasse sie. Sie gehören alle weg. Sie wollen uns nicht. Und das verstehe ich nicht. Theo hat mir das jetzt erklärt mit den Indogermanen. Jetzt verstehe ich es noch weniger. Wenn die Germanen und die Inder von denselben Menschen abstammen, warum glauben die Typen dann, dass sie was Besseres sind? Und das tun sie doch. Aber das glauben doch die Araber auch. Und die Japaner. Was die mit den Chinesen gemacht haben! Ich versteh das alles nicht. Ich versteh nur, dass wir zusammengehören. Und dass sie dich jetzt quälen, Mama, sie quälen dich. Ich mag das nicht. Ich bring sie um, die Schweine. Hör auf!‹ – Das hat sie mindestens hundert Mal unterstrichen.«

In die Stille schmauchte Josef seine Zigarre an.

»Klingt nach einer Tragödie von Shakespeare.«

Maria schnappte sich das Buch. Da stand auch noch, dass Rita sich schleichen sollte. Dass Johanna mit ihrer Mutter abhauen wollte. Maria blätterte weiter. Las.

»›Ich habe es von Anfang an gewusst, dass das nicht funktionieren wird. Wir waren viel zu ehrlich. Wir hätten die Fotos nicht aus der Hand geben sollen. Sie zahlen, sie machen weiter, und sie kapieren nichts. Und wieso haben wir überhaupt das Geld genommen? Ich kapier nicht, was daran cool sein soll, wenn die uns finanzieren. Theo ist ein alter, schwachsinniger Trottel. Wir hätten die Bilder überall hinkleben sollen. Und wenn ihr wieder welche macht, dann werde ich das auch machen. Und davon werde ich dir nichts sagen, Mutter, nichts. Du bist viel zu feig. Wir müssen denen in den Arsch treten. Ihnen die Eier abschneiden.‹«

Maria hob den Kopf.

»Sie sagt auch, dass es Zeit ist, es denen mit den gleichen Mitteln heimzuzahlen, die sie einsetzen.«

Josef zog mit seiner Zigarre einen weiten Kreis.

»Mir dräut, ihr steht da einer kleinen Fanatikerin gegenüber.«

Maria sah ihren Partner an. Wenn die Kleine wirklich Johanna war, dann hieß das doch, dass die Frau im Domina-Outfit ihre – Phillip schnaufte, stand auf, nahm die Darts-Pfeile und schoss. Lauter popelige Zahlen.

»Su-per-toll! Ja, sind jetzt schon alle ganz kirre? Müssen wir jetzt auch noch auf Bürgerkrieg machen, nur weil das weltweit gerade en vogue ist?«

Die Pfeile zitterten nicht einmal, mit solch einer Wucht drangen sie in die Scheibe ein.

»Irgendjemand hat allen Menschen in allen Ländern gleichzeitig ins Hirn gepinkelt, worauf sie sich jetzt alle wie in der Sandkiste gegenseitig auf den Schädel hauen, nur weil sie glauben, die Sandkiste gehört ihnen, nur weil der andere eine Sandburg baut, die anders ausschaut, und sie glauben, dass sie besser sind als der andere.«

Er drehte sich um und ruderte mit den Armen wie einer, der das Gleichgewicht verliert.

»Ja, haben die denn alle noch nicht kapiert, dass identische Sandburgen unendlich fad sind?!«

Er schoss erneut.

»Wenn ich den Pinkler erwische, knall ich ihn ab.«

Pool.

»Nur weil er eine andere Auffassung vom Umgang mit Menschen hat wie Sie, Herr Roth?«

Phillip wirbelte zu Josef herum, wurde eine Statue. Er senkte den Blick, nickte. Löste sich.

»Ja, ich weiß, aber wo, wo ist die Grenze, wo man sich wehren muss?«

»Ich weiß es nicht, Herr Roth. Manchmal frage ich mich, ob ein Volk einen Diktator nicht verdient hat, wenn es nicht fähig ist, aufzustehen und ihn und seine Mannen vom Thron zu jagen. Diese Leute mit rechtsstaatlichen Mitteln vor ein Gericht zu bringen. Die Herrschenden sind doch immer sehr wenige. Warum etwa streiken nicht alle Menschen, wenn ihnen die Bürgerrechte gestrichen werden? Die Herren Politiker sind immerhin ihre Vertreter, also keine abgehobenen Götter, denen man blind vertrauen muss. Ich sage es Ihnen, Herr Roth, sie lassen sich zu leicht zu viel Blödsinn ...«

Die Tür flog auf. Elsa schwebte herein. Die Tunika umfloss ihren Körper, sodass sie beinahe nackt wirkte. Jedenfalls sehr sexy. Na ja, ehrlicherweise umwerfend.

»Da bin ich. Was steht an? He! Ihr seid ja noch gar nicht in der Panier!«

Phillip setzte sich und schnappte wieder das Buch. Josef nickte anerkennend angesichts von Elsas Outfit. Sie schickte ihm ein Zwinkern. Maria dämpfte ihre Zigarette aus, erhob sich und deutete Elsa, auf ihrem Stuhl Platz zu nehmen.

»Wir warten noch auf einen Kunden. – Aber komm, schau dir das einmal an. Kennst du die?«

Elsa nahm Platz und warf einen kurzen, dann einen längeren Blick auf das Foto des Fotos von Bäumlers Wohnung.

»Ja, natürlich kenn ich die. Das ist die Maleh. Faria Maleh. Die arbeitet im Frauenhaus. Wir rennen uns zwangsläufig immer wieder über den Weg. Ist eine ganz Engagierte. Tolle

Frau. Aber wieso hat sie ein Domina-Korsett an? Was ist das für ein Foto?«

Maria musste sich auf die Fensterbank setzen. Die Informationen der letzten paar Stunden waren alle ein bissel viel. Phillip ließ das Buch Buch sein und studierte das Foto nun seinerseits noch einmal ganz genau.

»Die arbeitet im Frauenhaus?!«

Elsa lehnte sich zurück, verschränkte die Arme und sah von einem zum anderen.

»Gut, meine Schätze, ich krame mal in meinem Gedächtnis. Also, die Faria ist Exil-Perserin. Die ist damals beim Umsturz vom Schah mit ihren Eltern nach Wien gekommen. Die haben sich ziemlich schnell akklimatisiert, ihr Vater hat eine angeblich geniale Zahnarztpraxis gehabt. Wie die Faria noch relativ jung war, ist dann irgendwas passiert, was sie aus der Bahn geworfen hat. Was, weiß ich nicht, darüber redet sie nicht. Jedenfalls ist sie auf Drogen gekommen. Das Übliche halt, mit miesen Typen, die sie ausgenutzt haben. Irgendwann einmal hat sie ein Handtaschl zu viel gefladert, ab in die Schwarzau. Dort hat sie dann die Kurve gekriegt. Eh selten genug, dass das wer im Häfn schafft. Aber ihre Eltern haben ihr da sehr geholfen, glaube ich. Na ja, und dann hat sie sich halt in der Frauenszene engagiert. Das war's. Mehr weiß ich nicht.«

Maria rieb sich die Stirn.

»Und weißt du zufällig, ob sie eine Tochter hat?«

Elsa zuckte mit den Schultern, schüttelte den Kopf.

»Und? Warum hat sie jetzt ein Ledertop an?«

Phillip fuhr sich durch die Haare.

»Wir werden sie das selber fragen, sie wird es ja wissen.«

Elsa nickte groß.

»Ja, eine Frau sollte wissen, warum sie ein Ledertop trägt.«

Sie wandte sich zu Maria, deren Handy klingelte.

»Komm, Mausl, lass mich nicht blöd sterben.«

»Nachher, beim Fest.«

Maria hob ab. Bäumlers Ex hatte sich auf dem Weg zu ihnen durch das Dickicht der Kostüme verirrt.

Bernd Holzinger beugte sich über die Bahre wie über ein Kinderbett. Das Neonlicht der Pathologie ließ den schlanken, großen Mann mit den gewellten Haaren und den prägnanten Stirnecken hager wie ein Gespenst aussehen. Er betrachtete das Gesicht von Rita Bäumler lange. So, wie er die Augenbrauen der Toten zurechtstrich, war die Identifizierung eindeutig. Wenigstens etwas. Wenn auch alles andere verwirrend genug war. Wenigstens war die Maleh erreichbar gewesen. Sie hatte sofort ihre Bekanntschaft mit Rita Bäumler zugegeben, hatte ebenso sofort einem Treffen zugestimmt. Keine Mailbox, kein Termin. Immerhin etwas. Nur, warum hatte sie sich nicht gleich aufgrund der Zeitungsartikel an die Polizei gewandt?

Holzinger zeichnete ein kleines Kreuz auf Bäumlers Stirn, auf ihren Mund und auf ihre Brust, wodurch er das Leintuch leicht zurückschob. Josef fuhr dazwischen, verdeckte mit dem Leinen wieder die vielen kleinen Ritzer und den großen Y-Schnitt in der Mitte. Holzinger sah ihn mit tief liegenden Augen an. Josef stülpte das Tuch auch noch über das Gesicht.

»Bei Mordfällen müssen wir das machen.«

»Sie wurde gefoltert.«

Nicht von uns, wollte Maria schon sagen. Stattdessen nahm sie Holzinger am Arm und zog ihn hinaus. Doch der riss sich los, raste zur Bahre, die Josef bereits verstauen wollte, und zog das Leinen nochmals zurück.

»Oh, mein Gott. – Oh, mein Gott.«

Jetzt nahm Phillip ihn am Arm, zwar auch zuvorkommend, jedoch schon um ein Stückchen fester. Nur kein Weinkrampf jetzt. Nicht nach einem langen Tag. Maria wusste nie ganz genau, was sie tun sollte, wenn Zeugen zusammenbrachen.

Manche wollten umarmt werden, manche hassten Mitleid. Holzinger schüttelte den Arm ab und ging steif wie ein Stock vor die Tür auf den Gang. Sein Blick richtete sich irgendwohin, in eine Parallelwelt vielleicht.

»Ja, sie ist es. Nein, ich hatte keinen Kontakt mehr zu ihr. Sonst noch was?«

Puhh. Wie sollte sie es anlegen? Ihn ins Büro mitnehmen? Auf einen Kaffee gehen? Hier eine Zigarette anbieten? Holzinger nahm offensichtlich Marias Zögern als abschlägige Antwort, denn er setzte sich in Bewegung Richtung Ausgang.

»Herr Holzinger! Woher kennen Sie diese Foltermethode?«

Sein Schritt schliff sich ein. Und er zögerte, bevor er sich umwandte. Na bitte, mitten ins Schwarze. Maria entspannte sich. Phillip deutete Richtung Büro nach oben und eine Zigarette an, Maria wies zu den Fenstern, die gerade renoviert wurden, und den Tschickstummeln im Schutt darunter. Phillip zündete sich eine an. Erst jetzt drehte sich Holzinger um. Im Strategiebasteln war er eindeutig Bitterlich unterlegen.

»Sie haben eine gute Beobachtungsgabe, Frau Kommissar.«

»Und heute schon ein bissel wenig Geduld. Der Tag war lang. Haben Sie Ihre Ex umgebracht?«

Holzingers Mund lächelte, er kam auf sie zu.

»Welches Motiv? Eifersucht? Wir sind glücklich getrennt, das können ihnen alle bestätigen. Ich habe eine neue Frau und eine kleine Tochter. Dadurch verabschieden sich auch gekränkter Stolz und Rache. Geld? Kaum. Und Rita hat auch nichts über mich gewusst, was nicht jeder wissen dürfte.«

Er kramte in der Innentasche seiner sündteuren, mit Fell gefütterten Lederjacke und zog einen Flachmann heraus.

»Und auch von meinem Alkoholproblem wissen alle. Entschuldigen Sie bitte.«

Er nahm einen großen Schluck. Der intensive Geruch von Whiskey verbreitete sich.

»Wieso kennen Sie diese Foltermethode?«

Holzinger schraubte die Flasche zu, schob sie in die Innentasche, nahm sie wieder heraus, öffnete die Jacke zur Gänze, ging zum nächstliegenden Schutthaufen, stieß mit dem Schuh gegen einen Ziegelstein.

»Ich war früher Kriegsberichterstatter. Bis Anfang der Neunzigerjahre. Jugendliches Grenzgängertum, wenn Sie so wollen.«

Im Gang war es saukalt. Maria schielte zum Flachmann. Ach, und die anderen hatten es jetzt schon lustig. Wie ungerecht.

»Und?«

Phillip klopfte sich ab. In der hinteren Hosentasche fand er einen Zettel. Sah nach Kassabon aus. Aus der Brusttasche nahm er einen winzig kleinen Bleistift. Sein Gesicht faltete sich zusammen wie nach dem Biss in eine Zitrone. Was für ein gewaltiger Rückschritt für einen Technofreak. Maria konnte sich ein Grinsen nicht verkneifen. Phillip blaffte sie lautlos an und legte den Zettel auf die Mischmaschine. Auffordernd wedelte er mit der Hand. Maria stellte sich zu Holzinger.

»Und? Kommen Sie schon, mir wird langsam kalt.«

Holzinger streckte ihr den Flachmann entgegen, Maria schob ihn von sich weg, Holzinger nahm noch einen Schluck. Maria schluckte trocken mit. Er sah sie an.

»Ich habe so was ein Mal gesehen. Das war in Südafrika, ich glaube, es war Zweiundneunzig. Da war zwar offiziell alles Wonne und Waschtrog, weil der de Klerk alle auf das Referendum eingeschworen hatte. Das dann ja auch durchgegangen ist. Aber ein paar von den Weißen wollten partout nicht, dass die Schwarzen die gleichen Rechte erhielten. Und sie haben ihre Wut durch Terroraktionen rausgelassen. Von ein paar von diesen Mordüberfällen hat man auch hier gehört. Gerade so viel, dass sich niemand aufregen musste. Aber natürlich gab es auch welche, die nirgendwo aufscheinen. Wie in jedem Krieg.«

Holzinger nahm wieder einen Schluck. Tumultartiges Gegröle wurde hörbar. Sie schauten alle drei reflexartig zur Schwingtür am Ende des Ganges. Nichts. Maria wandte sich wieder Holzinger zu.

»Fasching.«

Holzinger lachte trocken auf.

»Wissen Sie eigentlich, dass es in der rechtsextremen Szene so einen Kampftourismus gibt wie bei den Muslimen? Also wie bei der Al-Quaida, meine ich natürlich.«

Die Schwingtür am Ende des Ganges prallte auf. Ein Kollege vom organisierten Verbrechen, mit roter Toga und einem Kranz auf dem Kopf, hockte im Schneidersitz auf einem Tisch, der von vier anderen Männern getragen wurde. Sie johlten, und der Getragene skandierte ›Vorwärts! Vorwärts!‹. Maria und Holzinger drängten sich an die Wand, Phillip warf der Gruppe eine fragende Geste entgegen.

»He, Hansi, was soll des? Bist schon so besoffen, dass du nicht mehr z'Fuaß gehen kannst?«

Hansi trötete durch die hohle Hand.

»Platz da, Kaiser Augustin kommt. Platz da!«

Die vier Träger, aufgrund ihrer schmucklosen Röckchen unschwer als Sklaven erkennbar, tröteten ebenfalls, was aber mehr wie Quietschen klang, so sehr lachten sie dabei. Und schon verschwand der Spuk die Treppe hinunter. Nach ein paar missmutigen Lauten von Hansi, der offensichtlich vom Tisch steigen musste, fiel die Außentür ins Schloss. Maria sah zu Phillip, der schüttelte sich ab und deutete dann auf Holzinger neben ihr. Sie wandte sich ihm zu. Holzinger sah dem Trupp noch immer nach. Sein Kinn zitterte.

»Da gab es einen, der hatte Spaß daran. An diesen kleinen Schnitten. Und Pfeffer. Wir haben nie herausgefunden, wer er war. Er hat immer eine Maske getragen. Ein Freak. Ich habe einmal beobachtet, wie er einem Kumpan das Gesicht zu Brei geschlagen hat, weil der es gewagt hat, in seiner Gegenwart Fleisch zu essen. Er war – oder er ist so ein Gesundheitsfanatiker. Kein Fleisch, kein Alkohol, keine sonstigen Drogen. Nicht einmal Zigaretten. Fleisch! Ich meine, der zerlegt Menschen und hasst Steaks. Das ist doch nicht ganz dicht.«

Maria wusste nicht, warum, aber ihre Beine setzten sich in Bewegung und liefen im Gang auf und ab.

»Herr Holzinger, tun S' da jetzt nicht Schauermärchen drucken. Kampftourismus! Vegetarier! Maskenmann!«

»Lesen Sie keine Zeitungen? Schauen Sie keine Nachrichten? Lesen Sie keine Bücher? Da gibt es noch wesentlich mehr Schauermärchen. Und alles hängt enger zusammen, als man glaubt!«

»Ja, sicher. Und jetzt erklärn S' ma auch noch, dass er ein Österreicher ist und a bissel einen Ausgleich gebraucht hat, weil er irgendwie unter Druck gestanden ist. Ihre Frau – Ihre Ex –, die ist keine Schwarze. Und wir sind nicht in Südafrika.«

Maria und Holzinger wandten sich zeitgleich voneinander ab. Phillip ließ den Bleistift auf die Mischmaschine hüpfen.

»Der Tilli, der hat doch gesagt, dass die Methode früher im Sklavenhandel eingesetzt worden ist und ...«

Maria wirbelte herum.

»Jetzt fang du bitte nicht auch noch an.«

Phillip signalisierte irgendetwas mit den Augen, Maria verstand es nicht. Sie hörte, wie Holzinger schon wieder ein bisschen mehr leerte.

»Frau Kommissar, Sie haben mich gefragt, ich habe es Ihnen gesagt. Und dass wir hier in Österreich nur deswegen eine Insel der Seligen sind, weil Verantwortliche aus der Politszene mit Verantwortlichen aus der Terrorszene Deals vereinbaren, ist Ihnen hoffentlich bekannt.«

Jetzt wirbelte Maria in die andere Richtung.

»Was?«

Holzinger starrte sie an, dann strich er sich über die Augen.

»Seit den Siebzigern ist das so. Aber vergessen Sie es wieder.

Kann man sowieso nicht beweisen. Ich versuche das schon seit Jahren. Und manchmal frage ich mich, warum ich das überhaupt beweisen soll. Seit eineinhalb Jahren, um genau zu sein, frage ich mich das. So, wie es jetzt ist, weiß ich wenigstens, dass meine Tochter in einem relativ sicheren Land lebt. Noch.«

»Was sagen Sie da?«

Das Wort ›sagen‹ hallte durch den Gang.

»Ich schätze Ihre – Ihren offensichtlichen Enthusiasmus, Frau Kommissarin. Deshalb ein Tipp. Schauen Sie sich in der rechtsextremen Szene um. Suchen Sie nach jemandem, der permanent seinen Namen wechselt. Oder immer wieder verschwindet. Ein Angelpunkt dabei ist sicher Friedrich Berg. Er war damals auch in Südafrika. Ein Quatscher, keiner, der sich die Hände dreckig macht. Aber er kennt sich aus.«

Maria schaute zu Phillip, der schaute zu ihr. Sie hörten wieder das Gluckern des Whiskeys.

»Verstehe, Sie sind schon über ihn gestolpert. Na ja, vielleicht gelingt Ihnen ja das, was mir nicht gelungen ist. Ich würde es mir wünschen. Für Rita. So einen Tod hat sie nicht verdient. Hat sie wirklich nicht verdient.«

Maria streckte die Hand aus, Holzinger gab ihr den Flachmann, sie trank. Phillip bot Maria eine Zigarette an, bot Holzinger eine an, der sie mit einem über sich selbst verwunderten Blick nahm, schnappte sich selbst eine, zündete alle drei an. Schweigen. Maria suchte einen klaren Gedanken in sich. Es war alles so – so überkandidelt. So verwirrend.

»Wieso haben Sie sich eigentlich getrennt?«

Holzinger holte Luft.

»Die Sache damals, mit diesem Treffen ...«

Phillip nickte schnell.

»Wissen wir.«

»Ja, damals hat Rita begonnen, sich zu verbeißen. Ich habe ihr gesagt, dass das sinnlos ist – die Wellenbewegung der Geschichte kann man nicht aufhalten, die Menschen lernen nicht, alle paar Jahrzehnte dasselbe, und jetzt baut sich eben aus verschiedenen Gründen wieder diese Wir-sind-wir- oder die Wir-sind-wieder-wer-Stimmung auf …«

»Identitätsproblem infolge der Globalisierung.«

Holzinger senkte anerkennend den Kopf.

»Sie sollten Gastkommentare schreiben. – Ja, und Rita wollte es nicht wahrhaben, genauso wenig wie Sie, Frau Kommissarin, dass der Kampf sinnlos ist. Sie hat meinen Pragmatismus gehasst, und ich wollte ihr nicht bei der Selbstzerfleischung zuschauen. – Jetzt hat das jemand für sie erledigt. Aaahhh!«

Holzinger drehte sich abrupt um und schlug mit der Faust gegen die Wand. Seine Knöchel färbten sich blutrot. Der Mann hatte also doch Gefühle. Er betrachtete für einen Moment stumm die Abschürfungen.

»Ich möchte jetzt gehen.«

Dann schaute er sich selbst zu, wie er mit der blutigen Hand in die Innentasche fuhr und eine Visitenkarte herausnahm. Er reichte sie Phillip, dabei sah er Maria an.

»Ich nehme an, dass Sie mein Alibi brauchen. Das ist die Firma in Deutschland, mit der ich über einen neuen Regionalsender verhandelt habe.«

Er schritt zwischen ihnen beiden hindurch, den Gang entlang, nahm einen Zug von der Zigarette, stieg die Treppe hinab. Die Rauchschwade war sein letzter Gruß. Und Maria wusste, dass sie jetzt ein Problem hatte. Sie musste die Staatspolizei einbeziehen. Irgendwann. Doch im Grunde zog sie in diesem Fall monologische Handarbeit vor. Es ging nicht nur ums Renommee. Sie durften sich einfach von niemandem eine Richtung oktroyieren lassen, auch wenn sie selbst noch keine Ahnung hatte, wohin der Fall sie tatsächlich führen würde.

Als Gerry Gottl ins Ohr flüsterte und auf die Uhr tippte, als dieser strahlend aufstand und ans Glas klopfte, als die Eisenstein schließlich zu Maria ein unglaublich inniges Lächeln sandte, fühlte sie, dass sie wohl nicht nur ein Problem hatte. Maria beugte sich zu Elsas Ohr, was ihr schwer gelang, weil ihre Freundin im Flirt mit einem Kollegen permanent nickte.

»Elsa, bitte, was haben die da vor?«

»Eine Rede, Mausl, was sonst?«

»Wieso grinst mich die Eisenstein dann so an?«

Nun löste sich Elsa doch von ihrem Opfer. Sie studierte die Chefität.

»Was steht da für ein komisches Ding am Tisch?«

Maria kniff die Augen zusammen. Der Rauch verschmierte alles zu einer Art David-Hamilton-Fotografie. Oder der Alk? Sie hatte doch erst zwei Bier. Der Kollege ihr gegenüber bemerkte Marias Blick auf ihrem Glas und prostete ihr zu. Anscheinend kam keiner auf die Idee, dass ihre Abstinenzler-Wette auch an einem Abend wie diesem gelten könnte. Keine dumme Bemerkung bisher. Gut so. Sie brauchte eine Auszeit. Allerdings durfte es nicht zu viel werden. Sie hatte ja Bereitschaft. Elsa stieß sie an.

»He, ich pack's nicht, das ist eine Wasserpistole, die sie irgendwie so stehend auf irgendwas draufgeklebt haben!«

Gottl klingelte nochmals. Langsam, aber sicher konnte er sich der allgemeinen Aufmerksamkeit erfreuen. Er warf Maria einen Blick zu, zwar unabsichtlich, aber dennoch. Was war da im Busch?

»Du, Elsa, ich geh pinkeln.«

Geduckt stand sie auf, wuselte sich möglichst unauffällig durchs Gedränge.

»Verehrte Kollegin Kouba! Wenn Sie Ihren dringenden Gang …«

Gottl schnaufte ein Lachen durch die Nase, ein paar lachten mit.

»… noch etwas verschieben könnten. Sonst muss ich meine Rede verschieben.«

Es wurde eigenartig ruhig. Maria sah sich um. Ein paar verwirrte Gesichter, ein paar grinsende, ein paar abwesende. Doch so über den Daumen geschätzt herrschte Interesse vor. Da waren zu viele Blicke auf sie gerichtet. Was wurde das jetzt? Sie wedelte nonchalant mit dem Arm, lachte in die Runde, fing Phillips intensiven Blick auf und setzte sich wieder. Elsa nahm ihre Hand. Das tat sie nur, wenn es ernst wurde. Sie spürte es also auch. Maria nahm einen Schluck Bier – gefühlsmäßig sollte sie jetzt sicherheitshalber das Glas austrinken, um nicht so viel mitzubekommen – und wandte sich zu Gottl. Der lächelte sie an und sah gewichtig in die Runde.

»Meine lieben Kolleginnen und Kollegen, ich habe es letztes Jahr bei der resümierenden Sitzung angekündigt ...«

Was nur, was?

»... und jetzt ist es das erste Mal so weit.«

Sie war die Erste? Von was?

»Ich habe damals angekündigt, ein Mal pro Jahr denjenigen Beamten – oder diejenige Beamtin ...«

Verbeugung zu Maria. Sie hätte sich mit ihrem eigentlichen Problem auseinander setzen und eine Nachtschicht mit der Staatspolizei einlegen sollen. Maria rutschte den Sessel hinab. Auch wenn es nichts nützte, wie sie aus ihrer Schulzeit wusste, man wurde dadurch nicht unsichtbar. Also umklammerte sie auch noch ihr Bier, grinste die Kollegen gegenüber am Tisch an, zuckte mit den Schultern und nahm einen tiefen Schluck.

»... diejenige Beamtin ...«

Jetzt war er zum zweiten Mal nur noch bei der weiblichen Form. Shit. Elsa umkrampfte ihre Finger. Was hieß das jetzt? Entspann dich? Oder Scheiße?

»... auszuzeichnen ...«

Nein!!!! Mit einer Wasserpistole?!?!

»... die sich aufgrund besonderer Fähigkeiten hervorgetan hat.«

Maria lugte zu Gottls Tisch und sah die Eisenstein lächeln. Die Sau. Jetzt war alles klar.

»Sie hat nicht nur alle Fälle gelöst, nein, sie hat es auch mit Umsicht und mit Gefühl gemacht. Mit Respekt vor den Menschen, mit Verständnis für die Umstände.«

Was meinte er damit? Dass sie brav genickt hatte, wenn er mit irgendwelchen einflussreichen Persönlichkeiten daherkam, auf die man Rücksicht nehmen musste? Dieser – dieser Kriecher! Er wusste doch genau, dass ihr das scheißegal war! Jetzt dachten womöglich noch alle, dass sie eine Duckmäuserin war. Wie peinlich.

»Sie ist ein Vorbild für uns alle. Und in diesem Sinne möchte ich …«

Nein. Sie wollte nicht. – Ich will nicht!!!!! – Es kam. Maria schloss die Augen. Alles nur ein schlechter Traum.

»… unsere verehrte Kollegin Maria Kouba mit der gläsernen Pistole auszeichnen.«

Die vermaledeite Band spielte einen Tusch. Applaus brandete auf. Das träumte sie jetzt wirklich. Bei so was konnte niemand applaudieren. Sie spürte ein Zwicken auf ihrem Handrücken. Sie öffnete die Augen. Elsa glühte sie an. Was, sie auch? Maria gab dem Druck nach. Sie stand auf. Es klatschten wirklich alle. Das war so unendlich peinlich. Nur Phillip klatschte nicht. Er lächelte ihr liebevoll zu, was fast noch schlimmer war. Unter dem Stakkato ›Rede, Rede‹ suchte Maria eine übrig gebliebene Gabel.

Elsa stieß sie in die Seite, deutete betont unauffällig zu Gottl. Ach so, ja, sie musste sich wohl oder übel zu ihm durchwursteln und die – die Wasserpistole entgegennehmen. Maria sah sich nach dem besten Weg um, ein paar rückten zur Seite, da schwappte vom Eingang her Unruhe auf sie zu. Maria drehte sich um und sah, dass da Gabi stand im Clinch mit zwei Kollegen. Neben ihr der Hengst, dahinter ein weiterer Schwarzer. Wortfetzen wie ›Tanzt eh sunst kana‹ und ›Bimbo, di brauch ma do net‹ drangen zu ihr. Hatte sie das richtig verstanden? Natürlich war nur ein Lebenspartner zu dieser Feier eingeladen. Aber da ging es doch um was anderes! Bitterlich fiel ihr ein. Er musste, musste sich einfach irren mit seinem Report über die Polizei. Maria trank das restliche halbe Bier auf einen Zug aus. Sie warf Gottl einen Blick zu – verstand er? –, fand einen Dessertlöffel und ließ das Glas erklingen.

»Meine Herren – und meine Damen, die ja jetzt hoffentlich mehr werden, nachdem ich da jetzt so öffentlich – wurscht. Ich danke unserem Leiter Gottlieb Mühle für die Ehre dieser Auszeichnung ...«

»Ja, dann holen Sie sie sich endlich, liebe Kollegin Kouba!«

Er hatte doch nicht verstanden, Maria winkte ab.

»Ich möchte sie meiner Abteilung widmen, ohne die ich nicht ...«

Gejohle.

»... ohne die ich nicht das geschafft hätte, was unseren Chef so entzückt. Prost für euch alle!«

Jetzt Gejohle mit Applaus. Maria hob das leere Bierglas, das ihr prompt jemand aus der Hand nahm und durch ein volles ersetzte. Sie nippte einen Schluck.

»Ich will das auf meine Art feiern, wenn ihr erlaubt. Ich will mir einen Tanzpartner suchen, damit die Party jetzt endlich so richtig steigt. Tango, bitte.«

Noch heftigeres Gejohle und rhythmischer Applaus. Die Band suchte hektisch in den Noten. Gottl hielt die Wasserpistole umklammert. Offensichtlich wusste er nicht, was er damit machen sollte. Egal. Maria schob sich aus der Sitzreihe und ließ kokett ihren Blick über all die uninteressanten Köpfe schweifen, die sich ihr entgegenreckten. Sie arbeitete sich zur Eingangstür vor, all die Hände, Münder, Grinser, Lippenreiber, Skandierer ignorierend. Ja, da standen sie noch immer, unbehelligt von den Kollegen, die Maria so vehement entgegengeiferten. Was wollten die? Doch nicht tanzen. Doch nur einen Abrieb von dieser vermaledeiten Wasserpistole. Und jetzt sah sie ihn. Ein Klon von Sidney Poitier. Und er sah sie. Es war wie in diesem Film von Tim Burton, in dem sich im magic moment nur mehr das Pärchen bewegte und sonst nichts. Und jetzt wusste sie, dass sie auch die richtige Musik ausgewählt hatte. Wahnsinn, was hatte Gabi da angeschleppt? Was für ein Geschenk, dieser Typ! Der konnte tanzen, das war seiner Haltung anzusehen! Maria schnippte mit dem Finger.

»Bitte, Musik!«

Diese grottenschlechte Band setzte jetzt auch sofort ein. Maria hörte das bemühte Umtata nur irgendwo ganz weit entfernt. Tatsächlich hörte sie Piazzolla. Sie schwebte auf Sidney zu. Da war irgendwo ein Blick von Gabi, erstaunt und erfreut zugleich, da war irgendwo eine Stimme, die ihr ›Phillip‹ zuflüsterte, nicht aktuell und total langweilig, da waren zwei Kollegen, die halbherzig die Hand hoben. Da war im Prinzip nichts.

Sie streckte Sidney die Hand entgegen, er nahm sie. Er zog sie. Er führte sie. Maria gab sich hin. Ihr Instinkt hatte sich nicht geirrt. Der Mann konnte tanzen, und wie! Die Menge strebte auseinander. War da auch irgendwo ein Scheinwerfer? So wie in ›Dirty dancing‹? Ihr Bein vollzog einen Halbkreis. Ihr Kopf ließ sich zurückfallen. Ihr ganzer Körper ließ sich schleifen. Alles automatisch. Denn vor ihr war ein Gesicht, das sie nie mehr in ihrem Leben vergessen würde. Warme Augen, ebenmäßige Züge, strahlend weiße Zähne umrahmt von perfektem Ebenholz. Sie zog sich an ihm hoch, so wie es seine starken Arme von ihr verlangten, dabei streifte sie seinen Hals, sog diesen Geruch ein. Er brabbelte etwas in ihr Ohr. Maria konnte es nicht übersetzen, aber sie verstand es.

Bei einem Stopp, als sie beide ihre Beine anzogen, fiel ihr Blick in die Augen von Navratil. Ach ja, sie hatte ja mit ihm tanzen wollen. Und dem trauerte er nun nach, denn er spürte offensichtlich, dass sie heute mit niemand anderem mehr tanzen würde als mit Sidney. Und dabei war er tatsächlich alleine erschienen. Also keine Freundin oder Frau. Wie schade. Für ihn. Zwei Rückenbeugen später sah sie in Basaltsteine, die sich als Phillips Augen herausstellten. Das war typisch für ihn. Auch wenn er noch so wütend war, blieb ein Rest von Zartheit und – Unvergänglichkeit? – in ihm. Maria hatte keine Zeit zum Nachdenken, denn Sidney zog sie zu seinem Gesicht. Diese Lippen wollte sie jetzt und sofort küssen. Und sie tat es. Mit mehr Intensität, als es der Tanz verlangte. Hörte sie da irgendwo ein Raunen?

Sidney schob sie von sich weg, sie kreuzten in rasender Geschwindigkeit und perfekter Harmonie die Schritte, bis sie auf der Zehenspitze landete, er drehte sich, sie landete in großem Bogen beinahe am Boden. So perfekt hatte sie die Figur schon lange nicht mehr getanzt. Ja, da schauten sie, ihre Herrn Kollegen! Oder schauten sie, weil das Hohepriesterinnen-Kleid gefährlich viel von ihrem Dekolleté freigab? Sie gafften jedenfalls die Frau und nicht die Kollegin an, denn ihre Blicke waren mehr starr und gierig als amüsiert. Waren etwa dazu Faschingsfeiern da? Einander geil zu machen, damit die Zusammenarbeit im darauf folgenden Jahr ein bissel pfiffiger wurde? Maria drehte sich elegant über eine Hocke wieder in die Senkrechte, eine raumgreifende Schrittfolge noch, die Abschlussdrehung, der Schlussakkord.

Es dauerte einen Augenaufschlag, bis ein Pfiff die Stille durchbrach. Er kam von Elsa, die ihrem Flirtpartner in die Seite stieß. Im selben Augenblick applaudierte auch die Meute. Sidney lächelte und deutete ihr gegenüber eine Verbeugung an, die sie erwiderte. Was jetzt? Sicherheitshalber löste sich Maria zuerst einmal von diesem schönen Gesicht und winkte dem Publikum zu. Sie hatte sich da gerade eben ganz schön in Szene gesetzt. Das war doch gar nicht ihre Art. Sie hatte doch nur diesem Wichtigtuer von Kollegen mit seinem Bimbo-Gequatsche eins auswischen wollen, oder nicht? Gar nicht mehr elegant stakste sie zu Gottl, quetschte ihm ein

Lächeln entgegen, worauf der ihre Hand schüttelte und mit großer Geste die Wasserpistole überreichte, was das Gejohle und den Applaus erneut aufbrausen ließ. War sie wirklich so beliebt, oder waren die alle schon besoffen? Gottl nahm sie am Arm und beugte sich zu ihr.

»Ganz wunderbar, Frau Kollegin, ganz wunderbar. Ich bin stolz, Sie in meinem Team zu haben. Nicht nur wegen Ihres tänzerischen Könnens.«

Als er sich wieder von ihr löste, war eine noch nie gesehene Wärme in seinen Augen. Fein, hatte er es doch verstanden. Nur – wie kam sie nur je wieder aus dieser Solonummer raus?! Gottl winkte auffordernd zur Band, die ihn ignorierte. Waren die Burschen erschöpft von ihrer musikalischen Sonderprüfung? Gerry flüsterte mit dem Bandleader, hüpfte auf einen Sessel, nickte Gottl zu, klatschte in die Hände.

»It's Paaaaaartytiiiiime!«

Der Schlagzeuger ließ seine Sticks auf den Trommeln niederprasseln, ein Bläsersatz, wohl im Keyboard versteckt, trötete lautstark in die Menge, Gerry shakte im Rhythmus, klatschte weiter, verkündete:

»Going loco down in acapulco!«

Er fuhr mit dem Arm aus, ein ›Yeah‹ scholl ihm vom nächstgelegenen Tisch entgegen. Frauen zogen ihre Männer hoch und wackelten zur Tanzfläche. Der Saal vibrierte im Intro. Gerry shakte noch wilder, gleich fiel er vom Sessel.

»Yeah, the magic down there is soooo strong.«

Auch von den anderen Tischen strömten Pärchen auf die Tanzfläche. Es war eine gute Idee gewesen, auch die Partnerinnen der Polizisten einzuladen. Das musste man Gerry lassen, von Show und Unterhaltung hatte er wirklich eine Ahnung. Auch Gottl wirkte endlich entspannt in seinem kurzen Röckchen. Er forderte Maria zum Tanzen auf. Sie verschwanden hüftwackelnd in der Menge. Das Gröbste war vorbei. Nur – wo war Sidney?

Zwölf Tänze und unzählige, schweißige Tapschereien später schaffte es Maria, sich ihre Jacke zu schnappen und unbehelligt nach draußen zu gelangen. Die kalte Luft brannte sich über den Schweiß direkt in ihr Hirn. Das war wohltuend zur schwülen Lustigkeit im Lokal. Nein, sie durfte nicht so ungerecht sein, es war eh ganz lustig. Navratil konnte zwar nicht sonderlich tanzen, doch unter normalen Umständen würde sie sich jetzt prächtig amüsieren.

Nur vier Abwesenheiten machten ihr da einen Strich durch die Rechnung. Wo war Phillip? Und wo waren Gabi, der Hengst und Sidney?

Maria zündete sich eine Zigarette an. Wieso schmeckten Zigaretten in der Kälte eigentlich nicht so gut? Oder war es der miese Geschmack der Erkenntnis, dass Gabi offensichtlich vor den paar Trotteln kapituliert hatte? Bitte, war so etwas im einundzwanzigsten Jahrhundert noch notwendig? Wobei – Holzinger hatte es erwähnt, die Aufhebung der Apartheid war auch erst fünfzehn Jahre oder so her. Wieso hatte die Welt bis vor kurzem zugelassen, dass in einem quasi demokratischen Staat die Mehrheit der Bevölkerung zu Menschen zweiter Klasse degradiert worden war? Na ja, wieso ließ sie es jetzt noch zu? Kämpften da nicht irgendwo in Ruanda oder so die Hutus gegen die Tutsis oder umgekehrt? Sie musste sich da einmal ein bissel schlauer machen. Es gab da so viel, von dem sie keine Ahnung hatte. Andererseits war ihre Kapazität begrenzt, sie hatte mit den Verbrechen hier schon genug zu tun. Allerdings, gerade diese Bäumler-Geschichte schien ja über einen, ja, ›Regionalkonflikt‹ hinauszugehen.

Zwei männliche Silhouetten kamen die Gasse entlang, unwillkürlich zog Maria die Jacke noch fester um sich, mit diesem Fetzchen am Leib fühlte sie sich ein wenig nackt. Betont cool und uninteressiert am Geschehen um sie herum studierte sie den Sternenhimmel, auch wenn da durch den Lichtsmog nicht viel zu sehen war. – Geht's weiter Burschen, ich bin heute schon genug angebraten worden! – Nein, gar nicht hinschauen ging auch nicht, das war unnatürlich. Die Schritte stoppten, und Maria sah in zwei glühend dunkle Augenpaare. Beinahe fiel ihr die Tschick aus der Hand.

»Hallo, ihr zwei, wo kommts denn ihr her?«

Phillip stellte sich zwischen sie und Sidney.

»Darf ich vorstellen – Paolo – Maria. Maria – Paolo.«

Paolo? Nein, das war doch viel zu – zu üblich. Maria beschloss, für sich bei Sidney zu bleiben. Sie nickten einander zu. Sidney sah sie an, dass Maria am liebsten gleich die nächste Tangobeuge mit anschließendem Kuss vollführt hätte.

»Ist die Gabi auch weg?«

Dabei sah sie zu Phillip. Nein, das war echt gemein. Am liebsten würde sie beide packen und mit ihnen im nächstbesten Hotel verschwinden. Das ›Serail‹. Es war hier um die Ecke. – Maria! Was hast du da für blöde Gedanken? – Phillip blies Luft durch die Nase.

»Na klar, was denkst du, bei dem Empfang von unseren lieben Herrn Kollegen. Und außerdem hatte sie es mit ihrem Freund ziemlich eilig. Die haben noch was vorgehabt, denke ich.«

Eindeutiges Lächeln. Ja und? Sie standen da und bibberten vor Kälte. Während sich Gabi wahrscheinlich Vanillepudding statt Schlagobers gönnte. Oder besser, der Hengst. Phillip fuhr sich über die Lippen.

»Ich bin dann mit dem Paolo auf ein Bier, damit er nicht glaubt, wir sind alle so. Er ist aus Brasilien. He only speaks English.«

Sidney strahlte auf.

»Yes. Little.«

»Freunde haben ihn geholt, weil sie mit ihm gemeinsam eine Tanzschule aufmachen wollten. Aber es ist ihm zu kalt. – It's cold here in Austria.«

Sidney nickte. Stille. So eine dämliche Situation, da stand sie mit den zwei geilsten Knackärschen ever und wusste nicht, was sie sagen sollte. Maria spürte Phillips Blick. Sie sah zu ihm, tatsächlich, er musterte sie. War da ein bisschen Eifersucht? Sah man ihr ihre Lust auf Sidney so stark an? Jetzt merkte sie, wie Sidney sie beide musterte. Ha, lustig, das war ja schon fast ein Blickeballett. Phillip schreckte auf.

»Ja, und er will sich bei dir bedanken. Für den Tanz. Ich wollte dich gerade herausholen.«

Handyklingeln. Sicher wieder Phillips Flamme. Warum hatte er sie nicht mitgebracht? Er runzelte die Stirn, wandte sich ab, ging außer Hörweite. Super. Ganz toll. Jetzt war sie mit Sidney auch noch allein. Hilfe!

Die Tür wurde aufgestoßen, Kaiser Augustin alias Hansi wankte heraus, stoppte, als er Maria und Sidney erkannte, zog den Kopf ein.

»'tschuldigung, wü net störn, den Tango amore.«

Damit zog er sich grinsend zurück. Noch einmal super. Jetzt war für die Gerüchteküche gesorgt. Sidney runzelte die Stirn, Maria schüttelte den Kopf. Sie holte automatisch ihre Zigaretten heraus, aber die waren ja leer. Sie deutete die Gasse hinunter.

»I need cigarettes.«

Sidney nickte.

»I go with you.«

Schweigend trabten sie los. Verdammt, wie machte man Smalltalk, wenn das Englisch bescheiden und das Hirn auf Stand-by war, weil sich der Unterleib auf Arbeit freute? Dem Typen da neben ihr nur nicht zu nahe kommen! Oh, das war so schwer! Immerhin ging da gerade einer ihrer sehnsüchtigsten Träume neben ihr her. Sie lugte zu ihm, er lächelte zurück. Sie sah schnell wieder weg. Tango argentino gehörte verboten. Sie achtete auf jeden Schritt, um nur ja nicht zu rutschen, damit er keine Ausrede hatte, ihren Arm zu nehmen. Sie bogen um die Ecke, Maria fuhrwerkte an dem Zigarettenautomaten herum, nestelte das neue Päckchen auf, bot Sidney eine an. Er stand ganz nah vor ihr, so wie vorhin beim Tanz. Piazzolla setzte ein.

»Thank you.«

»It was a pleasure for me – to meet you.«

Was sollte sie tun? Was? Zurückgehen, sagte die Vernünftige. Stehen bleiben, sagte die Träumerin.

»Is he your boyfriend?«

Das auch noch! Das hatte Sidney blitzschnell erkannt, dass Phillip die einzige Hürde war. Doch der telefonierte ja gerade mit seiner Freundin, der Miesling.

»No.«

Sidney kam näher.

»Tomorrow I have to go.«

Unglaublich. Es war wie in diesen Kriegsfilmen – schenk dich selbst deinem Schatz zum Abschied. Nein, Maria, schenk dir selbst deinen Traum.

»You need not to explain.«

Mit Sidneys Kuss setzte Marias Hirn endgültig aus. Er schmeckte so gut wie das erste Bier nach dreimonatiger Abstinenz.

Als der schwarze Körper heftig atmend auf ihr zusammensank, spürte Maria erstmals wieder die Realität. Denn sie bekam keine Luft mehr. Aber ein bisschen wollte sie es noch aushalten. Er war so schön. Durchtrainiert. Vor Schweiß glänzend. Seidig. Wahnsinn.

Sie hatte es getan. Sie hatte sich ihren ersten echten One-Night-Stand in ihrem Leben gegönnt, ja, ersten, denn das damals im Club zählte nicht wirklich. Irre. Ihre Jacke musste vollkommen abgerieben sein, so wie sie sich die Hauswände entlang bis zum ›Serail‹ geschmust hatten. Zum Glück hatte die Geschäftsführerin ihren Beteuerungen, Carrie zu kennen, geglaubt oder sich vom Polizeiausweis beruhigen lassen und ihr den beachtlichen Obolus bis morgen gestundet. Denn Sidney hatte kein Geld für das Zimmer, das war ihr klar gewesen. Erstaunlich. So gesehen hatte sie das erste Mal in ihrem Leben für einen Bums bezahlt. So wie es viele Männer umgekehrt mit Essenseinladungen et cetera taten. Maria horchte in sich hinein. Es fühlte sich zwar eigenartig, aber okay an. Warum sollte sie nicht das Zimmer bezahlen, wenn sie mehr Geld als er hatte? Und es hatte sich ausgezahlt. Er hatte so gefickt, wie er getanzt hatte. Oder war sie nur so begeistert, weil das letzte Mal schon sehr lange zurücklag?

Wie auch immer, er hatte ihr gut getan, der kleine Ausflug – oh, wie spät war es eigentlich? Das Fest! Wurde sie schon gesucht? Phillip. Nein, so durfte sie gar nicht erst denken. Sie war ihm keinerlei Rechenschaft schuldig. – Sidney wurde jetzt wirklich ein bisschen schwer. Sie streichelte ihn. Das war immer eine gute Vorbereitung auf das Ende. Und Sidney straffte sich. Diese Sprache war also international. Er rollte sich von ihr herunter, wodurch sie beinahe von der Chaiselongue rutschte. Er packte sie fest. Das war gut. Sie mochte ihn.

»You're a beautiful woman.«

Der Mann wusste, wie man Komplimente machte. Jede Frau, sicherlich jede Frau, wollte nach dem Geschlechtsverkehr hören, dass sie schön war. Was wollte er? Das Übliche? Nein.

»I like your taste.«

Er grinste. Wurde ernst.

»I love you.«

Bitte, nicht das. Ein Fick und schon die große Liebe? Diese gut gemeinten Geständnisse waren so langweilig. Es drückte ihm Tränen in die Augen. Er küsste hungrig ihr ganzes Gesicht.

»Thank you. Thank you. Thank you.«

Was war das jetzt? So gut war sie sicher auch wieder nicht gewesen.

»He« – wie hieß er noch mal? –, »Paolo, it's okay. It was a good time for both of us.«

Sidney stützte sich auf und sah sie ernst an.

»Yes – no – you don't understand – it's – please do not

misunderstand, but you are my first white woman. My first woman from Europe. It was my dream. Thank you. Now I can go home.«

Maria kontrollierte noch einmal all die englischen Wörter. Ja, er hatte gesagt, dass sie seine erste weiße Frau war. Und dass er davon geträumt hatte, einmal mit einer Europäerin ins Bett zu gehen. Das war so – Maria lachte. Das war absoluter Irrwitz. Sidney sah sie ängstlich an.

»It's okay, Paolo, I was dreaming of having sex with a black man.«

Sidney zuckte zuerst zurück, dann dachte er nach, schließlich lachte auch er.

»I understand. We all want to have what we don't know.«

Damit strich er ihr übers Haar, ging zur Badewanne gegenüber der Chaiselongue und ließ Wasser ein. Ja, sie beide waren neugierig auf das, was sie nicht kannten. Das war schön. Sich durch fremde Nationen durchzubumsen, was für ein Gedanke. Wobei, taten das nicht auch gewisse weiße Ärsche in Thailand? Und das hatte kaum etwas mit interkultureller Begegnung zu tun. Das war kolonialistisches Ausnützen. Dieser vermaledeite Fall mit all seinen Kulturen-, Rassen- und Abgrenzungsdiskussionen, er vergiftete ihre Gedanken. Sidney pritschelte mit dem Wasser.

»Come – taste the water.«

Er winkte sie zu sich. Dabei hatte er einen unglaublich unschuldigen und liebevollen, zugleich gierigen Ausdruck im Gesicht. Wollte er schon wieder? Maria scannte ihren Körper durch. Na ja, wenn er wirklich wollte, sie war bereit. Sie spreizte unwillkürlich die Beine. Sidney war mit einem Schritt an ihrer Seite und mit einer weiteren schnellen Bewegung zwischen ihren Beinen. Seine Haare rieben wie eine Drahtbürste über ihre Innenschenkel. Es tat ein bisschen weh, und zugleich machte es sie unheimlich feucht. Maria hob den Kopf und sah die kurz geschorenen Locken zwischen ihren Beinen auf- und abwippen. Das jagte ihr Speichel in den Mund. Und der verdoppelte sich, als das dunkle Gesicht über ihrem Bauch auftauchte. War doch wesentlich netter als das Schweinchenrosa von ihrem Ex. Sidney stützte sich auf und pikste sie mit seinem Zeigefinger. Es kitzelte. Er biss sie in den Bauch. Maria schrie kurz auf. Sidney schleckte über den Biss.

»I want into this body. Here and here and here and here.«

Dabei pikste er sie wieder. Maria wurde halb wahnsinnig. Alles war elektrisiert. Dann legte er die Hände rund um ihren Nabel. Sie wirkten wie ein Tuch. Geil. Seine Zunge stupste in das kleine Loch. Maria meinte, ihre Klitoris wackeln zu spüren. Mit dem letzten Rest an Vernunft fingerte sie zu ihrer Jacke und aus ihr das Handy heraus. Es war erst halb elf. Nun gut, eine zweite Runde ging sich da schon noch aus. Irgendwann musste sie zur Feier zurückkehren. Aber noch nicht jetzt. Sie ließ das Handy fallen, schnappte eines der herumliegenden Kondome, drückte Sidney von sich weg, packte ihn am erigierten Schwanz und zog ihn zur Badewanne. Als sie ins warme Nass eintauchte, entdeckte sie den Spiegel über ihren Köpfen. Fein, jetzt fickte sie mit zwei schokobraunen Cornettos.

Maria drehte sich nochmals um und winkte Sidney zu. Hoffentlich hatte er wirklich verstanden, dass ihr eiliger Aufbruch nichts, absolut nichts mit ihm zu tun hatte. Nein, sicher nicht. Was würde sie jetzt dafür geben, nicht Bereitschaft zu haben, nicht mit dem Fall Bäumler zu tun zu haben, nicht zu einer weiteren Leiche zu müssen. Vielmehr mit ihm noch eine weitere Runde in der Badewanne abzuturnen. Noch einmal seinen schönen Schwanz in ihrem Mund zu sehen. Wieder und immer wieder zu beobachten, wie seine ästhetischen Hände ihre Brüste massierten! Ja, manches Mal hatte frau schon Pech. Auf ihren viel zu kalten Sandalen schlitterte sie ins Präsidium.

Im Hof stand Phillip an einen fremden Wagen gelehnt

und wackelte mit dem Autoschlüssel. Scheiße. Jäh war ihr Hirn wieder kristallklar. Er musste es mitbekommen haben. Und Hansi hatte es mitbekommen. Damit wussten nun alle Bescheid. Mist. Was sagen? Es ging sie doch alle nichts an! Sie konnte verdammt noch mal ins Bett steigen, mit wem sie wollte! Maria blieb ein paar Meter vor dem Wagen stehen.

»'tschuldige, wir waren – auch was trinken. Wir haben komplett die Zeit übersehen. Aber ich hab eh nichts getrunken.«

»Ich hab dich nicht gefragt. Ich habe es angenommen.«

Verdammt noch mal, musste er sich wie ihr Vater aufspielen? War ja schon schlimm genug, dass er sie mitten im dritten Orgasmus gestört hatte. – He, Maria, das konnte er nicht wissen. – Oh doch, er wusste es sicher. Auch wenn sie gestammelt hatte ›in einem Lokal‹, da war keine Musik im Hintergrund gewesen. Auch wenn sie so wenig wie möglich gesagt hatte, um nichts aufgrund ihrer belegten Stimme zu verraten, sie hatte eben zu wenig gesagt. Er war ja nicht blöd, er war erstens ein sehr guter Bulle und zweitens ihr Partner. Auszeit. Sie brauchte kurz, um sich wieder in den Griff zu bekommen. Wie nur? Ach ja, sie musste sich ja noch umziehen. Sie konnte sich kaum mit halb entblößter Brust über den Toten beugen. Maria wandte sich zur Eingangstür.

»Ich muss mich noch umziehen.«

Phillip deutete auf den Rücksitz des Wagens und stieg ein. Shit. So eilig hatten sie es auch wieder nicht. Trimmel war ja schon tot. Und bis Georg und seine Männer den Tatort freigaben, dauerte es sicher noch. Phillip wollte ihr nur ein schlechtes Gewissen einreden. Trotzig riss sie die Wagentür auf und nahm ihr Gewand heraus.

»Ich muss auch noch pinkeln.«

Sie musste unbedingt das Moschus des Badeöls mit der scharfen Zitrone der Toilettenseife übertünchen. Ein Puffgeruch hatte an einem Tatort wirklich nichts zu suchen. Maria nahm zwei Stufen auf einmal, ließ das Alltagsgewand auf den dreckigen Boden fallen, das Kostümchen gleich dazu und holte Luft. Im Spiegel leuchtete ihr ein wunderschönes Gesicht entgegen. Nein, sie brauchte sich nicht um den Geruch zu kümmern, man sah es ihr an. Sie drehte das kalte Wasser auf und ließ es über ihre Wangen rinnen. Okay, cool down. Trimmel war aus dem Fenster gestürzt. Absichtlich? Unabsichtlich? Oder gar unfreiwillig? Was konnte das bedeuten? Fenster geputzt haben wird er am Abend ja wohl kaum. Also Selbstmord oder Mord? Warum Suizid? Das tat man aus verzweifelter Liebe, nicht vorhandener Lebensfreude, tödlicher Krankheit, Geldsorgen. Liebe? Verzweiflung? Nicht bei diesem kaltschnäuzigen Buchhalter. Wobei, wissen konnte man das nie. Todesangst? Vielleicht. Aber warum gerade jetzt? Geldsorgen? Die Agentur schien gut zu gehen. Wobei, man wusste nie, ob einer eventuell spiel- oder nach etwas anderem süchtig war. Mord. Wiederum der Grund Leidenschaft, dann Geld und schließlich Schweigen. Hatte Trimmel was gewusst, was er nicht sollte, so wie die Bäumler? Maria nahm einen Packen Papierhandtücher, machte sie mit dem eiskalten Wasser nass, ließ doch den Zitronenspender Spender sein und fuhr sich mit dem neutralen, klammen Tuch über den Körper. Damit verschwand auch der letzte Rest an Rolligkeit aus ihren Gliedmaßen. Sidney nachhängen konnte sie später, die aktuellen Männer hießen Trimmel und Phillip.

Der Motor starb ab. Phillip schnalzte mit der Zunge, brachte den Wagen nun erfolgreich zum Laufen, lenkte ihn Richtung Obere Augartenstraße. Warum waren sie eigentlich nicht zu Fuß hingegangen? Es war doch gleich um die Ecke. Und außerdem …

»Warum fahren wir nicht mit dem unseren?«

»Bei dem sind die Reifen aufgeschlitzt.«

»Wie bitte? Aber er steht doch da am Parkplatz vom Präsidium …«

»War wohl einer von uns.«

»Das ist doch lächerlich.«

»Ich mache keine Scherze.«

Puhh, Monsieur Roth war grottenschlecht gelaunt.

»He, ich bin nicht schuld, dass wir Bereitschaft haben. – Jetzt versäumen wir wenigstens das Lied für den Gottl, und du brauchst Gabi nicht umzubringen.«

Maria schickte ein Lachen hinterher, das ihr sofort abstarb, als sie in die eisige Miene ihres Partners sah.

»Du hast es versäumt, ich nicht.«

Der Ton war so indigniert, dass Maria schon wieder lachen musste. Doch sie biss sich ganz fest auf die Lippen. Sie musste sich höllisch konzentrieren.

»Was habe ich – sonst – noch – versäumt?«

»Eine Prügelei.«

Wie bitte? Hatten die Wirtsleute was in das Bier getan?

»Phillip, komm, das ist doch …«

»Gerry wollte dich bei diesem Lied für den Gottl auf die Bühne holen, hat dich über das Mikrophon gerufen. Da hat der Charlie, der die Gabi bei der Tür blöd angegangen ist, wie sie mit dem Paolo und dem Denzel« – so also hieß der Hengst – »gekommen ist, gemeint, dass er drauf scheißt, eine Niggerbraut auf der Bühne zu sehen.«

»Eine was?!?!«

»Hansi hat dich draußen mit Paolo gesehen und es allen weitererzählt. Er ist immer froh, wenn er sich wichtig machen kann.«

»Ja, und?!?!«

»Der Gottl hat ihn angebrüllt, dass er so etwas nicht hören will. Und dass sich der Charlie entschuldigen soll. Der hat daraufhin Fickbewegungen nachgemacht und wieder ›Niggerbraut‹ gebrüllt. Nein, ich präzisiere, er hat gebrüllt: ›Niggerbraut. Alles Niggerweiber. Was anderes als rammeln kennans eh net, die Bimbos.‹ Daraufhin habe ich ihm gesagt, dass er betrunken ist, nicht weiß, was er sagt, und nach Hause gehen soll. Irgendwer hat dann gesagt, dass das stimmt, was der Charlie sagt, und dass es nicht gut ist, wenn sich die Rassen mischen. Dann war Durcheinandergeschreie. Worauf Josef sich ein Mikro gepackt hat, auf den Tisch gestiegen ist und eine Abhandlung darüber gehalten hat, dass es keine Rassen zwischen den Menschen gibt.«

»Wieso? Was hat er gesagt?«

»Dass rein biologisch verschiedene Rassen sich nicht fortpflanzen können, so wie zum Beispiel ein indischer und ein afrikanischer Elefant. Da aber alle Menschen miteinander Kinder bekommen können, sind wir eine Rasse. Und nur verschiedene Arten.«

»Super.«

»Nicht super. Weil dann der Charlie zu ihm hochgesprintet ist und dem Josef eine in die Goschn ghaut hat. ›Niggerfreund‹, ›Ziegenficker‹ und ›gschissenes Schlitzaugenfreunderl‹ waren noch seine freundlichsten begleitenden Ausdrücke.«

»Bist du wahnsinnig. Ich hab's schon immer gespürt, dieser Charlie, der tickt doch nicht richtig!«

»Das hat der Gottl auch befunden. Aber erst nachdem der Tilli dem Charlie eine drübergezogen hat, Freunde von Charlie sich auf den Tilli gestürzt haben und Freunde vom Tilli sich auf die anderen geworfen haben.«

»Und du?«

»Ich habe den Feuerlöscher geholt und alle eingeschäumt. Elsa hat allen Bier über die Köpfe geleert. Die Eisenstein hat sich mit Mineralwasser beteiligt, und der Wirt, der hat schließlich gerufen: ›Aufhören oder i hol di Polizei!‹ Daraufhin haben ihn alle blöd angeglotzt.«

Sie bogen um die Ecke und sahen das hell beleuchtete Haus, in dem Trimmel gewohnt hatte. Phillip parkte ein paar Meter vor der Absperrung. Maria musste auflachen.

»Phillip, du willst mich verarschen.«

Er drehte sich zu ihr. Was sprach sein Gesicht? Es war nicht offen, aber auch nicht wirklich feindselig. Was dachte er bloß?

»May, ich verarsch dich nicht. Der Bitterlich hat anscheinend mehr Recht, als wir wahrhaben wollen. Und wieso auch nicht? Wir glauben sie zu kennen, unsere Herren Kollegen, aber wann reden wir schon mit ihnen? Und normalerweise, wenn sie nicht besoffen sind, werden sie sich hüten, das zu sagen, was sie wirklich denken. Noch herrscht eine Stimmung in diesem Land, die solche Äußerungen öffentlich nicht gutheißt.«

Er lehnte sich wieder zurück.

»Aber ich weiß nicht, wie lange noch.«

Maria bemerkte, dass sie an einer Haarsträhne knabberte, die sich aus dem Knoten gelöst hatte. Eine Prügelei unter den Kollegen, nur weil sie mit einem Schwarzen verschwunden war. Das klang schon fast nach einer Geschichte aus der Feder von Friedrich Berg.

»Und wie hat der Gottl dann reagiert?«

Phillip lachte auf.

»Er hat Charlie suspendiert, weil seine Objektivität im Dienst nicht gewährleistet sei. – Ja, und dann hat er befohlen weiterzufeiern, weil so ein Geschmeiß, wortwörtliches Zitat, nicht wichtig genug sei, die Gemeinschaft zu zerstören. Und dann ist Gerry wieder auf der Bildfläche aufgetaucht. Wir haben ›We are family‹ gesungen, mit einem deutschen Text vom Gerry. Der Refrain war ›Wir stehn so auf dich‹, damit war Gottl gemeint. – Und wie war's bei dir?«

Phillips Ausdruck war betont neutral. Sie starrten einander an. ›Wir stehn so auf dich.‹ Marias Zwerchfell zog sich krampfartig zusammen. ›Wir stehn so auf dich.‹ Maria kicherte abgehackt los.

»Und du? Du hast mitgesungen? ›Wir stehn so auf dich‹?«

Sie sang es in der bekannten Melodie des Songs. Phillip malmte mit dem Kiefer. Er malträtierte seine Lippen. Dann grinste auch er.

»Ja. Habe ich. Ich habe ihn geliebt in dem Moment.«

Er wurde sofort wieder ernst.

»Wenn ich mir's so überlege, dann hätte die Prügelei eine Inszenierung vom Gerry sein können. Zumindest die Hälfte der Belegschaft hat sich so zweifellos zu Gottl bekannt.«

Er drehte sich zu ihr.

»Zu der Einstellung ›Soll die Kouba ins Bett steigen, mit wem sie will‹. Ich hoffe, du hast es genossen.«

Maria wandte sich ab, drückte die Türschnalle.

»Wir haben zu arbeiten.«

Sie schritt alleine durch die Absperrung. Sollte er doch schmollen. Seine Freundin würde ihn schon wieder entspannen.

Der Anblick war kein schöner. War er nie bei zerschmetterten Körpern. Die Blutlache war riesig, die Wirbelsäule verdreht. Georg und seine Männer waren offensichtlich schon fertig, denn ihre weißen Overalls glänzten durch Abwesenheit. Da war nur mehr ein Maria unbekannter Gerichtsmediziner – nein – doch – nein, es war Winnie! Was ihm die Wichtigkeit seiner Aufgabe doch für ein fremdes Flair verlieh! Sie kniete sich zu ihm. Er sprach sie an, ohne aufzusehen.

»Klassische Fraktur des Craniums im Dachbereich und der Columna vertebralis.«

Winnie sah sie an.

»Bei ihm ist alles, wie man so sagt, zermörschert. Jedes für sich hätte gereicht.«

»Durch den Sturz?«

»Was anderes seh ich erst am Tisch.«

»Wo ist Josef?«

»Der pflegt seine Hämatome, die er sich in einer Prügelei für eine Kollegin zugezogen hat.«

Na wunderbar. Jetzt war sie der Mittelpunkt von etwas, bei dem sie nicht einmal dabei gewesen war. Maria konzentrierte sich, ihren neutralen Blick beizubehalten, und flüchtete sich zu Phillip, der zu ihnen trat. Sie nickten einander zu und erklommen in einem unsinnigen Wettstreit zu Fuß die fünf

Stockwerke zu Trimmels Dachgeschosswohnung. Die permanente Nachtarbeit machte verwirrt. Man sollte den Menschen klar machen, nur tagsüber zu morden. Oder sich vom Leben zu verabschieden. Denn das war es hier augenscheinlich. Georg winkte ihnen mit einem Zettel in der Hand. Maria zog Handschuhe über und sah ihren Verdacht bestätigt, als sie las: ›Ich kann ohne Rita nicht. Sie war mein Leben.‹ Sie reichte Phillip den Zettel. Der las. Sie wechselten einen Blick. Ihre Zweifel vereinigten und bestätigten sich. Georg nahm ihnen den Zettel wieder aus der Hand.

»Kein gewaltsamer Einbruch. Das Fenster untersuchen wir gerade, aber bis jetzt nichts Auffälliges.«

Er deutete auf den Couchtisch, auf eine protzige Hausbar.

»Viel Alkohol.«

Maria studierte den loftähnlichen Raum. Er war eine gestylte Kombination von Wohnzimmer und Schlafzimmer. Küche, Klo und Bad dürften hinter den drei Türen verborgen sein. Nein, sie hatte zu voreilig gegeifert, gestern, als sie umsonst geläutet hatten. So wollte sie nicht wohnen. Da gab es ja keinerlei Rückzugsmöglichkeit. Gut, die brauchte man auch nur, wenn man in einer Partnerschaft lebte. Und das hatte Trimmel ja nicht getan. Doch wenn Maria von sich selbst ausging, dann suchte sich ein Mensch so eine Wohnung nur, wenn er nie beabsichtigte, mit jemandem zusammenzuziehen. Sie würde immer auf genügend Türen achten. Sie wollte einmal mit jemandem gemeinsam leben. Trimmel wirklich nicht. Und so jemand schrieb einen verzweifelten Liebes-Abschiedsbrief? Mit über vierzig musste er doch wissen, was er wollte. Nein, das war auch wieder vorschnell. Der Blitz konnte jederzeit einschlagen. Aber frisch verliebt hatte er wirklich nicht gewirkt.

Maria nahm automatisch eine Zigarette aus der Packung und steckte sie wieder ein. Die Kollegen waren noch nicht fertig, und ihr transportabler Aschenbecher war übervoll. Also noch darben und leiden. Maria sah sich um. Wenig Persönliches in dieser Wohnung. Ein am Computer amateurhaft gebasteltes Bild. ›14. Juli 2002. Happy Birthday 4 U.‹ Neben dem Vierer so eine Art druntergestellte Null. Aha, also Glückwünsche zum Vierziger von Trimmel. Blöde Abkürzungen. Am Laptop klebte ein ähnliches ›U-you‹. Hatte er sich das etwa selber geschrieben? War er so einsam gewesen? Maria betrachtete die Karte. Nein, da waren unleserliche Unterschriften und ein ›Für Helge‹ drauf. Sie wandte sich an den Kollegen Clemens, der offensichtlich zuständig war, diesen Teil der Wohnung zu untersuchen.

»Habt ihr den Computer schon?«

Clemens nickte, Maria schaltete den Laptop ein. Vielleicht würde sich ja auch eine Art Tagebuch finden. Der Bildschirm flashte auf, die Programme starteten, die Angelegenheiten der Agentur waren penibel geordnet, keinerlei private Dateien. Irgendwo waren die sicher gut versteckt. Das sah diesem Technokraten ähnlich. Maria gab Clemens ein Zeichen, das Ding einzupacken und durchzuackern. Sie wandte sich Phillip zu, der vor dem Couchtisch hockte, als würden ihm die Gläser eine Geschichte erzählen.

»Hat anscheinend noch beim Abgang auf Stil Wert gelegt.«

Phillip brummte.

»Eben. Wenn du dich umbringen würdest, würdest du darauf achten, dass die Gläser zum Inhalt passen? Da schütt ich das Zeugs doch einfach so runter, und wenn's aus der Flasche ist.«

»Ja, wir vielleicht. Aber wer weiß …«

Georg stellte sich zu ihnen.

»Es gibt so Depperte. Meine Tante, die is so drüber, dass sie sich geschminkt auf den Operationstisch gelegt hat, wie sie sich die Venen hat machen lassn. Sie hat so eine Schreierei veranstaltet, dass die ganze Belegschaft sich nur mehr am Boden gewutzelt hat vor Lachen. Und dann habens ihr, wie sie schon an der Wurschtlspritzn ghängt is, noch einmal den Spiegel hinghaltn. Da war sie dann so froh, dass' gleich weg war. Vorher habens schon glaubt, die Spritzn, die wirkt net, weil sie so panisch war, dass' schiarch ausschaut, dass' net und net eingschlafn is.«

Maria und Phillip sahen ihren Kollegen nur an. Der riss die Augen auf.

»Ja, wirklich. Des is jetzt ka Gschichtl!«

Phillip stand auf und ging Richtung Küche.

»Du warst eindeutig einmal zu oft mit dem Gerry zusammen.«

»Geh, Roth, alter Kampfgenosse, jetzt kriag di wieder ein. War doch a ganz lustig, der Abendsport. – Ma, der is noch imma andiniert. Geh, Maria, sag ihm, dass er des alles net immer so ernst nehmen soll. Die Burschen, die waren halt a bissel eingspritzt.«

Maria erhob sich aus der Hocke.

»Georg, Niggerbraut oder was da noch alles gfalln is, ich weiß es ja nicht, aber das is rassistisch.«

Georg sah sie sinnierend an, hockte sich nun seinerseits zum Couchtisch und wedelte mit seinem Pinsel über die Gläser.

»Ja, eh, nur den Charlie, den muss ma auch a bissel verstehen. Sei Hackn, di is wirklich net lustig. Ewig nur diese Junkies. Letztens habens a Kind aufgriffn, das sich plötzlich auf dem Gehsteig gwunden hat. Hat sich herausgestellt, dass der Bua die Heroinkugeln, di ihm irgendwer fürs Schmuggeln einegestopft hat, nicht hat – also nicht hat rauskacken können. Sie haben ihm grad no erwischt.«

Maria nickte. Ja, das war das Letzte, Kinder als lebende Schmuggelkoffer zu verwenden. Die vom Zoll, die erzählten da manchmal Geschichten, dass einem nur übel wurde. Trotzdem …

»Ja, das sind Gangster. Aber nicht jeder Schwarze ist ein Gangster.«

»Ja, so sieht des halt der Charlie. Er hat halt no net wirklich andere kennen gelernt.«

»Er ist trotzdem ein Rassist.«

»Maria – und du? Bist du net ein bissel selbstgerecht?«

Maria stand auf und verkrampfte ihre Hände. Tief durchatmen. Schreien war jetzt nicht angesagt.

»Lieber Georg, ich hab auch mit lauter Mördern zu tun, und nehm ich deswegen an, dass alle Menschen Mörder sind?«

Georg schwieg, Maria stakste nun ebenfalls Richtung Küche. Dabei kam sie an Clemens vorbei, der sie mit Argusaugen beobachtete.

»Es sagt auch keiner, dass alle aus Afrika oder alle aus Rumänien Verbrecher san, nur, des Problem is, dass zu uns nur der Dreck reinkommt. Und da gheart endlich was gmacht. Kann scho sein, dass dein Gschamsterer net so ana is …«

Maria bog scharf ab und stellte sich direkt vor Clemens.

»Es war ein Gebot der Höflichkeit, Freunde von unserer Kollegin als Gäste zu behandeln. Also mit ihnen zu reden, was zu trinken und zu tanzen. Wenn du jeden Sommer deine Zehen in Rimini in den Sand steckst, willst ja auch nicht als blader Germane beschimpft werden.«

»I bin a Österreicher, i bin ka …«

»Was ist? Sag's schon, willst jetzt auch noch a bissel über die Piefke schimpfen? Die Schlitzaugen haben wir auch noch nicht dranghabt.«

Clemens grinste dreckig.

»Na, der muass di ja heftig – beeindruckt haben, wennst ihn so verteidigst.«

Maria fühlte die Ohrfeige, die sie Clemens verpasste. Gedanklich verpasste. Tatsächlich krallte sie sich fest in die Ärmel ihrer Daunenjacke.

»Ja, der ist nämlich nicht so ein Arsch wie du.«

Jetzt ballte Clemens die Fäuste. Phillip stellte sich neben sie beide.

»Wisst ihr, euer Gespräch gibt mir mein Vertrauen in den Rechtsstaat und in die Behörden zurück. Das ist fein.«

Die erste Gemeinsamkeit zwischen Maria und Clemens – sie drehten sich gleichermaßen perplex zu Phillip, wie auch Georg und die anderen. Phillip schaute betont unschuldig in die Runde.

»Tatsache, Freunde, bei jeder Wahl vom Anders und vom Pollak oder auch vom Kübler, unserem kleinen Machiavelli, habe ich bisher geglaubt, dass betrogen und geschoben wird. Nein, jetzt weiß ich, wo ihre Wähler sind.«

Phillip grinste sein Lausbubenlächeln in die verdatterten Gesichter.

»Ist das nicht wunderbar? Es geht alles mit rechten Dingen zu.«

Es lag ein allgemeines fassungsloses ›Hä?‹ in der Luft. Maria löste sich als Erste aus dem Standbild. Er war gut. Er war wirklich gut. Ein Lächeln stahl sich auf ihr Gesicht. Die Tür zum Nassbereich knallte gegen ihren Rücken. Energisch kam Kollege Fabian ins Zimmer geschossen. Abrupt blieb er stehen und schnupperte. Dann wandte er sich zu Phillip und Maria.

»Bitte, wer von euch beiden hat schon wieder geraucht? – Georg, wir sind no net fertig, warum hast nix gsagt?«

»Wir haben nicht geraucht.«

Maria vergaß ihre Verteidigung. Welcher starke Raucher war erst vor kurzem beim passionierten Nichtraucher Trimmel gewesen?

Der Mann war vielleicht Ende zwanzig, hatte einen für dieses Alter unüblichen Bauchansatz und eine Ähnlichkeit mit Tony Curtis, wenn man sich vorstellte, dass sein Gesicht nicht vor Schreck verzerrt war. Monoton kratzte er mit der rechten Hand über den linken Handrücken. Ein Uniformierter reichte Maria einen Notizzettel.

»Herr Gratzl, Sie also – Sie haben also mitbekommen, wie Ihr Nachbar vom Balkon gestürzt ist?«

Gratzl nickte schnell und ausdruckslos. Es erinnerte Maria an einen Wackelkopfdackel. Phillip schickte Maria einen Blick Marke ›Puh, wird anstrengend‹ und bot dem in den riesigen Ohrensessel Vergrabenen eine Zigarette an. Gratzl starrte auf die Packung und kämpfte mit sich. War er etwa auch Nichtraucher? Es war wahrlich eine Epidemie.

Der Mann, der ihnen geöffnet hatte, ja, Brandstetter hieß er, kam mit zwei Kaffee zum Couchtisch, um den sie alle saßen. Sein Bauch war mehr der Klassiker eines Waschbretts. Die Ähnlichkeit mit James Dean vervollkommnete seine Attraktivität.

»Bitte, da herinnen, da darf ich Sie bitten, nicht zu rauchen. Am Balkon, da ...«

Gratzl schrie leise auf und verbarg seinen Kopf in seinem Pullover. Brandstetter streichelte Gratzl über die Haare.

»Ich bring dir eine Decke, Flo.«

Er verschwand ins Vorzimmer. Aus der Tiefe des Pullovers knurrte Gratzls Stimme.

»Wir werden jetzt da herinnen rauchen! Hast du mich verstanden?! Wirklich, so morb. Wir werden jetzt da rauchen. Du Fanatiker, nur weil du ...«

Ein Schluchzen wurde hörbar. Brandstetter erschien im Türrahmen, senkte den Kopf, biss sich auf die Lippen, nickte. Verschwand wieder. Phillip ließ sein Feuerzeug klicken, was Gratzl zum Auftauchen motivierte.

»Entschuldigen Sie bitte, aber das war – das war wirklich – so morb – verstehen Sie, wenn Harry nicht – diese Zicke. Am Anfang hat es ihn überhaupt nicht gestört, dass ich rauch. Und jetzt schickt er mich da hinaus, und ich muss – so morb, echt –, muss ich da zuschauen, wie sich der Helge da runterwirft. Wirklich, so morb.«

Mit zittrigen Händen nahm er Phillips Zigarette. Der schöne Harry kam wieder herein und verlangsamte kurz seinen Schritt, als er die Rauchschwade sah. Er ließ die Decke auf Gratzl fallen und stolzierte zur Küche. Sein Freund wickelte sich ein, denn plötzlich klapperten seine Zähne.

»Herr Gratzl, ich weiß, dass das schwierig ist für Sie, aber Sie haben Trimmel ja offensichtlich gekannt, und da haben wir natürlich Fragen, was …«

»Ich habe ihn nicht gekannt, wir waren Nachbarn.«

»Ja, aber Sie waren erst gestern – vorgestern bei ihm und haben …«

Gratzl senkte die Stimme.

»Ich war bei ihm, weil wir klären wollten, wie er und Harry« – Gratzl deutete Richtung Küche – »es wieder irgendwie auf die Reihe kriegen könnten, nicht permanent irgendwelche morben Kleinkriege zu führen.«

»Die beiden können einander nicht leiden?«

Gratzl winkte ab. Dann schüttelte es ihn wieder. Gut, der Mann brauchte eine Minute.

Maria ging zur offenen Balkontür, trat hinaus in den Schnee. Die Sicht auf den benachbarten Balkon war gut. Es musste wirklich entsetzlich gewesen sein, da zuzuschauen, wie ein Mensch die fünf Stockwerke hinunterstürzte. Was tat man in einem solchen Augenblick? Griff man instinktiv hin, auch wenn die Entfernung zu groß war, um etwas ausrichten zu können? Wandte man sich ab? Schrie man? Jedenfalls war es unmenschlich, da heraußen bei dieser Kälte eine Zigarette rauchen zu müssen.

Maria flüchtete sich ins Zimmer zurück und schloss die Tür.

»Ich weiß, dass Sie noch völlig geschockt sind, Herr Gratzl, aber wir müssten trotzdem anfangen …«

»Geschockt! Ich hab geglaubt, ich piss mir in die Hose! Geht da der Helge seelenruhig raus und klettert übers Geländer und springt! Einfach so! Wirklich, so morb. Geschockt.«

Der Ton über dem letzten Wort erklärte Maria und Phillip, dass sie gefälligst keine Ahnung hatten, was wirklich ›morb‹ war. Mit offensichtlichem Widerwillen stellte Brandstetter eine Untertasse auf den Tisch. Sie sollte wohl als Aschenbecher dienen. Gratzl benutzte sie auch sogleich, dann schloss er die Augen. Harry stellte sich wie ein Leibwächter neben ihn.

»Flo hat noch gesagt, ›Servus, Helge‹, hat er gesagt, ›du rauchst ja gar nicht, was machst dann da?, hat er gesagt, der Flo. Wollte halt einen Schmäh machen, der Flo. Und dann hat er gesagt, ›Helge, was machst denn da? Bist zu oder was?, hat er gesagt, der Flo. – Hat er geschrien, der Flo. Und dann hat er ganz laut geschrien.«

Kein ›der Flo‹? – Maria, reiß dich zusammen. Es war nur ganz natürlich, dass Brandstetters Sprache in der Aufregung eine kleine Redundanz erfuhr. – Sie wandte sich Gratzl zu.

»Hat Trimmel auf Sie reagiert?«

Gratzl ließ die Augen geschlossen, schüttelte den Kopf.

»Er hat mich schon angschaut, aber wie ein Kiffer.«

Er schüttelte erneut den Kopf.

»Dann hat er gehorcht, als würd jemand was sagen, hinter ihm, aber da hat niemand was gsagt. Das hätt ich ja ghört.«

Er riss die Augen auf.

»Das war wie bei so Filmen, wo jemand vom Teufel besessen ist und sich dann so umschaut, weil er die Stimme des Meisters hört.«

»Flo, bitte, du immer mit deinen grauslichen Filmen.«

Witzig. So muskelbepackt, wie Brandstetter war, suggerierte er, dass er nicht unbedingt zu den Love-Romance-Konsumenten gehörte. Jetzt aber erinnerte er Maria mit seinem zusammengezogenen Gesicht frappant an ihre Mutter. Genau so sah die drein, wenn Maria von irgendeinem Actionknaller schwärmte. Ihre Mutter. Nicht einmal mehr vierundzwanzig Stunden, und sie musste sich endlich mit ihrer Vergangenheit konfrontieren. Schlagartig hatte Maria so ein Flattern im Bauch. Sie nahm endlich den Kaffee, dessen cremige Oberfläche schon in sich zusammengefallen war.

Phillip beugte sich zu Gratzl, der einen eigenartig friedfertigen Ausdruck bekam, als er ihm in die Augen sah.

»Herr Gratzl, was war dann? Haben Sie runtergeschaut? Sind Sie weg vom Balkon? Wer hat die Polizei gerufen? Was war dann?«

Gratzl lächelte zuerst klein, dann sehr groß. Er senkte leicht die Lider. Wurde Phillip da gerade massiv angebaggert? In dieser Situation? Das wurde Gratzl anscheinend auch gerade bewusst. Sein Lächeln verschwand.

»Herr Roth …«

Na ja, in der Stimme war es noch leicht vorhanden, dieses Unterschwellige.

»… ich – ich habe …«

Gratzl schloss wieder die Augen.

»Ja, also, ich hab runtergeschaut, ja, und dann …«

Er schlug die Hände vors Gesicht.

»Dann haben Sie die Hände vors Gesicht geschlagen und sind hineingelaufen.«

Gratzl sah Maria verwundert an, dann seine Hände und verstand. Er dämpfte die Zigarette aus, schenkte sich den offensichtlich nicht ersten Whiskey des Abends ein.

»Wirklich. Ich versteh nicht, warum das der Helge gemacht hat. Der Helge war nie einer von denen.«

Brandstetter setzte sich auf eine der Lehnen des Ohrensessels.

»Flo, erzähl ihnen doch die Gschichte, die von damals.«

Gratzl schnaufte auf. Es schien ihm unangenehm. Er schwieg.

»Welche Geschichte, Herr Gratzl?«

»Wirklich, ich weiß nicht …«

»Der Flo war einmal bei so einer Gruppe, die haben – na ja, die haben viel Sport, sehr, sehr viel Sport gemacht. Und nicht nur das, sondern …«

»Wir haben auch mit Waffen geübt. Ganz legal, war als Schießverein eingetragen. Ich weiß nicht, was du hast, Harry, wirklich. Es gibt Hunderte Schießvereine. Deine Meckerei ist echt morb.«

Brandstetter zog die linke Augenbraue hoch, schaute demonstrativ ins Leere. Eigentlich eigenartig, wie viele Menschen diese Angewohnheit hatten. Gratzl wandte sich ihnen wieder zu – nein, er wandte sich wieder Phillip zu.

»Ja, und damals, da hat sich einer in den Kopf geschossen, weil seine Frau mit einem anderen abmarschiert ist. – Echt, so morb. – Und da hat der Helge gmeint, dass nur Weichlinge Selbstmord begehen. Männer nehmen Rache.«

Phillip bot Gratzl eine weitere Zigarette an. Brandstetter presste die Lippen aufeinander.

»Ich bin froh, dass du nicht mehr bei diesen – diesen Leuten bist.«

Gratzl blitzte seinen Freund an. Der zog nun beide Augenbrauen hoch und wandte sich neuerlich ab. Phillip gab Gratzl Feuer.

»Verstehe ich Sie richtig, Herr Gratzl« – der strahlte Phillip wieder an –, »Sie kennen Trimmel nicht nur als Nachbar, sondern schon länger?«

»Ja, er ist« – er betonte das ›ist‹ und warf einen Seitenblick zu Brandstetter – »in meiner« – Irritation –, »war in meiner – Sportgruppe. Argentuum.«

»Sind das die in Bisamberg?«

Gratzls Blick zu Maria war erstmals wohlwollend. Er nickte. Maria hatte den Namen dieser Gruppe schon mehr als oft in ihrem Stammbeisl gehört. Von diesen beiden komischen Studenten. Sie war auch schon einmal in den Genuss gekommen, so eine Art Vereinslied zu hören. Eine Zeile war ihr im Gedächtnis geblieben. ›Treue bis in den Tod.‹

»Aha. Und Trimmel war also auch dabei. Und jetzt hat er neben Ihnen gewohnt.«

»Er hat uns die Wohnung besorgt.«

»Das heißt, Sie waren befreundet? Und das sagen Sie uns nicht?«

»Wir waren nicht befreundet. Wir waren – Sportkameraden.«

Gratzl senkte den Kopf, machte sich klein. Brandstetter legte die Hand auf seine Schulter, Gratzl verscheuchte sie, die Mundwinkel seines Freundes fielen nach unten. Seine Hand zuckte. Gratzl knabberte an seinem Daumennagel.

Maria stellte ihre Tasse ab und setzte sich.

»Diese Sportgruppe, hat die vielleicht eine politische Ausrichtung?«

Gratzls Ausdruck wurde eisig.

»Mens sana in corpore sano.«

»Fein! Das heißt, ich kann mich da auch anmelden, und mein Freund Mahmut auch?«

Gab's eine Steigerung von eisig? Hingegen war Brandstetters Blick zu Maria wohlwollend. Gratzl sog an seiner Zigarette. Keine Antwort war auch eine Antwort. Phillip beugte sich vor.

»Herr Gratzl« – der beugte sich ebenfalls vor –, »haben Sie irgendetwas bemerkt heute? War Besuch bei Trimmel? War er laut?«

Brandstetter wurde wieder lebendig.

»Wir sind erst sehr spät heimgekommen, wir waren essen.«

»Wann sind Sie heimgekommen?«

»Was meinst du, Flo, so um halb zehn war das, oder?«

Gratzl nickte. Phillip schob seinen Unterkiefer hin und her.

»Ja, aber der Trimmel ist so um halb elf gesprungen. War da etwas?«

»Nichts.«

Brandstetter pflichtete Flo bei.

»Wieso können Sie das so genau wissen? Vielleicht war da etwas, was Sie für den Fernseher gehalten haben oder so?«

»Wir haben nicht ferngeschaut. Und wir haben auch keinen gehört. Wir haben – haben uns etwas ausgeruht. Es war nichts.«

War Vollmond, dass heute alle unbedingt bumsen wollten? Gabi, sie selbst und die zwei. Das war schon eine Anhäufung, wenn man bedachte, dass der statistische Mittelwert bei zwei Mal Geschlechtsverkehr pro Woche lag. Interessant. Wie viele Menschen in Wien wohl gerade in diesem Moment Sex miteinander hatten? Besser nicht daran denken, sonst schob sich da allzu fordernd ein schwarzer Cornetto in ihre Phantasie. Und es war auch sinnlos, weiter auf dieser Frage herumzureiten. Die zwei hätten auch sicher nichts mitbekommen, wenn da was gewesen wäre.

»Und hat er in letzter Zeit irgendwas erzählt, dass es ihm schlecht geht?«

Brandstetter machte eine wegwerfende Bewegung.

»Bei dem, was der gegessen hat, kann's einem nur schlecht gehen.«

Gratzl verdrehte die Augen.

»Der Harry ist Koch und der Helge Veganer.«

Gratzl wich der Berührung seines Freundes aus, packte seine Decke, stand auf, stellte sich zum Balkonfenster und sah hinaus. Endlich. Maria hatte auf diesen zwingenden Blick aus dem Fenster schon gewartet. Es taten immer alle. Na ja, fast alle.

»Wir haben nicht mehr so viel Kontakt ghabt, der Helge und ich. Wie gesagt, der Harry und er, die können nicht so gut miteinander.«

Brandstetter schickte zu Maria und Phillip einen nicht wirklich entschuldigenden Blick. Es lag mehr Triumph als Bedauern darin. Na, der Bursche hatte seinen Freund ganz schön im Griff. Hobby aus, Rauchen aus, was wohl sonst noch? Wobei es um das Hobby wohl nicht so schade war. Gratzl und Trimmel in einer Wehrsportgruppe. Interessant. Jedenfalls gab es da heute noch Keks, das spürte Maria. Und wenn sie es sich recht überlegte, dann wollte sie nicht einmal am Beginn des Streites dabei sein. Und todmüde war sie auch. Sie stand auf.

»Das war's fürs Erste. Wir melden uns, wenn wir noch Fragen …«

»Eine hätte ich schon noch.« – Damit erhob sich Phillip. – »Herr Gratzl …«

Der schnellte herum, und so, wie er Phillip anblickte und wie Brandstetter das registrierte, stand die Schreierei unmittelbar bevor.

»… Sie haben doch offensichtlich noch immer Sympathie für Ihren Sportverein. Warum haben Sie ihn verlassen?«

Gratzls Blick wurde sehr intensiv. Er wirkte richtig sexy, der verschreckte Ausdruck war völlig verschwunden.

»Weil sie etwas gegen Schwule haben.«

Der Unterton war eine einzige Aufforderung an Phillip, Gratzl zu beweisen, dass er nichts gegen, vielmehr ganz viel für Schwule übrig hatte. Phillip lächelte ihm zu.

»Habe ich mir doch gedacht, dass das Vollidioten sind, in diesem Argentuum.«

Gratzl wusste nicht, wie er darauf reagieren sollte. Und dass Phillip beim Gang zur Tür kurz seinen Arm auf Marias Schultern legte, klärte seine Verwirrung sicher nicht im Geringsten. Oder seine Geilheit? War deshalb plötzlich Brandstetter bei ihnen?

»Ich habe schon was gesehen.«

»Du hast gar nichts gesehen. Du – du hast mich im Arm gehalten!«

Brandstetter ließ den Einwurf seines Freundes am Rücken hinabrieseln.

»Ja, dann habe ich ihn gehalten. Aber vorher, da war jemand auf der Straße. Ich habe hinuntergeschaut, wie der Flo so heulend hereingerannt ist. Weil er nix gsagt hat und ich wissen wollte, warum er so schreit. Also hab ich hinuntergeschaut, und da hab ich den Trimmel gesehen, natürlich, und einen blonden, großen Mann, wie der aus unserem Haus rauskommt und mit den Händen so herumfuhrwerkt – so fuchtelt halt.«

Brandstetter verschlang Hände und Arme, bewegte sie hin und her, ließ sie zum Abschluss zucken. Er wirkte wie ein Ausdruckstänzer. Maria durchfuhr es.

»Hat der Mann zufällig Narben im Gesicht gehabt?«

Brandstetter ließ die Arme wieder fallen.

»Das hab ich nicht erkennen können. Ist ja weit unten, der Boden.«

Phillip sah Maria fragend an, sie nickte. Beim Verlassen des Hauses ließ er sich mit dem Gendarmerieposten Kapfenberg verbinden.

Sie kuschelten sich an den Stehtisch des Würstelstandes, was so etwas wie Wärme suggerierte, und stopften im Gleichklang Käsekrainer in sich hinein. Mit süßem Senf und zwei Brotscherzeln. So wie es sich gehörte. ›A Eitrige mit an Bugl und an Gschieß‹, wie es in betont lustigen Wien-Führern stand, die auf urig machten. Es herrschte Gedränge am Schwedenplatz, denn die Nachtbusse machten gerade Station. Maria besah sich das letzte Drittel ihrer Wurst, es widerstand ihr. Was für ein Schwächeanfall! Sie war doch hungrig! Das Menü in diesem Gasthaus bei der Faschingsfeier, das war ja so grottenschlecht gewesen, dass sie nur wie ein Spatz gegessen hatte. Ihr Nicht-Gusto war schlichtweg Übermüdung. Zur Überbrückung schmierte sie mit dem Brot den Senf auf.

»Nur weil der Berg jetzt mit seinen Kumpanen bis zur Frühmesse das Wirtshaus leer säuft, heißt das noch nicht, dass er die ganze Zeit bei dem Treffen gewesen sein muss.«

»Nein, heißt es nicht. Ich hab den Kollegen gefragt, da gibt es einen Hinterausgang, und ausgehen tut es sich auch. Es sind maximal zwei Stunden von Wien bis nach Kapfenberg. Und außerdem sind da so an die hundertsechzig Leut'.«

»Lauter Nazis.«

»Lauter faschistische Reaktionäre, wie unser lieber Herr Bitterlich sagen würde. Auf jeden Fall genug Menschen, dass man den Überblick verlieren kann.«

»Und seine Freunde ...«

»Hagen, Westerwald, Pavelić, Bäcker, Kamm und Spitzer.«

»... würden sicher alles jederzeit bezeugen.«

Maria schnappte sich eine Serviette, Phillip reichte ihr seinen Stummelbleistift.

»Okay, schauen wir einmal, Berg schreibt rechtsextreme Romane, ist bei den Apartheid-Kämpfen in Südafrika dabei und ist offensichtlich der Wortführer von so einer strategischen Hintermänner-Partie. Er kennt den Trimmel gut, hat irgendwas auf dem Kerbholz, das die Bäumler herausgefunden hat, und hat für alle Eventualitäten ein Alibi – warum hat eigentlich niemand die Versammlung in Kapfenberg verboten, wenn das lauter Rechtsextreme sind?«

»Geschlossene Gesellschaft. Privatsache. Aber Kapfenbergs Gastronomie wird die heutige Nacht in die ewigen Annalen eintragen, so viel Staatspolizei hängt dort rum. Hat der Gendarm gemeint. Er hofft, dass sich die Erde ausnahmsweise schneller dreht und die bald abreisen, weil dann hat er das Treffen rumgekriegt, ohne dass es diverse linke Protestanten mitbekommen haben. ›Good morning, starshine, the earth says hello‹ ...«

»Wenn du das Würstel nicht bald zsammisst, dann können wir das auch singen.«

»Du solltest eigentlich nach deiner netten – Plauderei mit dem Paolo ein bissel entspannter sein.«

Kam es Maria nur so vor, oder war da hinter dem bubenhaften Grinsen wirklich eine giftige Fratze? Also, wenn sie nicht genau wüsste, dass da nichts sein konnte, würde sie glauben, dass da was war. Oder ging sein Intermezzo etwa schon zu Ende? Und wenn auch, sie hatte jetzt selbst andere Optionen – und andere Probleme.

»Kannst du dir vielleicht vorstellen, dass ich heute mal schlafen will, nachdem mich gestern unliebsamer Besuch um die Nachtruhe gebracht hat?«

»'tschuldige.«

»Also, dann ist da dieser Pavelić, der nirgends gemeldet ist und wie ein Faschist heißt.«

»Was auch wieder zum Berg passt, weil viele von diesen Ustascha-Typen diese Kampftouristen sind. Und die zelebrieren ihren Wahnsinn, echt, ich hab da was gefunden im Netz ...«

»Bitte, Roth, ich versuch mich zu konzentrieren.«

»Ja, eh, gleich, aber da gibt's zum Beispiel eine kroatische Rockband, die sich nach dem Thompson nennt!«

»Nach dem Maschinengewehr?«

»Ja, die machen das ganz offen, überall prangt ein riesiges U für Ustascha drauf, und die verkaufen bei ihren Konzerten dann Bilder vom Pavelić, die man sich dann am 14. Juli aufstellen und davor ein Kerzerl anzünden kann. Ich finde das irre. Und da kommen Tausende zu den Konzerten. Während wir brav bei U2 mitrocken und von der schönen, neuen, gleichberechtigten Welt träumen, machen die ganz offiziell eine Hatz gegen alles, was net weiß und net christlich ist und ...«

Maria umklammerte den Tisch, schlug mit den Ballen so fest auf die Kante, dass das hagere Plastikungetüm beinahe das Gleichgewicht verlor.

»Wie war das? U und 14. Juli?«

»Ja, die Abkürzung für ...«

»Der Trimmel – das auf seinem T-Shirt ...«

»Das war kein Hufeisen, sondern ein eingesticktes U. Und die komischen Schnitte um den Nabel ...«

»Auf seinem Computer pickt auch eines. Und er hat am selben Tag Geburtstag wie der alte Ante. Da hängt oben eine Glückwunschkarte. Wieder mit einem großen U drauf. – Wann war das in Südafrika?«

»Anfang Neunzig, wie er seine Weltreise gemacht hat.«

Maria bemerkte, dass die Tischplatte mit Senfflecken übersät war. Verschrumpelt, braun und gleichmäßig verteilt. Sie nahm, ohne es wirklich zu registrieren, Phillips Serviette und wischte. Nichts. Phillip spuckte auf den Tisch.

»Das wird sonst nichts.«

Maria sah ihn an, erkannte ihre traumtänzerische Bemühung, kehrte in die Realität zurück.

»Es ist auch sinnlos, in einer Stunde ist er wieder dreckig.«

Phillip nahm die Serviette und rubbelte mit Inbrunst weiter. Maria zündete sich eine Zigarette an.

»Okay, Trimmel hieß eigentlich Raditsch, was nach Einbürgerung klingt, in seiner Wohnung hängen überall Us, er hat am gleichen Tag Geburtstag wie der Pavelić, war zur Zeit des Essens und der Rudelbumserei ohne Zeugen, ja, nehmen wir an, er ist Pavelić …«

»Die kleine Slowakin hat gesagt, dass der Mann eine Perücke aufhatte.«

»Eben. Das heißt, er ist dort aufgetaucht …«

»Weil er mit dem Berg was Akutes besprechen musste. Den Streit mit der Bäumler.«

Sie sinnierten einträchtig. Wie sollten sie jemals herausfinden, was die Bäumler über den Berg gewusst hatte? Phillip beugte sich quer über den Tisch und lugte zu Marias Käsekrainer-Rest.

»Nimm dir.«

Er grunzte zufrieden und steckte die inzwischen schrumpeligen vier Zentimeter auf einmal in den Mund.

»Ich kann sonst nicht denken. Wenn ich hungrig bin. Das war vielleicht ein Fraß in diesem Wirtshäusl.«

»Okay, dann denk mal. Trimmel erfährt was von dem Berg, vertschüsst sich, die Bäumler steigt zu einer Frau in einen Mercedes – war das auch der Trimmel?«

»Nein, die andere Kleine, die hat doch was von weiblichem Gang gefaselt.«

»Gut, also wirklich eine Frau. Wer? Zur Auswahl haben wir Johanna, ihre Mutter und …«

»Carola Blau. Sonst steht keine Frau auf der Liste, die uns der Bitterlich gegeben hat.«

»Gut, Carrie war zur fraglichen Zeit im Kino, wenn sie nicht gelogen hat. Hat sie aber nicht, und wenn du jetzt noch dreimal so skeptisch dreinschaust. Das ist jetzt nicht Schwesterliebe oder so, es hat einfach echt gewirkt. Aber – okay, okay, wir werden das nachprüfen. Irgendwer wird sie schon gesehen haben.«

»Jep, aber von den anderen beiden haben wir gar nichts. Wobei – die Bäumler war nicht leicht. Ein Mann kann sie schleppen, aber Frauen müssten sie zu zweit tragen.«

»Wann treffen wir morgen die Maleh?«

»Um elf.«

»Okay, bis dahin legen wir das einmal zur Seite. Wir wissen über die beiden zu wenig.«

Maria begann, am Stand zu zeppeln. Sie ging im Kreis, sah einen Burschen, der sie beobachtete, provozierend an, worauf der sich in seine Bierdose versenkte.

»Also – eine Frau holt die Bäumler ab. Warum auch immer. Das interessiert mich nämlich jetzt nicht, weil ich dir nämlich jetzt eins sag …«

Sie trat die Zigarette im Schnee aus.

»Der Trimmel ist der Schlitzer. Und das sag ich jetzt einfach mal so.«

Sie sah Phillip herausfordernd an. Der nickte langsam.

»Er ist fanatischer Nichtraucher. Und der Brandstetter kann Veganer nicht leiden. Der epileptische Anfall …«

»Kann gespielt gewesen sein. Der Gratzl muss nicht wissen, wie so was wirklich auszuschauen hat. Und das ganze Getue mit den Uhrzeiten und den Anrufen. Hoffentlich taucht noch die Tasche von der Bäumler auf.«

Sie sinnierten. Phillip holte seine Zigaretten heraus, worauf der Bursch am Nebentisch Stielaugen bekam. Er gab ihm eine und zündete zwei weitere synchron an. Eine reichte er Maria. Sie nahm einen tiefen Zug.

»Punkt eins, wir brauchen endlich den Tatort. Das gibt's ja nicht, dass da keine Spuren sind. Punkt zwei, warum foltert der Trimmel die Bäumler? Wahrscheinlich im Auftrag vom Berg. Aber wenn sie was gewusst hat, warum hat er sie nicht einfach umgebracht?«

»Leidenschaft fürs Handwerk?«

Maria sah Phillip an. In ihr stieg ein Lachen hoch, das zugleich die Vorbereitung für Tränen war. Unpassend für diese Situation, also ging sie zeppelnd eine weitere Runde auf ihrer Schneespur. Phillip trampelte nun auch am Stand.

»Und warum bringt er sich dann um? Laut der Aussage vom Gratzl gibt's da keine Fremdbeteiligung. Trimmel ist selbständig über die Brüstung geklettert.«

»Richtige Frage. Aber erstens kann jemand hinter Trimmel gestanden haben, mit Waffe und so. Und zweitens kann der Gratzl auch gelogen haben. Kennt er Trimmel, kennt er vielleicht auch dessen Freunde. Will sie schützen. Dass er sich aufregt, wenn er jemand zu Tode stürzen sieht, heißt noch nicht unbedingt, dass er nicht mit dessen Tod einverstanden war.«

»Blöd nur, dass der Brandstetter lediglich einen großen Blonden gesehen hat. Was uns nämlich verfahrenstechnisch natürlich überhaupt nichts nützt.«

Maria nahm die Servietten und steckte sie mitsamt den Papptellern in den Mistkübel.

»Ja, aber die auffälligen Bewegungen. Elsa hat auch davon gesprochen, hat den Berg Tänzer genannt. Ich bin mir fast sicher, dass unser Freund Ritchie hinter Trimmel gestanden ist. Nur, was bringt ihm der Tod eines begnadeten Folterers?«

»Ja, ist doch schad drum.«

Sie sahen einander an – und kicherten. Phillip drückte seine Zigarette mitten auf der Tischplatte aus. Es wirkte sehr aggressiv.

»Jetzt müssen sie in der Wehrsportgruppe nach einem neuen Talent suchen. Wie blöd. Wie unangenehm. Wie anstrengend. – Glaubst, ist der Pollak bei demselben Verein? Vielleicht hat ja er Talent dazu?«

Maria betrachtete die scharfen Pfefferoni in der Auslage des Würstelstandes.

»Weißt, die sind alle Juristen. Die sind nicht mehr so blöd und machen was, das gegen das Gesetz verstößt. Und sie sind uns immer eine Nasenlänge voraus. Weißt du, manches Mal habe ich große Lust, einfach so mit einem Flammenwerfer da hineinzufahren. Einfach in Rauch auflösen, die ganze Bagage.«

»Aber, aber, Maid Mary, das klingt ja gar nicht korrekt.«

Der Bursch am Nebentisch hustete sich Schleim aus der Lunge und stocherte mit seinem Zigarettenstummel in Richtung Maria und Phillip.

»Tschuldigts, dass i mi jetz einmisch, oba des is genau des, was i imma sog. Ihr brauchts mehr Kom-pe-ten-zen! Und ihr brauchts Leit, di eich unterstützn bei der ganzen Scheiße.«

Maria drehte sich langsam um, setzte ihr charmantestes Lächeln auf.

»Wen brauchen wir?«

Der Mann stellte sich aufrecht, was ihm schwerfiel. Seine Hand bewegte sich in Marias Richtung.

»Servas, Kollegin, wenn i so sagn derf. I bin da Willi, ›Zwenty-four-Watch‹.«

Er strahlte Maria an, und sie verspürte schon wieder so eine Wut.

»Hallo, Sheriff« – er salutierte torkelnd –, »hoffentlich trainierst auch fleißig …«

»Immer. I trainier vom Kleinkaliber bis zum Sturmgewehr.«

»Fein! Und jetzt sag i dir was …«

Phillip zupfte an ihrem Ärmel. Wieso denn? War doch alles in Ordnung. In Ordnung, jawohl!

»Ihr Pseudosheriffs, ihr gehts mir so was auf die Nerven. Was wollts denn? Auf Heimatwehr machen? Wenns ballern wollts, dann gehts zum Bundesheer! Weil wenns dann in Afghanistan Patrouillen marschierts, dann habts Bewegung genug. Und da, da bei uns, da lasst's uns verdammt noch mal unsere Arbeit machen. Oder kommt's zu unserem Verein!«

Phillip wiegte den Kopf.

»Na ja, sind da nicht eh schon genug von denen bei uns?«

Der Bursche stierte abwechselnd zu Maria und Phillip, der versuchte, Maria zum Auto zu ziehen. Willi-Zwenty-four-Watch torkelte ihnen zwei Schritte nach.

»Aber i bin ja ganz auf eichrer Seitn! Die ganze Mischpoch', di gheart weg!«

»Willi – erstens hast du uns nicht wirklich zugehört, also schon alleine deswegen musst du dein Maul halten. Und zweitens, ja, zweitens bist du auf der Seitn der Kurzdenker. Sauf weniger und lies mehr, du – du Schwachmatiker!«

Maria stolperte, so sehr zog Phillip sie weg von ihrem Kontrahenten, der mittlerweile auch irgendwelche Schimpfworte gemeinsam mit seiner Spucke um sich sprühte. In Sicherheit vor der torkelnden, drohenden Faust des Burschen, stellte Phillip Maria vor sich hin.

»Was ist los mit dir?«

»Er ist mir am Arsch gegangen.«

»Was ist los mit dir?«

Maria befreite sich.

»Ich kann's nicht mehr hören. Ich kann's einfach nicht mehr hören. Das ist doch ein Klassiker. Ein Wimmerl, das sich mit einer Puffn großartig vorkommt. Und dann laut nach Recht und Ordnung schreit. Super. – Und irgendwie versteh ich ihn aber, auch wenn er nicht Recht hat. Und das macht mich ganz kirre.«

»Was?«

Maria ging nun mitten am Platz ein Carré ab.

»Ja, weißt – irgendwie in letzter Zeit – ich hab so ein komisches Gefühl, als würd's eine Welt neben der meinen geben, eine Parallelwelt. Und in der Welt haben alle Angst, Angst, dass sie ihre Arbeit verlieren, Angst vor einem Einbruch oder Überfall, Angst, dass sie beim Aufwachen nicht mehr Kirchenglocken, sondern einen Muezzin hören, Angst, dass sie Türkisch lernen müssen, Angst, dass sie am Häusl beim McDonald's in die Luft gesprengt werden. Und ich stolpere immer öfter in diese Welt. Und die Angst – ich weiß nicht, wie ich – die greift mit so pickigen Händen nach mir, obwohl sie nicht meine Angst ist. Verstehst du? Aber sie ist ansteckend.«

Sie wandte sich Phillip zu.

»Und keiner tut was dagegen. Ich meine, sie tun schon was, aber weißt, wenn ich es mir so überleg, kann ich es verstehen, es ist nicht lustig jetzt. Aber ich will nicht noch mehr abhören dürfen. Ich will mich nicht nach einem Mord hinsetzen, sämtliche relevanten Kameras in der Stadt durchschauen und dann den Mörder ferngesteuert in Narkose setzen, damit wir ihn dann feinsäuberlich wie ein Hündchen abholen können. – Ich will selber kein lebender Chip werden! Verstehst du? – Aber das ist wahrscheinlich pervers für eine Polizistin. Und solche Typen, mit ihrer einfachen Sicht der Dinge, die nerven mich halt. – Aber wahrscheinlich bin ich nur blöd. Besser wär es, alle abzuhören. Dann hätten wir den Fall geklärt. Ja!«

Maria riss die Arme hoch, drehte sich im Kreis, wurde viel zu laut, das merkte sie genau. Doch es war ihr egal.

»Ja, lasst uns von allen Fingerprints nehmen, von jedem, ausnahmslos. Lasst uns von jedem eine Chipkarte anlegen, am besten auch mit allen sexuellen Vorlieben drauf, und lasst uns überall Kameras installieren, da und da und da und da …«

»He, spinnst, Oide?«

Bei ihrem Herumgetanze war Maria einem Mann mittleren Alters auf die Zehen gestiegen. Sie wirbelte herum, er zeigte ihr den Mittelfinger und verschwand in der U-Bahn. Phillip zog sie am Ärmel zum Auto. Sie lehnte sich daran und verbarg ihr Gesicht im Schal. Phillip zog es am Kinn hoch.

»War ein langer Tag heute.«

Maria sah Phillips liebes Gesicht, seine breiten Schultern und wollte sich ganz plötzlich und ganz peinlich wie ein kleines Mädchen einfach nur in seine Arme kuscheln. Sie hörte ihren nächsten Satz im Inneren.

»Ich will jetzt nicht nach Hause. Da ist es nicht gut.«

Sie hatte es gesagt, nur warum? Es war doch völlig sinnlos.

»Ja« – Phillip sinnierte kurz –, »wie das einmal so ist mit Einbrechern, sind sie einmal da, ziehen sie dir den Boden unter den Füßen weg und verstinken dir die Bude auf ziemlich lange Zeit. – Ist es so?«

Maria nickte. Der Fall war auf einmal ganz weit weg. Aber nicht ihr Ausbruch eben jetzt. Sie wollte endlich mit Phillip über ihre Mutter sprechen. Sie brauchte ihn, wenigstens als Freund.

»Meine Mutter, ich hab mit ihr gestritten. Sie ist ein Fan vom Pollak.«

»Warum hast du mir das noch nicht erzählt?«

»Du erzählst mir ja auch nichts.«

Phillip sah sie lange an, dann ging er um den Wagen herum, öffnete ihr die Tür.

»Komm, steig ein, du erzählst mir das von deiner Mutter, und ich – ich mach dir bei mir einen Tee.«

Maria wackelte wie in Trance ins Auto. Hieß das jetzt, dass es mit der Frau aus war? Oder dass es jetzt zur offiziellen Vorstellung kam? Nein, sie war einfach nicht da. Aber er würde reden. Sonst würde sie ihn umbringen. Sie stieg ein und kramte nach dem letzten kümmerlichen Rest ihrer Coolness.

Phillip stoppte vor der Eingangstür zu seiner Wohnung und nahm sie noch einmal in die Arme. Ach, es war so gut. Er hatte einfach nur zugehört und dann ihre Idee des gemeinsamen Essens mit Mutter und Carrie für grenzgenial gehalten. Sie fühlte sich viel besser. Allerdings nur bis zur nächsten Sekunde, als sich Phillip löste und die Tür behutsam aufsperrte.

»Wir müssen leise sein. Ich will nicht, dass sie aufwacht. Wir gehen in die Küche, da stören wir sie nicht.«

Wie benahm frau sich noch mal, wenn frau cool zu sein hatte? Hochgezogene Augenbraue, leichtes Lächeln auf den Mundwinkeln. Lässiger Spruch. Lässiger Spruch! Lässiger Spruch!!!

»Wieso? Hast du Angst, dass sie sich kreischend auf mich wirft?«

Jetzt noch breiteres Lächeln nachschieben. Wunderbar. Situation gerettet. Phillip sah sie erstaunt und fragend an, dann verkniff er sich ein Auflachen und schob sie mit verbissenem Grinsen in die Küche. Vorsichtig schloss er die Tür. Die belustigte Miene verschwand.

»Ich glaub, ich muss dir da jetzt endlich was erklären.«

»Müssen tust gar nix, aber nett wär's schon.«

Phillip erwiderte ihr Lächeln müde und starrte auf den Boden, als wäre der mit Schummelzetteln bestückt. Ohne Maria anzusehen, holte er aus dem Regal zwei Jugendstil-Weingläser. Aus einer angebrochenen Flasche schenkte er Rotwein ein und reichte ihr ein Glas.

»Ich hab kein Bier da. Oder magst du lieber einen Schnaps? Oder einen Tee?«

Maria schüttelte den Kopf. Phillip stieß mit dem seinen an ihr Glas und trank es in einem Zug zur Hälfte leer. Jetzt sah er sie fest an.

»Sie ist meine Tochter.«

Tochter. Das ist ein weibliches Kind. Kind. Phillip hatte ein Kind. Nicht mit ihr. Mit einer anderen. Kind. Maria spürte, wie der Boden unter ihr weich wurde und sie die zwei Stockwerke hindurch in den Keller versank. Dann spürte sie nichts mehr, außer, dass ihr Lächeln gefroren war. Sie hörte Phillip einen Schluck nehmen.

»Ja, so wie du, so hab ich auch dreingeschaut.«

Maria stellte mit aller Gewalt ihren Focus wieder auf Phillip. Der stellte das Glas ab, setzte sich an den Küchentisch und stützte den Kopf auf die Hände. Nichts. Dann ein dumpfes Gepolter im Innenhof. Unnatürlich lautes Fauchen wurde hörbar. Weiteres Gepolter. Wütendes Gekreische. Phillip wandte den Kopf zum Fenster und lauschte.

»Da streiten zwei ums Revier. – Seit ein paar Nächten schon.«

Stille.

»Der eine ist der alte Kater, der wohnt schon immer da. Und jetzt gibt's da einen jungen, der auch ein Stück vom Mäusekuchen will.«

Stille.

»Der junge wird gewinnen. Der alte ist das Kämpfen nicht mehr gewohnt.«

Maria spürte im letzten Augenblick, wie ihr das Glas, das sie am Kelch hielt, durch die Finger rutschte. Der Wein ergoss sich auf den Terrakottaboden, während sie das wertvolle Stück durch die Gegend jonglierte. Knapp vor dem Boden gewann sie den Kampf gegen die Schwerkraft.

»'tschuldige.«

Phillip kauerte sich mit einem Küchentuch zu ihr.

»Ich muss mich entschuldigen.«

Ihre Blicke verfingen sich.

»Ich hätte es dir schon längst sagen sollen. Aber irgendwie – ich weiß nicht. Vielleicht hab ich geglaubt, dass es nicht wahr ist, wenn es niemand weiß. Vielleicht – ach, ich weiß nicht.«

»Seit wann – ich mein – du hast nie was davon erzählt, dass du eine …«

»Weil ich es nicht gewusst habe.«

Er nahm ihr das Glas aus der Hand, entsorgte das voll gesogene Papier, schenkte ihr erneut ein. Maria ließ sich auf den zweiten Sessel fallen. Man sollte nie annehmen, dass der Gipfel schon erreicht war. Es gab immer noch eine Steigerung.

Phillip war also Vater. Dagegen waren Mütter, Reifenschlitzer, Einbrecher und Rassisten kleine, zu vernachlässigende Unannehmlichkeiten. Ein Kind. Es war so ungeheuerlich – warum nur spürte sie nichts mehr? Keinen Hass, keine Verzweiflung, keine Traurigkeit, keine Schadenfreude. Nichts. Oder doch? Mütterliches Interesse? Ha, welch ein Wortwitz. Wahrscheinlich Betäubung zwecks Überleben.

Maria zog ihre Daunenjacke aus, legte die Zigaretten neben das Glas. Phillip fuhr beim Anblick der Packung auf, sah zur Tür, seufzte, nahm vom Jugendstilregal einen Aschenbecher und stellte ihn auf den Tisch.

»Sie raucht nicht. Aber – Shit, ich hab die Schnauze voll. Sie hat eh schon alles durcheinander gebracht. Ich bin – ich hab so die Schnauze voll. Sie wird sich halt daran gewöhnen müssen, dass ich rauch. Sie ist ja kein Baby mehr.«

Damit öffnete er ganz leise die Tür, kramte im Vorzimmer und kam mit seinen eigenen Zigaretten zurück. Er gab Maria und sich selbst Feuer und sog den Rauch genussvoll ein wie ein Pennäler am Schulklo. Wieder Stille. Maria wusste nicht, wie sie anfangen sollte. Sollte überhaupt sie? Sollte nicht vielmehr er?

Sie nahm einen Schluck Rotwein. Er fuhr wärmend in den Bauch, und auch durch die Wärme der Heizung hinter ihrem Rücken entspannte sich Marias Körper ein wenig. Eine überraschende Leichtigkeit überkam sie. Hatte sich so der unbekannte mittelalterliche Pestgrubenbesieger gefühlt, als er gedichtet hatte ›Oh, du lieber Augustin, alles ist hin‹? Ein fröhliches Lied, so leicht wie ihre jetzige Stimmung. Als sie zu sprechen anfing, war sie selbst überrascht, wie ehrlich und interessiert ihre Stimme klang.

»Was heißt, du hast es nicht gewusst? Und sie ist kein Baby mehr? Magst du's mir nicht einmal von Anfang an erzählen?«

Phillip runzelte die Stirn, blickte himmelwärts, vollführte mit der Zigarette eine weit ausholende Geste und stach mit dem Stängel durch den Zeigefinger-Daumen-Kringel seiner anderen Hand.

»Es geschah vor sechzehn Jahren.«

Was für ein Pathos. Nachdem sonst nichts kam, klopfte Maria auf den Tisch.

»Na, dass du jemanden gefickt hast, ist mir schon klar. Wird ja wohl kaum die unberührte Empfängnis gewesen sein.«

Phillip lachte trocken auf und rollte konzentriert die Zigarette im Aschenbecher hin und her.

»Nein, war es natürlich nicht. Es ist auf einem internationalen Jungscharlager passiert. In Avignon. Ich war damals siebzehn, und da war ein Mädchen, die hatte wunderschöne lange Haare und war irrsinnig tough. – Ich bin schon damals auf energische Frauen gestanden.«

Er blitzte sie von unten schelmisch an. Unglaublich, sogar jetzt noch, in dieser Final-countdown-Situation, baggerte er sie an. Maria zeigte ihm dezent, ganz kurz, den Finger. Phillip hielt ihr den seinen entgegen und verbeugte sich lächelnd. Dann fixierte er nach einem intensiven Zug wieder die Zigarette.

»Na ja, und die war nicht wunderschön, sondern die war auch noch von Brasilien ...«

Brasilien? Hatte er deswegen so intensiv mit Paolo geredet? Phillip schien sich der Parallele nicht bewusst zu sein.

»... he, ich mein, in dem Alter glaubst du, dass du die Welt fickst, wenn du mit einer Frau von einem anderen Kontinent fickst.«

Nicht nur in dem Alter. Maria nahm einen Schluck, damit sie sich nur ja nicht durch ein Mienenspiel verriet. Aber Phillip war ohnehin ganz woanders.

»Also, ich hab ihr keine Ruhe gegeben, und irgendwann haben wir uns bei einer Wanderung – weißt eh, so brave Marschierereien mit zwei Pfarrern als Aufpasser ...«

»Weiß ich nicht. Komm zum Punkt.«

»Oh, die Rote-Falken-Lady ist heute besonders streng. – Ja,

also, wir sind in die Büsche. Und da haben wir dann miteinander geschlafen. Große Verliebtheit. Tränen beim Abschied. Wie ich wieder daheim war, hab ich ihr jeden Tag einen Brief geschrieben. Und zur Freude meiner Mutter habe ich wieder Klavier gespielt. Blues. Ich hab sogar ein Lied für sie geschrieben. ›Lonesome is the night, because there is no sight, ever to be with you, but my love won't flew.‹ Aber sie hat nicht zurückgeschrieben. Meine Mutter war sehr froh, wie der Sommer vorbei und ich wieder im Internat war.«

Synchron nahmen sie einen Schluck Rotwein.

»Ja, und?«

»Dann nix und. Die nächsten sechzehn Jahre. Bis vor kurzem eben. Da hat sie mich plötzlich angerufen. Ich hab mir gerade die Jacke angezogen, weil der Olli und ich zu dieser Weinverkostung in der Hofburg gehen wollten. Sie hat nur gesagt ›Isabelle here‹, und ich hab gewusst, wer sie ist.«

Stille. Marias Asche fiel auf den Tisch. Sie pickte sie mit dem befeuchteten Finger auf und ließ sie in den Aschenbecher fallen. Den erloschenen Filter hinterher. Sie brauchte die nächste Beruhigungsstange. Als sie die angezündet hatte, lehnte sie sich zurück.

»Klingt wie in einem B-Movie.«

Phillip musterte sie, senkte den Kopf und dämpfte seinerseits den Stummel aus.

»Ja, hört sich danach an. Aber wahrscheinlich hat es damit zu tun, dass man die erste Frau nie vergisst. – Fuck! Ich hätte mich blöd stellen sollen! Mich verleugnen sollen! Aber bitte, wer rechnet damit, dass sie nach all den Jahren mit so was aufkreuzt! Und …«

»Was und?«

»Fermina kann ja nichts dafür. – Ich hab mir immer eine Tochter gewünscht. Jetzt hab ich sie. – Ich hätte sie nur gerne aufwachsen sehen.«

Maria nahm die Flasche und schenkte sich bis zum Anschlag ein. Sie musste sich eine gewisse Bettschwere anzüchten, damit sie morgen – in ein paar Stunden! – halbwegs einsetzbar war. Sie würde sich jetzt diese vermaledeite Beichte zu Ende anhören und dann schlafen. Wie hatte ihre Tante immer gesagt? Einmal drüber schlafen, dann schaut immer alles wieder anders aus. Ja, morgen würde alles wieder anders sein. Also, jetzt den ganzen Wahnsinn in Reinkultur, und morgen war alles nicht mehr so schlimm.

»Kurzer Stopp. Diese …«

»Isabelle.«

»Diese Isabelle ist also urplötzlich aufgetaucht, hat gesagt, du bist der Vater meines Kindes und kümmere dich darum. Warum hat sie das nicht schon vor sechzehn Jahren gemacht?«

Phillip spielte mit dem vollen Glas zwischen den Fingern.

»Sie hat es einem anderen Typen untergeschoben. War mit ihm verheiratet. Der ist aber jetzt in Konkurs gegangen und hat sich umgebracht. Sie ist mit nix dagestanden. Und da hat sie sich an mich erinnert.«

»Plötzlich. Hat sie da unten keine Familie?«

»Die hat bis jetzt von ihr gelebt. – Und ich mein, es ist ja nur gut und recht, dass ich mich jetzt auch einmal um meine Tochter kümmere.«

»Und um Isabelle.«

»Nein, nein, du verstehst das ganz falsch. Sie schaut sich um einen Job um. Es geht um Fermina. Sie braucht einen Vater. Sie ist gerade in einem sehr blöden Alter.«

»Sie weiß, dass du ihr Vater bist?«

»Ja.«

»Wie hat sie das aufgenommen? Ich mein, immerhin hat sie ja bis jetzt jemand anderen dafür gehalten.«

Phillip zuckte mit den Schultern.

»Gut.«

Maria hätte am liebsten ihre Zigarette zerknüllt. Stattdessen nahm sie einen weiteren Schluck.

»Bitte, Phillip, sie muss irgendwie verwirrt sein. Wenn sie

jahrelang im Glauben aufgewachsen ist, dass der Typ, der ihr das Essen bezahlt, ihr Vater ist, und sich das als großer Irrtum herausstellt, da bricht doch ihr ganzes Weltbild, ihr ganzer Horizont zusammen. Da muss sich was bei ihr tun. Die kann nicht einfach sagen: ›Okay, jetzt bist du mein Vater. Na, wie legen wir's an?‹ Das geht nicht! Man kann nicht einfach so eine Familie durcheinander wirbeln, und es hat keine Konsequenzen.«

Phillip sah sie an. Und Maria fühlte sich ertappt.

»Ja, eh. Aber immerhin weiß ich, von was ich red.«

Phillip nickte.

»Sie hat ihren Vater nie gemocht. Er war so ein autoritäres Arschloch. Hat sie und Isabelle geschlagen. Und Brasilien – ich mein, die zwei erwarten sich natürlich was von Österreich. Ist mir klar. Aber ich versteh das schon. Dort haben sie zwar zu den Bessergestellten gehört, aber im Vergleich zu hier, na, das kommt ihnen wie ein Paradies vor.«

Maria schluckte ihre spitze Bemerkung hinunter. Sah Phillip wirklich nicht, dass da etwas ganz gewaltig stank?

»Und wie hat sie dich gefunden?«

»Scharfes Kreuzverhör, Frau Kommissar, scharfes Kreuzverhör.«

Phillip deutete einen Diener an, dann zuckte er mit den Schultern.

»Ich bin leicht zu finden. Phillip wird kaum mit zwei L geschrieben. Roth ist auch selten.«

Wieder Stille. Maria fiel auf, dass es auch im Innenhof ruhig geworden war. Hatten die zwei Kater wohl ihren Kampf beendet. Waffenstillstand? Kapitulation?

»Und? Magst du sie noch immer?«

Phillip stellte fest, dass sein Glas leer war, holte eine volle Flasche der gleichen Marke und schenkte ihnen beiden erneut ein.

»Sie hat einen fürchterlich breiten Arsch, ihre Haare sind kurz und …«

»Und?«

»Ich kann sie nicht mehr riechen. Aber Fermina ist cool. Sie ist so neugierig. So aktiv.«

Er beugte sich zu ihr.

»Ich wollte immer eine Tochter. Verstehst du mich? Ich wollte immer eine Tochter. Und sie ist – sie ist großartig.«

»Schaut sie dir ähnlich?«

Ein Ausdruck kam auf Phillips Gesicht, der Maria einen massiven Stich im Bauch versetzte. Sie wünschte um alles auf der Welt, dass er diesen Ausdruck im Gesicht trug, wenn er ihrer beider Kind im Arm trug. Doch das würde wohl nie der Fall sein.

»Sie hat – sie ist – sie ist großartig. – Willst du sie sehen?«

Phillip blickte drein wie ein Kind zu Weihnachten, das seine neue Eisenbahn vorführen wollte. Sie wusste nicht, warum, doch sie nickte. Vielleicht war es dieses monströse Bedürfnis, ein Gefühl bis über den Anschlag hinaus zu fühlen, um es nicht mehr interpretieren zu müssen, sondern einfach zu wissen, was man fühlte.

Phillip nickte zurück. Sein Blick bekam den Ausdruck des Verschwörers.

»Wir müssen leise sein. Isabelle schläft im Wohnzimmer. Und Fermina hat einen leichten Schlaf.«

Mit zwei Schritten war er bei der Tür. Isabelle war also auch hier in dieser Wohnung. Maria spürte Übelkeit. Trotzdem nickte sie lächelnd und stellte sich knapp hinter ihn. Sie schlichen in den Gang, um zwei Ecken und verharrten vor der Rumpelkammer. Unendlich behutsam drückte Phillip die Klinke hinunter. Lautlos ging die Tür auf. Marias Augen brauchten ein paar Sekunden, bis sie sich auf das Halbdunkel eingestellt hatten. Die Kammer war zu einem Jugendzimmer umfunktioniert worden. Im gestylten Bett kuschelte eine Gestalt. Maria ging näher. Sie sah ein junges, olivfarbenes Gesicht. Wunderschön. Doch Phillip absolut unähnlich. Am liebsten hätte sie die Göre aufgeweckt und ihr ein ›Schleich di‹ ins Gesicht gebrüllt. Da trat Phillip neben sie. Seine Züge waren glückselig entspannt. Maria erkannte, sie musste es anders angehen. Schnell zog sie sich zurück. Mit leuchtenden Augen holte sie Phillip vor der Tür ein.

»Ist sie nicht wunderbar?«

Maria schluckte alles hinunter, was ihr an Angriffen einfiel. Sie schluckte und schluckte. Was zur Folge hatte, dass sich Tränen bemerkbar machten. – Was ist daran so schlimm, blöde Kuh? Zwei Drittel der Männer, die du kennen lernen könntest, haben Kinder mit anderen Frauen. – Ja, aber ich wollte mit ihm – das kannst du immer noch – kann ich nicht – da hast du Recht, du wirst ihn nie kriegen.

Phillip wischte die Träne ab, die sich Marias Wange hinunterschlich. Sie musste schwer an sich halten, um ihm nicht in die Hand zu beißen. Es war zu viel.

»Ich muss pinkeln.«

Maria floh laut trampelnd ins Bad. Und zu ihrer Überraschung musste sie tatsächlich. Allmählich tauchte sie aus ihrer Beklommenheit auf. Das war alles so widersinnig. Diese Frau war eine Abzockerin. Und ihre Tochter im besten Fall eine arme Verirrte, im schlechtesten Fall ihre Komplizin. Und eigentlich war alles Scheiße, denn ihre Reaktion war nichts als Eifersucht. Und doch, dieser Argwohn fühlte sich so bekannt an. Es war wie in Situationen, wenn Zeugenaussagen nicht stimmten. Nein, das schob sie jetzt nur vor. Sie drückte die Spülung und wandte sich dem Waschbecken zu. Da standen jetzt drei Zahnbürsten. Und jede Menge weiblicher Accessoires. Eine alte Bürste und zwei Bürsten, die neu ausschauten.

Marias Hand zuckte. Nein, das konnte sie nicht machen, das war ein Vertrauensbruch. Sie hörte, wie Phillip draußen etwas unterdrückt zischte. Dann eine Frauenstimme. Dann wieder Phillip. Und Maria zupfte aus dem Behälter mit den Kleenex drei Tücher, schnappte von einem Haufen mit Schminkzeug einen Kajal, beschriftete sie mit P, I und

F, kletzelte Haare aus den drei Bürsten und legte sie in die passend gekennzeichneten Tücher. Die stopfte sie in die linke Gesäßtasche ihrer Jeans. Sie öffnete die Tür. Und stand Isabelle gegenüber.

Die Ex-Jungscharlager-Prinzessin war eine Furcht erregende Mischung zwischen einer aufgedunsenen Penelope Cruz und der aus dem Leim gegangenen Kirstie Alley. Ihre Schweinsäugelchen musterten Maria mit einem extrem scharfen Blick. Ein Fletschen der Zähne, was wohl ein Lächeln sein sollte, folgte. Schließlich streckte sie Maria auch noch eine Hand entgegen.

»Olà!«

Während Maria ihre Hand hinter dem Rücken hervorholte, überlegte sie, ob sie der Breitarsch-Abzockerin nicht einfach eine knallen sollte. Doch das schien ihr dann doch zu stillos. Und vielleicht – vielleicht stimmte ja alles. Was hatte sie für ein Recht, Phillip seine Überraschungstochter zu nehmen?

»Hallo.«

Sie berührte die Hand. Schwammig und kalt. Diese Frau musste wirklich eine grundlegende Metamorphose durchgemacht haben, sonst war es unvorstellbar, dass Phillip jemals mit ihr – mit ihr – Maria konnte es nicht einmal denken. Sie tauchte seitlich in die Küche ab.

Das Gezische auf Englisch ging weiter. Die Schwammige hatte einen sehr giftigen Ton. Benahm sich so eine Bittstellerin? Maria packte ihre Zigaretten und ihre Jacke. Schnell schlüpfte sie zur Eingangstür.

»Maria?!«

Sie drehte sich zu Phillip um, doch sie wich dem Blick der beiden aus.

»Passt schon. Ich muss – ich werd – ich brauch ein frisches Gewand und ein bissel Schlaf. Bis später.«

Erst die kalte Luft auf der Straße löste ihre Erstarrung. Maria schrie. Es kümmerte keinen Menschen.

Drei

Es war so, als hätte sie gar nicht geschlafen, als sie die Augen aufschlug. Da war kein Dämmern, kein Sich-nicht-Auskennen, kein wohliges Traumnachfühlen. Nicht einmal ein schaler Geschmack im Mund oder ein Geruch, der nach Dusche rief. Da war nur Angst. Ihr Kriminalistenhirn analysierte. Ja, es war Angst. Keine Schimäre durch unbewusste Bilder evoziert, nein, tatsächliche, kalte Angst. Sie kamen. Es kam. Und sie konnte nichts machen. Was? Egal was, sie wollte nur einfach im Bett liegen bleiben, die Decke über den Kopf ziehen, nichts mehr sehen oder hören oder spüren oder mitbekommen. Den Schlüssel wegwerfen, nichts mehr damit zu tun haben. Mit was?

Jack kratzte an der Tür. Er spürte immer ganz genau, wenn sie erwachte, und verlangte sein Futter. Oder spürte er es nicht, und kratzte er schon die ganze Zeit, nur sie hatte es nicht gehört? Ein Mauzen. Katzen waren angeblich so intelligent. Er würde schon überleben. Schlimmstenfalls lernte er eben, sich eine Dose zu öffnen. Sie konnte dieses Bett jetzt nicht verlassen. Sie würde es nie mehr tun. Nie mehr. Was erwartete sie schon da draußen? Schimmelnde Wände, die sie zu erdrücken drohten. Ein Fußboden, dessen giftige Späne sich in ihre Sohlen bohrten. Eine Wohnung, die vor Leere hallte.

Sie spürte einen kalten Lufthauch auf ihrem Rückgrat und zog die Decke mit einer hektischen Geste um den Körper.

Und sie sah sich plötzlich in ihrem Kinderzimmer, ans alleine schlafen noch nicht gewöhnt, die hasserfüllten Schatten um sie geisternd, die Furcht erregenden Geschichten lebendig im Kopf. Ihr Bett war ihr Schiff gewesen. Die Rettungsinsel inmitten der geifernden Ungeheuer. Doch kein noch so verschlagenes Etwas hatte die Insel entern können. Und penibel hatte sie damals darauf geachtet, dass kein Fuß, kein Zeh, ja nicht einmal ein Zipfelchen der Decke über den Rand hinausschaute, denn sonst hätten die Monster etwas zum Greifen gehabt. Nur wenn alles innerhalb des Vierecks des Bettes war, war sie sicher gewesen.

Jack schrie. Wie konnte dieses Katzenvieh nach Futter verlangen, wenn die Welt – die Welt – na, wenn ihre Welt dem Untergang entgegenrauschte? Wenn das Böse das Bett umlauerte? Das Kabinett? Die Wohnung? Das Haus? Das Grätzl? Die Stadt? Die Welt? Katzen waren doch nicht einfühlsam. Oder war sie selbst hysterisch?

Das war jetzt eine Stimme gewesen, die Maria von irgendwo weit her kannte. So eine vernünftige Stimme. So eine Art von Stimme, der frau normalerweise gehorchte. Und diese Stimme meinte jetzt, Maria solle sich nicht so anstellen und endlich aufstehen. Sie erkannte die Stimme als ihre eigene. Seltsam. Warum sprach sie mit gespaltener Zunge? Eine dritte Stimme kam hinzu, die meinte: ›Maria, du spinnst. Du hast einen Alptraum gehabt. Jetzt krieg dich wieder ein, steh auf, gib Jack sein Futter, dusch dich, geh in den Dienst und finde‹ – ja, verdammte Scheiße, da war es wieder, dieses Bedürfnis, die Decke jeden freien Zentimeter an ihrem Körper bedecken zu lassen. Denn sie waren da.

Maria sprang aus dem Bett, stürmte die Leiter vom Hochbett hinunter, öffnete die Tür, ignorierte Jack, der sich ihr entgegenwarf, und sah um die Ecke. Ja, sie waren da gewesen. Die Spuren waren unübersehbar. Sie waren in ihrer Wohnung gewesen. In ihrem Intimen. Sie hatten sie quasi – quasi vergewaltigt. Diese Arschlöcher. Es war nicht nur, dass im Vorzimmer nicht mehr die antike Uhr hing. Es war die Uhr von Tante Etti gewesen. Arschlöcher. Es war nicht nur, dass sie die Stereoanlage von Bang & Olufsen mitgenommen hatten. Sie hatten ihre CDs, ihre Lieblings-CDs, in ihren dreckigen Händen gehabt. Es war nicht nur, dass sie auch ihre Lederjacke mitgenommen hatten, es war die Lederjacke aus Paris gewesen, dem letzten Urlaub mit Karl. Und darüber hinaus eine geniale Lederjacke, die sie kaum wieder finden würde. Arschlöcher. Arschlöcher.

Maria kauerte sich auf den Fußboden der Küche. Sie waren da. Ihr Leben war nicht mehr sicher vor ihnen. Wo waren sie? Warum hatten die Kollegen sie nicht im Griff? Wie konnte es sein, dass irgendwelche Wichser sich im Rauben ausbilden ließen und danach dann einfach Wohnungen nach dem für sie Nächstbesten durchsuchten? Maria hatte lange gespart, um sich diese beschissene Lederjacke kaufen zu können. Und jetzt kamen diese – diese Untermenschen daher und nahmen sie einfach mit. Was fiel denen ein? Nur weil sie eine Lederjacke hatte und die keine? Sie hatte verdammt noch mal lange darauf gespart! Und auch auf die Stereoanlage. Da war das Geld von drei Weihnachtszulagen drinnen. Und diese beschissenen Wichser klauten sie einfach! Die Eier gehörten ihnen abgeschnitten. Die Eier, die sie ohnehin nicht hatten. Weil, wenn sie welche hätten, würden sie arbeiten und roboten und hackeln, um sich selbst so eine Anlage kaufen zu können. Eierlose Wichser. Das waren sie.

Jack umstrich ihre Beine. Ja, so kamen sie alle. Schmeichelnd. Sie wollten ja nur fliehen. Vor Gefahr geschützt sein. Arbeit haben. Ein neues Leben beginnen. Gaben sie zu Protokoll. Aber kapierten sie eigentlich, wohin sie sich begaben?! Dass da andere Regeln herrschten als bei ihnen zu Hause? Diese Asylanten. Ja, Maria musste diesem Typen in ihrem Stammbeisl Recht geben. Die, diese anderen, kamen nur, um sich die Rosinen aus dem Kuchen zu holen. Sie hatten hier endlich gut bezahlte Arbeit, mehr, als sie jemals daheim bekommen würden. Sie hatten ihre Freiheit, mehr, als sie jemals daheim erträumt hatten. Denn hier, im Westen, da gab es Religions- und was sonst noch für eine Freiheit. Und wie vergalten sie es? Indem sie neidisch wurden und ihr alles klauten, was ihr lieb und teuer war. Arschlöcher.

Jack stieß einen klagenden Laut aus. Maria erschrak. Hatte sie jetzt nicht genauso wie ihre Mutter argumentiert? – Ja, hatte sie. Aber wenn sie es so recht überlegte, dann hatte ihre Mutter die Sache erkannt. Dann sagte dieser Anders das Richtige. Und sein Vasall, der Pollak. Es gab eine Grenze. Und sie hatte lange Zeit nicht erkannt, wo die Grenze war. Sie war einer dieser ›Gutmenschen‹, wie die Gazetten so schwachsinnige Träumer bezeichneten, die immer noch eine andere Lösung suchten als – ja, als die Ausländer rauszuschmeißen. Wenn sie die Gesetze hier nicht anerkennen wollten, dann sollten sie in ihr halbseidenes Land zurückkehren. Ja, alle raus und niemand Neuer mehr rein! Verdammt noch mal, wo war die Grenze für Toleranz? Doch nur da, wo sie die eigene Lebensweise nicht bedrohte. Und das tat sie jetzt. Schluss.

Maria war kalt. Mit einer schnellen Bewegung packte sie die Daunenjacke, die auf der Kommode neben der Eingangstür unachtsam hingeschleudert lag, und wickelte sich fest ein. Diese andere Stimme in ihr, die lachte sie gerade aus. Du willst dich mit Stacheldraht umwickeln? Bitte! Wenn du unbedingt im Käfig sitzen willst! – Was ist daran schlecht. Ich will mein Leben weiter so leben, wie ich es bisher getan habe! – Wird nicht gehen. Mit Brasilianern bumsen gehört da nicht zum Programm. – Sidney, ja, aber das ist doch ganz was anderes. Das ist doch keine Frage der Rasse, der Kultur, das ist nichts anderes, als wenn jemand einen unglaublichen Stand auf lange rote Haare hat. – Das sehen die anderen aber nicht so, die anderen, mit denen du dich da jetzt verbrüdern willst. – Ach, lass mich doch in Ruhe!

Jack trommelte an der Tür unter der Abwasch, wo sich sein

Futter befand. Maria streckte die Arme zu ihm aus. – Komm zu mir! Lass mich nicht allein. – Jack warf sich gegen die bewusste Tür. Maria kroch zu der Tür, nahm die Dose heraus und klopfte sie auf den Küchenboden. War doch egal, wo dieses egozentrische Vieh sein Fressen ableckte. Was kümmerte es sie?! Diese Fress- und Kackmaschine hatte doch auch kein Interesse für sie. Für ihre Ängste. Niemand hatte Interesse für sie, außer ein paar Dieben. War sowieso alles egal. Auch diese Leichen. Na, hatte es eben zwischen ein paar Menschen ein paar Querelen gegeben, sie hatten sie geklärt. Die Sache war erledigt.

Maria sah wieder diesen konturlosen Himmel vor dem Fenster im Präsidium vor sich, damals – war es wirklich erst vorgestern Morgen gewesen? – hatte sie schon gespürt, dass alles irrelevant war. Und sie sah Phillip mit seinen heißen, roten Ohren an seinem Laptop vor sich. Auch wenn er sie nichts mehr anging, irgendwo spürte sie eine Art Verantwortung für ihn. Sollte sie ihm klar machen, dass seine Arbeit umsonst war? Nein, vor dieser Erkenntnis war das Lebensgefühl ein besseres gewesen. Man sollte Unwissende im Angesicht der Katastrophe so lange wie möglich in ihrer Unschuld belassen. Das würde ihre letzte gute Tat sein. Er sollte lachend in den Abgrund stürzen. Maria kroch zum Telefon. Drückte auf die erste Taste. Wie lustig! Ihr Job war ihr in ihrem Leben das primär Wichtige. Nicht jene ihrer Mutter oder Elsas, die Nummer ihres Partners, der Arbeit, hatte den Platz eins. Es grammelte, läutete, seine süße, unbedarfte Stimme meldete sich. Schade um ihn.

»Hi! Ich bin's. Du, ich wollte dir nur sagen, ich kann heute nicht. – Ich weiß, aber – also jetzt zumindest nicht. – Nein, ich bin nicht krank, und du brauchst auch nicht vorbeizukommen. – Nichts ist. Die Welt ist im Arsch. Und ich bin's auch. – Nein, Scherzerl. Ich kann jetzt einfach nicht, okay? – Akzeptier's einfach, okay? – Ach, leckts mich doch alle.«

Damit legte Maria auf. Pflichtbewusstsein. Wen interessierte das noch? So ein antiquierter Blödsinn. Was nun? Zurück ins Bett? Nein, da war sie wieder nur mit dem ganzen Wahnsinn allein. Sie wollte davon nichts mehr hören. Sollten doch alle tun, was sie wollten. Sie tat jetzt auch, was sie wollte. Sie würde jetzt fernsehen. Sich endlich wieder einmal in Ruhe einen Film nach dem anderen reinziehen. Die ganzen Trimmels und Bäumlers und Bitterlichs und Väter und Mütter sich selbst überlassen. Die bescheuerten, verwirrenden Fragen in den Äther verpuffen lassen. Maria drückte die Fernbedienung. Wieso hatten die den Fernseher eigentlich nicht mitgenommen? Na ja, sie hatte sie ja überrascht. Was für ein Glück, dafür nahm sie im Nachhinein auch den Schlag auf den Kopf in Kauf.

Das Bild flammte auf. Nein, den Rühmann, den alten Mitläufer, den brauchte sie jetzt nicht. Kinderfernsehen schon gar nicht. ›Crimson Tide‹ – Terroristen. Nein, danke. ›Ausnahmezustand‹ – die Folterszene. Bitte! Ja, gab es gar nichts, was irgendwie erträglich war? Maria zappte und zappte und zappte. Nachrichten, Soaps, Dokus, Filme, Talks. Hunderte Bilder wurden eins. Und dieses Bild zeigte wütende Menschen. Wütende weiße Menschen. Wütende arabische Menschen. Wütende asiatische Menschen. Wütende schwarze Menschen. Ihre eigene Wut sog sich in den Fernseher, zurück blieb Traurigkeit.

Das Nächste, was Maria bewusst registrierte, war, dass jemand vehement bei ihr klingelte. Sie ignorierte es. Anderes Klingeln. Was nun? Handy oder Tür? Die Bilder wurden wieder zu Nachrichten, Soaps, Dokus, Filmen und Talks. Ihr war kalt. Kein Wunder, ihre Beine waren nackt. Das Handy schwieg kurz, dudelte dann erneut. Zugleich wieder die Tür. Maria schleppte sich zur Gegensprechanlage. Phillip krähte hinein. Mechanisch drückte sie den Öffner. Wahrscheinlich eine dritte Leiche. Sie musste ihm vehement klar machen, dass sie das nicht mehr interessierte. Es klopfte. Maria öffnete, eine Welle von restlichen positiven Gefühlen rammte sie angesichts dieses Mannes. Phillip blieb der Mund offen stehen.

»Wie schaust du denn aus? Hast du Fieber? Warst du schon beim Arzt?«

Maria wandte sich ab und schlurfte ins große Zimmer zurück.

»Komm, nerv mich nicht.«

»He, Lady, was ist? Was schnauzt du mich so an? Kriegst du die Regel oder was?«

Maria zeigte ihm über die Schulter den Mittelfinger.

»Du kannst mich mal, du Supermacho. Ich krieg nicht die Regel. Und ich bin auch nicht krank. Ich hab nur keine Lust mehr, irgendwelchen Vollidioten hinterherzurennen. Die sollen sich das doch alle selber untereinander ausmachen.«

Phillip riss sie von der Couch hoch, auf der sie es sich gerade gemütlich machen wollte, und stellte sie brutal vor sich hin.

»Was soll das jetzt?«

Maria zuckte mit den Schultern, ihr Blick setzte sich wieder am Fernseher fest.

»Weißt du, ich habe es heute verstanden. Es ist ganz einfach. Es gibt eine bestimmte Menge Böses auf der Welt. Das ist wie mit dem Wasser. Verdampft es irgendwo, kommt es woanders wieder runter. Es ist wahrscheinlich eine Art Selbstreinigungsprozess. Weil wenn wir uns nicht umbringen würden, dann wären wir bald zu viele für die Erde.«

»Was redest du da für eine gequirlte Scheiße?«

Sie löste ihren Blick von der Mattscheibe und sah Phillip gerade an.

»Keine Scheiße. Es ist doch furchtbar praktisch. Wir brauchen nur nichts mehr tun, und die Umweltprobleme lösen sich von selbst.«

Phillip kniff die Augen zusammen.

»Du bist krank. – May, darf ich dich sanft« – na ja, seine Stimme war eher schneidend – »daran erinnern, dass du eine Gerechtigkeitsfanatikerin bist?«

Er war süß. Wenn es nicht so sinnlos wäre, würde es sich auszahlen, bloß für ihn weiterzukämpfen. Maria sah wieder zum Fernseher. Ja, aber es war sinnlos.

»Ist doch eh alles wurscht. Hackst einen Kopf ab, wachsen zwei nach.«

Phillip folgte ihrem Blick, stellte den Fernseher ab, packte Marias protestierende Hände und schleifte sie zur Dusche. Er drehte das Wasser auf, zog ihr die Daunenjacke aus, das Leibchen und das Höschen. Irgendwo weit weg wurde Maria klar, dass er sie das erste Mal nackt sah, aber das war jetzt nicht wichtig. Für Phillip anscheinend auch nicht. Er packte sie an den Schultern.

»Und weißt du auch, wie Herakles die Hydra besiegt hat?«

Maria schüttelte den Kopf.

»Er hat seinen Neffen Iolaos zu Hilfe gerufen. – Verstehst du mich? Du bist nicht alleine. – Und jetzt dusch dich bitte, in einer halben Stunde müssen wir im ›Raimund‹ sein. Du willst dir doch nicht die gschmackigen Backstorys von der Maleh entgehen lassen, oder?«

Maria ließ sich unter den Strahl stellen. ›Nicht alleine.‹ Er bei ihr. Was für eine schöne Vorstellung. So kuschelig wie die heiße Wolke Wasser. Die Tropfen hämmerten auf ihre Schädeldecke, massierten sie. Halbe Stunde? Sie würde ihre Haare nicht trocken bekommen. – Und dieser erste klare Gedanke schien die Schleuse für weitere zu öffnen. Sie wurde stocksteif. Die Ernüchterung kam wie ein Wellenbrecher. Maria hechelte, schluckte Wasser, stellte sich aus dem Strahl. Sie hörte Phillip hantieren. Oh – mein – Gott. Wie hatte sie sich nur so gehen lassen können?! Das war ja unendlich peinlich! Nein, nicht peinlich, desaströs war das! Wie hatte sie nur – was war da, bitte, in sie gefahren?! Ihr Partner musste kommen und ihr den Kopf waschen. Oh mein Gott! Das durfte doch alles überhaupt nicht wahr sein! Oh mein Gott! Und was sie alles gesagt hatte! Wie bekam sie das bloß wieder in den Griff? Das Blubbern der Espressomaschine ließ sie blitzschnell die Wäsche erledigen. Als sie das Wasser abstellte, stach ein Arm mit dem Badetuch neben dem Duschvorhang herein.

»Besser?«

Maria schnappte das Tuch, verbarg ihr Gesicht darin, es wurde nicht besser. Sollte sie vielleicht doch sagen, dass sie die Regel – nein, nicht noch ein kleinlicher Akt mehr. Sie war erwachsen, sie musste sich ihrem Versagen stellen. Sie musste wieder auf die Erdrotation aufspringen. Geh raus! Maria holte tief Luft, trocknete sich ab, huschte an Phillip vorbei ins Kabinett, zog sich an, kam gemessenen Schrittes in die Küche zurück. Phillip streckte ihr einen Espresso entgegen. Sie sahen einander an. Maria senkte den Blick auf die Tasse.

»Danke.«

»Keine Ursache. – Ich wollte dich immer schon mal ganz nackt sehen.«

Warum tat sich das Linoleum unter ihren Füßen jetzt nicht auf?

»Gern geschehen, ich hoff, du hast es genossen. So schnell wirst du das nimma erleben.«

»Eh besser, lenkt mich viel zu sehr ab.«

Maria schob ihren coolen Halblächler nach und versenkte die Nase in der Tasse. Na bitte, das ging ja schon wieder halbwegs. Nur jetzt nicht darüber reden, irgendwann im Altersheim vielleicht, wenn sie sich gegenseitig mit Erinnerungen anschwafelten.

»Und? Hab ich was versäumt?«

Phillip nahm genussvoll einen Schluck Kaffee.

»Eine Menge, Mylady, auf Herzogs Aufruf in der ›Krone‹ haben sich zwei Zeugen gemeldet. Der eine, er ist von einem Abendessen bei Freunden gekommen, hat gesehen, wie ein silbernes Auto …«

»Silber. Alle Autos sind momentan silbern. Wir müssen das gesetzlich verankern lassen, dass die Autos wieder bunt sind.«

»Ja, wär lustiger und hilfreicher. Jedenfalls, wie ein silbernes Auto, Limousine, mitten auf der Wagramer Straße stehen bleibt, eine Frau in einem roten Mantel rausspringt und Richtung Reichsbrücke läuft.«

»Und?«

»Der Zeuge ist selber gelaufen, auf die andere Straßenseite zu einem Taxi. Er hat sich nicht weiter drum gekümmert. Hat natürlich auch nicht auf die Nummer aufgepasst.«

»Na gut, silbernes Auto. Trimmel?«

»Hat eines.«

»Gut, Indiz, kein Beweis. Was noch?«

»Ein anderer Zeuge ist zu Fuß kurz darauf in die Wagramer Straße eingebogen, Richtung stadtauswärts, und ist am Eingang der Grünanlage zur Alten Donau hin vorbeigekommen. Er hat gesehen ...«

Phillip drehte seinen Laptop zu sich, den er anscheinend während ihrer Dusche aufgebaut hatte.

»... eine Frau in rotem Mantel mit ausgestreckten Beinen auf dem Boden sitzen und einen Mann mit einem schwarzen Mantel neben ihr kauern. Keine genaue Beschreibung, weil der Mann seinen Kopf hinter dem der Frau verborgen hat. Die Frau war schwarzhaarig. Der Mann hat die Frau umschlungen. Der Zeuge glaubt, so was wie ›Jetzt komm, reiß dich zusammen‹ gehört zu haben. – Er hat das ›ekelig‹ gefunden, er kann nämlich besoffene Frauen nicht ausstehen. Und das meinte er, dass sie war, sie war nämlich völlig apathisch, meint er, also bewegungslos.«

»Also ohnmächtig.«

»Richtig und wahrscheinlich. Weil – und jetzt kommt's ...«

Maria stellte die Tasse ab und rieb ihr Gesicht. Wie, um Himmels willen, konnte sie diesen Morgen nur ungeschehen machen? Ihr Versagen? Sie atmete durch, nickte Phillip zu.

»Die Burschen, die haben den Schlachtplatz entdeckt.«

Maria hob die Hand zu einer Pause und kramte aus der Brotkiste ein vertrocknetes Scherzl hervor. Es bändigte ihre aufkeimende Übelkeit nur ansatzweise. Sie deutete fortzufahren.

»Ja, in dem ganzen Herumgetrampel von den Wettpinklern haben sie endlich tiefe Fußspuren gefunden, die vom Gestrüpp entlang des Gebäudekomplexes vom ›SV Donau‹ zum Hintereingang der Kantine vom Fußballplatz führen. Ein bissel abseits. Das Gitter hat zwar ein Vorhängeschloss, aber es war nur eingehängt. Von diesem Platz gehen zwei tiefe Spuren neben dem Platz über eine Gstettn zur Umzäunung Richtung Alte Donau. Der Maschendraht ist schon lange niedergetreten, jetzt noch mehr, und es hängen rote Fasern drauf. Identisch, so wie's ausschaut. Und, na ja, in die Kantine selber ist eingebrochen worden, und auf dem Bürotisch sind ein paar Blutflecken. Sie werden gerade verglichen. Alles ist verstaubt, nur der Tisch nicht. Fußspuren gibt's auch, identisch. Und ein ›Fishermen's Friends‹, das auch erst kürzlich dahingekollert ist.«

Marias Blick fiel auf die Uhr im großen Zimmer. Eilig kämmte sie sich ihre Haare.

»In der Sportplatzkantine? Aber die haben doch ein Fest gehabt?«

»Ja, in dem Lokal gleich daneben, das hat das ganze Jahr über offen, die Kantine ist zu. Eigentlich ideal, weil bei dem Wirbel hat man sicherlich nicht gehört, wenn da jemand geschrien hat. Der Kantinenbesitzer übrigens, so eine Art Mini-Schwarzenegger, soll sich angespieben haben.«

Maria lächelte müde.

»Ich fasse also zusammen: Ein Typ mit schwarzem Mantel und silbernem Auto hat die Bäumler gewürgt, sie in die Kantine geschleppt, gefoltert. Dann ist ihm jemand anderer zu Hilfe gekommen, um die Leiche in die Alte Donau zu schmeißen.«

Maria warf den Fön an, wuschelte sich durch die Haare.

»Das klingt für mich nach Profi und nach Blödheit gleichermaßen. Die Bäumler springt aus dem Auto, blöd, darf einem nicht passieren, egal, was man vorhat. Er läuft nach und würgt sie, wieder blöd, riecht nach Panikaktion, Zeugengefahr, es kommt auch wirklich jemand, er brabbelt auf betont auffällig, gut, Profi, wahrscheinlich hat er die Besoffenengeschichte bis zu den Büschen durchgezogen. Dann das Foltern, absolute Profiarbeit. Aber warum ruft er erst dann einen zweiten? Es muss ihm doch von Anfang an klar gewesen sein, dass es schwer sein würde, eine Leiche zu schleppen.«

»Noch dazu eine zerschnippelte. So was fällt auf.«

»Eben. Hatte er gar nicht die Absicht, sie zu töten?«

Sie sahen einander an. War Trimmel ausgeklinkt? Warum? Befragen konnten sie ihn nicht mehr. Sie mussten endlich den Rest der Bande kennen lernen. Maria schüttelte sich ab. Noch vor ein paar Minuten hatte sie sich im Geiste mit Anders, Pollak, Berg und Konsorten verschwistert. Phillips Handy ließ einen Alarmton hören. Ja, es war höchste Zeit. Er schloss den Laptop.

»Ach ja, und Carola Blau habe ich wegen dem Selbstmord Bescheid gegeben. Sie hat erstaunlich ruhig reagiert. Aber sie hatte gestern ihren Badminton-Abend, die ganze Truppe war danach was trinken.«

Maria wollte schon keifen, warum er immer auf Carrie herumritt, verkniff es sich. Sie hatte momentan kein Recht, ihrem Partner Emotionalitäten anzukreiden. Wahrlich nicht. Sie warf den Fön nochmals an.

Faria Maleh war die schönste Frau im ganzen Café. Maria erkannte sie auf Anhieb, auch wenn sie völlig anders wirkte als auf diesen Fotos. In ihrer ungeschminkten Natürlichkeit hatte sie zudem viel mehr Ähnlichkeit mit ihrer Tochter. Wobei, die markante Nase, die musste Johanna von ihrem Vater haben, Malehs war klein. Wo nur hatte sie noch so eine klassisch geschnittene Nase gesehen?

Die Begrüßung war sehr distanziert. Selbst Phillips geballter Charme richtete genau nichts aus. Diese Frau zeigte keinerlei Regung. Das einzig Lebendige an ihr waren ihre großen, dunklen Augen, die sich abwechselnd in Marias und Phillips festsaugten. Sie bestellten beide wortreich und umständlich. Wollte sich Phillip dadurch so wie sie selbst der Musterung entziehen, die auf eigenartige Weise die Rollen verkehrte? Maria hüllte sich in eine Rauchwolke, um ihre Standfestigkeit wiederzuerlangen. Sie starrte zurück. Malehs Ausdruck entspannte sich für den Bruchteil einer Sekunde, dann wiederholte sie den Ringkampf mit Phillip. Auch er bestand offensichtlich, denn sie nickte.

»Theo hat mir gesagt, dass man Ihnen wahrscheinlich vertrauen kann. Er hat Recht.«

Bitterlich hatte sie also angerufen. Das heißt, er hatte gewusst, was sie bei der Bäumler finden und dass sie unweigerlich irgendwann einmal zu Faria Maleh gelangen würden. Wieso hatte er ihnen von dieser Verquickung nichts gesagt? Weil sie ihn nicht gefragt hatten. Faria Maleh stützte die Arme auf, faltete vor ihrem Mund die Hände und beobachtete mit unheimlicher Ruhe, wie Phillip seinen Laptop öffnete. Ihr Blick war so fordernd, dass er eine schnelle, entschuldigende Geste machte.

»Das ist mein Notizbuch.«

Ein zartes Lächeln. War es überhaupt da gewesen? Was war mit dieser Frau? Maria lehnte sich zurück. Die Distanz schwächte die Kraft dieser Frau etwas ab.

»Gut, Frau Maleh, wenn Sie uns also vertrauen, dann klären Sie uns bitte ein bissel auf. Johanna ist Ihre Tochter?«

»Ja.«

Maria ließ noch ein paar Sekunden verstreichen, aber da kam nichts mehr. Die Kellnerin stellte schweigend die Kaffees für Maria und Phillip auf den Tisch. War heute der Tag der Wortkargen?

»Frau Maleh, Aufklärung ist die Devise. Was, wie, wo, wann, warum?«

Die Maleh rieb sich nun mit den gefalteten Händen die Nase, ihr Blick ging ins Irgendwo. Sie stützte das Kinn auf die gefalteten Hände, sah Maria noch einmal tief in die Augen.

»Wie sind Sie denn auf mich gekommen?«

»Fotos, das Tagebuch Ihrer Tochter, ein bissel kriminalistische …«

»Tagebuch? Johanna hat Tagebuch geschrieben?«

Ihre gefalteten Hände waren auf den Tisch geplumpst, sie wirkte jetzt wie eine Bittstellerin. Und gar nicht mehr emotionslos.

»Wo haben Sie es her? Sie ist doch ausgezogen. Haben Sie Johanna gesehen?«

»Sie hat es vergessen. Unter der Matratze. Sie wissen nicht, wo sie ist?«

Malehs Finger umklammerten einander, ihr Blick schaukelte über den Tisch hin und her. Eine Träne löste sich, kullerte das Gesicht hinab und landete auf dem Tischtuch. Faria Maleh ignorierte es. Phillip schob ihr eine Serviette zu. Das holte sie zurück.

»Danke. Es ist nur …«

Sie wischte mit der Serviette über ihr Gesicht, dann drehte sie das Papier in ihren Händen. Sie nickte Phillip zu.

»Gut, wo fange ich an?«

»Am besten dort, wo aus der glücklichen Exil-Iranerin ein Junkie geworden ist.«

Die Maleh runzelte die Stirn. Maria lächelte ihr zu.

»Elsa Fremuth hat Sie erkannt.«

Die Maleh nickte, nahm einen Schluck von ihrem Tee.

»Es war am Opernball neunzehnhundertvierundachtzig. Ich war Debütantin. Und schon bei der Probe habe ich mich in einen Burschen verliebt. Schlank, einen Kopf größer als ich, wunderschön, blond. Von einer Sekunde auf die andere. Wie es Teenager eben so machen.«

Groß, schön, blond. Maria wechselte geschwind mit Phillip den Blick. Sollte sich jetzt tatsächlich der Kreis schließen? Die Maleh fixierte die Oberfläche des Tees.

»Er hat mich zuerst ignoriert, aber beim Ball dann, da hat er plötzlich mit mir getanzt. Er hat mir ein Getränk nach dem anderen bezahlt. Ich war sehr schnell beschwipst, denn in meiner Familie wurde kein Alkohol getrunken. Plötzlich waren da Freunde von ihm, es wurde geflüstert und gelacht. Ich habe mir nichts dabei gedacht, denn ich war selig. Ich war in meinem schönen Kleid eine Prinzessin, und ich hatte meinen Prinz gefunden. Irgendwann hat er den Vorschlag gemacht, zu einer nahe gelegenen Wohnung eines Freundes zu gehen, die anderen seien schon dort, dort würde er mir etwas zeigen, was ich noch nie gesehen hätte. Es klang sehr verboten, und das reizte mich natürlich. Man ist so dumm in dem Alter. Ich bin ihm also gefolgt, er hat mich in den Innenhof gelotst, wo früher die Theaterkassen gewesen sind – und da waren seine Freunde – und die haben mich gehalten und mir den Mund zugehalten und – und mein – mein Prinz hat – hat mich – mich vergewaltigt. Ich war noch Jungfrau.«

Faria Maleh zupfte in rasender Geschwindigkeit kleine Fetzchen von der Serviette. Phillip bot ihr eine Zigarette an, sie schüttelte ohne hinzusehen den Kopf, er zündete sich selbst eine an. Die Maleh nahm einen Schluck Tee und stützte ihr Kinn wieder auf die gefalteten Hände, die Serviette dazwischengepresst. Sie sah Maria fest an.

»Als er fertig war, hat er mich seinen Freunden angeboten. ›Nehmts euch die Kameltreiberin, damits einmal was Gscheites zwischen die Beine kriegt.‹ – Das hat er gesagt.«

Sie stierte durch Maria hindurch.

»Das hat er gesagt.«

Die Maleh senkte langsam, immer und immer wieder die gefalteten Hände wie eine Guillotine.

»Als der Erste seiner Freunde sich zwischen meine Beine kniete, konnte ich schreien, ein Passant kam vorbei, sie liefen davon. – Mein Vater wollte die – die Männer ausforschen, zur Rechenschaft ziehen. Mein Onkel hat ihn daran gehindert. Er dachte an meine Heiratschancen. Kein Skandal war das Mindeste, wenn ich schon keine Jungfrau mehr war. Er war noch sehr in seiner orientalischen Denkweise verhaftet, auch wenn er im Prinzip ein liberaler Muslim war. Deshalb musste er ja raus aus dem Iran. Das Schlimmste kam dann eineinhalb Monate später. Ich war schwanger. Von diesem einen Mal ...«

Die Maleh stierte ins Nichts und lachte zynisch auf.

»Ja, ich wurde dann nach Zürich zu einer Tante geschickt, einer Exzentrikerin, die nicht besonders in die Familie eingegliedert war ...«

Maria schnaufte auf. Das klang wie in einem Groschenroman. Sie genierte sich sofort für den Gedanken – aber nein, es war so – sie schüttelte den Kopf. Die Maleh sah ihr dabei zu und lächelte erstmals wieder.

»Ja, Frau Kouba, wie in einem dieser Frauenromane. Ich hätte es auch lieber gelesen als gelebt. Ja, Zürich, dort bin ich dann hochschwanger ausgerissen und zurück nach Wien, weil ich dachte, er würde mich vielleicht – wenn er mich mit dem dicken Bauch sieht. Ich habe mir ein Foto von der Eröffnung des Opernballs mit ihm darauf organisiert. Ich habe die Zuständigen gebeten, mir seine Adresse zu geben. Sie haben dann zu ihm Kontakt aufgenommen, haben sie gesagt. Er hat angeblich gemeint, dass er mich nicht kennt. Nicht einmal seinen Namen haben sie mir gesagt. – Ich bin dann niedergekommen und habe das Mädchen zur Adoption freigegeben.«

»Sie hätten trotzdem Anzeige erstatten sollen.«

»Herr Roth, schon die Suche nach ihm war damals für mich ein ausgesprochener Akt des Ungehorsams. Und ich habe mich geschämt. Wenn es dann in der Zeitung gestanden wäre, und meine Familie ...«

Die Maleh schüttelte den Kopf, als wollte sie damit die Erinnerung vertreiben.

»Dann folgte – die Junkie-Phase, wie Sie das nennen.«

»Und Sie haben sich wieder gefangen und im Frauenhaus zu arbeiten begonnen …«

»Und da ist eines Tages ein Brief gekommen, vom Magistrat, dass mich meine Tochter sucht. Ich wollte sie zuerst nicht sehen, aber Rita …«

»Da kannten Sie Rita Bäumler schon?«

»Wir haben uns damals vor fünf Jahren bei der Großdemo gegen den Rechtsruck kennen gelernt. Als sie dann später untergetaucht ist, hat sie zuerst einige Zeit bei mir gewohnt, bis ihr Theo die Wohnung besorgt hat.«

Faria Maleh steckte wieder die Nase zwischen die gefalteten Hände und presste mit den Zeigefingern auf die Augen. Sie war unglaublich beherrscht. Lag das an ihrer Arbeit im Frauenhaus? Nein, wahrscheinlich an ihrer ganzen Biographie. Maria trank ihr Wasser und stellte es geräuschvoll ab. Die Maleh sah auf, legte die gefalteten Hände auf den Tisch.

»Ja, Rita hat also gemeint, dass man nicht immer und ewig seiner Vergangenheit davonlaufen kann. Ich habe in das Treffen eingewilligt. Es war schwer für mich. Ich konnte überhaupt nicht auf sie zugehen, immer habe ich ihren Vater vor mir gesehen …«

Ein trauriges Lächeln umspielte ihren Mund.

»Sie hat seine Nase, griechisch-römisches Profil.«

In Maria schoben sich zwei Fotos übereinander. Der Kreis schloss sich tatsächlich.

»Es ist Friedrich Berg, oder?«

Faria Maleh nickte, legte die Hände flach auf den Tisch, hatte wieder jenen besorgten, angespannten Ausdruck.

»Hat sie was über – diesen Mann geschrieben?«

»Weiß sie, dass er ihr Vater ist?«

Die Maleh starrte Maria an, bewegte den Kopf sehr langsam nach links und dann nach rechts. Sie hatte es ihr also nicht gesagt, aber sie war sich nicht sicher.

Phillip räusperte sich. Er war erstaunlich ruhig. Wobei – gar nicht erstaunlich, Kindergeschichten würden ihn ab nun immer besonders interessieren. Maria spürte in der Magengegend einen Stich. Sie umklammerte ihre Zigarettenpackung und sah Phillip an – der seinerseits der Maleh tief in die Augen.

»Über Friedrich Berg habe ich noch nichts in Johannas Tagebuch gelesen. Ich bin noch nicht durch. Aber über Ihre Distanziertheit zu ihr. Sie hat sie Ihnen nicht übel genommen. Sie ist sehr glücklich, Sie gefunden zu haben.«

Faria Maleh entschlüpfte ein gequälter Ton.

»Jetzt nicht mehr. Sie hält mich für einen Feigling. Rita hat« – sie schluckte – »besser zu ihr gepasst. Rita ist – war eine Kämpferin.«

»Diese Erpressergeschichten waren ihre Idee? Ritas?«

»Und die von Theo. Ich habe mitgemacht, weil ich weiß, wie viel Geld NGOs benötigen. Den anderen haben wir davon nichts gesagt.«

»Einer von ihren – Klienten, der Konrad Unterrader, der hat sich umgebracht.«

Die Maleh sah in den Raum, dann zu Maria.

»Ich weiß. Aber das hat nichts mit uns zu tun. Wir haben ihn noch nicht erpresst.«

Maria sah der Maleh in die Augen und erkannte, dass sie lieber sterben würde, als für den Tod eines Menschen verantwortlich zu sein. Maria nickte ihr zu. Die Maleh holte Luft.

»Ja. Also es gibt einige, die uns wegen dieser Erpressungen als Verräter ansehen würden. – Johanna findet es auch jämmerlich. Und sie hat natürlich Recht. Idealistisch gesehen. Praktisch gesehen haben wir vielen geholfen. Aber das lässt sie nicht gelten. Sie will ein Exempel statuieren. Was sie auch immer damit meint. – Ich mache mir Sorgen. Sie ist gestern, als das mit Rita bekannt wurde, ausgezogen. Niemand weiß, wo sie ist. Niemand weiß, was sie vorhat.«

Phillip ließ das Feuerzeug hüpfen.

»Was soll sie denn vorhaben?«

Die Maleh zuckte mit den Schultern.

»Irgendetwas, das Aufsehen erregt. Ich fürchte, etwas, was sie den Rest ihres Lebens bereuen wird.«

Sie versank wieder in Gedanken. Maria zündete sich eine Zigarette an, gab sie an Phillip weiter. Was könnte dieses Mädchen vorhaben? Plötzlich würgte es Maria. Sie bekam einen Hustenanfall, den dazugehörigen Brechreiz konnte sie nur mit Mühe unterdrücken. Da war es schon wieder, dieses ekelhafte Gefühl, keine Luft zu bekommen. Als würden giftige Moleküle den Sauerstoff fressen. Und sie hatte die Wahl, diese Moleküle zu atmen, dann würde sie überleben, jedoch infiziert sein, oder sie nicht atmen, dann würde sie sterben. Maria wischte sich die Tränen ab und wandte sich der Maleh zu.

»Wissen Sie, dass Rita Bäumler Friedrich Berg bedroht hat?«

»Ich weiß es nicht, ich nehme es an. Sie hat mich an diesem Abend angerufen und gemeint, dass Sie ihn jetzt ›an den Eiern‹ hat. Sie hat ihm ein Haar gestohlen ...«

Auf einmal brannte es in Marias Gesäßtasche. Was hatte sie da gestern – heute Morgen geritten? Sie musste die Haarproben gleich wegwerfen. Sah man ihr das schlechte Gewissen an? Sie straffte sich. Doch die Maleh schien nichts bemerkt zu haben.

»... und wollte es mit jenem von Johanna vergleichen lassen. Mit dem positiven Vaterschaftstest wollte sie ihn dann erpressen. Es hat ihr unglaublich viel Spaß bereitet. Die ganze Idee, sich über die Agentur und Trimmel mit ihm bekannt zu machen, ihn endlich zur Rechenschaft zu ziehen, war die von Rita. Und ich – ich konnte sehr viel mit der Vorstellung anfangen. Je mehr wir ihn beobachtet haben, je mehr wir über ihn erfahren haben, umso mehr ist mir seine – Einladung an seine Freunde damals wieder hochgekommen.«

»Aber warum erst jetzt?«

Faria Maleh strich die Serviette wieder glatt. Ein auswegloses Unterfangen.

»Wahrscheinlich sind uns unsere erpresserischen Erfolge zu Kopf gestiegen.«

Phillip stützte sich über seinem Laptop auf.

»Was fällt Ihnen zu Helge Trimmel ein?«

Die Maleh legte das Kinn wieder auf die gefalteten Hände, doch jetzt war es keine Attitüde, der Kopf schien ihr wirklich schwer.

»Überzeugter Fanatiker. Wir vermuten, dass er in der Zeit, in der er nirgends auftaucht, als Kämpfer in Südafrika, Bolivien und vielleicht Rhodesien war. Gewisse Kampftechniken, die er bei seiner Wehrsportgruppe unterrichtet, lassen darauf schließen. Der Einstieg bei Carolas Agentur war ein genialer Schachzug. Dadurch hat er viele reiche Männer, Geschäftsleute, kennen gelernt, unter denen sich dann doch einige Sympathisanten gefunden haben. Und er scheint Friedrich Berg absolut ergeben zu sein.«

»Würde er für ihn morden?«

Die Maleh sah Phillip regungslos an.

»Ja.«

Abrupt winkte sie der Kellnerin.

»Ich muss jetzt ins Frauenhaus zurück. – Wie hat er Rita getötet? – Sie schweigen? Gut. Dann hat er entweder die ›Weiber-‹ oder die ›Bimbo-Methode‹ angewandt.«

Maria krallte sich an ihrer Kaffeetasse fest. Wie akademisch diese Frau darüber sprechen konnte. Sie befeuchtete mühsam ihren Mund.

»Was ist die ›Weiber-Methode‹?«

»Dabei werden die Brüste und die Schamlippen abgeschnitten.«

Maria schüttelte den Kopf. Die Maleh nickte und verlor

kurz ihren klaren Blick. Maria befeuchtete nochmals ihren Mund.

»Trimmel ist tot. Hat sich heute Nacht umgebracht. Mit Abschiedsbrief. Ohne Rita kann er nicht. Es gibt einen Zeugen, den Nachbarn, dass ihn niemand geschubst hat.«

Die Maleh winkte noch einmal nach der Kellnerin, der übliche Sport in Kaffeehäusern.

»Wenn der Nachbar der Gratzl ist, dann würde ich nicht viel drauf geben. Was Rita betrifft, er ist ihr wirklich nachgestiegen. Sie hat sich grenzenlos darüber amüsiert.«

»Hat sie mit ihm geschlafen?«

»Nein, er war nicht ihr Typ Mann.«

Die Kellnerin winkte ihnen fröhlich zu, als gebe es nichts Netteres, als stundenlang um die Rechnung zu bitten.

»Und obwohl der Trimmel auf die Rita gestanden ist, hat er sie umgebracht?«

»Der Trimmel tut alles, was der Berg will. Ich meine, er hat alles getan. Ich bin neugierig, wen der Berg jetzt zu seinem verlängerten Arm kürt.«

»Das heißt, Sie meinen, dass Trimmel gesprungen ist, weil Berg es wollte.«

»Oder dass der Gratzl lügt.«

Die Maleh stand auf, packte ihre Sachen, offensichtlich grimmig entschlossen, an der Theke ihre Schulden zu begleichen. Phillip hielt sie auf.

»Wir machen das, sehen Sie es als Spende fürs Frauenhaus. Mich interessiert nur noch eins: Wie passt das alles zu dem, dass die Bäumler nach diesem Abendessen von einer Frau in einem Mercedes abgeholt worden ist?«

Die Maleh wurde blass, setzte sich.

»Nur Johanna darf den Mercedes von Theo fahren.«

Was hatte die kleine Fanatikerin von Rita Bäumler gewollt?

Die Darts ploppten lustlos in die Scheibe. Ein Schuss von Phillip, ein Schuss von Maria. Völlig gleich bleibender Rhythmus. Und nach jedem Wurf rollten sie sich mit den Sesseln noch ein Stück weiter weg. Bei ungefähr sechs Metern rutschte Phillips Pfeil ab.

»War eh fad.«

Ohne aufzustehen, rollte er sich mit dem Stuhl zum Pfeil, hob ihn auf, rollte sich auf vier Meter zurück, drehte sich um, wieder blitzartig retour, schoss. Immerhin eine Drei. Maria schob sich zu ihm, schoss wie er aus der Drehung. Dreifach Neunzehn. Sie drehten, schossen, hoben auf, drehten, schossen. Maria stieß sich ab und rollte durch den Raum.

»Das nervt dermaßen, dass wir das nicht beweisen können, dass der Trimmel die Bäumler umgebracht hat. Auch wenn der Gottl hundert Mal sagt, dass die Indizien reichen.«

»Mich nervt noch viel mehr, dass wir nichts gegen den Berg unternehmen können.«

Phillip rollte sich zur Scheibe und drehte die Pfeile heraus.

»Aber warten wir ab. Vielleicht finden die Kollegen ja was. ›Ich weeeisss, esss wirrd noch mal ein Wunnnnnderr geschehen und dann werrrden tausend Märchen waaaahrrr‹ …«

Maria stieß sich ab, hob die Arme hoch.

»Zarah, schau oba! Und mach ein bissel was gut von damals! ›Ein Wunnnnnderrr!‹«

Nichts. Sie ließ die Arme wieder sinken.

»Na ja, im Grunde könnt ma das Ganze ja auch der Staatspolizei überlassen. Genau. Das ist es. Und ich fahr in Ruhe auf Urlaub!«

Phillip hob den Daumen, Maria drehte sich nochmals im Kreis.

»Ich weeeissss, esss wirrd noch mal ein …«

Es klopfte. Sie sahen einander an. Rollten auf ihre Plätze.

»Herein!«

Maria fixierte die Tür, die langsam aufgeschoben wurde. Herein kam nicht etwa Friedrich Berg in Sack und Asche, auch nicht der Geist von Trimmel, nein, es drückte sich eine hagere Frau in engen Jeans und dünnem Anorak herein. Ihr Haar hing ihr strähnig bis auf die Schultern.

»Bin ich da richtig, bei den Damen und Herren Kommissaren, die da wen suchen, der da was weiß über die Frau, die da den roten Mantel angehabt hat?«

Maria blinzelte zu Phillip. Das war das Wunder? Er sprang auf und schob der Frau den Besuchersessel hin.

»Ja, das sind wir, gnädige Frau. Die Leiterin der Gruppe, Maria Kouba. Phillip Roth.«

Die Frau fuhr kurz den Hals ein und entblößte schiefe Zähne.

»Ich bin ka Gnädige. Ich bin die Geritsch Gitti.«

Sie setzte sich und umklammerte ihren Rucksack. Und kramte von einer Sekunde auf die andere hektisch darin. Zum Vorschein kam eine Handtasche. Maria starrte das Ding an. Phillip verharrte ebenfalls. Sollte es wirklich jene von – die Frau öffnete die Handtasche und zog ein Handy heraus. Wie in Trance machte Phillip seinen Laptop startbereit.

»Woher – ich meine, ist das die Tasche von Rita Bäumler?«

Die Frau zog einen Pass aus der Tasche. Na wunderbar, damit waren die Fingerabdrücke verloren.

»Ja, da steht's. Das ist die Taschn von der da, die da umbracht worden ist. Aber das hab i ja net wissen können. I hab mir dacht, da streiten si halt wieder amal zwei. Und i hab mir no dacht, siehst, Geld macht auch nicht glücklich. Und dann hab i mir dacht, aber mi, mi machts a bissel glücklicher. Und da hab i die Taschn schnell aufghobn und bin rüber zur Uno-Tschitti, damits mi nicht derwischen, di da gstrittn haben. Aber heut, da hab ich in der ›Krone‹ glesn, dass Sie, also, dass die Polizei Zeugen sucht. Und da hab ich mir dacht, dass da mei Mutter doch Recht ghabt hat, wie sie da immer gsagt hat, unrecht Gut gedeiht nicht gut. Und es ist auch noch alles drin.«

Die Frau wand sich.

»Also fast alles.«

Phillip lächelte ihr aufmunternd zu.

»Ja, Frau Geritsch?«

»Zwanzig Euronen fehln. Ich bin da gestern in des Lokal, wo's da den rohen Fisch gibt. Ich wollt nämlich schon immer einmal wissen, wie das schmeckt, das …«

Sie versank in sich. Maria drehte sich endlich zu der Frau auf.

»Sushi. Sie haben gesehen, wie sich wer gestritten hat? Fangen S' einfach von vorne an, Frau Geritsch.«

»Also, ich bin da nach Hause gegangen, ich geh nämlich immer zfuß, is ja viel gsünder als mit den Öffis.«

Diese Frau konnte sich also nicht einmal die öffentlichen Verkehrsmittel leisten. Kein Wunder, dass sie sofort die Gelegenheit am Schopf gepackt hatte, eine Fundmeldung zu vergessen. Maria nickte ihr zu.

»Ja, und da seh ich, wie ein VW Phaeton V6 TDI da so ins Schleudern kommt …«

»Sie wissen die genaue Marke?!«

Die Frau strahlte auf.

»Na klar, auch die Nummer. Ich bin die Beste in der Partie!«

Marias Fragezeichen dürfte ihr aufs Gesicht geschrieben sein. Die Frau beugte sich zu ihr.

»Na, i bin bei die Mistkübler. Net die großen Wagen, nein, wir machen die klan auf den Laterndln und so. Ja, und wenn ma dann bei einer Kreuzung sind da, dann drehn ma uns weg, also einer dreht sich weg, der andere schaut inzwischen, und wenns dann Orange wird, dreh i mi gschwind zrück und muss di ersten zehn erkennan, währends wegfahren. Mit allen Daten, versteht sich. Und wer die meistn weiß am Tag, der kriagt vom andern fünf Euronen. Damit finanzier i mir die Sauna. Und das war ein TDI dreipunktnull, zweihundertfünfundzwanzig PS, zweihundertvierunddreißig Höchst, achtkommaacht von null auf hundert, neunkommasechs Verbrauch, Liste ab siebenundsechzigtausendfünfhundertdreißig Euronen.«

Phillip stieß beeindruckt Luft aus, bot der Frau eine Zigarette an. Sie nahm sie und steckte sie in den Rucksack. Er zuckte mit der Augenbraue und legte das Päckchen wieder auf den Tisch.

»Und da bescheißt nie jemand wen?«

»Na geh, Herr Kommissar, das ist Ehrensache.«

Maria schüttelte sich kurz. Staunen über die Menschheit konnte sie später.

»Äh, ja, Frau Geritsch, und wie lautet die Nummer?«

»W-1407U4U.«

Phillip tippte und nickte nach einer kurzen Pause, wie erwartet. Die alphanumerische Kombination war schon beinahe kindisch eindeutig. Trimmel.

»Also, das Auto hat geschlingert. Und dann?«

»Dann Vollbremsung, die Frau im roten Mantel is auße, dabei hat's die Taschn unters Auto ghaut, dann is grennt. Der Mann …«

»Wie sah er aus?«

»So a Gschnigelta mit rotblonde Haar, ja, der is ihr nach, hat grufn, dass' sofort stehn bleibn soll, aber di is grennt, i hab mir noch dacht, na bumm, da fliegn di Watschn heut no tief, sie sind dann da im Park verschwundn, i hab mi unters Auto ghaut, di Taschn packt und – es tut mir Leid.«

Maria nahm Handschuhe aus dem Karton, streifte sie über, zog Pass samt Handtasche zu sich, öffnete sie. Und da war das Handy, wie nicht anders zu erwarten war, außer Betrieb.

»Frau Geritsch, was haben Sie mit dem Handy gemacht?«

»Wieso wissen Sie das, dass ich da …?«

Sie fuhr auf, neigte dann den Kopf.

»Na, ich hab sofort gsehn, dass das da ein Handy is, das i mir net leistn kann. Wenn's auch nicht das neuerste ist, besser als meins is' allemal, und da hab i mir dacht, dass mir a

Kumpel aufsperren könnt, der hat da so ein Programm, wo dann in ein Handy alle SIM-Karten einepassn, weil meine hat nicht funktioniert. Aber der kommt erst nächste Wochn vom Urlaub zrück.«

Deshalb also war nur die Mailbox an gewesen, deshalb hatten sie es nicht orten können. Weil die gute Frau die SIM-Karte entfernt hatte.

»Sie haben gesagt, die Frau hat die Tasche unters Auto geworfen? Die Tasche ist nicht einfach druntergerutscht?«

»Hab ich gesagt, geworfen? Nein, nein, sie hat sie verloren, und ich hab sie gefunden.«

Maria nickte der Frau zu.

»Und sie rechtzeitig zur Polizei gebracht, nachdem Sie zuvor verhindert waren. Geworfen oder gefallen?«

»Geworfen.«

Maria nickte Phillip zu, der tippte heftig weiter. Jetzt. Jetzt waren sie endlich am Punkt. Die Botschaft aus dem Jenseits, die alles klären würde. Maria streckte der Geritsch die Hand entgegen. Die schlug mit einem festen, trockenen Händedruck ein.

»Gut, Frau Geritsch, Sie haben uns sehr geholfen. Wenn Sie noch kurz warten, können Sie gleich das Protokoll unterschreiben. – Und die zwanzig Euro betrachten wir als Finderlohn für Sie.«

Die Geritsch strahlte sie an, was Maria nur mehr halb mitbekam. Sie wählte am Haustelefon.

»Servus, Georg, ich brauch wen, der uns ein Handy entschlüsselt. – Sofort!«

Sie legte auf, durchwühlte die Tasche. Da war ein sorgsam gefaltetes Taschentuch. Es umhüllte ein Haar. Maria zeigte es ihrem Partner, mit Argusaugen von der Geritsch beobachtet. Phillip rubbelte die Mulde oberhalb seines Kinns.

»Vielleicht sollten wir das zufällig im Frauenhaus liegen lassen?«

Sie grinsten einander an. Die Geritsch entblößte wieder

ihre schiefen Zähne. Das Gesundheitssystem sollte nicht beschnitten, sondern ausgeweitet werden.

»Ich weiß ja net, was das Haar da kann, aber ihr habts da auch eure Tricks, gell ja?«

Phillip verbeugte sich in ihre Richtung.

»Wir sorgen nur für Recht und Ordnung. Wenn Sie vielleicht draußen ...«

Die Tür flog auf. Navratil stapfte herein, mit einem blassen Jüngling im Schlepptau, der Maria seltsam bekannt vorkam.

»Darf ich vorstellen, Herr ›Yes-Sir‹, und er hat eine Aussage zu machen.«

Maria hatte das Gefühl, in einem Spiel zu sein. Ja, in diesem ›Free cell‹, das sie manches Mal am Computer spielte, um ihren Kopf leer zu bekommen. Da schob man die Karten so lange herum, bis sie wie durch Zauberhand plötzlich in der richtigen Reihenfolge waren und sie kreuz und quer über den Bildschirm auf ihren richtigen Platz flogen. Übrig blieben saubere Stapeln. Zuerst Zarahs Wunder, jetzt die aberwitzige Draufgabe.

Sie wandte sich wieder dem versteinerten Jüngling zu.

»Und, Herr Haberl, werden Sie Ihre Aussage auch vor Gericht bestätigen?«

›Yes-Sir‹-Haberl nickte wie ein Schaf vor dem Schlächter.

»Ich will Polizist bleiben.«

Phillip speicherte das Protokoll, streckte sich, bedachte Haberl mit einem abschätzigen Blick.

»Das werden wir noch sehen, Benjamin Haberl, wenn du deine Gesinnung nicht radikal änderst, sehe ich schwarz. Also, ich rekapituliere: Du bist Mitglied von Argentuum, ein Lieblingsschüler vom Trimmel gewesen, deshalb auch in der persönlichen Garde vom Berg, deshalb bei dem Treffen in Kapfenberg mit dabei gewesen. Weil du heimlich im Hof einen Joint geraucht hast, hast du mitbekommen, wie sich der Berg nach seiner Eröffnungsrede auf Französisch verabschiedet hat. Das war so kurz nach zwanzig Uhr. Wie er dann wieder gekommen ist, so zwischen eins und halb zwei, hat er sich über den Trimmel lustig gemacht. Er hat gesagt: ›So ein Weichei, dreht durch wegen einer Frau.‹ Waren das exakt seine Worte?«

»Ja.«

»Das hat dich aufgeregt, weil du weißt, dass der Trimmel kein Weichei ist. Und weil du den Berg nicht leiden kannst. Du hast dich mit der Ausrede, dass du Dienst hast, entschuldigt, und bist zurück nach Wien.«

»Ja.«

Wieso jetzt kein ›Yes, Sir‹? Phillip nickte, drückte eine Taste, das Vernehmungsprotokoll schob sich aus dem Drucker. Er reichte es Haberl.

»Lies dir das genau durch. Und dann unterschreib.«

Stille machte sich breit. Jetzt waren beinahe alle Fragen geklärt. Nur zwei nicht. Maria zündete zwei Zigaretten an, reichte eine Phillip, legte die Beine aufs Fensterbrett und hörte der Uhr beim Ticken zu. Wann hatte Georgs Mann das Handy endlich entschlüsselt?

Ein Klopfen. Maria schnellte herum. Phillip sprang auf.

»Ja?!«

Die Geritsch streckte nicht nur ihre schiefen Zähne, sondern auch eine Zahnlücke herein, so breit war ihr untertäniges Grinsen.

»Ich will ja nicht stören da, aber kann ich da jetzt schon unterschreiben?«

Phillip hob die Arme, schnaufte und vollführte den verzweifelten Beginn eines Sirtaki.

»Don't be the pain in my neck.«

Jedes Wort war oxfordmäßig gespuckt. Er senkte die Arme, strahlte die Geritsch an und nahm ihre Hände.

»Mylady, es ist mir ein Vergnügen, Ihnen sofort dienlich zu sein.«

Er vollzog einen formvollendeten, angedeuteten Handkuss und schob sie hinaus. Sie nahmen wieder ihre Plätze ein. Erstaunlich, wie lange eine Sekunde dauerte. Wieso tickten Uhren eigentlich?

Gabi platzte ins Zimmer. Maria fühlte sich nahe am Herzinfarkt. Gut, das war jetzt zum zweiten Mal die falsche Person. Beim dritten Mal würde es die richtige sein. Drei Mal, die Grundregel bei jedem Witz. Phillip klopfte rhythmisch auf den Tisch.

»Was ist, oh, du mein Augenstern der gründlichen Recherche?«

Gabi bedachte Haberl mit einem Seitenblick.

»Der nächste Termin« – aha, es ging um Berg –, »der wartet und is a bissel ungeduldig, weil er noch so viele Termine hat. Er muss bis zum Abend noch viel erledigen, hat er gsagt. Da is er nämlich …«

Sie zeigte eine Tanzbewegung an. Friedrich Berg ging also auf einen Ball. Wie schön für ihn. Maria zog die Augenbraue hoch.

»Dann sag dem Termin, dass uns das wurscht ist – nein, natürlich nicht, sag, dass ganz Wien von Terroristen belagert ist. Ach, sag ihm irgendwas.«

Wieder das Ticken der Uhr. Haberl las noch immer. War er Analphabet? Warum dauerte das verdammt noch mal so lange? Er schob das Protokoll von sich weg, ohne Unterschrift.

»Ich kann das nicht.«

Phillip fuhr auf.

»Was jetzt, was?«

»Das sind meine – ich kann mich an nichts mehr erinnern. Der – der Joint, der hat mich völlig – umgehaut hat mich der.«

Phillip lehnte sich an die Tischkante Haberl gegenüber.

»Darf ich dich sanft daran erinnern, dass du Polizist bleiben willst?«

Haberl verschränkte die Arme, schaute demonstrativ aus

dem Fenster. Na wunderbar, es ging doch nichts über eine funktionierende Kameradschaft!

Maria nahm das Protokoll und zerriss es.

»Lass ihn doch. Jeder sucht sich die Freunde aus, die er verdient. Und den Berg kriegen wir schon irgendwie.«

Phillip beugte sich zu Haberl.

»Du hast gehört, was die Chefin gesagt hat. Aber ein kleines Protokollerl brauchen wir schon noch. Vielleicht denkst vor der Tür ein bissel nach, wie stark der Joint jetzt wirklich war, hm?«

Haberl atmete schwer, es musste ihn unglaublich viel Kraft kosten, angesichts von Phillips herablassendem Ton die Selbstkontrolle zu bewahren. Zackig marschierte er zur Tür, die sich in diesem Moment öffnete. Er schob sich an Georg vorbei, der Maria Bäumlers Handy reichte.

Das kleine Display leuchtete ihr entgegen. Gut, was würde sie tun, wenn sie der Nachwelt etwas hinterlassen wollen würde? SMS? Nein. Die schickte man. Sonstige Notiz? Zu mühsam, die musste man tippen. Was hatte die Geritsch gesagt? Recorder. Maria drückte sich durchs Menü zu ›Extras‹. Ja, da war es, ›Sprachaufzeichnung‹. Sie wählte ›Aufnahmen‹. Ein jungfräulicher Ordner. Shit. Andererseits, sie wusste aus eigener Erfahrung, dass die zwei Minuten kaum für das Notwendigste reichten. Wie sonst? Wo konnte man lange Texte hinterlassen? Karl! Der hatte ihr einmal die Mailbox vollgequasselt, und zwar so, dass sie ihn nicht hatte abwehren können, weil er sich direkt …

»Welche Nummer hatte die Bäumler?«

Phillip schob ihr einen Notizzettel zu. Maria wählte sich auf die Mailbox. ›Sie haben eine neue Nachricht‹, tönte es. Eine weibliche Stimme, eine männliche.

»Was heißt ›krrcchhh‹ keine Sorgen machen? – Du musst dir einfach nie ›krrcchhh‹ ob dein beschissener Ofen geht oder nicht. – Du willst mich umbringen? – Wollen! Ich will viel ›krrcchhh‹ dir ficken. – Pause. – Helge, du kannst mit mir ficken, wenn du mich nicht umbringst. – Pause. – Ich kann auch ›krrccchhh‹ umbringen. – Pause. – Ja, aber es ›krrccchhh‹ bin gut. – Das ist Pech. – He, ich versteh dich nicht, nur weil der Berg ›krrccchhh‹. – Der Berg hat gar nichts gesagt. Ich soll dich ›krrccchhh‹ Spaß macht, hat er gesagt. – Und wieso tust du das nicht? Nein, ganz ›krrccchhh‹ er will, ich mache es und ficke auch noch mit ›krrccchhh‹ Angebot, oder? – Rita, du kannst mich mal. Ich renne dir seit Monaten ›krrccchhh‹ nur ausgenutzt ›krrccchhh‹ dir jetzt glaube. Du hast Angst. – Ich habe keine Angst. Weil ich weiß, dass du es nicht willst. – Da irrst du dich ›krrccchhh‹ dich mit endlich, so wie ich will. Ja, du kleine Schlampe, so wie ich will. Takt für Takt. Schrei für Schrei. Du, du, nein, ich schimpfe ›krrccchhh‹ nicht auf etwas schimpfen, was ich will. Aber es trifft sich gut. Der Ritchie – Was ist mit dem Ritchie? – Alles in Ordnung. Er vertraut nur den falschen ›krrccchhh‹ nicht den Benji damit beauftragt hat, weil der würde nicht so ›krrccchhh‹ ich es mache. – Er hat dich doch gar nicht beauftragt. – Nur, nur weil er mich testen will. Und ich werde ›krrccchhh‹ besser bin als alle anderen. Auch wenn sie hundert Mal Polizisten sind. Was soll das? ›krrccchhh‹ Hör auf! Rita! ›krrccchhh‹ Komm sofort zurück! Rita!‹

Ein stoßartiges Rauschen wurde hörbar, das Klacken von einer Autotür, Schritte, Rufe, wieder Schritte, dann wurde der Ton dumpf. War das der Zeitpunkt, als die Geritsch die Tasche zugemacht hatte? Maria sah Phillip an, dann zu Georg, die beide jede ihrer Regungen verfolgten.

»Sie hat sich selbst auf die Mailbox gewählt und so alles aufgenommen. Wahnsinn. Was für eine Frau!«

Phillip wollte ihr das Handy aus der Hand nehmen, doch Maria ging zur Tür, winkte Haberl herein, wählte sich neu ein, drückte ihm das Telefon in die Hand.

»Zu deiner Information, Benji« – er verkrampfte sich bei der Betonung seines Vornamens –, »die Frau ist die zu Tode gefolterte Bäumler.«

Haberl horchte, sein Gesicht wurde schlaff, seine Augen wanderten nervös umher. Phillip musste Höllenqualen leiden, weil er noch nicht wusste, was auf der Mailbox war. Maria spürte nichts mehr, nicht einmal Befriedigung darüber, dass sie richtig kombiniert hatten. Höchstens Bedauern, weil sie Trimmel nicht mehr ins Gesicht brüllen konnte, dass er das Letzte war für sie.

Haberl ließ die Hand mit dem Handy sinken. Seine Hände ballten sich, mit einem Schrei schleuderte er das Telefon an die Wand. Es brach auseinander. Phillip brüllte auf, Georg packte Haberl, Maria setzte sich in aller Ruhe hin. Phillip hob die Teile hoch.

»Fuck, du mieser kleiner ...«

»Phillip, das ist kein Problem. Die Nachricht ist doch am Server gespeichert. – Blöd, gell, Benji?«

Haberl sah auf Georgs Arme, die ihn umklammert hielten, Maria nickte ihrem Kollegen zu, der ließ los. Haberl fixierte Maria, salutierte.

»Ich möchte mein Protokoll unterschreiben, Sir. Und ich möchte noch eine weitere Aussage machen.«

Sie standen vor dem Plaza-Hotel, und Maria schwindelte. Sie stützte sich an der Hauskante ab.

»'tschuldige, so oft höre ich einfach nicht, dass ich eine Zielscheibe bin.«

»Sie waren eh lieb.«

»Du kannst mich mal.«

»Was willst, jetzt kriegst du sogar deine Bang & Olufsen wieder.«

»Scheiß auf die Stereoanlage. Bitte, der kleine Salutierer hat ihnen geflüstert, dass ich die leitende Ermittlerin bin, und die beschließen, mich mindestens einzuschüchtern. Und verdammt noch mal, das ist ihnen gelungen!!!!«

»Was heißt das?«

Maria lehnte sich an die Wand.

»Ich habe heute früh in meinem Wahn mit dem gschissenen Pollak sympathisiert. Wie meine Mutter.«

Zuerst kam nichts von Phillip, dann ein Deuten mit beiden Zeigefingern in ihre Richtung.

»Ja, aber du hast ihn noch nicht gewählt.«

»Das ist doch völlig egal!!! Ich habe mit ihnen sympathisiert! Zumindest eine Stunde lang.«

Phillip fuhr sich über das Gesicht, ging zum nahe gelegenen Baum, verharrte. Maria rutschte die Wand hinab, was ihr einen scharfen Blick des Türstehers eintrug.

»Ich steh gleich wieder auf. Polizei. Ist eine Übung.«

Sie wedelte mit ihrem Ausweis. Der Türsteher zog sein Genick gerade und blickte ostentativ in eine andere Richtung. Maria atmete durch.

»Alles wieder okay.«

Phillip zog sie hoch, strebte zum Eingang. Maria hielt ihn am Arm zurück.

»Also – wir isolieren ihn von den anderen, kreisen ihn langsam ein, bringen ihn dazu, dass er sich verplaudert. Mit dem, was wir bis jetzt haben, haut ihn jeder ...«

»Anwaltspraktikant raus. Ich weiß.«

»Is was?«

Phillip betrachtete den Himmel, der es sich zwischen den oberen Stockwerken der Häuser gemütlich gemacht hatte.

»Ich werd langsam wirklich wütend.«

»Jetzt erst?«

Phillip legte den Kopf weit in den Nacken, warf die Arme hoch, streckte beide Mittelfinger gen Himmel. Sein Ausdruck hatte etwas von einem Action-Star, der sein Testosteron zum finalen Kahlschlag sammelte. Der Türsteher starrte ihn an, sein Mund stand leicht offen. Phillip lüftete einen imaginären Hut in seine Richtung und schickte ihm sein clooneyeskes Lächeln.

»Mach dir nichts draus, Bruder, wir sind einfach nur in der falschen Zeit geboren.«

Damit verschwand er im Eingang.

Maria lächelte dem Mann entschuldigend zu und folgte ihrem Partner. Was meinte Phillip mit ›jetzt‹? Dass die Polizei ins Visier von Kriminellen geriet, das war doch absolut nichts Neues. Machte er sich ihretwegen Sorgen?

Oder hatte er geahnt, welches Ärgernis sie jetzt traf? Hatte sie eben die junge Dame beim Empfang richtig verstanden?

»Friedrich Berg und seine Freunde lassen uns ausrichten, dass er leider keine Zeit mehr gehabt hat?!«

Die Hochsteckfrisur mit Perlenohrringen nickte und studierte mit weltfraulichem Desinteresse ihre Notiz.

»Er meinte, er möchte bei den Vorbereitungen zu seinem Abendtermin nicht gestört werden, wird deshalb auch sein Mobiltelefon deaktiviert haben. Er wird Ihnen aber gern beim Frühstück morgen für Fragen zur Verfügung stehen. Danach beabsichtigt Herr Berg abzureisen. Es tut mir Leid.«

Clinique-Werbung-Lächeln hintennach, bei dem die Zähne mit den Perlen um die Wette schillerten. Maria musste der Lady in Grau den Rücken zukehren, damit sie nicht stellvertretend für alle anderen ihre Aggressionen abbekam. Vielleicht sollte Maria die Lederfauteuils in der Bar zerschlitzen? Die konnten zwar auch nichts dafür, aber es wäre ein Anfang.

Sie hörte Phillip etwas von Vorladung zischen und nach einem indigniert gezwitscherten ›Bitte‹ noch die Drohung des Haftbefehls mit allen negativen PR-Konsequenzen für das Hotel nachschieben.

Dann waren sie wieder auf der Straße. Phillip blieb stehen und drosch unvermittelt mit der Handfläche auf die Hauswand. Der Türsteher war mit zwei Schritten bei ihm.

»Bitte, Sir, wenn Sie bitte weitergehen …«

»Komm mir nicht mit ›Sir‹, Bruder, weißt du überhaupt, wen du da beherbergst? Ha?!«

»Kommen Sie, ich muss Sie bitten …«

»Ich will, dass du weißt, wem du da ein Taxi rufst und die Tür aufmachst! Das sind Leute, die Leute wie dich da hier nicht wollen. Schau dich an! Woher kommst du? Aus dem Irak? Aus Indien? Aus …?«

»Bitte, Sir, machen Sie mir keine Schwierigkeiten, sonst muss ich …«

»Was?! Die Polizei rufen? Wir sind die Polizei. Und wir werden gerade ziemlich verarscht. Ich will, dass dir klar ist, Bruder, dass du ihnen mit jedem deiner Handgriffe Recht gibst.«

Maria schob sich zu Phillip, er wich unwillig aus.

»Was?«

»Phillip, der Mann hier kann nichts dafür, dass der Berg …«

»Oh, doch, er kann was dafür. Genauso wie wir beide. Wie wir alle. Weil wir zu blöd sind, ihre Strategie zu erkennen. Weil wir Angst um unser Leiberl haben und deswegen nie das Maul aufmachen. Wie läuft denn ihre Strategie? Seit Jahrhunderten? Zuckerbrot, damit wir ruhig halten, und Peitsche, damit wir nicht übermütig werden.«

»Und Religion, damit wir nicht nachdenken. Ich weiß, Sir, aber ich muss Sie trotzdem bitten, dass Sie nun weitergehen und …«

Phillips Handy klingelte. Er streifte ruhig die Hand des Türstehers ab, kramte das Ding aus seiner Jacke, reichte es Maria.

»Sie denken das auch? Aber sind Sie nicht Muslim?«

Maria stellte sich abseits, hob ab.

»Kouba am Apparat Roth? – Wann? Jetzt gerade? – Wir sind sofort da. Und wenn sie wieder gehen sollte, und wir sind noch nicht da, dann bleib an ihr dran, Kollege! – Ja, an der Frau!«

Maria war mit zwei Schritten bei den beiden Männern, die sich jetzt äußerst intensiv miteinander unterhielten. Phillip war gerade dabei, dem Türsteher eine Zigarette anzubieten. Sie drückte Phillip das Handy in die Hand und packte ihn am Arm.

»Komm, wir müssen!«

»Ja, gleich, wir müssen nur …«

»Jetzt! Eine junge, dunkelhaarige Frau besucht gerade den Bitterlich.«

Wo blieb nur Phillip mit dem Auto? Gut, dass sie sich entschieden hatte, zu Fuß in die Rembrandtstraße zu laufen. Es war ja nur dieses kurze Stück über die Brücke. Sie mussten endlich wissen, warum Johanna Rita Bäumler abgeholt hatte, warum sie untergetaucht war, ihr sagen, dass sie endlich ihre Mutter – ihre beiden Mütter anrufen sollte. Wo war nur dieser Kollege von Phillip? Er musste gut sein als Schatten, denn Maria sah niemanden, der ihr verdächtig vorkam. Oder war Johanna etwa schon wieder gegangen? Und er ihr hoffentlich hinterher?

Maria überquerte im Laufschritt die Straße. Niemand kam auf sie zu. Vor Bitterlichs Eingang blieb sie stehen, sah sich um. Nichts. Sie wählte Phillips Nummer. Es läutete, dann Mailbox. Was war da los? Maria lugte durch die Scheibe nach unten in den Raum. Bitterlich saß am Tisch und nippte gedankenverloren an seinem Tee. Maria schaute durch die anderen Fenster, aber nirgends konnte sie Johanna Blau entdecken. Sie war weg. Das hieß, sie war nur sehr kurz da gewesen. Das hieß wiederum, sie war zu keinem Tratsch gekommen, sie hatte etwas geholt oder gebracht. Hatte sie bemerkt, dass sie beschattet wurde? Oder investierten sie jetzt vielleicht unnötige Energie in die Spinnereien einer jungen Frau, deren Hormonhaushalt verrückt spielte? Johanna war aus dem Gleichgewicht, kein Wunder, wenn einem die Familie durcheinander gewirbelt wurde. Wobei, das war zwei Jahre her. Gut, aber nicht jeder wurde so schnell mit Problemen fertig. Nein, so einfach war es nicht. Bitterlich hatte sie angelogen, bei der Sache mit dem Mercedes. Maria drückte die Klinke, stieg die Treppe hinab. Bitterlich schlürfte weiter.

»Gnädige Frau, es ist mir ein Vergnügen. Hat Sie der

Anblick des Tees hereingelockt? Oder verschafft mir etwas anderes die Ehre Ihres Besuches? – Vielleicht doch das Kleid?«

Damit sah er sie an. Maria hatte das Gefühl, einem Mann gegenüberzustehen, der angesichts einer finalen Entscheidung nun völlig ruhig geworden ist.

»Ich wollte mit Ihnen noch ein paar Dinge beplaudern ...«

»So ganz ohne Ihren Kollegen?«

»... und da war mir, als hätte ich Johanna Blau aus Ihrem – hier herauskommen gesehen.«

»Tatsächlich? Sie scheinen ja über Adleraugen zu verfügen.«

Bitterlich ging in die Küche, kam mit einer Tasse zurück, schenkte ein, reichte sie Maria.

»Was hat Johanna hier gewollt?«

Bitterlich lächelte.

»Sie hat sich Sprengstoff geliehen.«

»Wie bitte?«

Bitterlich lächelte noch breiter.

»Oder wie würden Sie sonst die Schriften von Marx, Lenin, Guevara, Dutschke und Meinhof bezeichnen?«

»Sie haben ihr Bücher geliehen?«

»Sie sagen es.«

Maria fischte ihre Zigaretten heraus, Bitterlich holte den Aschenbecher. Den mit dem roten Stern. Den von Ulrike Meinhof. Er gab ihr Feuer. Sie sah ihn fest an.

»Sie haben gestern gesagt, dass er Sie daran erinnern soll, nie die Grenze zu überschreiten. Welche Grenze?«

»Die der Selbstverleugnung.«

»Was heißt das?«

»Nichts anderes, als was ich Ihnen und Ihrem Kollegen schon gestern bei unserem Gespräch klar zu machen versuchte. Bei aller Toleranz gibt es Grenzen. Irgendwann muss man anfangen, sich zu wehren.«

Maria wandte sich ab. Schlenderte durch den Raum. Irgendetwas irritierte sie. Sie sah, dass das Kleid weg war. Beneidete die Frau, die auf irgendeinem Ball damit glänzen würde.

»Wissen Sie, dass Sie jetzt wie einer von Anders' Leuten reden? Werden Sie dadurch nicht so wie die, die Sie bekämpfen?«

»Genau das ist das Problem, Frau Kouba, warum die Menschenverachter immer gewinnen werden. Die wenigen, die ihre Absichten und miesen Taktiken verstehen, wollen sich nicht beflecken, indem sie zu denselben Methoden greifen. Doch es kommt immer irgendwann der Zeitpunkt, mit derselben Sprache, denselben Argumenten und denselben Waffen zurückzuschlagen. Anders versteht es der Gegner nicht. Er nimmt uns nicht ernst, und wir haben keine Chance.«

Maria stellte die Tasse ab, dämpfte die Zigarette aus.

»Der Zweck heiligt also die Mittel?«

»Sie sagen es.«

»Und welche Mittel? Was haben Sie vor, Herr Bitterlich?«

»Ich? Ich habe gar nichts vor, als so vielen Menschen wie möglich die Augen zu öffnen. Ich bin ein alter Mann, Frau Kouba, was soll ich schon Großartiges vorhaben? Wenn ich Glück habe und Gott es zulässt, lebe ich noch ein, zwei Jahre und kann noch ein paar Menschen auf den richtigen Weg führen.«

»Und wieso sollte Ihr Weg der richtige sein? Dass der Kommunismus nicht funktioniert hat, wissen wir ja auch inzwischen.«

»Ich spreche nicht von Kommunismus. Ich spreche von einem Weg, der den Menschen im Blickfeld hat und nicht das Kapital. Der Solidarität in den Vordergrund stellt und nicht Egoismus.«

Irgendwo war da ein Haken. Dieser Schweinepriester nebelte sie ein, spielte mit ihr.

»Sie haben uns angelogen, Herr Bitterlich, Johanna hatte Ihren Mercedes. Sie ist auch nicht über eine Universitätsveranstaltung zu Ihnen gestoßen, sondern weil sie ihre Mutter gesucht hat. Sie hat Rita Bäumler angebetet und nicht nur irgendwie gekannt.«

War da wirklich eine hauchfeine Verzögerung bei seinem Schluck vom Tee?

»Woher wollen Sie das wissen? Sie haben Johanna doch noch gar nicht gesprochen?«

»Aha, Sie haben also mit Johanna über unser Gespräch geredet?«

Bitterlich lächelte wieder.

»Ich habe ihr nur gesagt, dass Sie mit ihr sprechen wollen. Ich fürchte nur, dass sie momentan dazu nicht in der Lage ist. Der Mord an Rita hat sie sehr durcheinander gebracht. Und sie kann sich nicht vorstellen, wer das getan ...«

»Es interessiert mich nicht, was Sie mir erzählen. Ich will es von ihr hören.«

Maria packte ihre Zigaretten ein und ging zur Stiege.

»Ja, und sagen Sie ihr, dass wir eine Fahndung ausschreiben werden. Johanna ist die Letzte, die Rita Bäumler lebend gesehen hat.«

Bitterlich sprang von seinem Hochstuhl auf.

»Sie hätte nie etwas getan, was Rita ...«

»Hat sie auch nicht. Das wissen wir schon. Nur blöderweise ist mittlerweile auch Rita Bäumlers Mörder tot. Und die Reden, die sie in ihrem Tagebuch schwingt, die klingen gar nicht gut.

»Tagebuch?«

Bitterlich riss die Augen auf, sein Mund stand leicht offen. Und in dem Augenblick wurde Maria klar, dass er die Wohnung ausgeräumt hatte. Niemand vergisst sein Tagebuch, vor allem nicht diesen brennenden Seelenspiegel. Bitterlich musste befürchten, das Tagebuch könnte Antworten auf heikle Fragen geben.

Ihr Handy klingelte. Phillip.

»Ja? – Verstehe. – Ja, ich komme dann.«

Sie legte auf und sah Bitterlichs Hände flattern. Was ging da vor?

»Herr Bitterlich, in Ihrem, in Johannas und in unser aller Interesse: Was läuft da?«

Bitterlich sah sie nicht an, spielte mit dem Aschenbecher.

»Ich weiß nicht, was Sie meinen.«

»Schwach, ganz schwach. Gut, aber wie Sie wollen. Wenn Johanna irgendwas anstellt, dann sind Sie dran wegen Beihilfe, ist das klar? Und anstellen wird sie was. Warum läuft sie sonst vor uns davon?«

Bitterlich hatte glänzende Augen, als er sie wieder ansah.

»Sie läuft nicht davon, sie geht ihren Weg. Das ist mehr, als wir alle tun.«

Sie schwiegen sich an.

»Herr Bitterlich, Sie sind ein verantwortungsloser alter Mann. Und wissen Sie was? Den Aschenbecher, den können sie wegschmeißen.«

Maria war eins mit ihren Füßen. Kopfstein um Kopfstein, Stiege um Stiege. Wie einst in ihrer Kindheit, als sie über Stoppelfelder gerannt war, zog ein schneller Schritt den nächsten, noch schnelleren nach sich. Das war das Prinzip von Laufen, dass nur mehr die Bewegung den Ablauf bestimmte und nicht mehr ein Gedanke. Schritt, Fassade, Schritt, Gehsteigkante, Schritt, Innehalten ist Gefahr, Schritt – sie stolperte, verknackste sich den Knöchel, musste sich an einem Straßenschild festhalten. Eben, das war es, man durfte nicht denken. Das hatte sie gerade gedacht.

In der gleichen Sekunde zischte ein Auto knapp an ihr vorüber.

Glück.

Marias Pulsschlag machte ihr den Hals eng. Sie hatte den Wagen nicht gesehen und wäre beinahe – oder war es Instinkt gewesen? Hatte sie deswegen zu denken begonnen? Unbewusst? Sie musste sich einbremsen, auch wenn es natürlich eine absolut heiße Info war, dass die Geschäftsführerin vom ›Serail‹ beobachtet hatte, wie eine junge Frau ihrerseits das Hotel beobachtet hatte. Auch wenn Phillip da im Präsidium saß und sich wahrscheinlich wunderte, warum sie so lange von der Rembrandtstraße in die Berggasse brauchte. Aber die paar Minuten, die er die Info später bekam, die waren irrelevant.

Maria humpelte weiter. Irrelevant? Nein, sie hatte das Gefühl, schon viel zu spät zu sein. Nur wusste sie noch immer nicht, zu was sie zu spät kam. Es war nur zu spät, wenn sie nicht einfach lief. Das Ziel war klar. Johanna. Aber in welche Richtung? Sie riss die zufallende Lifttür auf. Clemens sah ihr säuerlich entgegen. Maria stellte sich neben ihn. Der Lift setzte sich in Bewegung.

»Wir haben da so Zeugs gefunden in dem Trimmel seinem Computer.«

»Was für Zeugs?«

»Zeugs für die Staatspolizei. Ustascha, White Power, Ausbildungslager, Einsatzpläne.«

Maria drehte sich zu Clemens. War ihr Lächeln auch so zynisch, wie Phillip es konnte?

»Blöd, gell, dass die anderen das auch gesehen haben und ihr es jetzt weiterleiten müsst.«

»Kollegin – pinkel mi jetzt net an. Nur weil der Trimmel ein Radikaler war, ändert das nichts an meiner Meinung, dass was gändert ghört.«

Maria wollte Clemens einen unendlichen Vortrag halten über Ursache und Wirkung, doch sie schloss lieber die Augen.

»Und was haben sie so für Pläne?«

»Momentan nichts Besonderes. Also bei uns in Österreich. Die Franzosen, die Belgier, die Engländer und die Deutschen, di werdn si freun, i mein natürlich unsere Kollegen, die das Material bekommen, aber bei uns in Österreich Gott sei Dank nichts. Was den Trimmel anscheinend ziemlich narrisch gmacht hat, und wo er mit an gewissen Friedrich Berg an ordentlichen Streit ghabt hat. Die Codenamen waren übrigens trotteleinfach. Ist des übrigens der Friedrich Berg? Der da die Büchel schreibt?«

Na bitte, jetzt konnte sie Phillip berichten, wer Bergs Romane las. Maria nickte, der Lift stoppte. Sie stieß die Tür auf. Clemens beugte sich zu ihr hinaus.

»Nur ans no – der Trimmel hat da nebenbei mit einer gmx-Adresse a Chatterei laufen gehabt. Das war keiner von der internen Gruppe, die haben sich gfühlsmäßig nicht einmal persönlich kennt. Und die reden da die ganze Zeit über Kämpfe, und was wo und wie erlaubt ist. So auf Hirnwichser. So betont theoretisch. Und des ist mir komisch vorkommen. Und i habs dann durch die Suchmaschine laufen lassen auf ein paar Signalwörter hin …«

»Ich hab geglaubt, das machen nur CIA und FBI?«

»Na, kenn i mi aus mit Computer oder net?«

Maria neigte den Kopf. Clemens zog die Augenbrauen hoch. Nein, Freunde würden sie nie werden. Es stank förmlich nach Antipathie. Clemens ließ die Zunge über die Zähne schnalzen.

»Na ja, auf alles, was mit Bomben zum tuan hat, is es angsprungn. Auch wenns gut versteckt ist.«

Maria entschlüpfte ein ›Oh‹. Die vermeintliche Rotlichtgeschichte mutierte zur Staatsaffaire, und das innerhalb von drei Tagen. Wie in einem Jerry-Bruckheimer-Film!

»Und warum erzählst du das mir? Das ist was für die Stapo.«

Clemens schmatzte nochmals über die Zähne. Dann zog er die Nase auf, schließlich seufzte er. Was für ein Kampf! Was kam da jetzt?

»Schau, Kouba, auch wenn ma politisch offensichtlich net einer Meinung san, bin i do der Meinung, dass du gut bist« – brach er jetzt gleich zusammen vor Schmerzen? –, »und du bist drinnen in der Gschicht, und die andern müssn si erst einarbeiten …«

»Die kennen die Szene besser als ich mein Geldbörsl.«

»Ja, oba du, du hast so a Gspür ...«

»Okay, Clemens, bevor uns das jetzt beiden peinlich wird – ich denk drüber nach. Muss ich noch irgendwas wissen?«

»Der User heißt U-Null-Neun-Null-Fünf-Eins-Neun-Sieben-Sechs, abgeschickt wordn sind die Mails vom Café Stein. Da stehn so ein paar Computer herum.«

Maria nickte Clemens zu, die Tür schloss sich, ihre Füße begannen schon wieder zu laufen. Atemlos krachte sie ins Büro. Phillip öffnete den Mund, sie stoppte ihn mit erhobener Hand und Kopfschütteln, kritzelte geschwind den Code auf einen Zettel.

U-Null-Neun-Null-Fünf-Eins-Neun-Sieben-Sechs. Was hieß das? War es ein willkürlicher Code, also einer von einem Profi? Oder bedeutete er was? Schon wieder U. Wie Ustascha. Mit wem hatte Trimmel kommuniziert? War es ein Hintermann, der niemals irgendwo auftauchte, damit es sicher keine Spuren zu Trimmel und somit zu Berg gab? Ein Mann, der zuständig war für die dreckigen Aktionen? Noch dreckigere als jene von Trimmel? Noch gefährlicher? Sie mussten endlich mit Berg zusammentreffen. Aaaah! Maria sprang auf, packte die Pfeile, schoss und traf mit keinem einzigen die Darts-Scheibe.

Stille.

Das war ihr seit mindestens fünf Jahren nicht mehr passiert. Gut. Sie war also nicht perfekt, musste sie auch nicht sein, sie durfte Dinge nicht verstehen oder nicht verhindern können. Sie würde jetzt einfach noch bis nächsten Mittwoch ihre Arbeit machen und dann auf Urlaub fahren. Der Fall war abgeschlossen, alles andere war Pech. Und wenn Phillip jetzt nur einen einzigen Kommentar ablieferte, dann würde er auch Pech haben und seine Tochter nicht nur nicht aufwachsen, sondern auch nicht alt werden sehen.

Maria zog ihre Jacke aus, setzte sich, zündete sich eine Zigarette an und lächelte Phillip zu, der entspannt auf seinen verschränkten Armen lehnte.

»Die Johanna, die ist also definitiv davongelaufen?«

Phillip nickte.

»Sie ist rein, ist raus mit einem Sackerl, der Schorschi …«

»Der Schatten.«

»Ja, der ist ihr nach in die Straßenbahn, dann in die U-Bahn, Rathausplatz sind sie ausgestiegen. Ich rein in die Lange Gasse, seh sie auch wirklich. Ich hab sie übrigens gleich erkannt, obwohl sie so ein komisches Kopftuch aufgehabt hat, aber vielleicht ist das bei Revoluzzern ja jetzt Mode, nur ihre Nase, die war unverkennbar. Ich bleib also neben ihr stehen, tu auf Zufall und so, wie ausgemacht, sie natürlich nicht blöd, rennt los, die Lange Gasse zurück und auch gleich gegen die Einbahn von der Zeltgasse. Ich schieb zurück, kann nicht rein, weil grad ein paar Autos kommen, schieb endlich bis zur Neudeggergasse, sie ist schon unten auf der Lerchenfelder. Wie ich dann unten war, seh ich sie nicht mehr. Ich nehme an, sie ist ins Durchhaus verschwunden, schicke den Schorschi hinterher, der inzwischen nachgehechelt gekommen ist, fahr rundherum zur Burggasse, steig dort aus und treff wieder auf den Schorschi. Ich würde sagen, definitiv davongelaufen und definitiv Spur verloren.«

Phillip begann, die Stapel auf seinem Tisch zu ordnen.

»Soll ich dir was sagen? Die soll doch machen, was sie will. Morgen holen wir uns noch den Berg, und dann aus und vorbei. Sie wird sich schon wieder melden, wenn sie wieder normal tickt.«

Maria versteckte sich hinter ihrem Nebel.

»Die Geschäftsführerin vom ›Serail‹, die hat beobachtet, wie in der Mordnacht eine junge Frau von einem Mercedes aus das Hotel beobachtet hat.«

Jetzt würde er eine Frage stellen, die zu beantworten ihr sehr unangenehm war. Phillip nickte bloß. Ging der Kelch etwa an ihr vorüber?

»Und der Bitterlich ist aschfahl geworden, wie ich ihm erzählt habe, dass wir Johannas Tagebuch haben. Sie geht ihren

Weg weiter, als wir es alle tun, hat er gemeint. Da ist was im Busch. Vielleicht hat er ihr keine Bücher gegeben, sondern eine Waffe, damit sie sich rächen kann wegen der Bäumler.«

»Ja, aber der Trimmel ist tot.«

»Erstens weiß sie nicht, dass es der Trimmel war. Und zweitens wird sie viel mehr den Berg unter Verdacht haben. Denn das wird ihr die Bäumler erzählt haben. Über was haben die sonst im Auto geredet? Die geplante Erpressung findet sie lächerlich. Also wird sie jetzt auf eine günstige Gelegenheit warten, ihn zur Rechenschaft zu ziehen. Warum hat sie sonst das Hotel beobachtet?«

Ups, das war jetzt taktisch unklug gewesen. Sie brauchte dringend die nächste Ablenkung.

»Und dann ist da noch was. Der Clemens ist im Computer vom Trimmel über eine Korrespondenz mit E-Mail-Adresse gestolpert, die aus keinem Namen besteht, sondern aus einem Code, abgeschickt von einem Internet-Café. Übrigens wieder mit einem U drin. Ich sag dir, der Benji Haberl, der war nicht sein Thronfolger. Der war ihm zu unbedarft. Oder zu unsicher als Polizist. Da ist wer anderer, mit dem er über Grundsätzliches und übers Bombenbauen philosophieren konnte.«

»Stapo.«

»Ja, aber wir beide, wir sind viel mehr drinnen in dem Fall ...«

»Die kennen die Szene besser als ich mein Geldbörsl.«

Phillip sah sie durchdringend an. Maria kontrollierte, ob sie auch wirklich gleichmäßig ihre Asche von der Zigarette rollte.

»Phillip, du spürst doch auch, dass da noch irgendwas im Busch ist.«

Sie sah ihn wieder an, mit dem freundlichsten und überzeugendsten Lächeln, das sie fand.

»Also, warum kramen wir nicht noch ein bissel herum? Vielleicht – vielleicht können wir ja Johanna davon abhalten, einen furchtbaren Blödsinn zu machen?«

»Einmal nicht Reparatur, sondern Vorsorge leisten, meinst du das?«

»Ja, einmal das Glas auffangen, bevor wir wieder die Scherben wegräumen müssen.«

Ja, einmal nicht die Müllabfuhr sein, sondern die helfende Hand. Sie musste einen herzergreifenden Gesichtsausdruck haben, denn Phillip sah sie an wie ein nervendes, aber liebes Hundebaby.

»Okay. Also, lass uns von vorne denken. Vielleicht kommen wir dann ja auch drauf, wie wir morgen den Berg neben seinen Ham-and-eggs festnageln. – Ich hol uns vom Navratil einen Kaffee.«

Maria lehnte sich zurück. Gut, wenn sie Zentimeter für Zentimeter abgrasten, dann würden sie über etwas stolpern. Details waren wichtig, so wie die Beobachtung der Geschäftsführerin vom ›Serail‹. Was für ein Glück, dass sich Phillip hatte ablenken lassen. Ob Sidney schon im Flugzeug saß? Mit ihm hätte sie gern noch ein paar andere Zimmer des Stundenhotels getestet. Noch dazu jetzt, wo sie nicht mehr unter einer Phantomfrau, sondern unter einer realen Tochter litt. Und da war es schon wieder, dieses Gefühl, als ob sich all die feste Materie um sie herum sich mit ihr vereinigte und dadurch auflöste. Sie hatte die ganze Zeit nicht daran gedacht. Arbeit. Keinerlei private Gedanken, sondern Arbeit. Das war das Medikament.

Maria stand auf und betrachtete die Fotos. Die Bäumler war umgebracht worden, weil sie Berg hatte erpressen wollen. Nur deswegen? Hatte sich die Bäumler verraten? Hatte Trimmel bei der Folter herausgefunden, dass ihre Gruppe auch für die anderen Erpressungen zuständig war? Warum wurde dann bei Bitterlich nur eingebrochen? Hatte die Bäumler es wirklich geschafft, die Namen der anderen nicht preiszugeben? Nein, da stimmte was nicht. Wenn Trimmels Leute bei Bitterlich eingebrochen waren, dann wussten sie auch Namen. Dann gäbe es schon massive Angriffe auch auf die anderen. Das musste sie mit Phillip besprechen. Gut. Trimmel. Er hatte es nicht ertragen, dass sein Gefühl zu Rita ihn blind gemacht hatte, sie als Spionin zu erkennen. Und da war sein Wahnsinn durchgekommen. Seine perverse Leidenschaft. Mit jedem Schnitt hatte er sich die Frau, die ihm so überlegen war, ein bisschen mehr genommen. Das war ziemlich dämlich, weil die Schnitte sehr auffällig waren. Hatte ihn Berg deshalb zum Selbstmord gezwungen? Sie an seiner Stelle hätte so einen begnadet skrupellosen Diener lieber untertauchen lassen. Ein Namenswechsel war doch ein Klacks. Und der Tod von Trimmel verursachte in der rechten Szene sicher ein gewaltiges Aufsehen, nachdem er für seine Ablehnung von Selbstmord so bekannt gewesen war. Konnte das im Sinne von Friedrich Berg sein? Oder war Trimmel tatsächlich freiwillig gesprungen? Die Maleh hatte gesagt, der Trimmel würde für den Berg alles tun. Was könnte dem Berg Trimmels Selbstmord bringen?

In Marias Blickfeld tauchte eine Espressotasse auf. Sie fuhr dermaßen erschrocken herum, dass sie sie beinahe aus Phillips Hand stieß.

»Ich war nur ...«

»Ich schätze diesen Zustand bei dir, da bist du immer so intuitiv. Hat dich diese Trance eigentlich auch ins ›Serail‹ geführt?«

Maria streckte schon die Hand nach der Tasse aus, zog sie aber zurück. Sie bewegte ihre Schultern, als würde sie sich entspannen, bewegte dabei die Finger. Nahm die Tasse. Trank einen Schluck. Was führte sie sich so blöd auf?! Sie war ihm keinerlei Rechenschaft schuldig.

»Nein, das war eher vom Schicksal geleitet.«

Sie wich seinem Blick aus, indem sie sich an den Schreibtisch setzte.

»Ich habe gestern mit Sid-, also, mit Paolo in einem der Zimmer vom ›Serail‹ geplaudert. Ja, und die Geschäftsführerin hat mir den Tarif gestundet, weil ich sie überzeugen konnte, dass ich Carrie gut kenne. Und das Geld habe ich ihr jetzt gebracht. Und da habe ich sie halt ein bissel ausgefragt.«

Phillip setzte sich ihr gegenüber und ließ den letzten Tropfen des Kaffees kopfüber auf seine Zunge tröpfeln. Als er sie wieder ansah, waren die Rollbalken herunten. Er lächelte.

»Ja, es hat eben alles seinen Sinn.«

Damit versenkte er sich in die Unterlagen. Maria atmete tief ein. Hatte sie nicht eigentlich beschlossen, keine Gefühle mehr zu haben? Sie ließ die Luft raus und stellte sich vor, dass jedes Molekül ein Stückchen von ihrer Liebe zu Phillip war. Dann gab sie in die Suchmaschine ›Ulrike Meinhof‹ ein.

Die Milch gerann. Auch das noch! Zuerst die Zeit übersehen mit völlig unnützem Studium von linken Parolen. Dann eine Schlange bei der Kassa im Supermarkt. Dann neben dem Erdäpfelkochen Zusammenräumen der Wohnung, torpediert durch einen vollen Staubsaugerbeutel und keinen neuen. Jack, der den Besen als seinen persönlichen Feind entdeckte, ein zersprungener Blusenknopf, Carrie, die glücklich über einen Parkplatz war und gefragt hatte, ob zehn Minuten früher kein Problem seien, und jetzt auch noch die geronnene Milch. Warum hatte sie die beiden nicht in ein Restaurant bestellt?

Weil ihre Mutter dann Carrie zu zeitig sehen und am Absatz kehrtmachen würde. Hier in der Wohnung konnte Maria die Tür verbarrikadieren. Wenigstens irgendetwas wollte sie heute gelöst haben. Läuten, Maria drückte den Summer, öffnete die Wohnungstür, warf das halb fertige Erdäpfelpüree in den Mist, holte neue Erdäpfel und eine Haltbarmilch heraus. Verharrte. Sie benahm sich so, als würde eine alte Freundin kommen, nicht die über ewige Zeiten verhasste Halbschwester. Gab es wirklich Blutsbande? Nein, die Frau war ihr einfach sympathisch. Mit dem Klopfen schwang die Tür auf, Carrie lugte um die Kante. Und sie lächelte ihr Begrüßungs-Hi ebenso, wie es eine alte Freundin machen würde. Maria ging zu ihr, spürte den vehementen Drang, sie zu umarmen, sah in Carries Augen, dass sie dasselbe wollte – und stoppte.

»Hi. Bitte, mach es dir bequem. Ich muss noch einmal – das Püree – die Milch, sie war schlecht.«

Carrie nickte, löste aber nicht ihren Blick. Das würde eine alte Freundin nicht machen.

»Entschuldige bitte, dass ich – aber ich habe nicht damit gerechnet, dass ich so schnell – die Zweierlinie, die war frei und …«

»Wo wohnst du eigentlich?«

»In der Thurngasse, im Neunten, da gleich ein Stückerl weiter vom Schottentor …«

Beim Café Stein – nein, Maria, jetzt denkst du nicht an die Arbeit. Sie konzentrierte sich auf Carries Mund, der weiterredete.

»… Auto, war eh blöd, aber ich weiß nicht, ob mich heute nicht noch jemand braucht, weil ja der Helge« – sie holte Luft –, »der Helge das sonst gemacht hat …«

Ach ja, Trimmel war ja auch der Partner von Carrie gewesen und nicht nur der Mörder von der Bäumler. Wusste Carrie das schon, hatte Phillip ihr das gesagt? Offensichtlich nicht, sonst würde sie doch ganz anders agieren. Einen Mörder an seiner Seite gehabt zu haben, diese Erkenntnis war fast schwieriger, als einen Partner durch Selbstmord zu verlieren. Sie musste es auch nicht jetzt erfahren, sonst ging diese ganze Familientherapie-Stunde in die Binsen.

Carries Mund redete noch immer.

»… und ich bin auch gar nicht da.« – Lächeln – »Ich muss ohnehin noch ein paar Anrufe machen. Du kannst dir gar nicht vorstellen, was heute los war. Immer bei der Ballsaison, da werden diverse Ehepartner krank, Ersatz, da werden irgendwelche Geschäftsleute überraschend zu irgendwelchen Bällen eingeladen, Notbegleitung. Und wir hatten für den Opernball auch so viele Vorbestellungen. Und stell dir vor, da werden mir heute zwei Mädels krank, und da habe ich herumtelefoniert und herumtelefoniert, und jetzt hoffe ich, dass sie den Kunden auch wirklich treffen, wer immer der auch ist, weil von dem habe ich nur eine Nummer, und ich habe ihm nur auf die Mailbox sprechen …«

»Sag, Carrie, wie ist das für dich, dass der Trimmel Selbstmord begangen hat?«

Carrie stellte ihre Tasche ab, zog endlich ihren Mantel aus. War sie so nervös wie Maria selbst? Hatte ihr Phillip doch alles erzählt? Carrie atmete durch.

»Logisch.«

Sie drehte sich wieder zu Maria.

»Wenn er Rita wirklich heimlich geliebt hat, was er offensichtlich getan hat, dann war das für ihn die einzig logische Konsequenz.«

Phillip hatte ihr nicht alles erzählt. Carrie suchte mit ihren Händen nach Worten.

»Für ihn gab es kein Wenn und Aber, er war da sehr eindimensional. Wenn er an etwas geglaubt hat, dann …«

»Loyal bis zum Tod. Trauerst du um ihn?«

»Ja. Beides.«

Es läutete erneut. Maria drückte wieder den Summer, öffnete wieder die Tür.

»Bitte, Carrie, setz dich hinter die Tür aufs Sofa – Mama, sie weiß noch nicht – deswegen mache ich auch Fegato alla salvia, darauf reagiert sie wie ein Bär auf Honig …«

Schritte wurden hörbar. Carrie warf ihr einen Blick zu, der einem zum Tode Verurteilten auf dem Weg zum Schafott zur Ehre gereicht hätte, und verzupfte sich ins große Zimmer auf den ihr zugewiesenen Platz. Marias Mutter stürmte bei der Tür herein. Ließ die große Tasche fallen. Breitete die Arme aus.

»Mia Bambolina! Bitte, Cara, mach das nie wieder mit mir! Ich habe tausend Tode durchstorben.«

»Bin gestorben, Mama, es heißt ›bin gestorben‹.«

Ihre Mutter hielt inne. Senkte den Blick, zupfte an einem nicht vorhandenen Faden bei ihrer Handtasche herum.

»Warum machst du das? Warum attackierst du mich? Ich habe gedacht, du lädst mich ein, damit wir uns wieder versöhnen?«

Maria riss das Netz von den Erdäpfeln auf.

»Ja, Mama, das tun wir auch, aber nicht um den Preis, dass wir wieder die Decke über alles breiten. Nicht die Decke über – dass du Italienerin – und dass du so ein Fan von diesem Pollak – ach Mama, weißt du was? Bitte, setz dich einfach ins Zimmer, ich mache nur geschwind das Püree.«

Ihre Mutter studierte sie. Taten das eigentlich alle Mütter? Woher nahmen sie das Recht, ihre Kinder immer mit diesem Röntgenblick anzuschauen? Der Antwortblick geriet Maria etwas scharf, das spürte sie. Und ihre Mutter merkte offensichtlich, dass auch sie einmal etwas Taktik anlegen musste. Denn sie strahlte auf und deutete auf die Kalbsleber.

»Fegato! Wie wunderbar. Ich habe uns alles für eine wunderbare Zabaione mitgebracht. Und dazu ein paar Karambolfrüchte.«

Geschäftig holte sie die Utensilien heraus, knallte eine Frucht auf die Kredenz, kramte das Obstmesser aus der Lade, schnitt die Frucht auf.

»Siehst du? Wie ein Weihnachtsstern. Svetlana hat sie besorgt.«

»Wir haben Fasching.«

Svetlana war also wieder da. Das reichte aber nicht. Ihre Mutter legte behutsam das Messer auf die Seite, wischte sich die Hände an ihren Jeans ab. Sie war von der Rolle. Sonst würde sie bis ans Ende der Welt für ein adäquates Säuberungstuch gehen. Sie strich Maria eine fiktive Haarsträhne aus dem Gesicht.

»Bambolina, für mich ist Weihnachten. Oder Ostern. Oder nochmals dein Geburtstag. Oder was immer du willst. Auch Fasching. Ich will mit dir Frieden machen.«

Maria sah ihrer Mutter fest in die Augen.

»Gut, Mama, ich hab dich lieb. Das mit Svetlana ist schön. Und jetzt geh bitte ins Zimmer.«

Hatte sie sich verraten? Ihre Mutter sah sie so komisch an. Aber sie wollte ja die Konfrontation. Ihre Mutter ging zum Wohnzimmer, Maria schlüpfte schnell zur Eingangstür, sperrte ab, legte den Schlüssel – legte den Schlüssel – legte den Schlüssel in Jacks Katzenklo.

Wieso kam da nichts? Maria wagte es nicht, auch nur zur Wohnzimmertür zu schauen. Sie stützte sich auf die Kredenz auf. Diese Früchte, sie erinnerten sie an etwas – Maria! Horch, was die beiden machen! Vergiss deine Arbeit! – Ja, aber, diese Früchte, dieses Zartgelb, diese Sternform – denk an heute! Du wirst das nie vergessen, dieses Datum, Vierundzwanzigsterzweiter. Zwei-Vier-Null-zwei – U-Null-Neun-Null-Fünf-Eins-Neun-Sieben-Sechs ...

»Buona sera, ich bin Gabriella Kouba.«

»Goeden Avond, ich bin Carola Blau.«

Schweigen. Aber immerhin, ihre Mutter war nicht kreischend weggelaufen.

»Und warum heißen Sie Blau, wenn Sie holländischen Ursprungs sind?«

Was war das jetzt? Hatte diese Frage ihre Mutter wirklich all die Jahre beschäftigt? Nein, es diente lediglich dazu, die peinliche Situation in den Griff zu bekommen. Sie sollte die beiden erlösen. Aber nein, das wollte sie nicht. Sie wollte lieber hier stehen und verstehen, warum ihr diese Frucht etwas sagte. Sie wollte feig sein. Sie hatte es eingefädelt. Jetzt mussten auch einmal die anderen. Maria hörte ein Rascheln. Dann das Klicken eines Feuerzeuges. Carrie hatte sich eine Zigarillo entfacht. Maria griff zu ihren Zigaretten, legte sie zurück. Nein, sie würde heute noch genug trinken und rauchen.

»Wir sind jüdischen Ursprungs. Meine Großeltern sind vor den Nazis nach Holland geflüchtet, haben dort überlebt und sind dort geblieben.«

»Und das gibt Ihnen das Recht, in eine Familie einzubrechen?«

Lange Pause. Carrie hatte gerade etwas gesagt, was Maria irritierte. Was nur?

»Sie sind genauso in unsere eingebrochen.«

»Was heißt das? Wir waren als Erste da! Sie ...«

»Denken Sie, dass wir das gewusst haben? Für uns war Papa immer nur auf Reisen. Dann ruft er uns zu seinem Sterbebett, und da war – da waren Sie! Und danach war nichts mehr wie vorher, verstehen Sie? Nichts mehr!«

Schweigen. Das Maria endlich Raum für ihre eigenen Gedanken ließ. Eine jüdische Frau, die ihre Tochter zu Rechtsradikalen in die Staaten schickt. Maria schloss die Augen und massierte ihre Stirn.

»Carrie? Wieso hat deine Mutter Beziehungen zu Rednecks gehabt, wenn ihr Juden seid?«

Maria hörte jemanden – offensichtlich Carrie – aufspringen.

»Was soll das, Maria? Wenn du dich schon einmischst in diese Scheiße, die du angezettelt hast, dann komm wenigstens herein!«

»Gleich, Carrie, ich muss da nur etwas denken. Es hat nichts mit uns zu tun. Glaube ich. Wieso hat das deine Mutter gemacht? Bitte, sag es mir einfach. Bitte, es ist irgendwie – wichtig.«

Maria hörte, dass Carrie bei der Tür zur Küche zu stehen kam.

»Weil sie gesagt hat, wir müssen unsere Feinde kennen lernen, um sie mit ihren eigenen Mitteln schlagen zu können. Sie hatte da einen ordentlichen Knall. Bitte, der Wahnsinn ist ewig her. Sechzig Jahre. Sie war damals ein Kind. Und ich noch lange nicht da. – Und ich will jetzt auch nichts mehr davon hören. Ich will, dass wir das da jetzt klären. Ich will endlich meine Familie haben. Meine Schwester.«

»Sie wagen es, Maria als Ihre Schwester zu bezeichnen?«

»Was wollen Sie jetzt, Frau Kouba? Einen Gentest?«

In Maria verschwammen die Stimmen. Dafür war eine Zahl umso deutlicher vor ihren Augen. U-09-05-19-76. Nicht Ustascha, sondern Ulrike. 9. Mai 1976. Ulrike Meinhofs Todesdatum. Das weiße Kleid.

Maria sah zu ihrer Schwester.

»Carrie, du hast von einem Kunden zwar die Nummer, aber den Namen nicht? Von dem, der auf den Opernball geht. Zeigst du sie mir?«

Der Klang ihrer Stimme musste unerbittlich sein, denn Carrie sah sie erschreckt an und folgte ihrer Aufforderung ohne ein weiteres Wort. Sie leierte eine Nummer herunter. Die Handynummer von Friedrich Berg. Sie wusste sie auswendig, so oft hatte sie im Büro versucht, ihn doch noch zu erreichen. Das komische Kopftuch. Frauen im Westen trugen Kopftücher, wenn sie eine Chemotherapie durchmachten, im hintersten Alpental eine Witwe waren oder mit Lockenwicklern bespickt waren. Johanna war weder krank noch Witwe. Locken brauchte sie nur für – den Opernball. ›Sie hat sich Sprengstoff ausgeborgt.‹ Maria schleuderte die Karambolfrucht durch die Küche. Jetzt wusste sie, was sie in Bitterlichs Raum irritiert hatte. Der geschmacklose, schillernde Stern war weg gewesen. Sowohl Carrie als auch ihre Mutter schrien auf.

»Entschuldigt bitte, es ist alles in Ordnung. Ich finde das total« – Maria schlüpfte in die Schuhe – »wichtig, was da heute passiert, und ich bin« – sie schlüpfte in die Jacke – »voll bei euch. Geistig. Weil ich muss nämlich weg. Mama, du musst das Püree neu machen. Carrie, der Wein ist im Kabinett im Regal hinter der Tür. Vertragts euch« – sie packte die Tasche –, »und denkts dran, wenn einer von uns krank wird, hat er jetzt immer zwei, die auf ihn schauen, gell, Mama? Ich komm gleich wieder.«

Ob sie das wirklich so schnell regeln konnte? Würde sie Glück haben? Sie drückte die Tür noch einmal auf.

»Ich hab euch beide lieb.«

Maria rannte die Stiege hinunter und drückte die Kurzwahlnummer eins auf ihrem Handy.

Phillip sah Hilfe suchend zu den Kollegen in Uniform, die die Ringstraße vor der Oper absperrten. Die alljährliche Demonstration war dieses Mal ausgesprochen bescheiden. Er zog ein Gesicht wie ein Puter bei seiner Hinrichtung. Maria fuhrwerkte an seiner Fliege herum. Er entzog sich ihr.

»Bitte! Muss das sein? Sind wir jetzt im Einsatz oder nicht?«

Maria zog ihn am Tuch, das zur Fliege werden sollte, noch mal an sich heran und versuchte erneut.

»Ich habe dir schon gesagt, dass die von der Stapo mir nicht glauben. Sie haben nichts über Johanna. Kaum was über die Bitterlich-Gruppe. Keinerlei Informanten-Hinweise auf irgendwelche Anschläge. Und auf der Debütantinnenliste gibt es weder eine Blau noch eine Meinhof noch eine Maleh in irgendeiner Form. Auch keine Bäumler. Wir müssen uns da selber umschauen. Und wir müssen uns da drinnen unauffällig verhalten. Es wird sowieso Panik ausbrechen, wenn wir den Ball dann räumen lassen müssen. Ich bin ja schon froh, dass uns die eisernen Wächter überhaupt schnüffeln lassen. Und jetzt halt ruhig, sonst geht die Bombe hoch, bevor wir noch drinnen sind.«

»Na, auch nicht schlecht, dann derwischts uns wenigstens nicht.«

»Du nimmst mich nicht ernst.«

»Wie auch? Du faselst da irgendwas von irgendwelchen Daten und gelben Kristallen. Das klingt natürlich wahnsinnig eindeutig nach Anschlag.«

»Phillip, bitte, sie ist da drinnen, und sie wird eine Bombe zünden, die zumindest Berg treffen soll.«

»Warum?«

Maria kontrollierte den Sitz ihrer Lebensretter-Aludecke,

die sie mit Hilfe eines Abschleppseils aus einem der Dienstwagen zu einem bauschigen Abendrock drapiert hatte. Ihr nun ärmelloser schwarzer Rollkragenpulli passte wunderbar zum Silber der Decke. Maria beugte sich zum Seitenspiegel eines Einsatzwagens. Die Masche, die sie mit den ehemaligen Ärmeln um ihren Haarknoten geschlungen hatte, machte das Outfit perfekt.

Maria packte Phillip an der Uniformjacke, die er auf ihr Betreiben von einem Streifenpolizisten geborgt bekommen hatte, und zog ihn durch den Eingang zur Hauptstiege der Staatsoper. Phillip bockte.

»Also nein, also wirklich, wir gehen doch nie und nimmer als Frack und großes Abendkleid durch.«

Maria zog ihn weiter.

»Aber als Freaks. Wolltest du noch nie auf den Opernball?«

»Ich hab ihn einmal eröffnet.«

Maria schnappte nach Luft. Das war doch ungeheuerlich. Der Typ hatte wirklich alles. Jede Menge Frauen, eine Tochter und den Besuch des Opernballs. Die Welt war ungerecht. Noch energischer zog sie ihn weiter.

»Fein. Ich noch nicht. Und ich würde das auch lieber gemütlich und im großen Abendkleid absolvieren. Also noch einmal von vorn. Der Codename des Chatpartners vom Trimmel ist das Sterbedatum der Meinhof plus dem Anfangsbuchstaben ihres Vornamens.«

»Das ist ja fast so kindisch wie bei einer Schnitzeljagd.«

An Maria rauschte ein unbeschreibliches Dekolleté vorbei. Gleich dahinter eine sagenhafte Spitze. Die Parfums hielten sich erst gar nicht in der Nase auf, sie fuhren direkt in ihren Magen, so intensiv waren sie. Dazu gesellten sich durch weiße Westen geglättete Bäuche und funkelnde Geschmeide. Und glänzende Gesichter. Hatten die Menschen sich nicht gepudert, wie es jeder vor einem großen Auftritt tat? Sie stießen gegen viel versprechende Rückenausschnitte und schwarze

Barrieren. Was für ein Gedränge! Die Eröffnung fand doch gerade statt! Warum waren so viele Menschen auf der Feststiege? Maria verdrängte die Kollegen von der Staatspolizei in ihr Kurzzeitgedächtnis.

»Polizei. Lassen Sie uns bitte durch?«

Und es passierte kein Aufruhr. Sie wurden vielmehr tatsächlich wie Freaks angesehen. Und kamen zum Parkett. Phillip sah sie um und lächelte.

»Meine Position war da drüben bei …«

Maria zog ihn weiter. Für Sentimentalitäten war jetzt keine Zeit. Sie drängte ihn hoch in den ersten Rang. Da war eine Loge offen, der Mieter offensichtlich anderweitig beschäftigt. Sie lehnte sich über die Brüstung. Ein Meer aus Weiß und Schwarz füllte den riesigen Ballsaal. So viele Debütanten! Ohne sie befragen zu dürfen, war es eine Sisyphusarbeit – sie stellte Phillip an die Brüstung und holte unter ihrem Alurock einen Zettel aus der Jeanstasche.

»Schau, ob du sie siehst.«

Marias Finger wanderten die Liste entlang. Was hatte sie heute noch recherchiert? Andreas Baader. Kaum. Gudrun Ensslin. Nichts. Irene Goergens. Nichts. Ingrid Schubert. Nichts. Verdammt noch mal, welchen Namen hatte Johanna sich gegeben? Marias Finger fuhr nochmals die Liste auf und ab.

»Und das mit den Kristallen hab ich dir schon erklärt. Der Stern mit den gelblichen Dingern war heute weg. Und du hast mir jetzt bestätigt, dass sie in dem Sackerl was Sperrigeres als Bücher getragen hat. Gelbe Kristalle. TNT. Klingelt's? Bitterlich hat gesagt, dass sie sich Sprengstoff abgeholt hat. Jemand hat mit Trimmel über Bomben konferiert.«

Phillip drehte sich um und packte Maria bei den Schultern. Wurde das jetzt seine neue Angewohnheit?

»Ja, eben. Jemand. Warum sollte Johanna Blau mit Helge Trimmel über Rechtsextremismus und Bomben chatten?«

Applaus brandete auf. Die Eröffnung war zu Ende. Verdammter, vermaledeiter, verschissener Mist. Maria ließ sich auf die Sitzbank nieder.

»Weil man, wenn man seinen Feind wirklich effektiv bekämpfen will, ihn gut kennen lernen muss. Und weil Johanna von Trimmel lernen konnte. Sie hat zwei Fliegen mit einer Klappe geschlagen.«

Phillip ließ sich neben sie fallen.

»Ja, aber der Berg ist ihr Vater.«

»Das weiß sie nicht.«

Phillip bog sich durch, schüttelte sich locker.

»Und warum lassen wir sie nicht einfach die ganze Partie da sprengen? Da, hier, am Opernball, da sind doch genau all die, die schuld am Desaster sind?!«

Maria sah einen Fremden vor sich. Sie zog ihren Partner namens Phillip zur Brüstung.

»Erstens, schau da, der dort an der Säule, der seine Frau so fest hält und so strahlt, der hat mindestens die letzten sieben Jahre auf den Abend heute gespart. Er ist das falsche Opfer. Und so wie ihn gibt's noch viele mehr. Und zweitens: Mord ist Mord. Unrecht ist Unrecht. Terrorakt ist Terrorakt.«

Phillip sah sie an.

»Ja, du hast Recht, vielleicht wäre es eine Lösung, die ganzen Extremisten als ganz normale Mörder zu behandeln. Sie in die Psychiatrie zu stecken und zu sagen, die sind pervers. Vielleicht verliert dann das Heldentum ein bissel seinen Glanz.«

Verarschte er sie jetzt? Maria setzte sich wieder und fuhr mit dem Finger und fuhr und fuhr. Und blieb auf ›Frei‹ hängen. ›Rosa A. Frei‹. RAF. Nein, Blödsinn. Das war die Tochter des Staatssekretärs Frei, die überraschend in diesem neuen Musical die Hauptrolle bekommen hatte. Maria zerknüllte den Zettel.

»Okay, Phillip, geh du zur Organisation und frag, ob wer ausgefallen und dafür jemand eingesprungen ist. Und auch, wo die jetzt alle hingehen. – Und weil das alles nichts nützt, wahrscheinlich, lass dir die Loge vom Berg geben. Er hat sicher eine. Wir müssen vor ihr dort sein. Wenn es nicht zu spät ist.«

»Und was machst du?«

»Ich folge meiner Intuition.«

Maria lächelte Phillip an und verschwand zwischen einem gelben Chiffontraum und einer smaragdgrünen Samtrobe.

Fünfzigtausend wirklich erwähnenswerte Roben, siebzigtausend wirklich erwähnenswerte Promis und hundertfünfzigtausend nicht erwähnenswerte Adabeis später sah Maria ihn. Sie erkannte ihn sofort an den Narben. Und an der Nase. Griechisch-römisch. Groß, blond, fesch und ein Arschloch. Im nächsten Augenblick sah sie ein Stück weiter ihren elfenbeinfarbenen Traum aus Seiden-Duchesse und Chiffon, mit handgefertigter Spitze aus der Schweiz und echten Perlen bestickt. Der Kopf darüber hatte eine griechisch-römische Nase und dunkle Haare. Johanna lächelte und drehte sich weg.

Maria stieß all die Leute zwischen Friedrich Berg und sich aus dem Weg. Sie stürmte seine Loge, ignorierte seine Fragen und seine Schimpferei, entdeckte ein Sackerl, sah hinein. Das Bild von Che Guevara sprang ihr entgegen. ›Cuba – ein freies Land auf dem amerikanischen Kontinent.‹

Eine sattsam bekannte Stimme raunte hinter ihr.

»Da stimmt was nicht. Das ist kein Buch von Che, das ist bloß eine Rede von ihm vor der UNO-Vollversammlung.«

»Woher willst du das wissen?«

»Du hast mich zu dieser Lektüre heute gezwungen, wenn ich dich erinnern darf.«

»Schalt das Handy ein.«

Damit verschwand Maria wieder im Getümmel. Es waren zu viele weiße Kleider. War das heuer etwa die Modefarbe? Oder schoben sich gerade alle Debütantinnen durch diesen Gang? Da, diese Locken. Maria griff zu. Farias Mund lächelte ihr entgegen, Bergs Nase kräuselte sich darüber.

»Sie sind die Polizistin, die nicht so blöd ist wie alle anderen. Sagt Theo. Ich glaube das nicht. Sie sind so blöd wie alle anderen, sonst wären Sie nämlich nicht bei diesem Verein. Und sonst würden Sie mich nicht suchen.«

Johanna Blau ließ sich geschickt in die Arme eines Fracks fallen, drehte sich und war im selben Augenblick drei Meter weiter weg.

»Halt! Sofort stehen bleiben! Polizei!«

»Hilfe! Diese Frau und ihr Mann – die wollen was von mir! Was Grausliches! Helfen Sie mir doch!«

Johanna grinste, hielt ihren elfenbeinfarbenen Handtaschenbeutel hoch, in Marias Richtung, hob die andere Hand und – wieso blieb die Zeit jetzt nicht so stehen wie in dem Augenblick, als Maria Sidney begegnet war? Dann könnte sie Johanna jetzt davon abhalten – das Mädchen drückte auf etwas, das im Beutel war. Hatte sie es jetzt wirklich getan?

»Polizei! Machen Sie den Weg frei! Verdammt, gehen Sie zur Seite! Polizei!«

»Hiiiilfee! Halten Sie sie auf!«

Feindliches Gemurmel wurde laut. Wo, verdammt noch mal, war ihre Marke?! Was war das, verdammt noch mal, für eine Welt, wo der Ruf ›Polizei‹ nichts mehr galt? Maria zerriss das Alu-Ungetüm, kramte, hielt ihre Marke hoch.

»Polizei! Halten Sie diese Frau da auf! Lassen Sie mich durch! Polizei!«

Es bildete sich eine Gasse. Doch da war nichts mehr. Maria schrie ins Handy.

»Sie hat irgendetwas gemacht. Ruf die Spezialeinheit! Ruf die Kollegen! Ruf die Stapo! Ruf alle!«

Maria drängte sich wieder durch die Menge. Wo war sie? Sie musste es stoppen. Konnte sie das überhaupt? Maria, denk nach, was für Bomben gibt es? Nein, die Frage war überflüssig, wenn sie das Ding so ruhig gezündet hatte, derart in der Nähe der Loge, dann war es eine Zeitzündung. So etwas konnte man stoppen.

Maria stieß die Leute weg, fühlte angedrohte Ohrfeigen, Rempeleien. Sie drängte weiter. Stolperte Stufen hinab. Fand sich auf der Seitenbühne wieder. Bühne. Nicht wieder zu erkennen. Alles war mit Tüchern abgehängt. Doch darüber, da war doch der Schnürboden. Ja, die Technik. Dort oben wäre Johanna sicher. Niemand würde sie sehen. Sie könnte seelenruhig mit den anderen nach draußen laufen, wenn die Bombe explodiert war. Und wenn das ganze Haus zerstört wurde? War Johanna nach draußen geflüchtet? Maria sah zwei Türen vor sich. Griechisches Drama. Super. Wohin ging der Held normalerweise? Dorthin, wo es gefährlicher war. Maria schlüpfte in den verhängten Hinterbühnenraum. Besah das Gestänge. Bitte keine Klettertour. Sie drehte sich um. Erkannte Johanna mit etwas in der Hand, das metallisch blitzte.

»Sie sind wirklich dumm. Ich werde mich doch keiner Gefahr aussetzen.«

Maria machte einen Sprung und knallte gegen die ausgestreckte Hand dieser Ausgeburt einer Debütantin. Der elektrische Schlag warf sie auf den Boden.

»Und Sie glauben doch nicht, dass ich so etwas unbewaffnet durchzieh, oder? Das ist Realität, nicht irgendein Actionfilm, wo ihr Bullen immer gewinnt. – Und meinen Namen brauchen Sie sich gar nicht erst merken. Mit dem werde ich nie wieder arbeiten.«

Johanna beugte sich leicht über Maria.

»Servas, pfiarti, baba und fall net.«

»Berg – Friedrich – ist dein – Vater.«

»Ich weiß. Aber was bedeutet schon so ein futzikleiner Schleimdreck?«

Maria hörte die Tür zuklappen. Noch immer schrie jeder einzelne Nerv in ihr. Oder kam der Schmerz von der eisernen Verkrampfung? Die Tür, hinter der dieses Miststück verschwunden war, kam auf Maria zu und driftete gleich wieder weg. Sie wurde seekrank. In ihrem Handy – da war Phillips

Stimme. Mit ihr unverständlicher Anstrengung schaffte Maria es, das Gerät an ihr Ohr zu halten.

»Renn raus, May, das Ding braucht noch sechs Minuten. Und die Einheit kommt erst in elf. Renn, May, renn! – Was können Sie? – Du, Maria, der Berg behauptet, er kann das Ding entschärfen. – Willst du Wichser, dass wir alle hops gehen?!«

Maria wollte sagen, dass das okay war. Nur, wo war ihre Zunge? Mit aller Mühe schleppte sie sie quer durch die Mundhöhle auf die Ausgangsposition. Sie hörte Phillip die Menge vertreiben. Das Handy piepen. Er hatte aufgelegt. Was tat er jetzt? Hoffentlich die Kollegen von vor der Tür benachrichtigen, dass es heute keine Demo-Action mehr gab, sondern ein ernsthaftes Problem. Sie drückte die Eins. Besetzt. Sie drückte und drückte. Endlich Freisignal. Phillip.

»Lass ihn – er soll's machen. Er – wird nicht – sterben wollen.«

Sie hörte noch ein schwaches ›Was?‹, dann landete ihre Hand mit dem Handy am Boden. Ein dicker Bauch tauchte über ihrem Gesicht auf. Er gehörte einem der livrierten Aufpasser.

»Was machen S' denn da? Gehen S' doch heim, da schlaft si der Rausch besser aus.«

Maria hob mit aller Konzentration ihre andere Hand hoch, die Polizeimarke musste dem Mann jetzt entgegenblinken.

»Bringen S' mich hoch, zur Loge – zur Loge – ich – ich weiß – ich sag's Ihnen dann. Aber das ist ein Polizeieinsatz.«

Der Mann war offensichtlich nicht nur dick, sondern auch stark. Maria fühlte sich wie auf Schienen, als sie zuerst an bunten Kleidern und dann an verzerrten Gesichtern vorbeigezogen wurde. Und wie bei einem gut dressierten Pferd dachte Maria nur die Richtung an, und schon kam der Schwenk. Sie durchbrachen eine schwarze Linie, offenbar die Kollegen, die die Menschen hinaustrieben, sie durchwanderten einsame Feuer, offensichtlich die verlassenen Gänge und Logen, sie knallten gegen eine wunderschöne Tür. Verschlossen. Der Livrierte klopfte für sie.

»Ich bin's.«

Ein Spalt öffnete sich langsam. Ihr Begleiter sah mit ihr in den Raum und atmete instinktiv ein. Da hockte Friedrich Berg über ein paar offenen Büchern, die ihr ganz und gar nicht literarisches Inneres präsentierten, und fingerte herum. Schließlich kappte er mit der Langustenschere einen Draht. Es passierte nichts.

Scheiße. Jetzt war Berg auch noch ein Held. Maria wollte die kleine Johanna auf der Stelle umbringen. Dann sackte sie entlang der Samtwand der Loge zusammen.

Phillip ließ den Rotwein in klare, überdimensionale Gläser gluckern. Anschließend rückte er nochmals die Tabletts mit dem Fingerfood zurecht – angesichts dessen sich Maria kaum noch beherrschen konnte. Gespießte Scampi auf Avocado. Krebsfleisch auf Cheval. Paradeiser auf Mozzarella. Klassiker und immer gut. Ministeaks auf Mango. Na gut, Würstel auf Brot fielen irgendwie aus der Reihe. Aber alles andere ...

»Jetzt sag mir endlich, was wir feiern!«

Phillip zündete ihnen beiden eine Zigarette an.

»Also, wir feiern, dass die Staatsoper nicht in die Luft geflogen ist. Dass sich der Berg am Draht geschnitten hat, dass wir dadurch eine DNS-Probe haben und die mit der von dem ›Fishermen's friends‹ im Sportclub übereinstimmt und dass wir ihn zumindest wegen Vertuschung drankriegen.«

»Das ist nichts zum Feiern. Er ist ein mieser Arsch. Und es wird weitergehen.«

Phillip nahm ein Ministeak und brachte es lockend zu Marias Mund. Sie presste die Lippen aufeinander. Phillip tänzelte das Ding zu seinem Mund und steckte es – ja, steckte es wirklich hinein! Er kaute.

»Wir feiern, dass der Bitterlich alles der Staatspolizei übergeben hat. Sich gestellt hat.«

»Das nützt uns nix. Die Johanna, die ist verschwunden.«

Phillip fiel in sich zusammen.

»Jetzt aber, jetzt kriegst du wirklich die Regel.«

»Du kannst mich mal.«

Maria schnappte das Weinglas und nahm demonstrativ einen Schluck.

»Ich krieg nicht die Regel, ich bin mittendrin. Ich bin sauer, und ich hab jedes Recht dazu. Es geht immer weiter und weiter und weiter.«

Phillip wackelte mit dem Kopf, schickte sein Lausbubengrinsen ins Rennen.

»Deswegen gibt es unseren Job, weil das Wasser nie verschwindet.«

Sein Pragmatismus war beneidenswert. Und ärgerlich. Warum hatte sie sich zu guter Letzt doch auf dieses dämliche Date eingelassen? Er hatte ihr eine Überraschung versprochen. Sonst hätte sie nie …

»Und ich bin außerdem sauer, weil du mich da in deine Wohnung geschleppt hast. Ich hab keine gesteigerte Lust, von dir in die Tanten-Rolle gedrängt zu werden. Also rück endlich raus damit, bevor sie wieder zurückkommen. Und lass das Geplänkel.«

Phillip rückte die Couchkante entlang zu ihr. Er drückte beide Daumen in ihre Mundwinkel und zog sie hoch. Jetzt würde er gleich wieder seine Masche mit der – ja, er sang.

»When You smile, I can see …«

»Bitte, Phillip, hast du noch immer nicht gknissen, dass deine üblichen Schmähs bei mir nicht funktionieren?«

Nein, er war ein Schwein. Jetzt hatte er seine Mokkatassen statt der Augäpfel. Maria sah sich hineinfallen. Fühlte sich willenlos werden. Schob das Weinglas zwischen seine und ihre Augen.

»Und außerdem gehe ich weder mit einem Kollegen ins Bett noch mit einem jungen Vater.«

Sein Gesicht tauchte unter dem Bauch des Glases auf.

»Ist da der Wunsch der Vater des Gedankens?«

Maria senkte abrupt das Glas. Phillip grinste sie an. Sie grinste zurück. Er wackelte mit dem Kopf.

»Ich jedenfalls habe nichts von Bumsen gesagt. Weder, dass wir sollten, noch, dass ich will, noch, dass du wollen solltest.«

Maria überlegte ernsthaft, ob sie das Glas an die Wand schmeißen sollte, so unerträglich war plötzlich die Spannung. Nein, er würde den Ausbruch falsch, sprich, richtig verstehen. Und der Wein war ein Dreiundneunziger. Sie nahm wieder einen Schluck.

»Gut, nachdem wir festgestellt haben, dass wir beide nicht davon reden, präsentier endlich die Überraschung. Lass uns trinken, lass uns essen, lass mich gehen, bevor deine Weiber wiederkommen, und lass mich endlich Urlaub machen. Ich habe nicht vor, mich die nächsten fünf Tage bis zu meinem Flug am Mittwoch noch irgendwie anzustrengen. Auch nicht mit kindischen Spielchen.«

Phillip sprang auf, salutierte. Betrachtete seinen Schatten an der Wand, salutierte. Suchte sein Bild im Vorzimmerspiegel, salutierte. Maria musste widerwillig lachen. Im Stechschritt ging er in die Mitte des Vorraumes, bückte sich wie eine Zinnfigur, sodass sein knackiger Arsch das Bild füllte, strammte sich mit einem Paket zu Maria. Mit einem vollendeten Diener überreichte er Maria eine Schachtel. Es war eine von jenen großen, viereckigen, weiß-silbernen Schachteln, die Frauen in amerikanischen Filmen immer zu wichtigen Anlässen bekamen. Mit draufgeklebter Riesenschlaufe, ganz einfach zu öffnen. Maria hob den Deckel. Nein, das konnte nicht sein. Sie schloss den Deckel.

»Bring das sofort wieder in die Asservatenkammer zurück.«

Phillip salutierte nochmals.

»Melde gehorsamst, das hat er nicht der Polizei übergeben, sondern mir.«

Maria sah Phillip gerade an. Solch ein Spiel hatte sie nicht erwartet. Er löste seinen starr zur Decke gerichteten Blick.

»He, May, wirklich. Er hat mir das schon bei unserem ersten Besuch bei ihm gesagt.«

»Nein.«

»Doch. Er ist jenseits von dem ganzen radikalen Schaß ein Künstler. Und das Kleid, das gehört zu dir.«

»Nein.«

»Doch.«

»Nein.«

Phillip schloss die Augen.

»Okay, okay, ich habe ihn runtergehandelt auf tausend Euro, die hatte ich. Ich hab's gekauft, und ich will, dass du das jetzt anziehst. Es gehört zu dir. Und ich – ich würde mir wünschen, dass du mit mir in diesem Kleid meine Überraschung feierst.«

»Und wieso soll ich da bitte dieses Kleid ...?«

»Bitte, May, sei doch nicht so anstrengend. Ich habe es nicht gefladert, und es ist auch sonst nicht irgendwie unrechtmäßig in meinen Besitz gekommen. Könntest du jetzt bitte ...?«

»Warum ist dir das so wichtig? Ich hab dir schon gesagt, dass da nichts läuft zwischen uns.«

Phillip lachte laut auf.

»Mir ist das nicht wichtig. Ich finde dich auch verschlafen mit Daunenjacke ...«

Was? Attraktiv? Sexy? Sag es schon!

»May, du wolltest doch einmal Prinzessin sein, oder?«

Phillip fuhr mit seinen Pupillen in die ihren, kniete sich nieder. Jetzt waren seine Augen schon wieder Mokka.

Na gut, das letzte war ein Totschlägerargument. Sie konnte das Kleid von Bitterlich ja einmal anziehen. Nur anprobieren. Da war doch wirklich nichts dabei. Maria verschwand ohne Kommentar im Bad. Zog sich bis auf die Unterwäsche aus. Betrachtete sich im Spiegel. Nein, diese weißen Ungetüme waren dem Kleid nicht würdig. Sie zog sich komplett aus.

Starrte sich an. Wenn der Mann da draußen jetzt nicht Phillip wäre, sondern so ein ungefährliches Cornetto wie Sidney, sie würde, ja, sie würde sich drüberstürzen. Doch Phillip war nicht Sidney.

Warum nur!? Warum nur hatte sie sich darauf eingelassen? Sie hatte sich stark gefühlt. Beschwingt. Unantastbar. Ja, aber das war etwas ganz anderes, dass sich Mutter und Carrie verstanden! So gut verstanden, dass Mutter Carries neue Partnerin in der Agentur werden wollte. Dass sie zu dritt den langen Einkaufssamstag ausgiebigst genutzt hatten. Das war etwas ganz anderes. Da draußen, in dem romantischen Wohnzimmer, das war ihr Sargnagel! Maria schlüpfte in das Kleid, um so schnell wie möglich wieder an Haltung zu gewinnen. Es passte ihr wie angegossen. Und besser als Johanna, die das Dekolleté nicht ausgefüllt hatte. Maria öffnete ihre Haare und die Tür.

Phillip erstarrte. Was er sofort mit einer lässigen Geste zu übertünchen versuchte. Doch sie hatte es gesehen. Er hatte einen Stand auf sie. Typisch Mann. Ein nettes Kleidchen oder Strapse oder Stöckelschuhe, und sie geiferten. Warum regte sie das auf? Unter normalen Umständen konnte sie doch damit umgehen, die Situation zu ihren Gunsten ausnutzen? Nur jetzt war keine normale Situation. Andererseits – wieso sollte die Situation nicht eine ganz normale werden? Musste sie es unbedingt auf eine Beziehung anlegen? Nein. Sie konnte doch ganz einfach so wie Elsa ein bissel eine Affaire haben.

Und ihr Stimmen, da hinten im Hinterkopf, ihr haltet den Mund! – Ja, ein bissel ein Vorgeschmack auf die Kanaren, nur wird es so nicht ... – Ruhe! – Er reizt dich nicht nur, er nimmt dich ein. – Ihr verlogenen, gespaltenen Zungen. Das kommt nur daher, weil ich es nicht schon längst gemacht habe. – Einmal ist zu wenig, um sich immun zu machen. – Na gut, dann eben mehrmals. – Er wird nie mit dir seine, seine, seine Erfahrung mit dem Ausfallen von Zähnen teilen, er wird nie sein Leben ... – Leben? Vielleicht fällt mir morgen ein Dachziegel auf den Kopf. Ich will jetzt nur seinen Körper. – Du bist verloren. – Okay. Dann bin ich eben verloren.

Maria stellte sich direkt vor Phillip. Allzu bekannter Magnetismus stellte sich ein. Jetzt mischten sich auch noch Elsa und Josef ein! ›Fick nicht auf dem Tisch, auf dem du arbeitest! – Ich denke, dass sie in ihrer Interpretation der Gefühle von Phillip zu dir richtig liegen.‹ Denken, was für eine unnötige Energieverschwendung! Und er war ja jetzt Familienvater, also völlig ungefährlich. Alle Stimmen in ihrem Kopf vereinigten sich zu einem lautstarken ›Blödsinn, ha, ha, ha!‹. Maria drehte den Ton ab und gab sich dem Magnetismus hin.

»Wann kommen sie zurück?«

Er studierte ihre Schultern oberhalb des aufreizenden Stoffes.

»Ich weiß nicht, sie sind einkaufen.«

Sie studierte seinen Hals, das einzig freie Stück Haut außer seinem Gesicht.

»Ihr werdet euch doch etwas ausgemacht haben.«

Phillip lenkte seinen Blick nun auf den Rand des Ausschnittes. Maria fühlte ihre Brüste herauswogen. Sein Blick bewegte sich zum Spalt in der Mitte, sie vermeinte, seine Zunge zu spüren.

»Nein.«

Ihr Blick wanderte an Phillips sich heftig hebender Brust hinunter und landete zu ihrem eigenen Erstaunen sogleich bei der Ausbuchtung seiner Hose. Sie vermeinte auch, Hitze von dort zu ihrer Scham strömen zu spüren. Sie standen mindestens, ja, mindestens zwanzig Zentimeter voneinander entfernt. Sie hob ihren Blick, zwang ihn in Phillips Augen.

»Was ist das für …«

Ihr Blick wanderte erneut auf die Brust. Tatsächlich sah sie jedoch den Hügel unter seiner Hose.

»… für eine Familie, die sich nichts ausmacht?«

Sie spürte, wie Phillips Blick das Mieder des Kleides von ihren Brüsten entfernte.

»Keine Familie.«

Maria bemerkte zu ihrem Erstaunen, dass sie sich langsam, jedoch kontinuierlich wie der Schiefe Turm von Pisa Phillip entgegenbeugte. Sie legte ihre Nase in die Rundung seines Nackens. Sie sog sich hoch hinter sein Ohr. Weiter zu seinem Haaransatz.

»Ihr werdet schon zusammenwachsen.«

Phillip ließ nun seine aufreizend kalte Nase die Linie ihres Nackens entlangwandern. Zufällig – oder nicht zufällig berührte seine Unterlippe ihre Haut. Diese Haut, diese Verräterin, sie nahm all ihre Energien zusammen und verklumpte sich genau an diesem Fleck zu einem Haufen Nervenbündel. Maria schüttelte es. Doch sie ließ ihre Nase nicht von seinem Hals weichen. Zwang so seine Nase, die Position beizubehalten. Und plötzlich kam etwas Neues in ihre Konversation. Seine Zunge stippte an ihrem Ohrläppchen.

»Werden wir sicher nie.«

Die Zunge leckte sich in das Loch, fuhr die Rille entlang, die ihr komisches Ohr in der oberen Hälfte bildete. Maria konnte nicht umhin, ihre Hand auf Phillips Hüfte zu legen. Durfte das sein? Es war zu viel. – Sie massierte die Hüfte. Wanderte langsam gegen den Bauch.

»Ich würde nicht so schnell aufgeben.«

Da kam jetzt eine fremde Hand, die sich genauso ungebührlich verhielt. Denn sie fuhr an Marias Seite hoch zu ihren Brüsten. Verharrte. Strich über die Rundung. Verharrte. Welchen Atem atmete sie da jetzt eigentlich ein? Ihren eigenen, denn Phillips war noch immer auf ihrer anderen Halsseite. Und doch! Die Hand fuhr zu ihrer Brustspitze, streichelte sanft über die bergige Erhebung, die schmerzhaft gegen das Kleid drückte. Maria riss sich los, er sah sie irritiert an, sie wollte ihm doch nur sagen – warum zeigte sie es ihm nicht? Maria legte Phillips Hände auf ihren Ausschnitt.

Wieso war da gegenüber plötzlich eine andere Stimmung? Phillip atmete langsam und tief.

—

»Das ist meine Überraschung, Maria.«

Warum quasselte er jetzt? Sie zeigte ihm doch alles an, was nur irgendwie ging! War er wirklich so blöd? Oder wollte er wirklich nicht?

»Was? Welche Überraschung?«

Sie hörte sich gurren und vergaß sogleich wieder, was er geflüstert hatte. Ja, ihre Stimme sagte es auch, alles in ihr sagte es, sie musste endlich mit ihrem Sargnagel – ficken? Nein, symbiotisieren! Sie wollte ihn. Hineinkriechen, jede Geruchszelle aufsaugen, jedes Molekül abschlecken und einvernehmen. Sie beugte sich wieder zu ihm, leckte über seinen Hals. Aus Phillip stieß sich ein hingebungsvolles ›Aaahhh!‹. Sie leckte sich das Kinn entlang zu seinem Mund. Sie neckte seine Lippen. Die sträubten sich.

»Maria.«

Ja, das war ihr Name. Wenn er etwas wollte, dann musste er es sagen. Sie leckte nochmals seine Lippen, stieß in die süße, kleine Öffnung, wie sie es schon lange gewollt hatte, spürte endlich Widerstand, vereinigte sich mit der geilsten Zunge der Welt, fuhr heraus, leckte ihm über die Nase, senkte ihre Lippen wieder auf die seinen. Löste sich. Grinste ihn so an, dass ihm klar sein musste, wie es in der nächsten Zehntelsekunde weitergehen würde.

»Also? Welche Überraschung?«

Und als sie sich wieder seinem Mund entgegenbeugte, sagte er es.

»Fermina ist nicht meine Tochter.«

Maria verharrte knapp vor seinem Mund.

»Was?«

»Fermina ist nicht meine Tochter. Ich habe es natürlich überprüfen lassen, und Josef hat mir heute gesagt, dass sie nicht meine Tochter ist.«

Maria spürte schlagartig ein Brennen dort, wo normalerweise ihre Hosentasche war. Sie löste sich von Phillip, registrierte das Weinglas, trank. Viel. Ließ sich vom erstaunten

Phillip nachschenken. Trank wieder. Wieso nur? Wieso nur machte sie nicht einfach weiter? Es war doch völlig egal, was in der Hosentasche im Wäschekorb in ihrer Wohnung war. Nein, war es nicht.

»Ich habe euch Haare gefladert, und ich wollte sie – ich habe nur bis jetzt keine Zeit – ich hab's vergessen. Es tut mir Leid – es – es war ein Vertrauensbruch, ich weiß. Aber ich wollte nicht, dass dir etwas passiert und – trotzdem – aha, sie ist also nicht deine Tochter.«

Maria senkte den Kopf, Phillip schob sich in ihr Blickfeld.

»Du hast – du hast dir also Sorgen um mich gemacht?«

Maria flüchtete auf die andere Seite des Zimmers. Ja, du Blödmann! Und nein, ich war auch stinkeifersüchtig! Ich will, dass wir beide – ach, lass mich in Frieden! Phillip senkte nun seinerseits den Blick. Die Spannung war unerträglich. Warum tat er nichts? Warum tat sie nichts? Weil diese Spannung das Schönste war, was sie je erlebt hatte.

Wie von der Tarantel gestochen hechtete Phillip zur Stereoanlage, kramte in den CDs, legte eine auf, schloss mit gesenktem Haupt die Augen, hob die Arme wie ein Dirigent, setzte ein, als Gitarren, Geigen, Tamburins und Glockenspiele hörbar wurden. Mit weit ausholenden English-Waltz-Schritten segelte er zu ihr, große Verbeugung.

»Mylady, auch wenn es kein Tango ist – darf ich bitten?«

Er stellte sich in Position, eine Frau setzte mit dem Gesang ein. Und es war das Lied, das Maria befürchtet hatte. Das kitschigste Lied zwischen Nevada und Nowosibirsk. Phillip sang mit.

»Suntanned, windblown, honeymooners at last alone, feeling far above par, oh, how lucky we are!«

Große Geste – Maria lachte. Es war so – so – so unglaublich, was auch immer, kitschig, schön, blöd, wunderbar, einzigartig. Sie knickste, nahm seine Hand, legte die andere auf seine Schulter, glitt übers Parkett und lachte, während Phillip nun mit theatralischem Ernst mit Elton John mitsang, der den Gesang übernommen hatte.

»While I give to you, and you give to me, true love, true love, so on and on it will always be, true love, true love.«

Die Musik explodierte in ein glitzerndes Feuerwerk Disney'scher Klangwolke. Maria lachte und lachte und sang mit.

»For you and I have an guardian angel, on high with nothing to do, but to give to you as you give to me, love, forever, true, love, forever, true.«

Sie tanzten, sie lachten, irgendwo dazwischen waren da auch Tränen, sie improvisierten mit Elton John um die Wette, schwebten gleich Ginger Rogers und Fred Astaire bei der dritten Wiederholung des Refrains, fanden wieder zusammen, das Ritardando, eine Beuge. Würde er sie jetzt küssen? Würde sie ihn küssen? True love. Die Geigen schnappten ab.